한자와 나오키
半沢直樹

半沢直樹④ 銀翼のイカロス
Original Japanese title: GINYOKU NO IKAROS

Copyright © Jun Ikeido, 2014
Original Japanese edition first published by Diamond Inc.

Korean translation copyright © Influential Inc., 2020
Korean translation rights arranged with Office IKEIDO Inc.
through The English Agency(Japan) Ltd. and Danny Hong Agency.

한자와 나오키

4

이카로스 최후의 도약

이케이도 준

이선희 옮김

ℑNFLUENTIAL
인플루엔셜

• 일러두기
본문의 주는 모두 옮긴이가 독자의 이해를 돕기 위해 붙인 것입니다.

다에코에게.

여보, 40년간 늘 내 곁에 있어줘서 고맙소.

당신은 힘들 때나 슬플 때나, 나와 함께 있었지.

저녁 식사는 항상 맛있었소.

앞으로도 계속 당신이 손수 만든 음식을 먹으면서, 당신과 함께 웃으며 살 수 있다면 얼마나 행복할까?

진심으로 당신과 함께 그렇게 살고 싶었소.

사키에게.

지금도 눈을 감으면 어렸을 때의 네 모습이 떠오르는구나. 넌 누구보다 귀엽고 사랑스러우며 울보에다 말괄량이였지. 공원에서 심술궂은 아이들을 만나면 뒤도 돌아보지 않고 쏜살같이 달려와 내 등 뒤에 숨곤 했단다. 그 추억은 내게 무엇과도 바꿀 수 없는 소중한 보물이란다.

나는 곧 이 세상에서 사라지지만 넌 앞으로도 계속 아름답고 당당하게 살아가거라. 그리고 다정하고 현명한 엄마가 되거라. 이제 곧 태어날 손주를, 내 손으로 꼭 안아보고 싶었는데……. 그러지 못하고 떠나는 것이 마음에 걸리는구나. 남편과 행복하게 살기 바란다. 그리고 외로움을 많이 타는 네 엄마를 잘 부탁한다.

직장 동료 여러분.

오랫동안 신세 많이 졌습니다.

전쟁터 같은 은행에서 하루하루 열심히 일할 수 있었던 것은 오직 여러분 덕분이었습니다.

제게 주어진 일을 이런 식으로 도중에 내던지게 되어서 부끄럽기 그지없습니다.

하지만 저는 너무나 지쳤습니다.

새 은행의 미래가 꿈과 희망으로 가득 차기를 진심으로 바랍니다.

마키노 오사무

유서는 서재의 책상 위에 쓸쓸하게 놓여 있었다.

편지지 두 장에 나누어 쓴 내용은 죽음을 담백하게 받아들이는 것처럼 보였지만, 죽음이란 것이 그토록 간단한 일일까?

이 남자에게 인생이란 무엇이었을까?

이 남자는 어떤 이유로 죽음을 선택한 것일까?

애초에 이 유서에는 누구나 알고 싶어 하는, 가장 중요한 내용이 쓰여 있지 않았다.

그런 탓에 이 남자의 죽음은 수많은 억측과 의혹을 불러일으켰는데, 호기심 어린 쑥덕공론은 이윽고 죽음이라는 절대적 현실을 눈앞에 두고 침묵하지 않을 수 없었다.

남향의 서재에서는 인근 공원의 흐드러지게 핀 벚꽃이 잘 보였다. 화려한 벚꽃의 배웅을 받으며 남자가 자신의 인생에 마침표를 찍은 것은 아직 동녘 하늘이 밝지 않은 이른 봄이었다.

그 죽음으로 인해 그가 껴안은 고뇌는 영원히 봉인된 것처럼 보였다.

프롤로그

부러진 날개

1

한자와 나오키가 영업 2부장인 나이토 히로시의 호출을 받은 것은 10월의 어느 날, 오후 5시가 되기 조금 전이었다.

마침 아침부터 내리던 차가운 비가 그치고, 녹이 슨 것처럼 보이는 늦가을의 저녁놀이 비구름 사이로 빌딩 숲을 붉게 물들이고 있었다. 자기 자리에서 그 광경을 쳐다본 한자와는 너무나 아름다운 광경에 숨을 들이마시며 마음을 빼앗긴 듯 잠시 멈추었다. 그러더니 이내 시선을 돌리고 사무실 맨 안쪽에 있는 부장실을 향해 잰걸음으로 달려갔다.

"조금 전 임원회의에서 정해졌는데, 영업 2부에서 새로 한 회사를 맡기로 했어. 그래서 자네에게 부탁하려고. 우리 부서는 지금도 포화 상태라서 안 된다고 했는데, 은행장님이 특별히 지시하셔서 결국 받아들일 수밖에 없었어."

"은행장님이요?"

생각지도 못한 이야기를 듣고 한자와는 고개를 들었다. 은행

장이 한 기업의 담당 부서까지 정하는 것은 흔한 일이 아니다. 한
자와가 상황이 심상치 않다고 생각한 것과 동시에 나이토의 입
에서 회사의 이름이 흘러나왔다.

"실은 TK항공이야."

"TK항공……."

잠시 숨 막힐 듯한 무거운 침묵이 부장실에 내려앉았다.

"그곳은 심사부에 입원 중이지 않습니까? 더구나 중병 환자가
아닙니까?"

심사부는 주로 실적이 부진한 대기업을 담당하는 부서로, 흔
히 '병원'이라고 부른다. 그리고 현재 실적이 밑바닥을 헤매고 있
는 TK항공은 오랫동안 심사부에서 담당해왔다.

"왜 하필 우리죠? 이 회사의 실적으로 볼 때, 심사부에서 담당
하는 게 맞지 않습니까?"

한자와의 말끝에 비난이 섞여 있었지만, 나이토는 표정 하나
바꾸지 않고 담담하게 대꾸했다.

"심사부에서는 TK항공의 실적 악화에 제동을 걸지 못했어.
임원회의에서 그 이야기가 나오고…… 아니, 솔직하게 말하면
행장님이 더는 심사부를 믿지 못해 영업 2부에서 맡으라고 하신
거야. 자네한테만 하는 얘기인데, 상사에서 TK항공에 출자를 검
토하고 있는 모양이야. 그렇다면 우리가 담당하는 게 터무니없
는 얘기도 아니고."

도쿄중앙은행에서 '상사'라고 말하는 곳은 계열사인 도쿄중앙

상사를 가리킨다.

"상사가요? 그런 말은 못 들었습니다만. 상사에서 왜 갑자기 그런 검토를⋯⋯."

그냥 흘려들을 수 없는 이야기다.

"물류 부문을 강화하기 위해서겠지. TK항공에 출자해 관계가 끈끈해지면 항공 운송 부문에서 상사의 위치가 확고해지잖아."

상사가 TK항공과의 관계를 모색하고 있다는 소문은 들었다. 하지만 실무 담당자인 한자와에게 구체적으로 이야기한 적은 없었다. 더욱이 상사와 은행은 업무 내용에 따라 가끔 경쟁 상대가 되기도 한다. 돈과 관계가 있다고 해서 항상 은행에 의논한다는 보장은 없다.

"상사가 출자하고 싶으면 마음대로 하면 되지 않습니까? 우리가 상사의 출자 후보인 TK항공까지 뒤치다꺼리를 해줄 필요는 없는 것 같습니다만."

"물론 그럴 필요는 없지."

나이토는 일단 순순히 인정한 뒤, 즉시 덧붙였다.

"다만 이런저런 사정이 있어."

의자의 등받이에서 몸을 일으킨 나이토의 얼굴에 긴장이 가로질렀다.

"자네도 알다시피 현재 TK항공의 실적은 심각할 정도야. 올 8월에 새로운 재건계획을 발표했는데, 이미 계획을 달성하기 힘들 것 같더군. 조만간 자금 사정이 악화될 우려도 있고."

"우리 은행에 지원해달라고 요청이 왔습니까?"

나이토가 의미심장하게 말했다.

"아직은 안 왔어. 다만 재건계획을 이행하지 못한다면 추가 지원을 해주기 힘들지."

적자 기업에 지원을 하려면 우선 재건계획을 확인해봐야 한다. 실적이 계획대로 진행되면 문제가 없지만, 밑으로 떨어지면 다음 지원은 신중해지지 않을 수 없다. TK항공처럼 궁지에 몰린 기업이라면 더욱 그렇다.

"재건계획이 안이했다는 겁니까?"

그러자 나이토가 단호하게 대답했다.

"바로 그거야! 이번 임원회의에서 심사부가 도마에 오른 이유가 그 재건계획을 타당하다고 인정했기 때문이지. 더구나 TK항공은 지난 몇 년 사이에 두 번이나 재건계획을 냈다가 하향 수정을 했거든. 대처가 안이했다는 말을 들어도 어쩔 수 없지."

"하지만 실적이 재건계획대로 되지 않은 건 TK항공의 문제입니다. 영업 2부에서 맡는다고 해도 별 뾰족한 수가 없을 것 같은데요."

나이토는 이미 한자와의 반론을 예상하고 있었음이 틀림없다.

"당연하신 말씀이야. 그러니까 앞으로는 자네가 TK항공이 만드는 수정재건안을 살펴보고, 믿을 수 있는 형태로 정리해줬으면 좋겠어. 그게 임원회의…… 아니, 나카노와타리 행장님의 요청이야. 해줄 거지?"

나이토의 말이 끝나기도 전에 한자와는 긴 한숨을 내쉬었다.

"제게 선택권이 있습니까?"

"유감스럽게도 없어."

한자와는 자기도 모르게 천장을 올려다보았다.

"심사부는 도대체 뭐 하는 부서입니까? 우리 부서는 원래 같은 자본 계열의 대기업을 맡아서……."

"스톱! 더는 말하지 말게. 그건 자네가 말하지 않아도 잘 알고 있으니까."

나이토는 한자와의 말을 자르더니 미간에 깊은 주름을 잡았다.

"지금은 은행의 조직이 이러니저러니 따질 때가 아니야. 과장하는 게 아니라 TK항공의 재건은 지금 우리 은행에 가장 중요한 과제니까. '최선을 다하기 위해 최선의 인재를 선발한다.' 경영 면에서 볼 때 이보다 옳은 판단이 어디 있나?"

입을 꾹 다문 한자와를 보며 나이토가 말을 이었다.

"내년 여름이면 TK항공의 자금 사정이 아슬아슬할 것 같아. 참고로 말하자면 지난번 대출 말인데, 본래 TK항공이 거래하는 은행권에 요청한 건 2천억 엔의 장기자금이었지. 그런데 실적이 계획에 못 미쳐서, 은행권에서 조달한 자금은 그 절반인 1천억 엔에다 단기자금에 불과했어. 더구나 80퍼센트는 정부에서 보증했고."

"그렇다면 정부가 구제해주면 되지 않습니까?"

그동안 미적거리고 있던 헌민당 정권이 TK항공 구제에 나선 것은 지난 6월로, 대출의 80퍼센트를 보증한 것이 그 일환이었다. 반대로 말하면 정부가 보증하지 않으면 단기자금조차 빌릴수 없을 만큼 TK항공의 실적이 나쁘다는 뜻이기도 하다.

"안타깝게도 지금은 헌민당 정권 말기라서, 중의원•이 해산되는 것도 시간문제야. 선거까지 예상한다면 공적자금을 쉽게 투입할 수 없지. 아니, 단도직입적으로 말하면 불가능에 가까워."

"하긴 뭐, 워낙 대단하신 TK항공이니까요."

한자와의 비아냥거림을 듣고 나이토는 시큰둥한 표정을 지으며 등받이에 몸을 기댔다.

TK항공의 실적이 나빠지면서 자금 사정에 문제가 있다는 소식이 매스컴을 장식하는 한편, 직원들에 대한 대우가 상상을 초월할 정도로 나쁘다는 것이 알려지면서 여론은 차갑게 돌아섰다. 혈세를 투입해 구제하는 방안은 국민 대다수가 반대할 것이기 때문에, 일방적으로 밀어붙였다가는 안 그래도 밑바닥을 헤매고 있는 헌민당 정권의 지지율이 땅속까지 추락하게 된다. 가까운 장래에 치러질 총선거에서 마이너스 요인으로 작용하리라는 것은 불을 보듯 훤하다.

"당연한 일이지만 지금 TK항공이 도산하면 우리도 곤란해. 며칠 전에 정부 주도로 경영 개선을 위한 유식자회의•가 발족됐

• 일본의 양원제 국회에서 참의원과 함께 국회를 구성하며, 미국의 하원에 해당한다.
• 각 분야에서 학식과 경험, 실무 능력을 갖춘 전문가로 구성된 회의로, 정부기관이나 지방자치단체의 자문기관으로 설치된다.

어. 그건 알고 있지?"

"신문에서 봤습니다. 그런데 그 유식자회의의 성격을 잘 모르겠습니다."

나이토는 한마디로 잘라버렸다.

"그건 그냥 장식이야. 학계나 재계의 유명 인사들이 모여서 '이것도 아니다, 저것도 아니다'라고 잔소리만 늘어놓을 뿐, 구체적인 계획을 세우기 위해 노력하는 사람은 아무도 없어. 어쨌든 앞으로 만들 수정재건안은 실무진에서 작성하고, 최종적으론 유식자회의를 거쳐 정식으로 발표할 거야. 이번에는 뜨뜻미지근한 계획은 절대로 안 돼!"

한자와가 넌지시 물었다.

"만약 수정재건안이 실패로 끝나면요?"

"그때는……."

나이토가 숨을 들이마시며 심각한 얼굴로 덧붙였다.

"TK항공은 파산이야. 물론 우리가 빌려준 돈은 대부분 회수할 수 없겠지. 도쿄중앙은행의 실적과 재무 상황에 엄청난 타격이 될 거야."

나이토는 평소 냉정한 가면 밑에 숨기고 있던 뜨거운 본성을 슬쩍 드러냈다.

"행장님은 이 난국을 자네에게 맡겼어. 물론 이런저런 사정이 있다는 건 잘 알아. 하지만 그걸 일일이 따지면 한도 끝도 없어. 중요한 건 단 한 가지. 지금 상황을 확실하게 극복할 수 있는 사람은 한자와, 자네밖에 없다는 거야."

한자와는 또다시 기나긴 한숨을 토해냈다.

"무슨 말씀이신지 알겠습니다. 그런데 한 가지 문제가 있습니다. 지금 우리 멤버는 현재 하는 일만으로도 벅차서, 시간적으로 이 일에 대응할 수 있는 사람이 없습니다. 만약 제가 TK항공을 담당하게 된다면 그 회사에 대해 잘 아는 유능한 사람이 필요합니다."

"TK항공팀을 그대로 인수할 거야. 그러면 되겠지?"

이례적인 일이지만 타당한 결정이다. 아마 나이토가 그렇게 주장했으리라.

"담당 차장을 제외하고 전부 다섯 명. 이미 인사발령을 낼 준비는 되어 있어. 다들 우수한 인재라고 하더군."

"참고로 지금까지 담당한 차장은요?"

"소네자키 차장이야. 누군지 아나?"

한자와의 머릿속에 190센티미터는 됨직한 거구가 떠올랐다. 대학 시절에 스모부였다는 사람으로, 추진력은 있지만 융통성이 없는 타입이다.

"곧 소네자키 차장이 올 거야. 즉시 인수인계를 시작하게."

그 말이 끝나자마자 노크 소리가 들리고, 한자와도 알고 있는 큼지막한 얼굴이 고개를 들이밀었다.

"기다리고 있었네. 어서 들어오게."

나이토의 환영 인사를 받으며 소네자키 유야는 한 사람을 데

리고 부장실로 들어왔다. 거구에다 우락부락하게 생긴 소네자키
와 달리 뒤에 들어온 남자는 통통한 체격에 어딘가 유머러스한
분위기를 띠고 있었다.

그 남자를 보자마자 한자와가 말을 걸었다.

"다지마, 오랜만이야. 자네도 TK항공팀이었나?"

"오랜만에 뵙습니다."

정중하게 고개를 숙인 남자의 이름은 다지마 슌. 몇 년 전에 짧
긴 했지만 한자와와 같은 부서에서 일한 적이 있었다. 생긴 모습
과 똑같이 성품도 좋고 일도 잘한다.

"저희 부장님이 이쪽으로 담당이 바뀐다고 해서 왔습니다."

소네자키는 입을 열자마자 불쾌함을 노골적으로 드러내며 그
렇게 말했다. 그러더니 떫은 감이라도 씹은 듯한 얼굴로 다지마
를 향해 턱짓을 했다.

"그거 여기다 놔."

다지마가 두터운 신용파일을 탁자에 놓으며 말했다.

"이게 TK항공 파일입니다. 관련 자료는 너무나 방대해서, 그
건 나중에 드리겠습니다."

"소네자키 차장, 그동안 수고 많았어. 도중에 그만두게 되어
아쉽겠지만 이제 뒷일은 우리에게 맡겨주게."

나이토가 얼굴에 미소를 담고 말해도, 소네자키는 의례적인
미소조차 짓지 않고 복잡한 표정으로 작게 고개를 주억거릴 뿐
이었다. 소네자키 쪽에서 보면 이번 일은 사실상 '해고'당한 것이

나 마찬가지였다. 싱글벙글 웃으면서 담소를 나눌 기분은 아닐 것이다.

그와 동시에 나이토는 말하지 않았지만, 이번 일이 단순히 담당자 교체에 머물지 않는다는 사실을 한자와는 깨달았다.

도쿄중앙은행은 옛 산업중앙은행과 옛 도쿄제일은행이라는 두 대형 은행의 합병으로 탄생한 메가뱅크로, 특히 임원급에서는 아직도 피 튀기는 파벌 전쟁이 벌어지고 있었다. 뒤에서 서로를 옛 S, 옛 T라고 부르며, 사사건건 눈에 보이지 않는 치열한 싸움을 벌이고 있는 것이다.

부실 채권이 많았던 옛 T의 인재들이 주로 채권 관리 부서에 배치된 것은 합병 이후의 경향으로, 심사부의 주요 자리는 모두 옛 T 출신이 차지하고 있었다.

소네자키도 그중 한 사람으로, TK항공은 원래 옛 T가 오랫동안 함께해온 주요 거래처로서 특별한 존재이기도 했다.

이른바 옛 T의 위신이 걸려 있는 거래처를 한자와를 비롯한 옛 S가 활개 치는 영업 2부로 이관하는 것은 옛 T의 체면을 구기는 일이나 마찬가지였다.

나이토가 말을 이었다.

"임원회의에서 기모토 상무님이 이의를 제기했지만, 긴급사태라면서 행장님이 강행하셨지. 그동안 심사부에서 담당했던 회사를 맡는 건 우리도 내키지 않지만 이번에는 어쩔 수 없어."

기모토 헤이하치는 부실 채권 회수를 담당하는 채권관리담당 상무로, 옛 T 인맥의 핵심 인물 중 한 명이다. 이미 위쪽을 통해 이렇게 된 경위를 들었을 소네자키는 자존심 상하는 얼굴로 입술을 깨물 수밖에 없었다.

은행장에 취임한 이후, 행내 화합에 부심해온 나카노와타리 겐이 암묵적인 옛 T의 영역에 뛰어들면서까지 담당 부서를 교체한 것은 심사부의 대응 방식에 불신감과 조바심을 느꼈다는 반증이다.

"영업 2부라면 저희보다 잘해주실 거라고 들었습니다. 저희로서는 바라던 바가 아니긴 하지만 은행을 위해서라면 어쩔 수 없겠지요. 이제 안심하고 뒷일을 맡기겠습니다."

소네자키는 창백한 얼굴에 어색한 웃음을 담았다. 마음에도 없는 말에는 '과연 너희들이 할 수 있을까?'라는 의문과 빈정거림이 스며들어 있었다.

소네자키의 의도 따위는 신경도 쓰지 않는 얼굴로 나이토는 호탕하게 웃었다.

"그렇게 말해줘서 고맙군. 그러면 본론으로 들어가서 즉시 여기 있는 한자와 차장에게 인계해주겠나? 영업 본부 회의실을 비워두었으니까 그곳을 사용하게."

준비성 좋은 나이토는 짤막하게 말하며 이번 일을 마무리했다.

2

"그동안 몰랐는데, 산업중앙은행은 이런 식으로 남의 사다리를 치우는 게 특기인가 보지?"

팔걸이의자에 털썩하고 앉은 소네자키는 입을 열자마자 빈정거렸다.

합병된 은행에서 상대 은행을 노골적으로 비난하는 일은 금기사항이지만, 그에게 그런 세심함은 없는 듯했다.

추진력이 강한 반면 행동이 거친 사람으로, 먼 미래까지 내다보고 깊이 생각하는 참모 타입이라기보다 불도저처럼 무턱대고 돌진하는 행동파에 가깝다. 이번 담당 부서 교체에 상당한 굴욕을 느끼며 불만이 가득 찬 표정만 봐도 알 수 있다.

"이번 일은 사다리 치우기하곤 다르지 않을까? 도저히 두고볼 수 없어서 담당 부서를 교체한 거겠지. 우수한 부하직원을 데리고 이 정도밖에 일을 못 하다니……."

한자와의 말을 듣고 다지마는 뺨을 움찔거리며 송구스러운 표정을 지었다.

"우수한 부하직원? 이놈들이 우수하다고? 웃기는 소리 작작해. 애네들이 일을 제대로 했다면 TK항공은 계속 심사부에서 관리했을 거야. 그런데 책임감은 개미 새끼 눈물만큼도 없이 태연하다니까."

소네자키의 말투에 가시가 돋쳐 있었다.

고개를 숙인 다지마를 대신해 한자와가 비아냥거림으로 되받아쳤다.

"문제를 부하직원 탓으로 돌리는 건 옛 T의 주특기인가? 자네는 실무 책임자잖아? 그렇다면 전부 제 책임입니다, 이런 식으로 말해야 하지 않나?"

"뭐야?"

소네자키는 당장이라도 멱살을 잡을 듯한 눈으로 한자와를 노려보았지만, 한자와는 태연하게 받아넘기며 본론으로 들어갔다.

"조금 전에 부장님에게 간단한 경위는 들었어. TK항공에서 만들 새로운 재건안을 도와주라고 하던데……."

"일단 TK항공이 이행 불가능한 현재의 재건안에 대해서 말씀드리겠습니다."

다지마는 그렇게 말하고는 가져온 자료에서 두터운 책자를 꺼냈다.

표지에는 'TK항공그룹 회생중기계획'이라는 제목이 붙어 있고, 올해부터 3년 안에 1200억 엔의 흑자로 전환한다는 장대한 회생 시나리오가 적혀 있었다. 이것이 바로 은행에서도, 정부에서도 믿을 수 없다고 판단한 계획서였다. 그 계획서의 개요를 다지마는 요령 있게 설명했다.

"인원 감축도 계획대로 진행되지 않고, 예상한 수익에도 도달하지 못한 채 밑바닥에서 헤매고 있습니다."

"계획 자체도 문제가 있었겠지만 왜 이렇게까지 되었지? 우리도 그 이후에 진척되는 상황을 지켜보고 있었을 거 아냐?"

계획과 현실의 너무도 큰 괴리를 보고 한자와는 진지하게 물었다.

"물론입니다. 정기적으로 모니터링하면서 개선을 요청해왔지만……."

"TK항공의 주거래은행은 개투은이지?

자료를 휘리릭 넘기면서 한자와가 물었다. 주로 '개투은'이라고 줄여서 부르는 개발투자은행은 최근 몇 년 사이에 TK항공에 대한 지원을 배로 늘리며 도쿄중앙은행의 지원금을 추월해, 확고부동하게 주거래은행 자리를 차지한 정부계 은행이다. TK항공에 대한 개발투자은행의 대출총액은 2500억 엔. 아무리 정부계 은행이라고 해도 지나친 지원금으로, 개발투자은행과 도쿄중앙은행의 대출 잔액을 합치면 현재 TK항공이 껴안고 있는 유이자부채*의 70퍼센트가 넘는다.

다지마가 대답했다.

"개투은에서도 우리와 똑같이 개선을 요청했을 겁니다."

"그래도 움직이지 않았다는 건가?"

다지마는 심각한 표정으로 대답했다.

"문제는 TK항공에게 사업계획서가 단지 종잇장 정도의 무게밖에 없다는 겁니다. 어쩌면 금융기관으로부터 지원금을 타내기 위한 도구라고 할 수 있겠지요. 자신들이 계획하고 약속한 것을

• 이자를 지불해야 하는 부채.

지키려는 의지도 없고, 한마디로 말해서 위기감이 눈곱만큼도 없습니다."

그 말은 TK항공의 재건이 얼마나 어려운 일인지 단적으로 보여주었다. 한자와의 경험으로 볼 때, 마지막에는 은행이 어떻게든 해줄 거라고 생각하는 경영자만큼 최악의 경영자는 없다.

"며칠 전에 TK항공에서 발표한 실적 전망에 따르면 전기에 이어서 5백억 엔 정도의 적자가 예상된다고 합니다. 구조조정을 하려고 해도 노동조합이 맹렬하게 반대하고 있고요. 지나치게 많은 기업연금을 줄이자고 해도, 퇴직자들이 반발하는 바람에 진행되지 않았습니다."

다지마의 설명은 TK항공이 직면하고 있는 수많은 문제에 이르렀다.

적자노선 철수에 대한 정치권과 국토교통성의 압력, 회사와 치열하게 대립하는 노동조합, 항공기의 노후화, 세계 수준으로 봐도 혀를 내두를 만큼 비싼 착륙료와 항공기 유류세 등의 조세 공과……. 어느 것 하나도 처리하기 쉽지 않은 문제들이다.

"한자와, 상황이 어떤지 이제 알았나? 임원들은 우리 심사부가 게을러서 이렇게 되었다고 생각하는 모양인데, 천만의 말씀이야. 그런 회사는 누가 맡아도 마찬가지지. 물론 자네가 맡아도 말이야."

소네자키는 옆에서 끼어들어 그렇게 말하더니, 한자와에게 굵직한 검지를 들이댔다.

"TK항공을 자네에게 맡기라는 게 행장님의 뜻이라고 하더군. 그래그래, 좋은 일이지. 하지만 잘난 척하지 마. 우리가 할 수 없었던 일을 기업 재건 경험도 없는 자네가 할 수 있을 것 같아? 어림 반 푼어치도 없어. 조만간 이 일을 맡은 걸 땅을 치고 후회할 거야."

"그렇게 되지 않도록 최선을 다하는 수밖에 없겠지."

한자와는 그렇게 말한 뒤, 소네자키는 쳐다보지도 않고 다지마에게 말했다.

"TK항공과 약속을 잡아주겠나? 인사하러 가고 싶군."

3

"이렇게 중요한 시기에 담당 부서가 바뀌었다고?"

한자와의 명함을 힐끔 보자마자 이마를 찡그리며 그렇게 말한 사람은 TK항공의 사장인 가미야 이와오였다.

"담당 부서는 바뀌었지만 인수인계에 만전을 기하고 있으니까 걱정하지 마십시오."

정중히 고개를 숙인 한자와에게 손짓으로 소파를 권하면서, 가미야는 신경질적인 얼굴로 뺨을 떨었다.

"지금 어떻게 걱정을 안 할 수가 있지? 상황이 이렇게 심각한데, 은행에선 현실을 무시하고 종전의 재건안만 고집하고 있잖아? 그때와는 상황이 달라졌는데, 아예 얘기를 들으려고 하지 않고 말이야. 우리를 지원해주는 건 은행의 사명이 아닌가?"

"외람된 말씀이지만 그러기에는 지금 실적이 조금⋯⋯."

한자와의 옆에서 그렇게 말한 사람은 소네자키였다. 은행 안에서의 고압적인 태도와 달리 마치 딴 사람이 된 것처럼 간살스럽게 말했지만 가미야의 표정은 더욱 험악해질 뿐이었다.

"소네자키 차장, 입만 떼면 실적 타령을 하는데, 지금은 불경기가 아닌가? 다들 불경기에 허덕이고 있을 때 우리만 실적이 좋을 수는 없지 않겠나?"

"지당하신 말씀입니다."

소네자키가 두 손을 비비며 아부를 했다.

가미야는 작년 가을에 발생한 미국발 금융 위기까지 언급했다. 기업의 실적 악화가 확대되는 가운데, TK항공도 예외가 아니라는 뜻이다.

잠시 이야기가 끊어진 틈을 타서 한자와가 반론을 제기했다.

"물론 전기 결산에서 적자로 추락한 기업은 적지 않습니다. 하지만 그런 회사도 지금은 급속히 실적이 회복되고 있는 게 현실입니다. TK항공은 어떻습니까?"

가미야는 말도 꺼내지 말라는 듯이 땅이 꺼져라 한숨을 내쉬었다.

"유감스럽게도 여객은 불황 전의 70퍼센트 정도밖에 돌아오지 않았네. 개인의 소비가 좋아지지 않는 한, 항공업계는 어려운 부분이 많거든. 실적이 회복되려면 시간이 좀 더 필요할 것 같군."

가미야의 말투와 태도는 멀찌감치 떨어져서 객관적으로 바라보는 평론가 같았다.

재무 분야 출신에 성실한 사람이기는 하지만 궁지에 몰린 기업의 최고경영자치고는 위기감이나 살아남기 위한 악착같음을 느낄 수 없었다.

"하지만 귀사는 구조조정을 통해 이번 회기에 흑자로 전환할 거라고 하셨습니다. 그런데 이제 와서 5백억 엔의 적자를 예상하시다니, 간극이 너무 크지 않습니까?"

한자와의 지적은 TK항공 경영진에게 귀가 아플 만큼 여러 번 들었던 내용일 테지만, 가미야는 태연하게 반박했다.

"그건 기업연금의 개혁을 예상했기 때문이지. 그런데 퇴직자들이 두 손 들고 반대하고 있네. 그건 그쪽도 알고 있지 않나?"

"퇴직자들의 반대는 충분히 예상할 수 있었을 겁니다. 귀사의 계획을 믿고 지원해준 저희 은행으로서는 받아들이기 힘든 말씀입니다."

"예상보다 반발이 훨씬 심해서 어쩔 수 없었네."

한자와의 반박에 가미야가 부루퉁한 얼굴로 대답하면서, 사장실은 즉시 가시 돋친 분위기에 휩싸였다. 그때까지 가만히 듣고 있던 TK항공 재무부장인 야마히사 노보루가 끼어들었다.

"그 문제는 수정재건안에서 대응책을 검토하고 있습니다."

체구는 작지만 근육질의 실팍한 체격에 성실해 보이는 7 대 3

가르마. 쉰 살이 넘은 지 얼마 되지 않았음에도 마음고생이 심한 탓인지 흰머리가 눈에 띄었다. 은행 협상의 창구이기도 한 야마히사는 지금도 이마에 구슬땀을 매달고 곤혹스러운 표정을 짓고 있었다.

"어떤 대응책입니까?"

한자와가 물어보자 야마히사는 즉시 말을 얼버무렸다.

"아직 검토 중이라서 자세한 내용은 말씀드릴 수 없습니다."

"수정재건안은 구체적으로 언제까지 정리하실 생각입니까?"

그렇게 물은 사람은 끝자리에 앉아 있던 다지마였다.

잇따른 질문에 야마히사의 얼굴에 조바심이 스며들었다.

"조금만 더 기다려주시겠습니까? 지금 사장님께서 말씀하신 것처럼 퇴직자들이 기업연금 개혁에 강력하게 반발하면서 소송도 불사하겠다고 하고 있습니다. 저희도 지금 논의를 거듭하면서 효과적인 대응책을 모색 중입니다. 그것을 바탕으로 수정재건안을……."

"현재 상황은 잘 알겠습니다."

갈팡질팡하는 거대 항공사의 장벽을 느끼면서 한자와는 몸을 앞으로 내밀었다.

"다만 계획과 실적이 이렇게까지 차이가 나는 이상, 추가 자금을 요청하는 상황이 발생해도 즉시 지원해드릴 수는 없습니다. 서둘러 현실적인 수정재건안을 제시해주시기 바랍니다. 추가 지원에는 그게 전제 조건입니다."

"자네들 입장은 충분히 이해하네."

가미야는 부드럽게 운을 뗀 뒤, 차를 한 모금 마시고 나서 덧붙였다.

"하지만 말이지, 재건안을 이행하려는 우리의 자세에는 거짓이 없네. 다만 그 이상으로 사회적 상황이 바뀌고 있는 것뿐이지. 지금 우리를 둘러싼 변동 요인을 보게. 자네들이 보기에도 너무 심하다고 생각하지 않나? 그걸 감안하지 않고 결과만을 따지면 곤란하지."

"그렇다면 수정재건안을 만드실 때 저희가 도와드리면 어떻겠습니까?"

한자와의 제안에 가미야는 잠시 망설이는 표정을 지었다.

"도쿄중앙은행이 도와준다고? 어떤 식으로 도와주겠다는 건가?"

의아함이 깃든 말투에는 괜히 쓸데없이 참견을 하는 게 아닌가 하는 우려가 배어 있었다.

"기업연금 문제를 포함해 귀사의 문제점을 은행의 관점에서 검토하고 싶습니다. 그것을 수정재건안에 반영해주시면 어떻겠습니까?"

가미야가 탐탁지 않은 표정을 지었다.

TK항공이 독자적으로 재건안을 만든다면 숫자를 마음대로 조정할 수 있지만 은행이 개입한다면 그렇게 할 수 없기 때문이다. 은행에는 은행의 논리가 있다. 그것을 강요할까 봐 미리 경계하는 것이다.

"수정재건안을 만들 때 도와준다……. 말은 고맙지만, 그렇다면 한 가지 묻고 싶네. 한자와 차장은 우리 TK항공의 사회적 의미를 제대로 이해하고 있나?"

가미야는 자세를 바로 하며 말을 이었다.

"우리 회사는 항공업계의 일익을 담당하며, 일본 항공운송산업 발전에 최선을 다해왔네. 자네는 분명히 적자라는 한마디로 잘라버릴 테지만, 지방에서 TK항공의 정기편은 없어서는 안 될 중요한 날개야. 화물 운송도 마찬가지라네. 만약 우리 회사가 벽에 부딪힌다면, 국내 항공운송산업은 한쪽 날개가 부러지는 거나 마찬가지지."

한자와는 가미야를 똑바로 응시하면서 대답했다.

"공공 교통기관으로서 딜레마가 있다는 건 잘 알고 있습니다. 하지만 귀사는 어디까지나 민간 항공사입니다. 경영자는 그런 현실을 바탕으로 경영해야 하지 않겠습니까? 대의명분보다는 실리를 우선해야 한다고 생각합니다."

"이봐, 한자와……."

한자와의 옆에 있던 소네자키가 창백한 얼굴로 안절부절못하며 거구를 움직였다. 소네자키는 지금까지 이렇게 솔직하게 말한 적이 없으리라.

가미야가 내뱉듯이 말했다.

"대의명분보다 실리를 우선해야 한다고? 역시 돈만 밝히는 은행원다운 말이군. 자네들의 머릿속에는 돈밖에 없나? 우리는 승객의 안전을 책임지는 교통기관이야! 비행기의 가치는 돈으로 따질 수 없어! 머릿속에 돈밖에 없는 사람이 어떻게 살아 있는 수정재건안을 만들겠다는 건가?"

"지금 가장 중요한 건 회사의 재건이 아닙니까? 회사가 있어야 비행기도 있을 것 아닙니까? 세상을 위해서라면 적자가 나도 좋다는 건 잘못된 생각입니다!"

"비용 절감이라는 명목으로 우리의 영혼까지 좀먹게 만드는 재건안은 받아들일 수 없어!"

못마땅한 표정을 지은 가미야를 향해, 한자와는 몸을 앞으로 내밀며 말했다.

"가미야 사장님, 잘 들으십시오. 지금 TK항공에 필요한 건 착실하고도 근본적인 구조조정입니다. 탁상공론과 은행에서 자금을 끌어내기 위한 제스처는 멀리 던져버리고, 재건을 위해서는 소매를 걷어붙이고 회사의 체질을 근본적으로 바꿔야 합니다. 이번 기회를 놓치면 TK항공을 구하기는 어려울 겁니다. 정식으로 말씀드리겠지만 귀사에게는 지금이, 마지막 기회입니다."

한자와는 잠시 말을 끊었다가 덧붙였다.

"이제 다음은 없습니다."

4

"미리 말해두겠지만 우리는 그동안 TK항공과 친밀한 관계를 유지해왔어. 특히 가미야 사장님과는 그분이 재무부장이었던 시절부터 잘 지내왔지. 그런 관계를 자네 멋대로 깨뜨리지 마!"

매립지인 덴노즈의 TK항공 본사 건물에서 나오자마자 소네자키는 안색을 바꾸고 한자와에게 달려들었다. 하지만 한자와는 똑바로 정면만 향하며 냉소를 지을 뿐이었다.

"자네들은 그저 좋은 게 좋은 거라고 적당히 타협해온 것뿐이 잖아? 정말로 친하고 중요한 곳이라면 경영에 도움이 되도록, 해야 할 말은 딱 부러지게 해야 했어. 상대가 사장이라고 해서 듣기 좋은 말만 늘어놓으니까 이렇게 된 거잖아! 심사부가 언제부터 윗사람에게 꼬리를 흔드는 아첨꾼이 됐지?"

"보자보자 하니까 정말! 말이면 다인 줄 알아? 오늘 자네가 어떻게 했는지 기모토 상무님께 보고할 테니까 단단히 각오해둬!"

소네자키는 그렇게 말하더니 점심이라도 먹고 가자는 한자와의 말을 거부하고 혼자 지하철역의 계단으로 사라졌다.

그 뒷모습을 바라보면서 한자와는 어이없는 표정을 지었다.

"은행에서는 온갖 잘난 척을 하더니, 밖에서는 찍소리도 못하는군. 안에서만 큰소리치는 사람의 전형이라니까. 은행 안에서 보여주는 불도저 같은 면의 반의반이라도 TK항공에 보여줬으면 좋았을 텐데."

"그렇게 할 수 없는 사정이 있습니다."

한자와는 무슨 뜻이냐는 눈길로 다지마를 쳐다보았다.

"예전에 도쿄제일은행은 TK항공의 주거래은행이었고, 기모토 상무는 TK항공 경영진과 개인적으로 친하게 지내는 것 같습니다. 그리고 기모토 상무는 소네자키 차장의 옛 직속 상사이자 든든한 백이나 마찬가지니까요."

한자와는 토해내듯 말했다.

"정말 기막히는군. 세 살 먹은 어린애도 아니고, 기모토 상무 이름을 들먹이면 내가 벌벌 떨면서 '네, 네' 그럴 줄 알았나?"

다지마가 한숨을 쉬었다.

"저도 그렇게 생각합니다. 아무튼 오늘 면담을 통해 TK항공의 문제점이 뭔지 아셨지요? 가미야 사장은 분명히 이론에 강하고 객관적인 판단 능력도 있지만 그 이상은 아닙니다."

전임 사장의 은퇴와 함께 벌어진 집안싸움에서, 가장 안전지대인 재무 분야에 있던 가미야에게 사장 자리가 돌아갔다. 최고 경영자처럼 중요한 자리가 말 그대로 호박이 넝쿨째 굴러들어오듯 저절로 들어온 것이다.

"TK항공의 역사는 권력투쟁의 역사입니다. 더구나 경영진은 도쿄중앙상사의 출자를 믿고 버티는 면이 있습니다. 그쪽은 어떻습니까?"

"담당자에게 넌지시 물어봤는데, 아직 말할 수 있는 상황이 아니라고 하더군. 5백억 엔을 출자한다는 소문은 있지만 말이야."

"가미야 사장은 그것만 있으면 당장 필요한 자금을 해결할 수 있다고 생각하는 것 같습니다."

한자와가 가볍게 혀를 찼다.

"곤경에 빠지면 누군가가 도와준다는 건가? 그런 식이니까 시간이 지나도 근본적인 대책을 취하려는 간절함이 생기지 않는 거야."

뼈를 깎는 고통이 따르는 기업 재건에는 당사자에게 그에 상응하는 각오가 필요하다. 과연 가미야 사장이나 야마히사 부장에게 그런 각오가 있을까?

다지마가 절반쯤 포기한 표정을 지었다.

"솔직히 말씀드리면 그들의 의식을 바꾸는 것보다 공항을 하나 만드는 게 쉬울 겁니다. 차장님, 어떻게 하실 겁니까?"

"여기서 물러설 수는 없잖아? 일단 우리의 요구를 담아 수정 재건안의 초안을 만들어. TK항공이 채택할지 말지는 나중 문제고, 일단 그게 없으면 이야기가 안 되니까. 서둘러 만들어주게."

"자료는 다 있으니까 문제없습니다."

오랫동안 경영 부진에 빠져 있는 TK항공에서는 추가 지원을 받을 때마다 재무와 업무, 자산에 관한 구체적인 정보를 은행에 제공했다. 다지마를 비롯한 TK항공팀이라면 분명히 근본적인 문제를 해결하고, 가장 빨리 재건할 방법을 만들어낼 수 있을 것이다.

"부탁해."

그렇게 말하고 한자와는 뺨을 간질이는 상큼한 가을바람 속을 걷기 시작했다.

며칠 전까지만 해도 찌는 듯한 무더위에 숨도 제대로 쉴 수 없었는데, 어느새 계절이 바뀌어 아침저녁에는 쌀쌀한 바람이 불었다. 하지만 날씨와 하나로 이어진 것처럼 TK항공의 실적은 날이 갈수록 나빠지고 초라해졌다.

멍하니 있으면 눈 깜짝할 사이에 시간이 지나간다.

싸늘한 위기감이 한자와의 온몸을 사로잡았다.

"이번 재건에는 유예가 없어. 연내에 형태를 만들지 않으면 골치 아프게 될 거야."

"급히 정리하겠습니다."

다지마의 얼굴에도 긴장감이 감돌았다.

TK항공팀이 신중하게 머리를 맞대고 검토한 끝에 수정재건안의 뼈대를 만든 것은 11월에 접어들고 얼마 되지 않았을 무렵이었다.

5

"야마히사 부장님, 어떻습니까? 귀사에서 현재 만들고 있는 재건계획에 이 내용을 반영해주시겠습니까?"

수정재건안의 각 항목별 포인트를 설명한 뒤, 한자와는 숨을 돌리고 물었다.

"반영이라……."

야마히사는 뜨뜻미지근한 표정을 짓더니, 손으로 턱을 매만지면서 잠시 생각에 잠겼다.

TK항공 본사의 소회의실 창문에서는 도쿄만과 기슭에 늘어선 크레인이 보였다. 수면이 눈부실 만큼 빛나고 있었다. 늦가을의 맑은 햇살이 쏟아지는 오후였다.

"솔직히 말씀드리면 조금 힘들 것 같습니다."

이윽고 그렇게 대답한 야마히사의 얼굴에는 밝은 가을 하늘과 반대로 어두운 그림자가 드리웠다.

"도쿄중앙은행의 처지와 생각도 알고, 서둘러 재건하고 싶다는 마음은 우리도 마찬가지입니다. 하지만 이렇게까지 급격하게 바꾸는 건 불가능합니다."

다지마가 몸을 앞으로 내밀었다.

"왜 불가능하다는 거죠? 이 재건안의 어디가 왜 불가능한지, 구체적으로 말씀해주시겠습니까?"

"구체적으로 말하라고 해도……. 애당초 지금 우리가 만들고 있는 재건계획의 숫자와 너무 다르고, 이렇게 강경한 재건안은 개투은에서도 받아들이지 않을 것 같습니다."

야마히사의 말을 듣고 다지마가 한자와를 힐끔 쳐다보았다.

한자와는 한 발짝도 물러서지 않고 선언하듯 말했다.

"앞으로 개투은이 모든 지원을 담당한다면 저희도 더는 말씀드리지 않겠습니다. 하지만 저희도 지원해야 한다면 이 재건안의 내용은 최소한의 조건입니다."

야마히사의 얼굴에 수많은 감정이 소용돌이치는 것을 알 수 있었다.

과격한 구조조정은 피하고 싶다는 경영자의 생각, 눈앞으로 다가온 개발투자은행과의 협상, 도쿄중앙상사라는 새로운 자금 줄에 대한 기대. 그런 상황에서 도쿄중앙은행이 내놓은 재건안은 TK항공에게 높은 장애물일지도 모르겠다.

"물론 힘들 수도 있겠지요. 하지만 진심으로 재건하고 싶다면 전부 극복해야 할 문제들입니다."

한자와는 인내심을 가지고 차분하게 설명했다.

야마히사가 단도직입적으로 물었다.

"이 내용대로 하지 않으면 추가 지원을 요청해도 받아줄 수 없다는 겁니까?"

"적어도 지금 상태로는요."

"그럼 그렇게 하시든지요."

완전히 돌변해서 강경하게 말하는 야마히사를 보고 한자와와 다지마는 눈을 크게 떴다. 지금 상대의 눈에 깃든 것은 해볼 테면 해보라는 강력한 의지였다.

"도쿄중앙은행에서 지원해주지 않는다면 다른 곳에서 받는 수밖에 없겠지요."

"우리가 지원해주지 않아도 헤쳐나갈 수 있다는 겁니까?

그 말에는 대답하지 않고 야마히사는 엄격한 표정으로 무릎을 한 번 쳤다.

"아무튼 이렇게 급격한 인원 감축과 노선 철수는 할 수도 없고, 할 필요도 없습니다. 더구나 지금 추가 지원을 할 수 없다고 했는데, 도쿄중앙은행에서는 그렇게 쉽게 우리를 버릴 건가요? 이렇게 과격한 내용을 들이밀어놓고 받아들이지 않으면 지원하지 않겠다니. 이러면 은행이 횡포를 부린다는 말을 들어도 어쩔 수 없지 않습니까? 이게 갑질이 아니면 뭡니까? 이건 도저히 받아들일 수 없습니다!"

야마히사는 분연히 말하더니, 일방적으로 면담을 중단했다.

6

"기가 막혀서! 그렇게 위기감이 없으니 그 모양 그 꼴이지."

도마리 시노부는 생맥주를 들이키더니 과장스럽게 한탄했다.

한자와의 대학 동창인 도마리는 친한 친구임과 동시에 틈만 나면 이유를 대서 술을 마시는 술 친구다. 도쿄중앙은행 행원의 절반은 안다고 호언장담하는 도마리의 직책은 융자부 기획팀 차장으로, 은행에서 손꼽히는 정보통이기도 하다.

이날 밤 그들이 간 곳은 도마리가 최근에 개척했다는 긴자의 말고기 음식점으로, 두 사람은 테이블을 사이에 두고 마주앉아 있었다. 느지막한 시간이라서 그런지 가게 안은 술이 들어간 사람들로 시끌벅적해서, 두 사람의 대화에 귀를 기울이는 사람은 아무도 없었다. 가게 안쪽의 높은 벽에 걸려 있는 TV에서는 마침 9시 뉴스가 흘러나오는 참이었다. 이날의 톱뉴스는 헤드라인을 확인할 필요도 없이 알고 있었다. 중의원 해산이다.

"아무리 정부계인 개투은이라도 TK항공의 자금을 전부 뒤치다꺼리해줄 수는 없잖아?"

도마리는 일찌감치 생맥주잔을 비우고, 카운터 안쪽을 향해 손짓하며 한 잔 더 주문했다.

TV 화면에서는 총선거를 앞둔 각 당의 모습이 흘러나오고 있었다. 오랫동안 이어진 헌민당 정권은 최근 잇따른 실책과 함께 돈과 정치의 유착 관계가 드러나면서 사면초가에 빠졌다. 어쩌면 정권이 교체될 수도 있다. 아니, 한자와가 보기에 정권은 백퍼센트 교체될 것이 확실하다. 따라서 현재 TK항공의 감독관청인 국토교통성˙도 옴짝달싹할 수 없는 상황에 빠져 있다.

도마리가 말했다.

"본래라면 공적자금을 투입해서라도 TK항공을 구하고 싶겠지. 그동안 자기들 마음대로 정치에 이용해왔으니까."

지금 일본에 있는 지방 공항은 1백 개에 가깝다. 재무 상황이 자세히 드러나지 않은 곳도 있지만, 대부분의 공항이 이용객 모

• 대한민국의 국토교통부에 해당하는 일본의 행정기관으로, 국토교통성의 장은 '대신'이라고 한다.

집에 신음하면서 적자에 허덕이고 있다. 공항 건설은 정치적인 문제다. 정치인과 지방 공항이 끊을 수 없는 관계인 것처럼, 그 공항에 비행기를 날려온 TK항공과 정치인의 관계도 비슷하다.

TK항공이 실적 부진에 빠진 원인은 한두 가지가 아니다. 감독 관청인 국토교통성의 안이한 예측을 믿고, 지방에 비행기를 띄운 것도 적자 요인 중 하나다.

TK항공이 파산해 정기편이 날지 못하게 되면 공항을 유치한 정치인도, 건설을 허가한 국토교통성도 체면을 구기게 된다. 아무리 적자가 나더라도 어떻게든 노선을 유지하게 만들어야 한다는 것이 정부의 본심이리라.

"정권이 진정당으로 바뀐다고 해서 정치의 본질이 달라진다고는 생각하지 않아. 다만 새 정권이 들어서면 공적자금이 투입될 가능성이 있을지도 모르겠군."

도마리가 달관한 사람처럼 말했다.

"은행이 돈을 내지 않아도 되는 건 고맙지만, 덩치가 크다고 해서 망하게 할 수 없다는 생각에는 반대야. TK항공의 경우, 우리가 만든 재건안대로만 실천하면 충분히 회생할 수 있어. 출자 이야기도 있고 말이야."

종업원이 가져온 불고기 냄비에 부추를 올리며 도마리가 의아한 얼굴로 물었다.

"그런데 한자와, 상사에서 정말로 출자할까? 정말로 출자해준다면 TK항공도 한숨 돌릴 텐데."

"글쎄……."

한자와의 휴대폰이 진동한 것은 바로 그때였다. 상대는 나이토였다.

"상사 건에서 새로운 진전이 있었던 것 같아."

한자와는 벌떡 일어나더니, 가게의 소란스러움을 피해 뒷골목으로 이어진 문으로 나갔다.

차가운 초겨울 바람이 나이토의 말에 귀를 기울이는 한자와의 목덜미를 어루만졌다.

7

중요한 고객만 들어갈 수 있는, 일명 '귀빈실'이라고 부르는 접견실에는 신발이 움푹 들어가는 카펫에 이탈리아제 소파와 팔걸이의자가 놓여 있었다. 창문 밖으로는 언제까지나 바라보고 싶을 만큼 멋진 항구의 모습이 한눈에 들어왔다.

지금 소파에 파묻힌 듯 깊숙이 앉은 사람은 도쿄중앙상사의 사장인 사쿠라이 젠지. TK항공 사장 가미야가 누구보다 애타게 기다렸던 사람이었다.

"일부러 여기까지 오시다니, 송구스럽기 그지없습니다. 말씀해주셨다면 제가 찾아뵈었을 텐데요."

"아니, 괜찮습니다."

사쿠라이는 가볍게 대꾸하더니 화제를 돌렸다.

"요즘은 어떻습니까?"

가미야는 고전하고 있다고 에둘러 말했다.

"고객의 숫자는 경기의 동향과 직접적인 관계가 있으니까요. 따라서 이번 출자는 대단히 고마운 일이 아닐 수 없습니다. 물류 부문이 강화되면 저희 회사로서는 여객 운송을 보완할 수 있는 수익의 기둥이 되겠지요. 잘 부탁합니다."

가미야는 출자에 대한 기대감을 슬쩍 내비쳤지만, 정면에 앉아 있는 사쿠라이의 심각한 표정을 보고 얼굴에 떠올렸던 미소를 거두었다.

사쿠라이가 본론을 꺼냈다.

"실은 오늘 찾아뵌 것은 그 출자 때문입니다. 사내에서 정밀 조사하고 검토한 결과, 유감스럽지만 출자는 없던 일로 하기로 했습니다."

가미야는 아무 말도 하지 않았다. 아니, 정확히는 어떤 말도 할 수 없었다.

말을 잃어버린 채 아연한 얼굴로 사쿠라이를 바라보는 표정은 너무나 공허해 보였다.

"사쿠라이 사장님, 이유가 뭔지 말씀해주시겠습니까? 지금까지 느낌이 좋았는데 갑자기 그러시니까 당황스럽습니다."

가미야의 옆에서 떨리는 목소리로 말한 사람은 야마히사였다.

"귀사의 물류 부문에 출자해 도쿄중앙상사의 업무를 보완할 수 있으면 저희에게도 대단한 메리트가 있다고 생각했습니다. 그런데 이런 말씀을 드리긴 좀 그렇지만 귀사의 재무 상황과 실적을 정밀 조사한 결과, 메리트보다 리스크가 크다는 결론에 도달했습니다. 말씀드리지 않아도 아시겠지만, 사업은 투자와 회수의 균형이 맞지 않으면 안 되지요. 유감스럽게도 이번에는 그것이 맞지 않다는 결론을 내렸습니다."

"그럴 리가 없습니다. 저희보다 좋은 운송망을 가진 항공사가 어디 있습니까? 다시 한 번 검토해주실 수 없겠습니까?"

겨우 입을 연 가미야의 얼굴이 불그죽죽해졌다. 표정이 절박한 것은 자금 사정이 불안하기 때문이다.

아무리 큰 회사라도 돈이 없으면 망할 수밖에 없다. 그것은 한때 일본의 날개라고 불렸던 TK항공도 마찬가지다. 과거의 화려했던 명예도, 역사도, 자부심도, 자금 부족이라는 현실 앞에서는 무릎을 꿇을 수밖에 없다.

그런 사실을 누구보다 잘 아는 만큼 지금 가미야의 얼굴에는 절망감이 깃들었다.

"출자 금액을 변경해서 검토해주실 수 없겠습니까?"

다급하게 말한 야마히사를 사쿠라이는 연민의 눈길로 쳐다보았다.

"야마히사 부장님, 아무리 그러셔도 결과는 마찬가지입니다. 귀사와 파트너가 되는 건 매력적인 일이지만 리스크가 너무 큽니다."

"재검토의 여지는……."

무겁게 입을 연 가미야의 말을 사쿠라이는 단칼에 거절했다.

"없습니다. 기대에 부응하지 못해서 죄송합니다."

사쿠라이가 두 손을 무릎에 올리고 고개를 숙인 순간, 암울한 침묵이 접견실을 가득 메웠다.

이윽고 무거운 문을 열 듯 가미야가 입을 벌렸다.

"출자가 어렵다면 업무 제휴는 어떻겠습니까? 그렇게 해서 먼저 상황을 지켜보시고, 신뢰할 만하다고 판단하시면 출자를 재검토하시는 겁니다."

사쿠라이는 단호한 눈길로 뿌리치듯 말했다.

"그것도 이미 검토했습니다. 업무를 제휴한다면 그 체제를 계속 유지하고 관리해야 합니다. 실례의 말씀이지만 조만간 자금 상황이 불안해질 것 같은데, 귀사가 그렇게 할 수 있겠습니까? 재건안도 이행할 수 없는 상황이라고 들었습니다만."

"재건안은 지금 수정안을 정리하고 있는 중입니다. 저희 회사가 회생할 수 있도록 도와주실 수 없겠습니까?"

가미야가 간절하게 호소했다.

"회생은 어디까지나 TK항공의 문제입니다."

반론하려던 가미야를 가로막으며, 사쿠라이는 결별을 예감케 하는 강렬한 눈길로 말했다.

"우리가 리스크를 감수하면서까지 TK항공의 회생에 협조해야 할 이유는 어디에도 없습니다. 주주들은 우리에게 계속적인 성장을 기대하고 있습니다. 또한 우리는 우리의 경영에 책임을 져야 합니다. 마음은 이해합니다만, 정에 이끌려 투자하거나 제휴할 만큼의 여유는 없습니다."

마침내 절망의 늪에 빠진 가미야는 어두운 눈길로 입술을 꽉 깨물었다.

짧은 면담을 마친 가미야는 온몸에서 영혼이 빠져나간 것처럼 팔걸이의자에 몸을 묻고, 아무것도 없는 벽의 한쪽을 응시했다.

TK항공을 구하기 위해 지금 자신이 할 수 있는 일은 무엇인가······.

그때 가미야의 머리에 떠오른 것은 한 은행원의 말이었다.

'지금 TK항공에 필요한 건 착실하고도 근본적인 구조조정입니다.'

'귀사에게는 지금이, 마지막 기회입니다.'

가미야는 바싹 말라버린 가느다란 목소리로 말했다.

"······야마히사 부장, 도쿄중앙은행이 제안한 수정재건안이 있다고 했지?"

야마히사가 깜짝 놀란 눈길로 가미야를 바라보았다.

"보여줘. 지금 당장!

8

12월 중의원 선거일.

개표 결과, 중의원 선거는 진정당의 압도적인 승리로 막을 내렸다.

9

떠들썩했던 기자회견장이 찬물을 끼얹은 듯 순식간에 조용해졌다.

그것도 한순간. 여기저기서 플래시가 터지는 가운데, 새파란 정장으로 몸을 감싼 한 여성이 준비된 기자회견장으로 성큼성큼 다가갔다.

단정하게 올려 묶은 머리, 30대 중반의 나이에 자신감 넘치는 표정. 기자들에게 고개 숙여 인사한 뒤, 기자회견용 단상으로 올라가는 당당한 모습은 몇 년 전까지 민영방송의 인기 여자 아나운서였던 시절과 똑같았다.

"이번에 국토교통성 대신으로 임명받은 시라이 아키코입니다. 앞으로 잘 부탁드립니다."

마이크가 늘어선 앞에서 자기소개를 한 시라이는 간단하게 임명 소감을 밝힌 뒤, 기자들의 질문에 정중하게 대답했다.

"왠지 무서워 보이는데요?"

은행 본부의 TV를 통해 그 모습을 지켜보던 다지마가 가볍게 농담을 했다. 다음 순간.

"실적이 악화된 TK항공에 대해서 질문하겠습니다."

그렇게 말하는 기자의 목소리를 듣고, 한자와도 TV로 시선을 돌렸다.

"며칠 전에 유식자회의에서 확정한 수정재건안을 바탕으로 재건이 시작되었습니다. 앞으로 공적자금을 투입할 가능성이 있습니까?"

기자들의 질문에 담담하게 대답했던 시라이의 표정이 한순간 굳어지면서, 상상도 못 했던 말이 튀어나온 것은 그때였다.

"유식자회의의 수정재건안은 전면 백지화하겠습니다."

자신의 귀를 의심한다는 말은 이런 상황을 가리키는 것이리라. 깜짝 놀라며 숨을 멈춘 한자와의 옆에서 다지마가 목소리를 높였다.

"뭐야! 저 사람, 지금 뭐래? 미친 거 아니야?"

한자와가 재빨리 다지마를 손으로 제지했다. 시라이의 말이 이어졌다.

"애초에 유식자회의는 헌민당 정권에서 구성된 것인데, 저는 그때 만든 재건안의 실현 가능성에 의문을 가지고 있습니다."

회견장의 술렁거림이 마이크를 통해 전해졌다. 이것은 깜짝 발언이라기보다 폭탄 발언이다.

"이와 관련해서 우리 진정당 정권에서 다시 TK항공의 현재 상황을 정밀 조사한 뒤, 새로운 재건계획을 검토하려고 합니다."

"공적자금을 투입한다는 뜻입니까?"

"그건 지금 말씀드릴 수 없습니다."

시라이는 기자의 질문을 피했다.

"TK항공의 자금 사정이 조만간 벽에 부딪힌다고 하는데, 구제할 생각은 있습니까?"

"TK항공은 민간 기업입니다. 그런 기업에 구제 운운하는 이야기는 이 자리에서 말씀드릴 수 없습니다."

"구제하지 않을 수도 있다는 겁니까?"

"아직 TK항공을 정밀 조사하지 않았으므로, 그 질문에도 대답할 수 없습니다."

다른 기자가 물었다.

"헌민당 정권에서 만든 유식자회의는 어떻게 하실 겁니까?"

"유식자회의는 신속하게 해산할 겁니다. 헌민당 정권의 부실한 항공 행정과 손을 끊고, 진정당에서 새로운 시점으로 회생을 검토하려고 합니다. 구체적으로 말씀드리자면 TK항공의 회생을 검토할 'TK항공 회생 태스크포스'를 제 직속으로 설치하겠습니다. 이 태스크포스는 기업 재건 분야의 전문가로 구성할 겁니다. 즉, 최선의 재건안을 만들기 위한 프로젝트 팀이라고 생각하시면 됩니다."

"태스크포스라고?"

아닌 밤중에 홍두깨 같은 소리에 다지마의 목소리가 뒤집어졌다.

시라이의 목적은 TK항공의 재건이 아니라 전 정권의 부정이 아닌가? 그것을 통해 국민들에게 진정당의 우위성과 헌민당과의 차별성을 주장하려는 것이다. 겨우 그런 목적으로 유식자회의와 수정재건안을 매장하려고 하다니. 그렇다면 TK항공을 정치적 도구로 이용하는 사람들과 무엇이 다른가.

"태스크포스 좋아하시네!"

다지마가 분노로 시뻘게진 얼굴을 한자와에게 향했다.

"차장님, 이렇게 말도 안 되는 이야기가 어디 있습니까? 그러면 지금까지 고생한 우리는 뭐가 됩니까? 밤새 머리를 짜내서 겨우 수정재건안을 통과시켰는데! 진정당 정권인지 뭔지, 어떻게 이토록 무식한 짓을 할 수 있죠? 수정재건안의 내용도 모르면서 실현 가능성에 의문을 가지고 있다니. 이 정도면 아무리 진수성찬을 차려놔도 무조건 밥상을 뒤엎겠다는 거잖습니까?"

시라이의 눈에는 수정재건안을 받아들인 TK항공의 고뇌도, TK항공을 회생시키기 위해 죽을힘을 다해 노력해온 은행 담당자들의 열정도 보이지 않는다. 그녀의 머릿속에 있는 것은 오직 지난 정권과의 차별화와 마음속에서 꿈틀거리는 공명심뿐이다.

기업의 운명을 정치의 도구로 삼는 자들이 어떻게 TK항공을 회생시키겠는가…….

득의양양한 표정으로 질의응답을 이어가는 시라이를 보면서 한자와의 마음속에서는 근본적인 불신감이 소용돌이쳤다.

1장

정부의 자객

1

"당신이 도쿄중앙은행의 담당자인가?"

TK항공 본사의 25층. 회생 태스크포스 본부의 임시 사무실이 있는 곳이다.

'TK항공 회생 태스크포스'의 진용이 정식으로 발표된 것은 이듬해 1월 초순. 지금으로부터 약 석 달 전의 일이었다.

본부장은 대기업을 회생시킨 경험이 풍부한 노하라 쇼타 변호사. 술통처럼 생긴 비만 체형에 검은 테의 둥근 안경을 쓴 사람이다. 안경 안쪽의 작은 눈에서 뿜어 나오는 시선은 칼날처럼 날카로웠다. 한편 부본부장인 미쿠니 히로시는 외무성 고위직 관료에서 외국계 펀드회사로 전직한 이색 경력의 소유자로, M&A와 기업 재건 분야에서 높은 평가를 받고 있다.

두 사람은 예전에 착수했던 한 기업 재건 프로젝트에서 손을 맞춘 사이로, 그들을 필두로 주요 멤버는 모두 다섯 명이었다. 또한 스태프로서 회계법인과 법률사무소에서 공인회계사와 변호사 등을 차출해 총 1백 명의 진용을 갖추었다.

태스크포스를 발족한 이후, 지난 석 달은 TK항공의 자산을 조사하는 데 허비해서, 자금 조달을 비롯한 기타 협상은 전부 정지되는 이례적인 사태가 이어지고 있었다.

그리고 태스크포스에서 이제서야 겨우 재건안에 관해 거래 은행에 면담을 요청한 것이 바로 사흘 전이었다.

지금 한자와는 은행 면담용 회의실에서, 태스크포스 본부장인 노하라와 마주한 참이었다.

"한자와입니다."

한자와가 내민 명함을 노하라는 힐끗 흘겨본 뒤, 탁자 위에 있는 종이상자에 던져 넣었다. 그곳에는 한자와 이전에 방문한 것으로 보이는 협력업체들의 담당자 명함이 무질서하게 들어 있었다. 자신의 명함은 줄 생각이 없는지, 노하라가 대신 내민 것은 태스크포스의 분야별로 나누어진 담당자의 직통전화번호 목록이었다.

"이쪽에서 질문한 내용에 답변할 때는 그 번호로 전화를 걸어주게."

노하라는 빠르게 말하더니, 탐탁지 않은 표정으로 덧붙였다.

"예전의 수정재건안 말인데, 당신들이 정리한 초안을 억지로 밀어붙였다고 하더군."

"억지로 밀어붙여요?"

도저히 우호적이라고는 할 수 없는 상대를 한자와는 똑바로 응시했다. 흰머리가 섞인 머리칼은 제대로 매만지지 않아서 아무렇게나 삐죽삐죽 튀어나와 있었다. 마치 밑바닥부터 온갖 고생을 하면서 차근차근 올라온 듯한 분위기의 남자였다.

"저희는 합리적으로 판단해서 만들었다고 생각합니다. 그 재건안이 앞으로 지원하는 데 필요한 최소한의 조건이라고 생각해주십시오."

그 이하의 계획은 받아들일 수 없다고 넌지시 암시할 생각이었지만 노하라는 코웃음을 치며 비웃었다.

"우리 태스크포스는 은행을 위해 만들어진 게 아니니까 착각하지 마시지. 우리는 어디까지나 TK항공을 회생시키기 위해 시라이 대신님의 특명으로 만들어진 팀이야. 그건 알고 있겠지?"

기업 재건 분야에서는 꽤 유명한지 몰라도, 은행을 무시한다는 것은 태도만 봐도 알 수 있었다.

옆에서 미쿠니가 사무적으로 말했다.

"여기까지 오시라고 한 건 우리가 의견서를 만들 때, 그쪽 은행의 협조를 받고 싶어서입니다."

"지난번 유식자회의에서 확정한 수정재건안을 어떻게 생각하시는지, 견해를 듣고 싶습니다."

한자와의 질문에 노하라는 일방적으로 대답했다.

"그건 이미 백지로 돌렸네."

"잠시만요! 저희 쪽도 승인한 계획을 멋대로 백지로 돌려버리시면 곤란합니다. 그건 굉장히 노력해서 만든 확실한 계획인데,

왜 일부러 백지로 돌렸는지 모르겠습니다."

노하라는 발을 꼬면서 담배에 불을 붙였다.

"확실한 계획이라니……. 내 눈에는 확실하긴커녕 쓸 만한 구석은 손톱만큼도 없던데? 애초에 은행에선 지금까지 TK항공의 실적이 악화되는 것을 팔짱 끼고 구경만 했잖나? 이제 와서 재건 계획이랍시고 서류 하나 던져놓고 참견하려고 들면 곤란하지."

"TK항공의 현재 자금 상황은 아십니까? 8월이면 거래하는 각 은행의 연계자금* 기일이 돌아옵니다. 그때까지 저희가 받아들일 수 있는 재건안이 나오지 않으면 추가 지원은 어렵습니다. 그런 상황에 대해서는 아마히사 부장에게 들으셨으리라고 생각하지만요."

하지만 노하라는 그 말을 간단히 부정했다.

"은행 협상까지 인계받지 않아. 우리는 어디까지나 TK항공의 신속한 재건을 목표로 처방전을 만들 거니까. 은행과 직접 협상할 생각은 없어."

"채권자는 빼고 재건계획을 세울 생각입니까?"

그때 노하라와 미쿠니의 얼굴에 떠오른 것은 한자와의 말을 무시하는 비웃음이었다.

미쿠니가 가슴을 펴고 대답했다.

"그렇습니다. 더구나 구태여 들을 것까지도 없이 은행의 사정은 알고 있으니까요. 은행 쪽에서도 그렇게 생각하시면 됩니다."

• 금융기관에서 융자할 재원이 모자랄 경우, 재원 마련 전까지 임시로 빌려 쓰는 자금.

착각도 이만저만이 아니다.

한자와의 목소리가 딱딱해졌다.

"저희 은행은 TK항공에 7백억 엔이 넘는 채권이 있습니다. 개 투은의 뒤를 잇는 채권자로, 대출해준 기업의 상황을 모니터링 하지 않으면 안 됩니다. 어떤 재건안이 나올지 모르겠지만, 내용에 찬성할 수 없으면 지원도 할 수 없습니다. 그 부분은 이해해주시기 바랍니다."

노하라가 담배를 비벼 끄면서 귀찮은 얼굴로 말했다.

"찬성한다든지 찬성하지 않는다든지, 은행은 그런 말을 할 때가 아니지 않나? 어차피 은행은 이런 일에 대해 아마추어에 불과하니까 그냥 밖에서 지켜보면 돼. 우리 방식에 참견할 만한 노하우도 없으면서 괜히 감 놔라 배 놔라 하지 말고!"

한자와는 솟구치는 조바심을 억누르며 대답했다.

"적어도 채권자의 권리는 있다고 생각합니다. TK항공은 저희의 요구에 따라 상황을 설명해줄 의무가 있습니다."

미쿠니가 내치듯이 말했다.

"그건 TK항공에 물어보면 되지 않습니까? 은행과 거래하는 건 우리가 아니니까요."

"그건 알고 있습니다. 그런데 TK항공의 운명을 결정할 재건 계획을 만드는 건 TK항공이 아니라 태스크포스라고 하셨지 않습니까? 그래서 말씀드리는 겁니다. 중요한 사항임에도 불구하고 그런 정보도 주시지 않으면 곤란합니다."

"몇 번을 말해야 알아듣겠나? 당신들이 곤란하든 말든 우리하곤 관계없다니까 그러네!"

노하라의 목소리가 한층 높아졌다. 그는 다시 담뱃갑에서 담배를 하나 꺼내 불을 붙였다. 그리고 한 모금 빨고 나서 몸을 앞으로 내밀고 한자와를 쏘아보았다. 양쪽 콧구멍으로 성대하게 연기를 뿜어내는 모습은 꼭 괴물처럼 보였다.

"이건 국토교통성 대신님의 뜻이야."

한자와는 더는 참지 못하고 마침내 반론을 시작했다.

"그렇다면 묻겠습니다만 태스크포스의 법적 근거는 무엇입니까? 저희는 계약에 근거해 TK항공에 대출해주고 그 이후에 관리를 하고 있습니다. 지금 국교성 대신님의 뜻이라고 하셨습니다만, 대신님의 사적 자문기관이 민간 기업에 나타나 거래 은행에게 지시하고 명령하는 건 어떤 법에 근거하고 있습니까?"

노하라의 얼굴 여기저기에서 붉은 기운이 불끈불끈 솟구치기 시작했다. 시라이 대신이 만든 태스크포스라고 큰소리를 치지만 법적인 근거는 어디에도 없다. 그것은 태스크포스의 결정적인 약점이기도 하다.

"이봐, 며칠 전에 끝난 선거를 기억하지? 국민의 압도적 다수가 진정당 정권을 지지하고 있어. 그런 정권의 대신님이 만든 기관인 만큼 우리의 존재는 국민의 뜻이라고 할 수 있지. 법적 근거니 뭐니, 괜히 아는 척 떠들기 전에 예전에 공적자금으로 구제를 받은 은행의 과거를 생각해보는 게 어때? 자신들은 약삭빠르게 도움을 받아놓고 다른 회사에게 잘하니 못하니 떠들어대다니. 참 뻔뻔하기도 하군 그래."

노하라는 작은 눈을 부라리고 한자와를 노려보면서, 애벌레처럼 생긴 통통한 손가락으로 삿대질을 했다.

한자와는 냉정한 얼굴로 되받아쳤다.

"그것과 이건 전혀 다른 이야기입니다. 말머리를 바꾸지 마십시오. 저희는 당연한 권리를 주장하고 있는 것뿐입니다. 유식자 회의의 승인을 얻은 수정재건안을 백지로 돌린다고 하셨는데, 그 계획에는 피해서는 안 되는 구조조정의 핵심이 들어 있습니다. 기업연금제도 개혁은 한시도 늦출 수 없고, 노선 감편과 일부 노선 철수, 인건비 절감도 마찬가지입니다. 그런 항목들은 당연히 검토하신다고 생각해도 되겠죠?"

"지금 그런 걸 대답할 수 있을 것 같아? 우리는 여기에 은행과 협상하러 온 게 아니라고 했잖아!"

노하라는 냉담하게 말하고, 파리라도 쫓듯이 얼굴 앞에서 손을 휘휘 내저었다.

미쿠니가 옆에서 교활한 미소를 지었다.

"당신은 지금 우리가 하는 일에 트집을 잡고 싶은 것 같군요. 은행에선 TK항공이 한심해서 이런 상황에 빠졌다고 여길지 모르겠지만, 우리는 그렇게 보지 않습니다. TK항공도 한심하지만, 그렇게 말하면 TK항공과 거래한 은행도 마찬가지가 아닌가요? TK항공의 실적이 나빠진 지 올해로 몇 년이 되었지요? 그동안 할 수 없었던 일을 이제 와서 할 수 있을 리 없지 않습니까? 국교성에서는 손도 써보지 못하고 TK항공이 도산의 위기에 처하는 것을 방관할 수는 없습니다."

"그렇다면 한 가지만 확인해도 되겠습니까?"

한자와는 그렇게 말하고 자신을 증오스럽게 노려보는 노하라를 향해 물었다.

"자세한 계획은 차치하고라도 자력 회생 방안은 유지하시는 거겠죠?"

대답은 돌아오지 않았다. 노하라는 앞으로 숙였던 몸을 소파로 돌린 뒤, 조금 전에 불을 붙인 담배를 비벼 끄더니 새 담배에 불을 붙였다. 완전히 줄담배를 피우는 골초다.

불만스러운 얼굴로 입술을 꽉 다물더니 노하라는 대답했다.

"우리에겐 우리의 방식이라는 게 있어. 당신이 지금 걱정하는 문제는 법적으로 채권이 탕감되어 은행이 손해를 보는 것이지 않나? 그런 건 우리와 아무 상관이 없어. 그리고 채권 탕감을 요구하는 건 특별히 법적 절차만 있는 게 아니란 걸 잊지 말게. 자력 회생을 하더라도 필요하다면 채권 탕감을 요구할 거니까. 그거야 당연한 일이지만."

노하라의 말이 끝나기가 무섭게 미쿠니가 한자와 앞에 서류를 한 통 내밀었다.

"그와 관련해서 그 서류를 한번 보시죠."

서류를 펼친 한자와는 깜짝 놀라며 얼굴을 들었다.

"이게 어떻게 된 거죠?"

"뭐가 어떻게 돼? 보는 대로야."

노하라는 거칠게 말하고 비열한 미소를 지었다.

"TK항공의 비용 절감은 앞으로 서서히 진행하겠지만, 그와 동시에 은행에는 일률적으로 70퍼센트의 채권 탕감을 요청하기로 했어. 이유는 거기에 쓰여 있으니까 읽어봐. 즉시 채권 포기를 검토하고 다음 달 안에 정식으로 답변해줘. 답변의 타이밍에 대해서는 추후에 통보하지."

어이가 없어서 말이 나오지 않는다. 그 간단한 서류에는 채권 탕감의 구체적 근거라고 할 수 있는 것이 아무것도 없다. 큰 폭의 적자에서 벗어난 뒤, 3년째에 큰 폭의 흑자로 전환하겠다는 황당하고 어이없는 시나리오만 있을 뿐이었다.

"우리의 목표는 TK항공의 스피드 재건이야. 그러기 위해서는 재건의 족쇄가 되는 거액의 채권을 줄이지 않으면 안 되지. 그리고 은행은 그 일에 협조해줄 도의적 책임이 있어. 오랫동안 TK항공을 먹이로 삼아서 단물을 쪽쪽 빨아먹었으니까 말이야."

한자와는 단호하게 거절했다.

"이런 건 검토할 필요도 없습니다. 수정재건안대로만 실천하면 TK항공은 충분히 재건할 수 있습니다. 스피드 재건인지 뭔지 모르겠지만, 필요도 없는 채권 탕감을 요구하는 건 이치에 맞지 않습니다."

똑바로 쳐다보는 한자와를 향해, 무슨 이유인지 노하라는 여유 있는 표정을 지었다.

"그건 어디까지나 당신의 개인 의견이지 않나? 당신에겐 태스크포스의 제안을 이 자리에서 거부할 권한이 없어. 빨리 은행으로 가져가서 검토해보시지."

노하라는 담배 연기를 깊숙이 토해내면서 의미심장한 웃음을 지었다.

"좋은 대답을 기다리고 있겠네."

2

"산 넘어 산이고 물 넘어 물이군. 삼가 명복을 빕니다!"

한자와는 업무 관계로 영업 2부에 들른 김에 자신의 책상 앞까지 온 도마리와 함께, 구석에 있는 휴게실로 향했다. 도마리는 커피 자판기에서 뽑은 커피를 한 모금 마시더니, 지나친 단맛에 얼굴을 찡그리며 한자와에게 내밀었다.

"마실래?"

한자와는 고개를 가로저으며 설탕과 크림이 없는 커피를 선택했다.

"아무리 생각해도 70퍼센트나 포기하라는 건 너무하지 않아? 노하라인지 뭔지, 그 영감탱이는 결국 수단과 방법을 가리지 않고 자기 공으로 하고 싶은 것 아니야?"

도마리는 혐오감을 감추지 않고 코에 주름을 잡았다. 은행원에게 채권 포기란 말을 쉽게 하는 사람만큼 불쾌한 상대는 없다.

말이 좋아서 대출이지, 실태는 박리다매 장사다.

가령 1억 엔을 대출해줘도 은행이 1년에 받는 이자는 고작 수백만 엔에 불과하다. 거기에서 인건비를 비롯해 이런저런 비용을 빼면 실제 이익은 티끌에 지나지 않는다.

한편 1백만 엔을 대출해줬다가 못 받았을 경우, 그것을 메우기 위해서는 수억 엔을 대출해주어야 한다. 한마디로 말해 특별한 이유 없이 채권을 포기하라는 말은 은행 문을 닫으란 말과 마찬가지다.

"설마 받아들일 생각은 아니겠지?"

의심스러운 눈길로 묻는 도마리를 향해 한자와는 고개를 옆으로 흔들었다.

"헛소리하지 마. 위쪽에도 거절하고 싶다고 보고서를 올렸어."

도마리는 고개를 끄덕였다.

"당연하지. 태스크포스인지 뭔지, 코를 납작하게 만들어줘. 완장 하나 찼다고 자기가 뭐라도 된 줄 아는 놈은 따끔한 맛을 봐야 정신을 차리지."

콧김을 내뿜으며 거칠게 말하는 도마리에게 한자와는 종이컵을 든 오른손을 가볍게 치켜들어 보이고 영업 2부의 자리로 돌아왔다. 기모토 상무가 한자와를 호출한 것은 그 직후의 일이었다.

"이번 건에 대한 자네 보고서를 봤는데, 정말로 이걸로 좋다고 생각하나?"

기모토의 집무실에는 먼저 온 손님이 있었다. 소네자키였다. 탁자 위에는 한자와가 쓴 '태스크포스 제안에 대한 대응'이라는 보고서가 놓여 있었다.

"무슨 말씀이신가요?"

진의를 몰라서 고개를 갸웃거리는 한자와를 보고 기모토가 말했다.

"다른 은행의 의사는 확인했나?"

옛 T의 에이스인 기모토는 짙은 감색 양복에 옅은 감색 넥타이를 맞춰 입은 세련된 남자였다. 겉으로는 사리분별을 잘하는 것처럼 보이지만, 속으로는 무슨 생각을 하는지 알 수 없는 사람이다. 애초에 한자와는 잘난 척하는 녀석을 끔찍하게 싫어했다.

한자와가 대답했다.

"아뇨, 아직 확인 안 했습니다. 우리 은행의 방침을 정하는 게 먼저라고 생각합니다."

"다른 은행이 어떻게 대응할지, 분위기는 대충이라도 알고 있겠지? 어때?"

옆에서 거만하게 물은 사람은 소네자키였다.

"물론 부정적이야. 채권을 포기하라는데 두 손 들고 환영할 은행이 어디 있겠어?"

너는 좀 빠지라고 말하고 싶은 것을 참고 한자와가 대답하자 소네자키는 히죽 웃으면서 의문을 제기했다.

"과연 그럴까? 개투은에서는 채권 포기를 긍정적으로 검토하고 있다던데?"

어디선가 주워들었으리라. 한자와가 잠자코 있자 소네자키는 신바람이 나서 떠들었다.

"주거래은행인 개투은에서 긍정적으로 검토하고 있다면 다른 은행도 그에 따를지 몰라. 우리 은행만 거절하면 태스크포스의 재건안이 허공에 뜰 수도 있다, 그 말이지."

"그래서 뭐야? 이렇게 말도 안 되는 요청을 받아들이라는 뜻인가?"

어이없는 얼굴로 묻는 한자와를 향해 소네자키는 그럴 듯한 반론을 제기했다.

"내가 언제 그랬어? 다만 결론을 미리 정해두고 이치를 짜내지 말고, 제대로 검토해보는 게 어떠냐고 하는 거야."

소네자키의 뒤를 이어 기모토가 형식적인 미소를 지으며 입을 열었다.

"한자와 차장, 은행단끼리는 미리 결론을 맞추는 일이 있지. 건전한 기업만 상대해온 자네에게는 그런 감각이 없을지도 모르겠지만, 채권 회수의 현장에서는 은행단의 협조가 중요할 때가 있거든."

"지금 채권 포기를 검토하라는 말씀이신가요?"

생각지도 못한 기모토의 말을 듣고 깜짝 놀라서 한자와가 물었다.

"대국적인 견지에서 생각해봐도 좋지 않겠냐는 거야."

기모토는 거만하게 말하며 미소를 지었다. 하지만 눈은 웃지 않았다.

기모토는 한자와의 눈에서 시선을 떼지 않고 뚫어지게 쳐다보며 말을 이었다.

"태스크포스는 분명히 자네 말처럼 법적 근거가 없는 조직일 수도 있지. 하지만 국교성 대신의 직속 기관인 만큼 나름대로의 힘은 가지고 있어. 이 건에 대해 지금 금융청에선 조용히 지켜보고 있지만 항공 행정, 나아가서 사회질서에 미칠 파장도 고려하지 않으면 안 돼. 자네 보고서에는 그런 거시적인 관점이 빠져 있는 게 아닐까 하는데, 어떻게 생각하나?"

"상무님, 그건 너무 저자세가 아닌가요?"

한자와의 말이 끝나기도 전에 소네자키가 달려들며, 주인을 지키는 강아지처럼 왈왈거렸다.

"무슨 소리야? 상무님에게 그렇게 무례하게 말하다니!"

"자네는 좀 빠져. 이제 TK항공 담당자도 아니잖아!"

소네자키의 얼굴이 시뻘겋게 달아올랐지만, 사실이기 때문에 반박할 말이 없었다.

한자와는 다시 말을 이었다.

"보고서에도 썼지만 일단 태스크포스가 말하는 채권 포기의 근거가 명확하지 않습니다. 스피드 재건을 위한 효과적인 수단

이라고 주장할 뿐이지요. 더구나 이번 일에서 가장 중요한 재건
안을 만들면서, 도쿄중앙은행을 배제하고 자기들 멋대로 말하고
있습니다. 이치를 따져봐도 이런 요청은 받아들여서는 안 된다
고 생각합니다."

기모토가 위엄을 담아 엄숙하게 말했다.

"한자와 차장, 상대는 국교성 대신이야. 지금은 그런 이치론에
집착할 때가 아니지."

"제 의견에 대해 행장님께선 뭐라고 하셨습니까?"

한자와의 질문에 기모토는 명확한 대답을 피했다.

"행장님의 생각을 내가 어떻게 알겠나? 난 단지 채권 회수의
담당 임원으로서 자네에게 현실적인 의견을 제시한 것에 불과
해. 지금 한 말을 토대로 재검토를 부탁하네."

기모토와의 짧은 면담은 그것으로 끝났다.

다음 날, 이번에는 나이토 부장이 한자와의 책상 앞에 나타나
목소리를 낮추며 말했다.

"한자와, 이 보고서 말인데……."

파일에 끼운 서류를 한자와의 책상에 내려놓으며 나이토는 떨
떠름한 표정을 지었다.

"무턱대고 거부하지 말고 전반적인 상황을 봐달라는 행장님의
지시가 내려왔어."

한자와는 믿을 수 없는 심정으로 그 말을 들었다.

"그렇게 말도 안 되는 요청을 계속 검토할 필요가 있습니까?"

"나도 동감이야. 그런데 아무래도 임원들 사이에선 그렇지 않은 것 같아."

"그러고 보니 어제 기모토 상무가 부르더군요."

한자와가 무슨 말을 하려는지 알아차리고 나이토는 예리한 표정을 지었다.

"아무래도 이 일의 이면에 뭔가 있는 것 같군."

그것이 무엇인지는 나이토도 모른다. 구태여 말하자면 뱅커로서의 동물적인 후각이라고 할까?

"마음에 들지 않는군요."

한자와는 어두운 먹구름이 피어오르는 뜻밖의 사태에 직면하고 이마에 주름을 잡았다.

3

한자와가 개발투자은행의 TK항공 담당자를 방문한 것은 그다음 날이었다.

안내를 받은 접견실에서 잠시 기다리고 있자 노크 소리가 들렸다. 안으로 들어온 사람은 뜻밖에도 체구가 작은 여성이었다.

"기다리게 해서 죄송해요. 담당자인 다니가와라고 합니다."

상대가 내민 명함에는 '개발투자은행 기업금융부 제4부 차장, 다니가와 사치요'라고 쓰여 있었다. 나이는 마흔 살쯤 되었을까?

화장기가 없고 액세서리는 작은 귀걸이뿐이었다. 사람을 끌어당기는 강렬한 눈이 인상적인 여성이었다.

이 사람이 개발투자은행 TK항공팀을 이끌고 있는 실무 책임자였다.

"바쁘신데 죄송합니다."

고개를 숙인 한자와에게 다니가와는 소파를 권했다.

"아니에요. 저도 급히 만나서 얘기해보고 싶던 참이었어요. 태스크포스에서 타진이 있었나요?"

먼저 물은 사람은 다니가와였다.

"일률적으로 70퍼센트의 채권을 포기하라고 하던데, 개투은에서는 어떻게 대응하실 건가요?"

소네자키는 개발투자은행이 채권 포기를 긍정적으로 검토하고 있다고 말했다. 어딘가에 정보원이 있는 것이겠지만, 한자와의 질문을 받고 다니가와는 살짝 당황한 표정을 지었다.

"지금 은행 내부에서 검토하고 있어요."

"긍정적으로 검토하고 있다는 이야기를 들었는데, 그게 사실입니까?"

"긍정적인지 아닌지는……."

다니가와가 말끝을 흐리는 것을 보고 한자와는 목소리에 힘을 주었다.

"저희는 TK항공이 얼마든지 자력 회생을 할 수 있다고 판단하고 있습니다. 개투은에서도 지난번 수정재건안에 최종 합의를 하셨으니까 저희와 같은 생각이지 않을까 합니다만."

하지만 다니가와의 입에서는 생각지도 못한 말이 흘러나왔다.

"그것에 대해 저희 은행 내부에서 반성하는 목소리가 나오고 있어요."

"반성이라뇨?"

"지난번 재건안에 동의해놓고 이런 말씀을 드리기는 좀 그렇습니다만, 저희 은행 내부에서 도쿄중앙은행이 주도한 수정재건안에 너무 안이하게 합의한 게 아닌가, 정부계 금융기관으로서 우리의 생각을 더 강력하게 주장해야 하지 않았나 하는 의견도 있거든요."

"정부계 금융기관으로서 개투은의 생각이라고요?"

한자와는 찜찜한 얼굴로 물었다. 정부계 은행이든 민간 은행이든 은행은 은행이다. 돈을 빌려주고 받는 기본적인 업무에 차이가 있을 리 없지 않은가.

"예를 들면 어떤 생각입니까?"

"지난번 수정재건안대로 한다면, 여객 운송에 미치는 영향이 너무 크다는 의견이 있어요. 적자 노선을 없애서 그쪽을 이용하는 승객을 방치하는 건 너무하지 않느냐고……."

한자와는 다니가와의 얼굴을 뚫어지게 바라보았다.

"그리고 감편과 노선 철수에 대해서는 좀 더 시간을 가지고 생각하는 편이 좋겠다는 지적도 있었고요. TK항공의 경우, 직능별로 전문가가 배정되어 있어서, 노선 철수 시기를 바꾸면 인원 감축 시기는 덩달아 뒤로 미뤄지게 될 거예요."

"헌민당 시절에는 그런 의견을 말하지 않았잖습니까?"

한자와의 반론을 듣고 다니가와의 얼굴에서 표정이 사라졌다.

"한 가지 더 말씀드리자면 지금 직능별로 전문가가 배정되어 있다고 하셨는데, 저희는 그 부분이 비용 구조상의 문제라고 생각합니다. 한 사람이 여러 공정을 담당할 수 있도록 다능공화(多能工化)해야 하고, 수정안에서도 그 점을 강조하고 있습니다."

"안전 운항을 가볍게 본다는 의견도 있다는 걸 아시나요?"

한자와는 다니가와를 물끄러미 바라보면서 이면에 숨겨진 뜻을 생각했다.

"그건 어디 의견인가요?"

"그냥 일반적인 의견이에요."

한자와는 반론을 제기했다.

"그런 의견은 받아들일 수 없습니다. TK항공의 라이벌인 대일본공수에서는 이미 직원을 다능공화해서 효율성을 높이고 있지 않습니까? 지금 하신 말씀은 대일본공수에서는 안전성을 가볍게 여긴다고 하시는 것과 똑같습니다. 다니가와 차장님……."

한자와는 새삼스레 명함과 다니가와의 얼굴을 번갈아 바라보며 덧붙였다.

"다른 사람 의견이 아니라 차장님은 어떻게 생각하십니까?"

"저는……."

다니가와는 한자와를 똑바로 응시하면서 단언했다.

"그 수정재건안의 내용에 백 퍼센트 찬성해요. 그리고 채권을 포기하라는 태스크포스의 요청은 잘못되었다고 생각해요. 한자와 차장님 말씀처럼 얼마든지 자력으로 회생할 수 있는데, 금융기관에서 채권 포기를 받아들이는 건 말이 안 돼요. 하지만 제 개인 의견이 그대로 저희 은행의 의견이 되는 건 아니에요."

"즉, 은행 내부의 반대하는 사람들과 싸우고 있으시군요."

다니가와가 반대로 물었다.

"한자와 차장님은 어떠신가요? 차장님께선 채권 포기를 반대하시는 것 같은데, 그게 도쿄중앙은행의 결론은 아니지 않나요? 노하라 변호사는 도쿄중앙은행은 반드시 꺾이니까 괜찮다고 했지만요."

"그게 무슨 뜻이죠?"

뜻밖의 이야기를 듣고 한자와는 무심코 되물었다.

다니가와는 머리를 가로저었다.

"글쎄요, 그건 잘 모르겠어요. 도쿄중앙은행에도 나름의 사정이 있을 거라는 정도밖에 생각하지 않았거든요. 저희 은행에도 나름대로 사정이 있는 것처럼요."

한 단어가 마음에 걸려서 한자와는 다시 물었다.

"사정……이라고요? 그게 무슨 말씀이시죠?"

다니가와는 한자와의 시선을 피하며 가볍게 입술을 깨물었다. 의연한 태도와는 반대로 희미한 분노가 얼굴을 가로질렀다.

"개투은의 존재에 관한 문제라고만 말씀드릴게요."

이윽고 상대의 입에서 나온 이해할 수 없는 대답을 듣고, 한자와는 그녀를 물끄러미 바라본 채 잠시 입을 다물었다.

"무슨 말씀인지 잘 모르겠군요."

그 말에 대한 다니가와의 대답은 여전히 수수께끼 같았다.

"한 가지 드릴 수 있는 말씀은 저희는 정부계 금융기관으로서 민간 기업에 막대한 지원을 해왔고, 앞으로도 계속 그렇게 해야 한다는 거예요."

다니가와는 그것이 채권 포기에 대한 긍정적인 대응이라는 식으로 말했다.

"기묘한 이야기군요. 어떻게 된 거죠?"

은행으로 돌아온 한자와가 면담의 내용을 대강 말해주자 다지마는 고개를 갸웃했다.

"글쎄, 아무리 물어봐도 다니가와 차장은 결국 말해주지 않았어. 보기보다 고집이 세더군."

"당연하죠. 대처니까요."

다지마가 농담처럼 말했다.

"대처? 그게 뭐야?"

"다니가와 차장의 별명입니다. 다들 그렇게 부른다고 하더라고요. 체구는 작지만 꽤 터프한 협상가거든요."

조직의 의사를 대변하는 한편, 자신의 의견도 확실하게 말하는 다니가와의 인상은 나쁘지 않았다. 그것은 개발투자은행이라는 조직 안에서 다니가와가 나름대로 갈등을 겪고 있음을 뜻한다.

"예전부터 그랬어요. 정말이지 개투은은 무슨 생각을 하는지 모르겠다니까요."

다지마는 한탄하듯 한숨을 쉬고는 진지한 얼굴로 덧붙였다.

"우리가 반드시 꺾인다는 노하라의 말도 마음에 들지 않습니다. 지금 단계에서 그런 말을 함부로 하는 건 이상하지 않습니까? 혹시 우리가 모르는 뭔가가 있는 거 아닌가요? 그러고 보니 임원회의에서 채권 포기 거절 의견을 승인해주지 않은 것도 이해가 되지 않고요."

그건 한자와도 느끼고 있던 점이다.

"행장님께서 그런 분이셨던가요?"

다지마의 얼굴에 의아함이 잔뜩 스며들었다.

"아니⋯⋯."

한자와는 고개를 가로저었다.

대출에 대한 나카노와타리 은행장의 자세는 긍지와 자부심을 느낄 만큼 정통적이다. 반면에 행내 화합을 지나치게 배려하는 측면이 있어서, 그런 면이 종종 이해할 수 없는 경영 판단으로 이어지기도 한다. 더구나 은행장은 결코 청렴결백하기만 한 뱅커는 아니다. 뛰어난 책략가에다 청탁도 어느 정도 받아들이기도 하는 인간적인 면이 있는 사람이기도 하다.

"본래라면 그런 건 거절하라고 단칼에 말씀하셨을 거야. 내가 알기론 그런 분이시거든."

나카노와타리가 예전에 어떤 방식으로 일했는지 알고 있는 한자와는 그렇게 평가했다. 그동안 많은 일이 있었지만 한자와는 솔직히 말해 나카노와타리를 싫어하지 않는다. 오히려 존경하는 뱅커이자 목표로 삼고 있는 사람이다.

다지마가 낙담하며 말했다.

"옛 T에 대한 배려인가요? 아무리 그래도 이런 채권 포기 요구에 응할 필요는 없잖습니까? 일을 하면 할수록 은행의 논리라는 걸 믿을 수 없게 되는군요. 우리가 모르는 규칙에 따라 움직이는 듯한 기묘한 감각이라고 할까?"

한자와는 자신도 마찬가지라고 생각했다.

자신도 모르는 사이에 원칙이 구석으로 밀려나고, 궤변이 그 자리를 차지한다. 지나치게 생각한 끝에 때로는 바보도 하지 않는 짓을 저지르는 것이 조직의 생리다.

"태스크포스에서 마법을 부린 건 아니겠지만 아무래도 수상합니다."

"채권 포기의 정식 답변을 내놓을 때까지는 아직 시간이 있어. 당분간 상황을 지켜볼까?"

한자와는 일단 신중하게 말했다. TK항공의 야마히사 부장에게 생각지도 못한 연락을 받은 것은 그로부터 며칠 후의 일이었다.

수화기 너머에서 야마히사가 목소리를 낮추었다.

"태스크포스의 재건안 일부를 손에 넣었는데, 관심이 있지 않을까 해서 연락드렸습니다."

4

"이겁니다."

TK항공 접견실에서 야마히사는 한자와에게 서류 하나를 내밀었다.

태스크포스가 정한 재건안의 일부로, 분량은 전부 15쪽이었다. 주로 감편과 노선 철수에 관한 내용을 담고 있었다.

"오후에 운항 본부 담당자를 부르더니 이 내용으로 하고 싶다면서 자세한 숫자가 맞는지 확인해달라고 했답니다. 외부에는 유출하지 말아달라고 했다니까 비밀로 해주시기 바랍니다."

야마히사를 비롯해 TK항공 직원들의 태스크포스에 대한 반발은 상당했다.

야마히사만 해도 처음에는 한자와에게 냉정한 태도를 보였지만, 태스크포스라는 공통의 적이 나타나서 그런지 최근 3개월 사이에 상당히 우호적인 태도로 바뀌었다. 미묘한 역학관계로 인한 긍정적인 결과라고나 할까?

"한자와 차장님, 이걸 보십시오. 유식자회의가 승인한 수정재건안을 백지화한다고 했는데, 감편이나 노선 철수는 거의 그대로입니다. 특별히 새로운 게 없습니다. 국교성 대신이 자기만족을 위해 그렇게 오만방자한 자들을 보내다니, 더구나 비용을 우리에게 부담시키면서 말입니다. 민폐도 이런 민폐가 없습니다."

전문가로 구성된 태스크포스의 인건비는 혀를 내두를 만큼 거

78

액인데, 국교성에서는 그 비용을 전부 TK항공에 돌렸다. 그 금액이 10억 엔에 이를 것으로 예상되는 만큼, 야마히사가 울분을 터트리는 것도 당연하다. 이것은 강매보다 더 악질적인 행동이 아닌가.

서류를 본 다지마가 어이없는 표정을 지었다.

"도저히 믿을 수가 없군요. 야마히사 부장님 말씀처럼 내용이 거의 똑같습니다. 이 정도라면 우리의 수정재건안을 부정할 이유가 없잖습니까?"

"아니야. 일부 다른 점이 있어. 이것 봐…….."

그러자 다지마가 "아!"라고 소리치면서 이해할 수 없다는 표정을 지었다.

"하네다-마이하시 노선이군요. 우리의 수정재건안에서는 노선 철수 대상이었습니다. 그런데 태스크포스 재건안에서는 노선 철수 목록에서 제외되었네요? 이유가 뭐죠?"

한자와도 고개를 갸웃한 순간, 야마히사가 조심스럽게 입을 열었다.

"마이하시는 미노베 게이지 의원의 지역구거든요. 그래서 제외시킨 게 아닐까요?"

한자와와 다지마는 무의식중에 서로 얼굴을 마주보았다. 진정당의 미노베라고 하면 지난 정권인 헌민당의 거물 국회의원이었다. 헌민당을 탈당하고 진정당을 창당한 중진으로, 국교성 대신인 시라이는 미노베파의 젊은 리더이기도 하다.

야마히사가 말했다.

"애당초 이 공항은 미노베가 헌민당에 있을 때 지은 겁니다. 마이하시공항은 일명 '미노베 공항'이라고 부를 정도지요. 따라서 태스크포스에서는 이 노선을 없앨 리 없습니다."

다지마가 분통이 터지는 얼굴로 한자와를 보았다.

"즉, 이 구조조정안에는 경제적 합리성만이 아니라 다른 요인이 얽혀 있다는 거군요. 밀실에서 재건안을 만드는 이유는 알려져서는 안 되는 사정을 감추기 위해서인가요?"

한자와는 날카롭게 혀를 차고 토해내듯 말했다.

"완전히 생쇼를 하는군."

5

"채권 포기는 어떻게 됐나? 진척은 잘되고 있나?"

TK항공의 본사 빌딩. 한 층 전체를 태스크포스 전용으로 만든 25층의 접견실에서 노하라는 여전히 거만한 얼굴로 물었다. 살갗을 스치는 따뜻한 바람이 봄을 느끼게 하는 4월 초의 금요일 오후였다.

불이 붙은 담배를 한 손에 들고 넥타이를 느슨히 한 채 와이셔츠의 버튼을 몇 개 풀고 팔걸이의자에 단정치 못하게 앉아 있는 모습은 도저히 국교성 대신이 추천한 사람으론 보이지 않았다.

"현재 검토 중입니다."

한자와의 대답이 끝나기가 무섭게 노하라는 탁한 눈으로 노려보며 난폭하게 말했다.

"뭐야? 도대체 언제까지 기다려야 되지? 우리가 말한 지 벌써 일주일이 넘었잖아!"

"답변 기한은 이달 말이 아닌가요? 총 여신의 70퍼센트나 되는 채권을 포기하는 문제인데, 그렇게 간단히 결론을 내릴 수 있을 리가 없지 않습니까?"

의연하게 대답한 한자와의 옆에서 다지마가 노하라를 노려보았다.

그때 노하라의 옆에 앉은 미쿠니가 물었다.

"아직 결론은 내리지 않았어도 도쿄중앙은행 내부에서 논의는 하고 있겠지요? 어떤 논의를 하고 있는지 말씀해주실 수 있습니까?"

"은행 내부의 일이라서 말씀드리기 곤란합니다."

완곡하게 거절한 한자와를 향해, 미쿠니가 옆의 파일에서 서류를 꺼내 탁자 위에 내밀었다.

'TK항공 재무예측'이라는 제목 밑에 예상 대차대조표와 예상 손익계산서가 나란히 있었다.

"이게 도쿄중앙은행의 채권 포기로 TK항공이 회생했을 때의 예상 재무 상황입니다. 일본의 하늘을 담당하는 날개에 걸맞은 내용이지요."

채권 포기를 기정사실로 받아들이며 미쿠니는 가슴을 펴고 덧붙였다.

"지금까지는 돈을 빌릴 수 있느니 없느니, 사소한 것에 신경 쓰느라 회생할 수 없었습니다. TK항공은 좀 더 일찍 채권 포기를 신청해야 했어요. 한자와 차장님, 이걸 보면 당신도 그렇게 생각할 겁니다."

미쿠니의 말을 듣고 어이가 없어진 한자와는 물었다.

"그러면 채권을 포기하지 않는 경우의 예상 실적을 보여주십시오."

"뭐라고요?"

순식간에 미쿠니의 표정이 험악하게 바뀌었다.

한자와가 미쿠니를 똑바로 바라보며 말을 이었다.

"은행은 돈을 빌려주고 돈을 회수하는 게 일입니다. 빚을 탕감해주면 이렇게 된다는 자료를 보여주시면 곤란하지요. 지금 문제는 왜 빚을 탕감해주어야 하는지, 그게 이유 아닙니까? 두 분은 은행 업무가 어떤 것인지 이해하고 계신가요?"

한자와가 의혹의 눈으로 쳐다보자 노하라가 차갑게 내뱉었다.

"당연하지. 그러는 당신은 기업의 재건이 뭔지 알고 있나?"

한자와는 태연하게 대답했다.

"물론입니다. 유이자부채가 있는 기업의 재건은 은행의 협조 없이는 있을 수 없다고 생각합니다."

"그래서 당신들의 눈치나 살피라고 말하고 싶은 건가? 당신의 말은 개인적인 의견에 불과해. 은행의 윗선에서는 결코 채권 포기에 반대하지 않을 거야. 안 그런가?"

노하라의 단언을 듣고 한자와는 눈을 가늘게 떴다. 노하라의 말투에서 확신이 느껴졌기 때문이다.

노하라가 말을 이었다.

"은행은 모든 업무에 매뉴얼이 존재하지만, 유일하게 매뉴얼이 없는 분야가 있지. 바로 채권 포기야. 당연하지. 그런 경우는 존재하지 않는다는 걸 전제로 일하니까 말이야. 다시 말해 이 업무는 기존의 울타리 안에 있는 당신들이 아무리 논의해봐야 결론을 낼 수 있는 문제가 아니라는 뜻이야. 즉, 당신이 해야 할 일은 우리 태스크포스의 요청에 대해 시시한 주장 따위를 할 게 아니라 임원회의의 의향을 토대로 품의서를 쓰는 거야."

한자와도 지지 않고 논리적으로 되받아쳤다.

"그렇지 않습니다. 빌린 돈은 당연히 갚아야 합니다. 그런 걸 시시하다고 말한다면 이 세상의 금융업은 성립하지 않겠지요."

노하라가 내리누르듯이 고압적으로 말했다.

"왜 쓸데없는 말을 하고 그래! 내가 언제 그런 명분론을 물었지? 태스크포스는 국교성 대신의 자문 기관이야. 즉, 우리가 요청한 채권 포기는 국교성 대신의 요청이지. 듣자하니 당신은 은행 안에서 트러블만 일으키는 문제 행원이라고 하더군. 그런 식으로 일하면 나중에 곤란하지 않겠나?"

한자와는 노하라의 표정을 살펴보았다. 그 말이 맞는지 여부는 둘째 치고, 노하라에게는 분명히 도쿄중앙은행 안에 정보원이 있다.

노하라는 의자 등받이에 기대어 새 담배에 불을 붙인 뒤, 연기와 함께 말을 토해냈다.

"당신 같은 사람은 TK항공에 도움이 되지 않을 뿐만 아니라 도쿄중앙은행에도 도움이 되지 않아!"

한자와가 비아냥거림을 담아서 반격했다.

"그러면 묻겠습니다만, 여러분은 TK항공에 도움이 되고 있습니까? 입으로는 TK항공을 위해서라고 말하면서 재건안에 정치인의 의향을 반영해 취소해야 할 노선을 적당히 봐주고 있더군요. 그게 과연 TK항공을 위해서라고 말할 수 있을까요?"

생각지도 못한 지적이었음이 틀림없었다. 노하라가 안색을 바꾸면서 무서운 얼굴로 한자와를 쏘아보더니, 한층 목소리를 높이며 으름장을 놓았다.

"무슨 말인지 모르겠지만 괜한 생트집 잡지 마! 그런 편이 당신을 위해서 좋을 거야. 더구나 당신 말이야, 왜 이렇게 건방져? 당신이 뭐라도 된 줄 알아?"

옆에서 미쿠니가 몸을 내밀며 고함을 질렀다.

"지금 그 말 취소하고 사과해! 안 그러면 후회하게 될 거야!"

한자와는 두 남자를 똑바로 쳐다보며 입을 열었다.

"국교성 대신님께서 그렇게 원하신다면, 채권을 포기하라고 강제로 명령하면 되지 않습니까? 그렇게 할 수 없는 건 선택권이 저희에게 있기 때문이겠죠. 그렇다면 저희의 규칙을 따라주셔야 겠습니다. 채권 포기를 요청하시려면 좀 더 명확한 근거를 제시 한 뒤, 은행에 고개를 숙이셔야 합니다. 이쪽 사정도 듣지 않고 일방적으로 오라고 한 뒤, 거만하게 앉아서 빚을 탕감하라고 하다니. 요즘 세상에 조직폭력배도 이런 짓은 하지 않을 겁니다."

"그 말을 듣고 노하라 영감탱이가 뭐라고 했어?"

히죽히죽 웃으면서 듣고 있던 도마리는 한자와의 이야기가 일 단락되기를 기다렸다가 물었다.

"두고 보자는 말과 함께 자리를 박차고 일어났어. 너 같은 자식은 숨통을 끊어놓겠다고 하면서. 역시 조직폭력배더군."

소주잔을 오른손에 든 채 한자와는 그때의 일을 떠올리며 말했다.

긴자 코리도가 지하에 있는 초밥집 카운터다. 한자와는 단골인 그를 위해 주인이 특별히 들여놓은 밤소주에 얼음을 넣어서 마시고 있다. 오늘 누가 출연하는지 모르겠지만 손님이 드나들 때마다 초밥집 맞은편에 있는 라이브하우스에서는 1960년대의 포크송이 흘러나오고 있었다.

"이렇게 해서 전면 대결로 돌입한 건가?"

도마리는 그렇게 말하더니, 탄식하면서 덧붙였다.

"그나저나 너에 관한 한심한 정보를 포함해 어디선가 정보가 새고 있군."

"그러게. 어차피 나를 눈엣가시처럼 여기는 은행 사람이겠지."

한자와는 아무래도 상관없다는 얼굴로 흰살생선회에 고추냉이를 얹었다.

"하긴 옛 T는 부실 채권이 여기저기 굴러다니던 곳이었으니까. 당시의 부실 채권 처리 문제로 노하라와 관계가 있었다고 해도 이상할 게 없지."

도마리는 이해가 된다는 듯이 말하더니, 퍼뜩 생각난 얼굴로 의문을 제기했다.

"만약 다른 은행이 채권 포기에 찬성할 경우에는 너도 찬성할 거야?"

한자와는 마시던 밤소주잔을 나무 카운터에 탕 소리 내며 내려놓았다.

"내가 찬성할 것 같아? 합리적인 이유가 없으면 끝까지 거절이야. 다른 은행이 한다고 똑같이 따라할 수는 없잖아?"

"지당하신 말씀! 그래야 본점 영업 2부의 한자와 차장님이시지. 역시 사람들이 싫어할 만한 이유가 있다니까."

"지금 농담할 때야? 난 지금 진지하거든!"

도마리는 예리하게 쏘아보는 한자와의 어깨를 툭툭 두들겼다.

"알고 있어. 역시 이 일을 맡을 사람은 너밖에 없어. 내가 은행장이라도 너에게 맡겼을 거야. 자아, 열 내지 말고 한잔해."

한자와의 술잔이 비어 있는 것을 본 도마리가 소주를 더 주문했다.

6

도쿄 한복판에 있는 히비야공원 근처의 이탈리안 레스토랑에 노하라가 도착했을 때, 레스토랑 앞에는 이미 검은색 공무용 차량이 와 있었다.

시라이의 단골이라는 그 레스토랑에서 식사를 하는 것은 오늘로 두 번째다. 인테리어가 세련된 곳이지만 노하라에게 그런 것은 아무래도 상관없었다. 레스토랑 전체가 금연이라는 한 가지 사실만으로도 이곳에 있는 시간은 처절한 고통에 불과했기 때문이다.

"일찍 오셨군요."

노하라는 일부러 손목시계를 보고, 약속 시간이 아직 10분이나 남았음을 강조했다. 상대가 오기 전에 한 대 피우려고 했는데, 계획이 어긋났다.

"앞의 일정이 일찍 끝나서요. 약속 시간까지 차라도 마시면서 생각을 정리할까 했거든요."

"그렇다면 잠시 나가 있을까요?"

그러면 밖에서 담배를 피울 수 있다. 그런데…….

"괜찮아요. 변호사님과 이야기하는 편이 훨씬 의미가 있으니까요."

시라이는 그렇게 말하고 테이블 건너편에 노하라가 앉기를 기다렸다.

서로 얼굴을 안 지는 오래되었지만 그렇게 친한 사이는 아니었다.

애초에 시라이와 노하라는 살아온 세계가 다르다.

시라이는 화려한 방송업계에서 경력을 쌓아 정계로 진출했고, 저절로 굴러들어온 정권 교체의 흐름을 타고 일이 척척 진행된 덕분에 대신 자리까지 앉은 성공 스토리의 주인공이다.

한편 고학으로 간사이 지역의 국립대학에 진학해 공인회계사 자격을 취득한 노하라는 회계법인의 분쟁에 휘말린 탓에 불우한 신세를 한탄하면서 20대를 보내야 했다. 그 이후 와신상담하여 사법시험에 도전한 끝에 변호사 자격증을 취득하고, 거품 경제가 무너진 후에 급증한 부실기업 정리 분야에 손을 댔다. 능구렁이 같은 협상술과 간교한 잔머리로 두각을 나타내기 시작하며, 수완이 뛰어난 기업 재건 전문가로 이름을 날리게 되었다.

경력은 물론이고 출신도 다르다.

시라이의 아버지는 관료 출신에, 어머니는 전통 있는 백화점 집안의 외동딸이다. 한마디로 금수저를 물고 태어나 금이야 옥이야 사랑을 받으며 자랐다. 반면에 노하라는 오사카 출신이다. 어린 시절에 아버지가 사업에 실패하는 바람에 가난에 찌든 환경에서 고학으로 공부한, 자타 공인 개천의 용이다.

외모와 경력 모두 정반대인 두 사람에게 한 가지 공통점이 있다. 지금의 지위에 만족하지 않고 더 높은 곳을 향해 탐욕스럽게 손을 내밀고 있다는 것이다.

시라이의 목표는 정계의 중심인물이 되어 사회적 지위와 명예를 거머쥐는 것으로, 그녀를 앞으로 나아가게 만드는 것은 누구에게도 뒤지지 않는 권력욕이다. 한편 노하라의 목표는 앞에서는 기업 재건 전문가라면서 뒤에서는 '재건꾼'이라고 손가락질하는 더러운 이미지에서 벗어나는 것이고, 동시에 무엇보다도…… 돈이었다.

시라이가 맨 처음 노하라를 알게 된 것은 그녀가 TV 방송국의 아나운서로 일하던 10여 년 전이었다. TV 특집 프로그램에 등장한 노하라를 인터뷰한 것이다. 대기업을 재건하는 실력 있는 변호사로 막 알려지기 시작한 노하라는 겉으로 보기에도 욕망으로 똘똘 뭉친 헝그리 정신의 표본 같은 사람으로, 당시 시라이는 겉으론 관심을 가진 척하면서도 속으론 소름 끼치게 싫어했다.

실력 있는 변호사라는 말은 들었지만, 기업 재건의 'ㄱ'자도 모르는 시라이는 그의 실력이 어느 정도인지 알 수 없었다. 이후 모임 등에서 얼굴을 마주치면 가볍게 인사하는 정도는 되었지만, 반대로 말하면 그 정도의 관계일 뿐이었다.

그 뒤에 시라이는 '손님을 끌어모으는 판다'라는 조롱을 받으면서도 어느 해의 중의원 선거에서 처음으로 당선되었다. 정치인으로서 첫걸음마를 뗀 것이다.

그로부터 5년. 야당 의원으로 나름대로 경력을 쌓은 시라이는 새로 창당한 진정당 정권의 얼굴마담이 되어 마토바 이치로 총리로부터 국토교통성 대신이라는 벼슬을 받았다.

그런데 그토록 원하던 대신 자리를 손에 넣은 순간, 그녀의 앞에는 대신으로서 대처해야 할 수많은 난관이 가로막고 있었다. 그중에서도 특히 골치 아픈 것이 궁지에 몰린 TK항공을 어떻게 처리하느냐 하는 문제였다.

이미 '도산까지 초읽기'라는 말이 있을 정도인데, 그렇게 밑바닥까지 추락한 TK항공을 어떻게 할 것인가?

그 난관에 부딪혔을 때, 시라이의 머릿속에서 가장 먼저 떠오른 사람은 이상하게도 그토록 혐오했던 노하라 쇼타였다. 그와 동시에 그녀를 사로잡은 것은 이것은 위기가 아니라 천재일우의 기회가 아닐까 하는 발상의 전환이었다.

헌민당이 재건하지 못했던 TK항공을 진정당…… 아니, 시라이 아키코의 개인 태스크포스에서 단숨에 일어서게 만든다.

그렇게만 된다면 다시는 '손님을 끌어모으는 판다'라는 조롱을 듣지 않아도 되리라.

취임 기자회견에서 태스크포스 설립을 깜짝 발표한 것까지는 스스로 생각해도 흐뭇한 미소가 절로 나왔다. 이제 TK항공을 일으켜 세우기만 하면 자신에 대한 세상의 평가는 단숨에 높아질 것임이 틀림없다.

"노하라 변호사님, 진척 상황은 어떤가요?"

와인이 나오기를 기다렸다가 시라이가 물었다.

"서류로 보고한 대로입니다. 백 명의 전문가를 모아서 며칠 전에 겨우 재무 내용의 정밀 조사를 마치고, 구체적인 재건안을 만들기 시작했지요. 지금까지는 예상대로라고 볼 수 있습니다."

"재건은 잘될 것 같은가요?"

성급하게 결론을 알고 싶어 하는 점은 방송업계에서 몸에 밴 나쁜 습관이라는 걸 알고 있지만, 시라이는 그렇게 묻지 않을 수 없었다.

"냄새가 날 만큼 썩기는 했지만, 그래도 그 정도 규모의 회사라면 빚만 덜어주면 일어설 수 있습니다. 나머지는 운전자금이 끊어지지 않도록 자금만 잘 주입해주면 됩니다."

노하라는 별일 아니라는 것처럼 간단하게 말했다.

"빚을 덜어주는 게 가능한가요?"

그러자 노하라는 옅은 웃음을 지었다.

"물론 가능하고말고요. 은행에 채권을 포기하게 만들면 됩니다. 70퍼센트 삭감으로 요청해놓았습니다."

그 비율이 무엇을 말하고, 그로 인해 어떤 일이 벌어질지 관심이 없는 시라이는 현장 감각이라곤 한 조각도 찾아볼 수 없는 말을 입에 담았다.

"은행의 도움을 받는다면 TK항공은 안심해도 되겠군요."

"바로 그겁니다. 특히 TK항공의 거래 은행들은 지금까지 TK항공에 돈을 빌려주면서 배를 채워왔으니까 그 정도는 해줘도 됩니다. 여론도 은행 편이 아니니까요. 채권의 70퍼센트를 포기하는 것은 모든 국민이 받아들일 겁니다. 오히려 박수갈채를 보내지 않을까요? 반대하는 사람은 어디에도 없을 겁니다."

"필요한 곳에는 대출해주지도 않고, 기업이 힘들면 대출해준 돈을 거둬들이고, 은행은 항상 자기들 멋대로 행동하니까요."

실태를 자세히 아는 것도 아니면서 시라이는 멋대로 말했다.

"그래서 전 정권에서 정한 수정재건안은 휴지통에 던져넣으셨나요? 실은 그저께도 미노베 의원님이 아무쪼록 잘 부탁한다고 하셨거든요."

노하라는 입꼬리를 올리고 교활한 미소를 지으면서 대꾸했다.

"물론입니다. 걱정하지 마십시오. 실수하지 않을 테니까요."

"그에 대해서 불평하는 사람은……."

시라이는 조심스럽게 노하라의 표정을 살폈다.

"없습니다. 애초에 그런 말은 하게 만들지 않습니다. 그 노선은 필요하니까 남기는 것뿐입니다. 아닌가요?"

믿음직스러운 노하라의 말을 듣고 시라이는 환하게 미소를 지었다.

"그렇고말고요. 변호사님, 멋진 재건안이 될 것 같군요."

노하라는 담뱃진으로 누리끼리해진 치아를 드러내며 말했다.

"멋진 것도 멋진 것이지만 온몸을 짜릿하게 만드는 최고의 재건안이 될 겁니다. 땅 위를 아슬아슬하게 날면서 당장이라도 추락할 것 같았던 TK항공이 우리의 재건안으로 단기간에 부활할 테니까요. 이건 아직 아이디어 단계인데, 답변 기한에 거래 은행들을 모두 한자리에 불러 모아 합동보고회를 열려고 합니다."

"세리머니로 만들려는 거군요."

"그렇습니다. 그 후에 기자회견을 열고 당당하게 승리를 선언하는 겁니다. 이게 바로 시라이 매직이다, 라고 모든 사람에게 공표하는 거지요."

시라이가 먼 곳을 바라보며 황홀한 표정을 지었다.

"시라이 매직…… 듣기만 해도 기분이 좋네요. 그러면 태스크포스의 필요성이 총리님에게도 확실하게 전해지겠지요."

그렇게 말한 순간, 시라이의 표정이 흐려졌다. 마토바 총리에게 "졸속이 되지 않도록 신중히 처리하게"라고 태스크포스의 설치에 관해 에둘러 훈계를 받은 일이 떠올랐기 때문이다. 마토바는 시라이가 취임 기자회견에서 태스크포스 설치를 발표한 것이 마음에 들지 않았던 모양이었다. TK항공에 대해 필요한 조치를 취할 것이라고 미리 말했는데, 발표가 시라이의 스탠드플레이*라고 생각하는 듯했다.

그렇게 생각할 줄은 꿈에도 몰랐다.

시라이가 물었다.

"혹시 장애물이 있나요? 있다면 말씀해주시죠. 제가 할 수 있는 일은 최대한 협조할게요."

"글쎄요……."

노하라는 잠시 생각하고 나서 덧붙였다.

"역시 가장 큰 문제는 금융기관의 채권 포기지요. 이건 시간과의 싸움입니다. 답변 기한은 정해놓았지만 되도록 일찍 마무리

_____
* 관객을 의식하여 과장된 연기나 동작을 하는 것.

하고 싶습니다. 그러기 위해서 대신님께서도 은행에 한 말씀 해
주시면 감사하겠습니다."

시라이가 난처한 표정을 지었다.

"은행이요? 아시다시피 거건 관할이 다르기 때문에 힘들긴 하
겠지만……. 알았어요. 어떻게든 해볼게요."

"국교성 대신님께서 항공 행정을 건전하게 만들기 위해 최선
을 다하는 건 당연한 일이라고 생각합니다. 일본의 하늘에는 TK
항공이 꼭 있어야 합니다. 그런 대의명분만 있으면 상대가 은행
이든 뭐든 신경 쓸 필요는 없지 않을까요?"

"채권 포기에 대해 은행들은 뭐라고 하나요?"

노하라는 천연덕스럽게 대답했다.

"물론 순순히 그렇게 하겠다고 하는 곳은 없습니다. 하지만 주
거래은행인 개투은은 예전부터 TK항공에 협조적이고, 채권 포
기도 긍정적으로 검토하고 있습니다. 이러쿵저러쿵 말이 많은
건 민간 은행들이지요. 특히 제2의 주거래은행인 도쿄중앙은행
은 서둘러 함락시킬 필요가 있습니다."

도쿄중앙은행에 관한 시라이의 지식은 메가뱅크라는 것과 도
쿄중앙은행의 전신이 재벌 계열이라는 것 정도다. 은행 업무에
대해 아는 것은 고작해야 예금 업무나 계좌이체뿐으로, 기업과
관련된 대출에 이르면 뭐가 뭔지 하나도 모른다.

"며칠 전에 도쿄중앙은행에 채권 포기 비율을 말했더니, 담당
자가 태스크포스에 어떤 법적 근거가 있냐고 따지더군요. TK항

공의 재건보다 은행의 이익을 먼저 생각하는 일은 용서할 수 없습니다."

시라이는 미간에 주름을 잡으며 의연하게 말했다.

"어떻게 그럴 수가 있죠? 변호사님에게 따지는 것은 곧 저에 대한 도전이나 마찬가지예요!"

'지금이다!' 하는 식으로 노하라가 불에 기름을 들이부었다.

"도전뿐만 아니라 부정이라고 할 수도 있겠지요. 이건 유권자에 대한 도전이고, 민의를 거스르는 행동입니다!"

분노로 창백해진 시라이를 향해 노하라가 덧붙였다.

"대신님, 어차피 놈들은 더러운 돈놀이꾼에 불과합니다. 자기들 사정이 안 좋을 때는 공적자금을 받기 위해 살살거려 놓고, 그런 과거는 까맣게 잊은 채 지금은 엘리트인 척하며 자신들이 대단하다고 착각하고 있지요. 이 세상에 은행원만큼 골치 아픈 자들은 없습니다. 조금만 봐주면 머리끝까지 기어오를 겁니다."

노하라가 칼로 난도질하듯이 은행을 비판하자, 시라이는 자신도 그렇게 생각한다는 듯이 고개를 주억거렸다.

"태스크포스에 반항하고 TK항공의 재건을 방해하면 어떻게 되는지, 깨닫게 해주겠습니다."

노하라의 선동에 넘어간 시라이의 눈동자 안에서 검붉은 분노가 타올랐다.

그 눈동자를 향해 노하라는 잔을 높이 치켜들었다.

"민의는 우리에게 있습니다!"

7

개발투자은행 8층. 이곳은 지금 절반만 불이 켜져 있었다.

밤 11시가 지난 시각. 일이 조금 한가해진 중순이라서 그런지, 대부분의 행원이 귀가한 사무실은 휑뎅그렁했다. 그 안에서 창을 등진 자리에 홀로 앉아 생각에 잠겨 있는 사람의 그림자가 있었다.

TK항공 담당 차장인 다니가와였다.

책상 위를 빈틈없이 메우고 있는 것은 TK항공의 신용파일과 종이에 출력한 품의서였다. 조금 전에 사온 커피는 거의 입에 대지 않은 채 이미 식어 있었다.

얼마나 생각에 잠겨 있었을까. 얼굴을 들고 벽시계를 올려다본 다니가와는 생각보다 늦은 시간에 깜짝 놀란 뒤, 완전히 굳어버린 목덜미를 왼손으로 주물렀다.

요즘 계속된 격무로 몸에는 묵직한 피로가 쌓여 있었지만, 머릿속은 기묘하리만큼 맑아서 쉬고 싶은 생각이 들지 않았다.

다니가와가 차장으로 승진함과 동시에 TK항공을 담당하게 된 것은 정확히 2년 전이었다. 그때까지 실적이 불안하다는 말조차 입에 담지 않았던 TK항공이 처음으로 사장 명의로 비상사태를 선언한 것은 그와 거의 같은 무렵이었다.

그와 동시에 가미야 사장의 이름으로 전 사원에게 경영 개선 노력에 협조해달라는 공문을 보냈지만, TK항공 내의 반응은 차갑다기보다 적대적인 상황에 가까웠다.

그 모습을 본 다니가와는 TK항공이 모자이크 기업 같다고 생각했다.

경영자, 일곱 개의 노동조합으로 나누어진 직원들……. 각자 독자적인 속셈과 이해관계로 움직이고 자신의 권리를 주장하면서 털끝만큼도 양보하지 않는 그들. 겉으로는 회사라는 울타리 안에 있으면서도 모든 직원들이 제각기 다른 방향을 향하고 있는 것이다.

일체감이 없는 상태로 실적은 계속 내리막길을 걸어가더니, 최근 2년간은 돌아갈 수 없는 곳까지 추락하려고 하고 있었다.

TK항공 경영진으로부터 구조조정안을 받아 지원해주고, 배신당한 것이 지금까지 몇 번이었던가.

예전에 국영 항공사였던 시절에서 벗어나지 못한 나태함과 위기의식이 없는 경영진. 세상의 상식과 맞지 않는다고 아무리 강조해도 콧방귀도 뀌지 않고 기득권에만 매달리는 직원들. 처우를 둘러싸고 소송도 마다하지 않는 노동조합.

주거래은행의 담당자로서 진지하게 일을 하면 할수록 어이없는 사태가 벌어지고, 그런 끝에 결국 거액의 채권 포기를 검토하라는 명령을 받게 되었다.

"정말 어이가 없어서 돌아가시겠군."

인기척이 없는 사무실에서 그녀는 나지막하게 중얼거렸다.

그때 머릿속에서 지난번 면담에서 들었던 태스크포스의 노하라의 말이 떠올랐다.

"개투은은 주거래은행으로서 돈을 빌려준 책임을 인식했으면 좋겠군."

그때는 "돈을 빌려준 책임이요? 그게 무슨 말씀이죠?"라고 반발하고 싶은 마음을 억지로 참았지만, 분노의 시간이 지나가자 쓸쓸한 자기혐오가 온몸을 휘감았다.

개발투자은행이 지금까지 지나칠 만큼 극진하게 TK항공을 지원해온 것은 틀림없는 사실이다. 특히 다니가와가 담당한 이후 2년간은 다른 민간 은행이 따라올 수 없을 만큼 적극적으로 지원해왔다.

그러한 지원이 오히려 TK항공의 위기의식을 없애버린 것은 아닐까? 그렇게 생각하자 노하라의 지적이 완전히 틀리지만은 않은 듯한 생각이 들었다.

지난 2년간 TK항공 담당자로서 앞만 보고 정신없이 돌진해온 만큼, 다니가와의 가슴 한구석에도 지나치다는 느낌이 항상 자리하고 있었다. 노하라의 한마디는 그동안 뚜껑을 덮고 외면해온 마음에 잔인하리만큼 확실하게 칼날을 들이댄 것이다.

머리를 감싸고 고민하던 그녀의 가슴속에서 또 하나의 기억이 되살아났다.

"대출을 많이 해준다고 꼭 좋은 건 아니야."

그녀와 마찬가지로 은행원이었던 아버지로부터 예전에 들은 말이었다.

다니가와의 아버지는 민간 은행에 근무했던 은행원으로, 월급쟁이 인생의 대부분을 현장에서 중소기업을 상대로 대출해주는 일을 해왔다. 마지막 직책은 작은 지점의 지점장이었는데, 거품 경제가 무너지고 부실 채권이 쌓이자 은행에서 쓰레기를 치우듯 자회사로 파견을 내보내면서 그녀의 아버지는 허무하게 은행원 인생에 마침표를 찍어야 했다.

그렇게 출세하진 못했지만 지금 생각하면 은행원 선배였던 아버지는 현장의 생리를 속속들이 알고 있는 전사(戰士)였다.

'돈을 빌려주는 것도 친절, 돈을 빌려주지 않는 것도 친절'이라는 말을 처음 들은 것도 그때였다.

"과잉 투자가 되는 설비자금이라면 빌려주지 않는 편이 좋아. 대출해주지 않음으로써 상대 회사를 구해주는 일도 있으니까."

젊은 시절의 다니가와는 아버지 인생에 반발하면서 "그건 대출해주지 않은 것을 정당화하는 말일 뿐이잖아요!"라고 빈정거린 것이 기억난다.

그때 아버지는 쓸쓸하게 웃었을 뿐, 싸우기 싫어서 그런지 반박하지는 않았다. 그런데……

지금 다니가와는 확실하게 깨달았다.

그때 아버지 말은 옳았다. 자신은 어느새 아버지의 가르침을 어기고, 돈을 빌려주기만 하는 한심한 은행원으로 전락했다. 그 결과 이 지경이 된 것이다.

책상 위의 품의서를 손에 들고, 휘리릭 넘기며 내용을 확인했다. 태스크포스의 채권 포기 요청에 관한 개발투자은행의 정식 답변을 정하기 위한 품의서였다.

TK항공의 주거래은행으로서 TK항공에 대한 대출 잔액은 2500억 엔. 그중 70퍼센트에 해당하는 1750억 엔을 포기해달라는 태스크포스의 요청을 받아들이느냐 마느냐. 그리고……

며칠 전, 그녀가 내린 결론은 채권 포기의 '거절'이었다.

그런데 임원회의에서 그녀가 쓴 품의서를 일축하면서, 이날 저녁에 '반려'라는 형태로 다시 돌아왔다.

"채권 포기를 받아들이겠다고 품의서를 다시 써주게."

부장이 지시한 순간, 다니가와의 입에서 나온 것은 빈정거림 같은 한마디였다.

"정치적인 결정입니까?"

"……그렇게 생각해도 상관없어."

기나긴 침묵 끝에 부장은 다니가와의 얼굴을 정면에서 똑바로 바라보며 그렇게 말했다. 그 말이 지금도 그녀의 귓가에서 사라지지 않았다.

위에서 시키는 대로 태스크포스 제안을 받아들이겠다고 품의서를 쓰는 일은 간단하다.

하지만 임원회의의 결정은 잘못되었다. 빌려주지 말아야 할 돈을 빌려준 잘못을 저지른 데다가 하지 말아야 할 채권 포기를 하는 잘못까지 저지르려고 하고 있다.

임원회의의 의향을 뒤집기 위한 좋은 방법이 없을까? 막다른 골목으로 보이는 상황에서도 어딘가 해결책이 굴러다니고 있는 경우도 있다.

다니가와는 한 사람의 뱅커로서 그 해답을 모색하기 위해 생각에 생각을 거듭했다.

2장

시라이 매직

1

영업 2부의 자기 자리에 앉아 있던 한자와에게 비서실에서 연락이 온 것은 오후 2시가 지난 시각이었다.

엘리베이터를 타고 임원층으로 올라가 접견실로 들어가자 그곳에는 생각지도 못한 손님이 와 있었다.

"한자와, 요즘 일 잘하고 있나?"

한자와를 향해 깐족거린 사람은 심사부의 소네자키였다.

"자네가 여긴 어떻게……."

"자네는 TK항공을 담당한 지 아직 얼마 안 됐잖아? 기모토 상무님이 하도 걱정이 됐는지, 만일의 경우에 대비해 내게도 참석하라고 하시더군."

"상당히 신중하시군."

한자와는 빈자리에 앉아 벽시계를 올려다보았다. 그 직후, 비서실 담당자가 노크 소리와 함께 얼굴을 내밀었다.

"이제 곧 오시니까 맞이할 준비를 해주십시오."

지하 주차장에서 공무용 차를 기다렸다가 여기까지 안내해온 사람은 비서실장과 총무부 차장이었다. 엘리베이터에서 여제처럼 위풍당당한 모습으로 내린 사람은 국교성 대신인 시라이이였다. 시라이의 시선은 정면에서 맞이한 나카노와타리 은행장에게 향해 있었다. 이날 입은 옷은 계절에는 조금 이른 코발트블루색 정장이었다.

"대신님, 잘 오셨습니다. 이쪽으로 오십시오."

나카노와타리는 정중하게 인사한 뒤, 앞장서서 시라이를 접견실로 안내했다.

시라이에 이어서 국교성 항공국장과 대신관방참사관*이 들어가고, 시라이의 비서 두 명이 뒤를 이었다. 그 뒤에서 불쾌한 얼굴로 느릿느릿 걸어가는 사람은 한자와도 아는 사람이었다. 태스크포스의 노하라 변호사였던 것이다.

노하라는 한자와에게 말도 걸지 않고 찡그린 얼굴로 힐끔 쳐다볼 따름이었다. 그리고 "변호사님, 이쪽에 앉으시죠"라고 시라이가 권하는 대로 한가운데 자리를 향했다.

명함 교환이 시작되었다. 도쿄중앙은행에서는 은행장을 비롯해 부행장과 기모토, 나이토까지 임원 열 명과 한자와와 소네자키를 비롯한 차장까지 참석해, 대형 접견실은 즉시 사람들의 열기로 가득 찼다.

"귀한 시간을 내주셔서 감사합니다. 가능하면 현재의 경제 상

* 국무대신의 비서관 역할을 하는 직급.

황에 관해 나카노와타리 은행장님의 고견을 듣고 싶은데, 아쉽게도 시간이 별로 없네요. 즉시 본론으로 들어가도 될까요?"

시라이는 약간 높은 목소리로 또박또박 말하더니, 대답을 기다리지 않고 말을 이었다.

"TK항공 회생 태스크포스에서는 TK항공 재건안의 핵심 사안으로 거래하는 금융기관에 일률적으로 70퍼센트의 채권 탕감을 요청했어요. 현재 긍정적으로 검토하고 계시겠죠?"

"긍정적인지 아닌지는 별도로 치고, 검토는 하고 있습니다."

은행장의 대답에는 어딘지 모르게 장난기가 배어 있었지만 시라이는 의례적인 미소도 짓지 않았다.

"은행장님, 어떤 검토인가요?"

도전하는 듯한 말투와 눈길에는 대결도 불사하겠다는 각오가 깃들어 있었다.

"TK항공의 실적 예측을 정밀 조사하고, 채권 포기의 합리성을 확인하는 중입니다."

시라이는 고개를 갸웃하며 은행장의 표정을 들여다보았다.

"그게 그렇게 시간이 걸리는 일인가요? 태스크포스의 노하라 변호사님으로부터, 유감스럽게도 도쿄중앙은행의 대응이 처음부터 부정적이었다고 들었어요. 그래서 현재 어떤 검토를 하고 계시는지 묻고 싶어요. 듣자하니 은행에서는 무슨 일이든 품의서를 통해 정해진다고 하던데, 품의서는 어느 분이 쓰시나요?"

시라이는 그렇게 말하고 테이블 맞은편에 앉아 있는 행원들을 둘러보았다.

"접니다."

손을 든 한자와를 향해 시라이가 물었다.

"성함이 어떻게 되시죠?"

"영업 2부의 한자와 차장입니다. TK항공을 맡고 있습니다."

"채권 포기에 관한 품의서는 쓰셨나요?"

시라이는 각진 턱을 앞으로 내밀며 물었다.

"아닙니다. 아직 검토 중이라서요."

"검토 중이요? 답변 기한이 코앞으로 다가왔는데, 도대체 시간을 얼마나 들일 작정이죠? 이러는 동안에도 TK항공은 시시각각 위험한 상황에 빠지고 있어요! 당신에게는 위기감이라는 것도 없나요? 아니면 은행이라는 곳은 중요한 거래처가 어떻게 되든 상관없다고 생각하는 곳인가요? 은행장님, 어떠신가요?"

시라이는 질문의 화살 끝을 은행장에게 돌렸다. 마치 여제가 가신을 힐문하는 모습처럼 보였다.

"5백억 엔이나 되는 채권을 포기하면 은행 실적에 큰 타격이 미치게 됩니다. 이런 일은 쉽게 결론을 내릴 수 없습니다."

은행장의 침착한 태도를 보고 시라이의 얼굴이 붉으락푸르락하기 시작했다.

"쉽게 결론을 내리라곤 하지 않았어요. 대응이 둔한 게 아니냐고 말씀드리는 거예요!"

시라이는 다시 한자와를 바라보며 질책하듯이 물었다.

"당신은 어떤 자세로 TK항공을 담당하고 있나요?"

한자와는 이 불청객에게 일찌감치 진절머리가 났지만, 차분히 대답했다.

"자세요? 구태여 말하자면 은행의 적법한 절차에 따라 채권 포기를 받아들일지 말지, 경제적 합리성을 토대로 검토하고 있습니다."

시라이의 얼굴에서는 수긍하는 모습을 찾아볼 수 없었다. 예상한 대로 비난의 말이 날아왔다.

"당신은 TK항공을 다른 회사들과 똑같이 대하려는 건가요?"

반론을 하려던 한자와의 말을 가로막고, 시라이는 더욱 목소리를 높였다.

"한자와 차장, 잘 들으세요! 이건 우리나라 항공 행정에 관한 문제예요! 그렇게 강 건너 불구경하듯 남의 일처럼 구경만 하지 말고 좀 더 진지하게 일할 수 없나요?"

옆에서 소네자키의 히죽 웃는 얼굴이 보였다. 한자와가 질책을 받자 기분이 좋은 것 같았다. 먼 곳에서는 기모토가 비난이 담긴 눈길로 한자와를 노려보았다.

다시 시라이의 말이 이어졌다.

"아니면 채권 포기를 거절할 생각으로 지연시키는 건 아닌가요? 대답해보세요!"

시라이가 한층 목소리를 높이자 그 자리의 공기가 얼어붙었다. 은행장이 동석한 자리이지만 시라이에게서는 기본적인 예의도 찾아볼 수 없었다.

일방적으로 화를 내는 시라이를 향해, 나카노와타리 은행장은 부드럽게 대꾸했다.

"요청하신 채권 포기에 어떻게 대응할지는 품의서에 의해 정해집니다. 하지만 조금 전에 말씀드린 것처럼 가볍게 결론을 내릴 수는 없습니다. 조금만 더 기다려주시겠습니까?"

"그러면 채권 포기를 요청한 자리에서, 이 사람은 왜 그토록 부정적으로 말한 거죠?"

시라이는 곧바로 한자와를 가리키며 소리쳤다.

은행장은 조용한 눈길로 가볍게 받아넘겼다.

"글쎄요, 왜 그랬을까요? 노하라 변호사님과 구체적으로 무슨 말을 나눴는지는 모르겠지만, 담당자로서 개인적인 의견을 말했을 뿐이겠지요. 그런 건 흔히 있는 일입니다."

"개인적인 의견이요? 개인적으로 그렇게 부정적인 말을 하나요? 한자와 차장이라고 했지요? 지금 국교성 대신의 사설 자문 기관을 무시하는 건가요?"

시라이가 발끈하며 싸울 듯한 기세로 한자와를 노려보았다.

"확실히 대답하세요!"

"물론 그럴 생각은 없습니다."

한자와가 어쩔 수 없이 대꾸하자 시라이는 분노를 최대한 끌어올리면서 소리쳤다.

"지금 장난하는 거예요? 당신 같은 은행원이 있으니까 이렇게 중요한 때에 TK항공의 재건이 늦어지고 있는 거예요! 반성은 하고 있나요?"

한자와는 굳이 대응하지 않고 그 자리를 넘기려고 했지만, 그 말은 흘려들을 수 없었다.

"반성이요? 외람된 말씀이지만 5백억 엔이나 되는 채권 포기를 어떻게든 막으려고 하는 건 은행원으로서 당연한 일입니다. 물론 태스크포스의 노하라 변호사님에게 그런 의사를 전했습니다만, 그건 반성해야 할 일은 아니라고 생각합니다. 반대로 아무런 근거도 없이 거액의 채권 포기를 요청하다니, 태스크포스의 자세에 문제가 있는 게 아닙니까?"

"이보세요! 노하라 변호사님은 기업 재건의 전문가예요!"

머리끝까지 분노가 솟구친 나머지 시라이의 얼굴은 백짓장처럼 창백해졌다.

시라이의 옆에 있는 노하라도 증오가 펄펄 끓어오르는 시선으로 한자와를 노려보며, 당장이라도 달려들 것 같은 얼굴로 입을 열었다.

"이 자리를 빌려서 말씀드리겠는데, 우리는 모든 거래 은행에 채권 포기를 요청했습니다. 그런데 도쿄중앙은행 담당자는 품격이라곤 손톱만큼도 없이 거칠게 대응하더군요. 그 자리에서 한 말이 개인적인 의견인지 아닌지는 둘째 치고, 대신 직속 기관의 요청에 대해 경솔하게 대답한 것은 반성해야 마땅하다고 생각합니다."

한자와가 반론을 제기하려고 했을 때, 별안간 사과하는 목소리가 들렸다.

"변호사님, 대단히 죄송합니다."

기모토였다.

기모토는 미간에 주름을 잡고 엄숙한 표정을 짓더니 고개를 숙이며 다시 사과했다.

"저희 행원의 무례함을 용서해주십시오."

'쓸데없이 나서다니.'

마음속으로 혀를 찬 한자와를 향해 기모토의 질책이 날아온 것은 그 직후였다.

"자네도 제대로 사과하게!"

그 자리에 있는 모두의 시선이 한자와에게 집중되었다.

"한자와!"

기모토의 질책이 다시 날아온 순간, 한자와가 입을 열었다.

"만약 기분이 상하셨다면 그것에 대해서는 사과하겠습니다. 다만, 채권 포기에 대해서는 당연한 대응을 했을 뿐입니다."

다음 순간 소네자키가 숨을 들이마시고, 깜빡임조차 잊어버린 눈으로 한자와를 쳐다보았다. 기모토는 더욱 분노를 터트리며 얼굴을 시뻘겋게 물들였고, 다른 사람들은 마른침을 삼키며 상황을 지켜볼 따름이었다.

시라이가 험악한 얼굴로 주위가 떠나가라 고함을 질렀다.

"얼마나 무례하게 행동했으면 노하라 변호사님께서 이렇게까지 말씀하시겠어요? 그런데 지금 그게 사과하는 태도인가요? 어떻게 이런 짓을 할 수 있죠? 은행장님, 도대체 이 은행에서는 행원 교육을 어떻게 시키는 건가요?"

은행장은 끝까지 냉정함을 잃지 않고 느긋하게 대꾸했다.

"기분이 상하셨다면 죄송합니다. 하지만 오늘은 채권 포기를 제대로 검토하라고 당부하러 오신 게 아닙니까?"

은행장의 말과 태도는 조용했지만, 시시한 반론을 가로막는 위엄으로 가득 차 있었다.

"그렇다면 대신님의 의향은 충분히 들었습니다. 저희도 최선을 다해 검토하겠습니다. 그걸로 되겠습니까?"

시라이는 발끈한 표정을 지으며 사람들의 얼굴을 둘러보았다.

"TK항공만 한 회사에 무슨 일이라도 있으면 사회적 파장은 상상할 수도 없어요. 도쿄중앙은행에도 이런저런 사정이 있겠지만 은행의 사회적 사명을 명심하시고 제대로 판단을 내려주시기 바랄게요."

그리고 미처 하지 못한 말이 있냐는 눈길로 항공국장을 슬쩍 쳐다보았다. 짧은 면담은 시라이의 시퍼런 서슬에 압도되어 딱딱한 분위기 속에서 갑작스럽게 마지막을 맞이하고 있었다.

"그럼 시간이 없으니까 이쯤에서 실례하겠어요."

시라이는 허리를 들기 전에 다시 한자와를 화살처럼 날카롭게 쩌려보았다.

"다음에도 이런 식으로 대응한다면 그때는 가만있지 않겠어요. 내 말, 기억해두세요."

그 말을 끝으로 재빨리 일어서서 걸음을 내딛자, 수행원들이 황급히 시라이의 뒤를 따랐다.

그 모습이 보이지 않을 때까지 바라본 뒤, 은행장은 조용히 일어나 집무실로 돌아갔다.

한자와의 옆에서는 나이토가 아직 의자에 깊이 앉아 가만히 눈을 감고 있었다. 이윽고 나이토는 눈을 뜨더니 자신의 무릎을 한 번 툭 때렸다. 그리고 한자와를 향해 "수고했어"라고 말한 뒤 자리에서 일어났다.

"이봐, 한자와. 기모토 상무님 호출이야."

엘리베이터 앞까지 시라이를 배웅하러 갔던 소네자키가 돌아와 한자와에게 그렇게 말한 것은 그 직후였다.

2

안으로 들어온 한자와를 책상 앞으로 오라고 하더니, 기모토는 칼날처럼 예리한 눈으로 노려보았다.

"자네는 대체 생각이 있는 사람인가, 없는 사람인가? 대신에게 말투가 그게 뭐야?"

기모토의 눈길을 똑바로 받으면서 한자와는 대답했다.

"외람되지만 명확한 근거도 없이 다짜고짜 채권을 포기하라고 하는데, 반론을 제기하는 건 당연한 일이 아닙니까? 태스크포스에서는 지금까지도 왜 채권을 포기해야 하는지 합리적 근거를 제시하지 않고 있습니다."

기모토가 격앙된 모습으로 뺨을 부들부들 떨었다.

"지금 그런 말을 하는 게 아니잖아! 난 자네의 태도를 말하는 거야! 노하라 변호사로부터 비난받을 만한 짓을 했잖아! 사과할 건 제대로 사과한다, 그건 사회인의 기본이 아닌가? 자네는 제대로 사과할 줄도 모르나?"

한자와는 태연하게 대꾸했다.

"제가 잘못했다면 사과하는 건 당연합니다. 이번에도 예외가 아니지요. 하지만 노하라 변호사의 말은 단순한 트집에 지나지 않습니다. 협상을 유리하게 이끌기 위한 말장난일 뿐이지요."

기모토는 한자와의 반론이 끝나기도 전에 벌떡 일어서더니, 한자와의 가슴에 오른손 검지를 들이대며 삿대질했다.

"그런 변명이 통하리라고 생각하나? 행장님께서 시라이 대신 앞에서 수치를 당하셨어. 그건 어떻게 책임질 거지? 더구나 그 사람은 진정당의 대표 정치인이야. 지금은 국교성 대신이라도 차기 정권에서는 재무성 대신이 될 수도 있다고! 그렇게 되면 어떻게 할 생각이야?"

한자와는 단언했다.

"지금 시라이 대신의 시책은 독단적인 전횡에 불과합니다. 그리고 태스크포스의 요청은 금융 질서에 대한 도전일 뿐입니다.

만약 시키는 대로 채권 포기를 받아들이면 성실하게 일하는 모든 은행원을 배신하는 꼴이 됩니다. 그런 요구를 순순히 받아들일 수는 없습니다."

기모토의 목소리가 높아졌다.

"자네는 채권 회수 전문가가 아니야! 채권 회수의 현장에는 일반적인 이치로 가타부타할 수 없는 문제가 있다고! 자네가 괜히 고집을 부려서 TK항공이 도산이라도 하면 어떡할 건가? 그러면 5백억 엔이 아니라 더 큰 부실 채권이 나오지 않겠나?"

한자와는 기모토와 더불어 자신의 옆에 있는 소네자키를 차가운 눈길로 쳐다보았다.

"그래서 지금 채권 포기를 받아들이라고 하시는 겁니까? 상무님께서는 채권 회수의 전문가 운운하는 말씀을 하셨습니다만, 그런 걸로는 해결할 수 없는 문제가 있기 때문에 담당이 저희 쪽으로 넘어온 게 아닙니까? 더 구체적으로 말씀드리자면 기존의 심사부 방식으로는 대응할 수 없기 때문에 담당에서 제외되었지요. 그렇다면 저희 방식에 이래라저래라 하는 참견은 삼가주시겠습니까?"

말문이 막혔는지 기모토로부터 대답이 돌아오지 않았다.

한자와가 다시 말을 이었다.

"시라이 대신이 무슨 말을 하든, 노하라라는 간교한 변호사가 뭐라고 소리치든, 저는 제 방식으로 이 문제에 대응하겠습니다."

기모토는 코에 주름을 잡으며 적나라하게 혐오감을 드러냈다.

"그 대응의 결과가 며칠 전의 보고서잖아? 그 얄팍한 검토 능력에는 실망을 금치 못하겠더군. 나무만 보고 숲을 보지 못한다고 하는 게 바로 자네 같은 사람에게 하는 말이야. 지금은 좀 더 대국적으로 생각해야지. 우리 은행 하나만 TK항공을 지탱하는 건 아니잖나?"

한자와는 기모토의 말을 단칼에 거절했다.

"채권 포기가 타당하다고 판단할 수 있는 자료를 태스크포스에서 제출하지 않는 한, 정식 품의서에서도 결론을 바꿀 생각은 없습니다. 그 검토서가 얄팍하다고 하신다면, 다른 은행의 대응을 감안해서 재검토하라는 식으로 에둘러 말씀하시지 말고, 임원회의에서 채권 포기를 받아들이면 되지 않습니까?"

각자의 꿍꿍이속이 소용돌이치는 임원회의에서 의견을 하나로 통일하기는 쉽지 않다. 나카노와타리 은행장도 주저하고 있을 것이다.

기모토는 냉담하게 말했다.

"임원회의에선 보고서의 내용이 하도 얄팍해서 퇴짜를 놓은 거야. 즉, 부결할 가치도 없는 보고서란 거지. 잘난 척 좀 그만하면 좋겠군."

차의 뒷좌석에 앉자마자 시라이가 감정을 주체하지 못하고 씩씩거렸다.

"저 인간은 대체 뭐예요? 자기가 꼭 뭐라도 된 줄 아는 거 아니에요? 화가 나서 견딜 수 없어요!"

"완전히 생양아치죠."

옆자리에 앉은 노하라는 양복 안주머니에서 담배를 꺼내다가 시라이의 공무용 차라는 사실을 떠올리고 집어넣었다.

"사회적 관계를 무시한 채 자신의 이익밖에 생각하지 않는 단순한 돈놀이꾼에 불과합니다. 그 증거로 기본적인 예의도 없지 않습니까?"

"그런 사람에게 TK항공처럼 중요한 회사를 맡기다니, 도쿄중앙은행은 무슨 생각으로 그런 짓을 한 거죠?"

펄펄 뛰는 시라이를 보고 노하라는 내심 히죽 웃으면서 분노의 표정을 가장했다.

"은행은 원래 그런 자들이 모인 곳입니다. 오냐오냐하면 머리 끝까지 기어오르지요. 대단한 능력도 없으면서 자존심만 세고 말입니다. 그래서 골치 아픈 존재입니다."

"거품 경제 시절에 확 망해버렸으면 좋았을 텐데. 그랬으면 좀 겸손해지지 않았을까요?"

시라이는 극단적인 말까지 거침없이 내뱉었다. 마이크가 없을 때에는 섬뜩할 만큼 독설을 마구 내뱉기도 한다. 세상 사람들에게는 보여주지 않는 맨얼굴이다.

노하라는 시라이의 관심사와 정치를 은근슬쩍 연결시켰다.

"그것도 모두 헌민당 때문입니다. 금융 질서니 뭐니 들먹이면서 쓸데없이 은행을 살려준 게 문제였지요. 결국 헌민당 의원들은 은행과 상부상조하며 친밀한 관계를 이어온 것에 불과합니다."

"헌민당 정권이 일본이란 나라를 얼마나 좀먹었는지······. 지금이야말로 국민들에게 그걸 알려줄 때예요."

시라이는 의연하게 말한 뒤, 결의가 담긴 눈으로 금융기관의 본사 건물이 늘어선 오테마치 거리를 바라보았다.

노하라가 다시 은행 이야기로 돌아갔다.

"그나저나 은행원들은 참 서글픈 존재지요. 지금은 그렇게 큰 소리쳐도 모두 임원이 되고 은행장이 될 수 있는 건 아닙니다. 입행 동기 중에서 임원이 나오면, 다른 사람들에게 기다리고 있는 건 작은 회사로 파견 나갈 운명이지요. 그 무렵이 되면 그때까지 은행 간판에 기대어 자존심을 내세웠던 은행원도, 자신은 어차피 단순한 월급쟁이에 지나지 않았다는 사실을 깨닫게 됩니다. 화려한 도금이 벗겨지는 순간이지요. 그러면 은행의 간판 밑에서 안주했던 놈들이 손바닥을 뒤집으며 입에 거품을 물고 은행을 비판하게 됩니다. 눈 뜨고 볼 수 없을 만큼 한심한 일들이 나타나는 거지요."

"역시 노하라 변호사님이세요! 금융계의 내부 사정을 잘 알고 계시는군요."

"이런 일을 하다 보면 싫어도 상대하지 않을 수 없으니까요. 역겹기 짝이 없는 녀석들이 '이것도 아니다, 저것도 아니다'라며 늘어놓는 변명을 듣고 있으면 구역질이 날 것 같습니다."

채찍처럼 매서운 노하라의 말에 그토록 발끈했던 시라이도 잠잠해지자, 조수석에서 시라이의 비서가 입을 열었다.

"노하라 변호사님께서 은행을 싫어하시는 건 이 바닥에서 유명하거든요."

"하긴……, 평소에 그런 자들을 상대하다 보면 역겨울 만도 하겠네요."

노하라는 눈을 가늘게 뜨고, 그렇게 맞장구치는 시라이를 바라보며 고개를 주억거렸다. 시라이가 갑자기 의아한 얼굴로 노하라의 옆얼굴을 바라본 것은 여자만의 예리한 육감으로 뭔가를 알아차렸기 때문일지도 모르겠다.

"변호사님?"

시라이가 부르자 몇 초 동안 먼 곳을 바라보았던 노하라의 의식이 돌아왔다.

노하라는 재빨리 진지한 얼굴로 돌아와서 입을 열었다.

"좌우지간 한자와라는 자가 어떻게 나오든, 도쿄중앙은행에선 결국 채권 포기를 받아들일 수밖에 없습니다. 그곳은 이미 그럴 운명에 있으니까요. 그건 아무도 거역할 수 없습니다."

노하라는 자신만만하게 말한 뒤, 다시 안주머니에 손을 넣어 담뱃갑을 꺼내려다 그만두었다.

3

"얘기는 들었는데, 기모토 상무도 그러면 안 되지. 대체 어느 편이야?"

시라이 대신의 '기습 방문' 이야기는 눈 깜짝할 사이에 본부 전체에 퍼져나갔다. 따라서 자타 공히 은행 최고의 정보통임을 자랑하는 도마리의 귀에 이야기가 들어가지 않을 리가 없다.

"몇 시에 끝나? 한잔하자."

한자와에게 그런 전화가 걸려온 것은 그날 저녁 9시가 지나서였다.

두 사람이 간 곳은 간다에 있는 벨기에 맥주 전문점이었다. 그들은 마침 두 자리가 비어 있는 카운터에 나란히 앉아, 모네트 맥주 큰 병을 나누어 마셨다.

도마리가 단정적으로 말했다.

"거기서 그렇게 한 건 그냥 너를 괴롭히려는 거잖아? 아니면 노하라가 은행이라면 끔찍하게 싫어한다는 걸 알고 아부라도 한 거야?"

"그놈이 은행을 싫어해?"

한자와는 아무래도 상관없다는 듯이 느긋하게 물었다.

"나도 노하라에게 관심이 있어서 아는 사람에게 물어봤어. 융자관리부의 도무라고, 너도 알지?"

한자와는 고개를 끄덕였다. 2년 아래의 조사역으로, 본부의 회

121

의에서 몇 번 얼굴을 마주친 적이 있었다.

"그 부서에서 주로 하는 일은 기업 도산에 관한 일이잖아? 그래서 혹시 알까 해서 물어봤는데, 예상대로 노하라와 몇 번 옥신각신한 적이 있다고 하더라고."

융자관리부는 부실 채권으로 변한 대출을 취급하는 부서로, 한마디로 말해 노하라와 같은 업계라고 할 수 있다.

"노하라 녀석은 옛날부터 자기 마음대로 설치고 다녔는데, 어느 날 노하라와 같이 일한 변호사로부터 노하라가 왜 그렇게 은행을 싫어하게 됐는지 들었다고 하더군."

"왜 그렇게 싫어하게 됐는데?"

쌉쌀함이 감도는 맥주를 한 모금 마시고 한자와는 다음 말을 재촉했다.

"그 이유라는 게…… 어릴 때의 괴롭힘이야."

생각지도 못한 이야기에 한자와는 무심코 얼굴을 들었다.

"노하라의 집이 찢어지게 가난했대. 옷을 살 수 없어서 항상 형의 옷을 물려받아 입었을 정도로. 오사카 시내에 살았던 모양인데, 학원 갈 돈은 물론이고 친구들과 어울릴 돈도 없었나 봐. 그런 노하라를 항상 괴롭히는 동급생이 있었는데, 그놈 아버지가 지점장이었다고 하더라고. 그런데 노하라 녀석, 집안은 가난해도 공부 하나는 잘했다고 하더군. 그게 마음에 들지 않았던 지점장 아들은 툭하면 트집을 잡아 노하라를 괴롭히면서, 그때마다 아버지 직업을 자랑했대. 노하라가 가장 상처를 받은 건 아버

지가 경영했던 작은 공장이 망한 걸 동급생에게 들켰을 때였다
고 하더라고."

한자와는 혼잣말처럼 중얼거렸다.

"그랬군. 한심한 은행원은 어디에나 있으니까."

한자와의 가슴속에서 어린 시절의 기억이 생생하게 되살아났
다. 작은 공장을 경영했던 그의 아버지는 은행의 배신으로 한때
경영 위기에 처했다. 머리를 껴안고 고민하는 아버지의 모습과
은행원의 차가운 태도는 지금도 가슴속에 깊이 새겨져 있다.

도마리는 시큰둥한 얼굴로 다시 말을 이었다.

"뭐, 그런 짓을 당했다면 은행이 싫어지는 것도 어쩔 수 없겠
지. 하지만 어린 시절의 원한을 계속 가슴속에 쌓아놓고 아직도
적개심을 불태우는 건 심각한 문제 아니야? 그렇게 그릇이 작아
서 어디다 쓰겠어?"

"가해자는 잊어도 피해자는 잊지 못하는 법이니까."

도마리는 의아한 눈길로 그렇게 말하는 한자와를 쳐다보았다.

"뭐 그럴지도 모르지."

그리고 맥주를 입으로 가져가더니, 술잔 든 손을 약간 치켜들
고 물었다.

"그런데 한자와, 어떡할 거야? 이번 건으로 뒤에서 너를 껌처
럼 잘근잘근 씹는 놈들도 있을 거야. 어쨌든 콧대 높은 시라이 대
신의 기분을 상하게 만들었으니까. 기모토 상무만큼 노골적으로
아부하지는 않지만, 이대로 가면 첫 여성 총리가 될지 모른다고

성급하게 말하는 놈도 있을 정도거든."

도마리가 무슨 말을 하고 싶은지는 잘 안다.

한쪽은 나는 새도 떨어뜨린다는 새 정권을 대표하는 대신. 그리고 한쪽은 일개 은행원 나부랭이. 승부는 처음부터 정해졌다고 말하고 싶은 것이리라. 더구나 임원진에서 한자와 때리기는 더욱 심해질 것임이 틀림없다.

자신이 불리하다는 사실은 한자와도 알고 있다.

"어떡하긴 뭘 어떡해? 지금은 내가 옳다고 믿는 일을 하는 수밖에 없잖아?"

자기도 모르게 조바심이 치밀어서 한자와는 작게 투덜거렸다.

4

"어머나! 미노베 의원님, 일찍 오셨네요."

도쿄의 중심인 고지마치. 그곳에 있는 회원제 레스토랑의 개별실 문을 연 시라이는 오늘 모임을 주최한 사람의 모습을 발견하고 깜짝 놀란 얼굴로 깊숙이 고개를 숙였다.

"초대해주셔서 감사합니다."

한적한 뒷길에 있는 프랑스 레스토랑이다.

1층에 빵을 파는 베이커리가 있고, 회원만 베이커리를 통과해 2층 레스토랑으로 올라갈 수 있다. 큰길에서 골목 하나를 들어간 그 주변은 도심이라고 생각할 수 없을 만큼 조용했다.

"자네와 식사하는 날을 고대하고 있었네. 일단 거기에 앉게."

안쪽 자리에 앉아 있던 미노베 게이지는 스스럼없이 자신과 가까운 자리를 권한 뒤, 시라이를 향해 물었다.

"술? 아니면 탄산수인가……?"

지금까지 미노베와 몇 번 식사를 한 적이 있었는데, 실수해서는 안 된다고 생각해 시라이는 항상 탄산수를 선택했다. 아무래도 미노베는 그것을 기억하고 있던 모양이다. 세심한 배려는 미노베의 주특기로, 신칸센 안에서 우연히 옆자리에 앉은 지역구 사람이 도쿄에서 일을 마치고 호텔에 들어가자 미노베로부터 꽃다발이 와 있었다는 미담이 있을 정도였다. 그런데…….

"요즘 좀 피곤해서 그런지, 샴페인을 마시고 싶어요."

시라이는 그렇게 말하고, 할아버지와 손녀뻘만큼 나이 차이가 나는 정계의 우두머리 앞에서 불쾌한 표정을 지었다.

"익숙해질 때까지는 장관 자리가 힘든 법이지. 그나저나 TK항공은 어떻게 되고 있나? 잘될 것 같나?"

"그럭저럭이요. 며칠 전에는 은행을 한 바퀴 돌았어요."

종업원이 가져온 샴페인을 한 모금 마시고 나서 시라이는 대답했다.

"그래서?"

미노베는 술잔을 든 채, 탁한 눈으로 시라이를 바라보았다.

"주거래은행인 개투은과 제2의 주거래은행인 도쿄중앙은행의 은행장을 만났는데, 솔직히 말씀드려서 기분이 좋지 않았어요. 특히 도쿄중앙은행은 민간 은행이라서 그런지 너무나 불쾌하더 군요. 국교성을 완전히 무시하고 있어요."

그때의 상황을 떠올리고 시라이는 얼굴을 찡그렸다.

"태스크포스의 채권 포기 요청 말인가? 그것 때문에 노하라 변호사도 애를 먹고 있는 모양이더군."

"정말 어떻게 그럴 수가 있죠? 화가 나서 견딜 수 없어요."

미노베는 예전에 자신이 관여한 기업의 재건에서 노하라에게 신세를 진 적이 있다고 한다. 그래서인지 태스크포스 본부장으 로 노하라를 앉히려고 했을 때, 미노베도 적극 동의했다. 또한 태 스크포스 설립이라는 깜짝 발표에 마토바 총리가 쓴소리를 했을 때에는 시라이를 옹호해주기도 했다. 진정당 창당의 주인공인 미노베가 나서는 일에 당내에서 대놓고 반대하는 사람은 없다.

"사소한 일을 꼬치꼬치 따지는 사람은 어차피 은행의 말단 녀 석들이겠지. 그런 피라미들을 상대할 필요는 없네. 자네는 한 나 라의 대신이니까."

"그렇게 생각하고 싶은데, 그래도 괜찮을까요? 왠지 좀 불안 해요. 담당자도 그렇지만 은행장도 확실한 대답을 안 하고 두루 뭉술하게 넘기는 것 같아서요……."

"걱정하지 말게. 실은 내일 도쿄중앙은행 사람들을 만나기로 되어 있네. 내가 한마디 따끔하게 말해두지. 자네와 태스크포스 가 하는 일에 다시는 토를 달지 못하도록 말이야."

미노베는 여유 있는 표정을 지으며 시라이의 불안을 웃음으로 날려 보냈다.

다음 날.

기모토의 휴대폰에서 진동음이 울린 것은 접대 상대가 나타나기 직전이었다.

가슴주머니에서 꺼낸 휴대폰의 화면을 본 순간, 기모토는 안색을 바꾸고 자리에서 벌떡 일어났다.

긴자의 레스토랑이었다. 개별실이라고 해도 문이 없는 반개별실로, 하얀 벽 너머에서 통화하는 기모토의 목소리는 소네자키가 있는 곳까지 드문드문 들려왔다.

"이제 곧…… 안다니까…… 이쪽도…….."

은행에서 온 전화는 아닌 것 같다고 소네자키는 판단했다. 애인인가?

"……그래서 품의서가…….."

애인은 아니다. 애인과 품의서 이야기를 하는 남자는 없다.

"무슨 말인지 알았어. 지금은 바쁘니까 나중에 통화해."

몸을 소네자키 쪽으로 돌린 탓인지, 그 말만은 확실히 들리더니 기모토가 부루퉁한 얼굴로 돌아왔다. 얼굴은 흙빛으로 변해 있었다.

"상무님, 괜찮으십니까?"

그렇게 말한 소네자키에게 돌아온 것은 기모토의 찡그린 얼굴이었다. 기모토의 입에서는 나지막한 신음소리만 흘러나올 뿐, 소네자키의 질문에는 대답하지 않았다. 답답한 침묵을 깨뜨리기 위해 무슨 말인가 하려고 했던 소네자키는 그때 입구에 나타난 사람을 보고 황급히 자리에서 일어섰다.

"기다리고 있었습니다!"

마치 딴 사람이 된 것처럼 기모토가 만면에 웃음을 지으며 일어서더니, 몸을 반으로 접었다. 그의 등 뒤로 돌아가 똑같이 허리를 굽혀 인사한 소네자키의 앞을 "고개 들게. 딱딱한 인사는 그만두지"라는 말과 함께 담배 냄새와 은단 냄새가 가로질렀다.

상대는 기모토가 권하는 대로 안쪽 자리에 앉더니, 햇볕에 그을린 얼굴에 미소를 가득 담았다.

"기모토 상무, 얼굴이 좋아 보이는군."

진정당의 중진인 미노베 게이지 의원이었다.

"덕분에 그럭저럭 지내고 있습니다, 의원님. 좋게 봐주셔서 감사합니다."

정중하게 대답한 기모토는 눈썹을 여덟 팔(八)자로 만들며 부드러운 미소를 지었다. 조금 전까지 지었던 불쾌한 표정은 거짓말처럼 사라졌다.

기모토와 미노베의 인연은 오래되었다. 아니, 기모토라기보다 옛 도쿄제일은행과 미노베의 관계가 오래되었다고 하는 편이 정확하리라. 지난번 여당인 헌민당 시절에 국토교통성 대신직을 역임했던 미노베는 아는 사람들 사이에서 '이권 백화점'이라고 불리는 정치인이었다. 토지개발과 도로정비, 공공사업의 입찰 정보 등 모든 정보는 돈과 연결되고, 거액의 이익을 낳는 연금술이 되었다.

돈을 벌려면 돈이 필요하다. 싸게 사들여 비싸게 파는 사업에서 가장 필요한 것은 첫째도 밑천이고 둘째도 밑천이다. 그 밑천을 대준 곳이 예전의 도쿄제일은행이었고, 그곳에는 당연히 미노베와의 밀월 관계가 존재했다. 도쿄제일은행의 역대 임원들이 미노베를 상대하며 시중꾼 노릇을 한 것이다.

그리고 미노베는 그런 '이권 사업'의 비밀이 드러나지 않게 지금까지 잘 헤쳐나왔다. 정치인으로서 오래 살아남은 노하우가 그곳에 있었던 것이다.

"오늘은 의원님께 저희 은행의 유망주를 소개드리고 싶어서 데려왔습니다."

기모토의 말이 끝나자마자 소네자키가 벌떡 일어나 등줄기를 쭉 폈다.

"인사가 늦었습니다. 심사부의 소네자키라고 합니다. 앞으로 잘 부탁드리겠습니다."

"우리 진정당은 정권을 잡아서 숙원을 이루었지. 앞으로 바빠질 걸세. 기모토 상무처럼 기대하겠네."

미노베는 소네자키가 내민 명함을 뚫어지게 보더니 시선을 들었다. 말투는 친근했지만 소네자키를 평가하는 눈빛은 칼날처럼 날카로웠다.

"최선을 다하겠습니다."

소네자키가 다시 고개를 숙이는 것을 보고 미노베는 화제를 바꾸었다.

"그나저나 기모토 상무, 그 건은 어떻게 됐나? 지금 난항을 거듭하고 있는 것 같더군."

얼굴에 떠오른 미소를 거두고 기모토는 단어를 하나하나 선택하며 말했다.

"그게 말입니다. 의원님께는 아직 말씀드리지 않았습니다만 실은 담당 부서가 바뀌는 바람에……."

자신을 슬쩍 쳐다보는 기모토의 눈길을 보고, 소네자키는 TK항공 이야기란 것을 눈치챘다.

"은행장의 지시로 담당이 영업 본부로 바뀌었습니다. 제가 극구 반대했지만 어쩔 수 없이……."

소네자키는 은밀하게 기모토의 표정을 살폈다. 분위기가 심상치 않다.

"그러면 요전에 시라이 대신이 만났다는 사람도 영업 본부 사람인가?"

"저희도 동석은 했습니다. 안 그래도 그때 시라이 대신님을 불쾌하게 만들어서 죄송하게 생각합니다."

기모토는 두 손을 무릎 위에 놓고 고개를 숙인 뒤, 조심스럽게 물었다.

"화가 많이 나셨나요?"

"머리에서 김을 내뿜으며 펄펄 뛰더군."

미노베는 내뱉듯 말하더니 난폭하게 덧붙였다.

"상무씩이나 되면서, 그런 자들을 날려버리지 않고 뭐 했나!"

"면목이 없습니다."

죽을죄라도 지은 듯이 송구스러워하는 기모토를 노려본 다음, 미노베가 물었다.

"그래서? 결론은 언제 내릴 생각인가?"

"아직 검토 중입니다만 조만간……."

기모토가 뜨뜻미지근하게 대답하자 미노베는 즉시 불쾌한 표정을 지었다.

"조만간이라니, 자네는 참 태평하기도 하군. TK항공에게 남은 시간이 얼마나 된다고 생각하나? 계속 질질 끌면 노하라 변호사에게 폐를 끼치게 된다는 걸 몰라서 그러나?"

"알고 있습니다. 하지만 조금 전에도 말씀드린 것처럼 담당 부서가 바뀌는 바람에……."

기모토의 변명을 미노베는 쇠망치처럼 무거운 한마디로 봉쇄했다.

"그건 은행 내부 문제야!"

순간 개별실의 긴장된 공기가 산산조각으로 부서졌다. 권위를 내세운 정계의 거물 앞에서 기모토가 한없이 작게 보였다.

미노베는 반박할 수 없도록 강력한 말투로 명령했다.

"채권 포기 문제는 즉시 마무리하게. 마이하시의 지역 경제계에서도 TK항공의 회생을 애타게 바라고 있네. 그동안의 숙원을 이뤄 정권을 탈취했는데, 이제 와서 내 얼굴에 먹칠을 할 생각은 아니겠지?"

기모토는 테이블에 이마가 닿을 만큼 고개를 깊숙이 숙였다.

"당치도 않습니다! 즉시 결론을 내릴 테니까 조금만 더 시간을 주십시오."

그러자 '지금이다!'라는 식으로 미노베가 은혜를 베풀 듯이 말했다.

"그동안 그쪽 은행은 달콤한 꿀을 많이 빨아먹었지. 내게도 나름대로 사정이 있었는데, 그걸 뒤로 제쳐놓으면서까지 편의를 봐줬네. 그건 자네도 알고 있을 텐데?"

"넷!"

미노베는 입술을 깨문 기모토를 바라보며 말을 이었다.

"TK항공은 오랫동안 자네들이 담당해왔지. 은행장의 의향이 뭔지는 모르겠지만 중요한 회사를 빼앗기고 분하지도 않나? 아니면 담당이 바뀌어 그다음은 모른다고 하면서 꽁무니를 뺄 생각인가?"

기모토는 고개를 숙인 채 미노베의 설교를 들었다.

"내게 은혜를 입었다는 걸 안다면 확실하게 갚아주면 좋겠군. 내 말이 틀렸다면 지금 여기서 말하게."

기모토의 입에서 반박하는 말이 나올 리가 만무했다.

"거의 협박처럼 들리던데요. 상무님, 어떻게 하실 겁니까?"

미노베가 탄 차의 후미등이 보이지 않을 때까지 배웅하고 나서, 소네자키는 기모토에게 물었다. 언제부터 내리기 시작했는지 차가운 빗방울이 두 사람의 어깨를 적시고 있었다.

"들어가지."

기모토는 대답 대신 그렇게 말하고, 재빨리 레스토랑 안으로 발걸음을 돌렸다.

조금 전까지 있던 테이블로 돌아오자 기모토는 깊은 탄식과 함께 생각에 잠겼다.

어떻게 하면 한자와에게 채권 포기의 품의서를 쓰게 할 수 있을까? 그런 생각을 하고 있음이 틀림없다. 하지만 바늘로 찔러도 피 한 방울 안 나올 것 같은 한자와에게 그런 품의서를 쓰게 만드는 것은 쉬운 일이 아니다.

"은행장을 설득해서 정치적으로 결단을 내리게 할 수는 없을까요?"

조심스럽게 물은 소네자키를 향해, 기모토는 심각한 얼굴로 고개를 가로저었다.

"그건 불가능해. 은행장의 본심은 태스크포스의 요청을 거절하는 거니까. 며칠 전에는 우리 의견을 존중하는 형태로 다른 은행과의 균형을 배려하라고 했지만 그게 고작일 거야. 개투은의 동향에 따라서 어떻게 움직일지 모르는 일이야."

"개투은은 태스크포스의 요청을 받아들이는 쪽으로 기울어지고 있을 겁니다."

"꼭 그렇지만도 않아. 며칠 전에 그쪽 임원을 만났는데, 현장에서 강력하게 반대하는 모양이야."

기모토로부터 뜻밖의 정보를 듣고 소네자키는 깜짝 놀랐다. 머리에 떠오른 것은 다니가와의 얼굴이었다. 그렇다면 상황은 점점 더 혼란스러워지고 있지 않는가.

"개투은은 그렇더라도 영업 2부에서 채권 포기 품의서를 올리면, 아무리 은행장이라도 생각이 바뀌지 않을까요?"

그 말의 진의를 탐색하듯 기모토가 소네자키를 바라보았다.

"영업 2부에서 채권 포기에 찬성하는 품의서를 쓸 것 같나? 자네가 한자와를 설득하기라도 한다는 건가?"

소네자키가 머리를 가로저었다.

"아닙니다. 같은 영업 2부라도 한자와가 아니라면, 상무님의 의중대로 품의서를 쓰게 할 수 있지 않을까 해서요."

"지금 무슨 말을 하는 건가? TK항공의 담당자를 바꾸기라도 하겠단 건가? 아무런 이유도 없이 그런 일이 가능할 것 같나! 한자와는 은행장이 직접 지명했다고!"

기모토가 탄식하며 목소리를 높였다.

"이유가 있으면 되지 않겠습니까?"

소네자키가 입술 끝을 비틀며 미소를 지었다.

"무슨 뜻이지?"

"실은 여기에 오기 전 기획부 사람으로부터 솔깃한 정보를 들

었습니다. 이번 사태를 근거로 금융청에서 면담을 하러 온다고
합니다. TK항공의 여신 상황을 파악하기 위해서 말이죠."

"금융청에서 면담을 하러 온다고? 그걸 아는 사람은?"

기모토가 무의식중에 되물었다. 사실이라면 이례적이다.

"상무님과 저를 포함해, 아직 몇 사람 되지 않습니다."

뱅커에게 정보는 중요한 무기이다. 소네자키는 의기양양하게
대답한 뒤, 지금부터가 중요하다는 듯이 의미심장한 눈길로 기
모토를 바라보며 덧붙였다.

"실은 면담을 하러 오는 사람이 구로사키 감사관이라고 합니다."

기모토가 천천히 얼굴을 들더니, 그대로 소네자키를 바라보았
다. 그제야 겨우 소네자키의 의도를 알아차린 표정이었다.

"구로사키? 그 구로사키 말인가? 예전에 한자와와 한바탕 난
리법석이 있었던……."

대형 거래처인 이세시마 호텔의 대출을 둘러싸고 한자와와 구
로사키가 치열하게 대립한 것은 지금도 기모토의 머릿속에서 생
생하게 기억이 난다. 그때 구로사키가 보여준 한자와에 대한 증
오는 말 그대로 활활 타오르는 불길 같았다. 분노로 똘똘 뭉친 구
로사키가 다시 한자와와 부딪친다면…….

"이거 재미있겠군."

기모토의 입가에 떠오른 옅은 미소를 보고 소네자키가 말을
이었다.

"구로사키 감사관은 한자와를 철저하게 추락시키려고 하겠지

요. 이번 면담이 끝나면 금융청에서 의견서를 내놓는다고 합니다. 그 결과에 따라서 은행장도 한자와를 담당에서 제외할 수밖에 없을 겁니다."

"소네자키, 면담은 언제인가?"

소네자키가 웃음을 참으며 대답했다.

"이제 곧 금융청에서 구체적인 날짜를 알려준다고 합니다. 상무님, 이건 좋은 구경거리가 아닐 수 없습니다. 하늘은 아직 우리를 버리지 않았습니다."

"그래그래. 그거 잘됐군."

벽으로 구분된 반개별실에서 기모토의 웃음소리가 나지막하게 들리는가 싶더니, 이윽고 커다란 웃음소리로 바뀌는 데에는 그렇게 오랜 시간이 걸리지 않았다.

"금융청의 면담이라고요?"

한자와는 무의식적으로 물은 뒤, 이야기의 의도를 잠시 생각하고 나서 덧붙였다.

"감사가 아니라요?"

"감사는 아니야."

나이토는 심각한 얼굴로 고개를 가로저으며 의자에서 몸을 일으켰다. 얼굴에는 긴장된 표정이 역력했다.

"이례적인 일이기는 하지만 TK항공의 여신 상황에 대해 묻고 싶다고 하더군. 면담은 이틀간. 여신 판단이 옳았는지를 놓고 상당히 깊이 파고들 거야."

여신 판단이라고 하면 어렵게 들리지만, 쉽게 말하면 돈을 빌려줄지 말지 정하는 일을 가리킨다.

"즉, 정상 채권인지 아닌지 파헤치겠군요. 그런데 이해가 되지 않습니다. 하필 이런 시기에 TK항공 하나 때문에 일부러 면담을 하러 온다니, 다른 목적이 있는 것 같은데요?"

경계심을 적나라하게 드러내며 나이토가 말했다.

"내 생각도 마찬가지야. 아마 뒤로는 정치 역학이 작용하고 있을 거야."

어떤 정치 역학인지는 모른다. 관료들의 내부 사정까지는 알고 싶지 않지만 결과적으로 면담을 하러 온다면 그것을 맞받아치는 것은 한자와를 비롯한 현장 담당자들이다.

"TK항공은 지난번 감사 때 간신히 정상 채권으로 인정받았는데, 은행 내부에서는 그것이 심사부가 선방한 덕분이라는 평가가 있어. 이번에 그 평가가 뒤집히게 만들 수는 없어."

나이토의 말에는 앞으로 한자와가 떠맡아야 할 무거운 책임이 배어 있었다.

"하지만 지난번 금융청 감사 때와 지금은 TK항공의 재무 상황에 현격한 차이가 있습니다. '분류'될 가능성을 부정할 수 없습니다."

'분류'란 한마디로 말해 실행된 대출에 위험하다는 딱지를 붙이는 것이다. 위험한 대출은 부실 채권이 될 가능성이 있기 때문에, 만약에 대비해 미리 자금을 확보해두어야 한다는 규칙이 있다. 이때 사용하는 자금을 충당금이라고 한다. 충당금은 손실을 각오한 돈이기 때문에 당연히 이익에서 제외된다. 즉, TK항공에 대한 거액의 대출에 위험 판정이 내려지면 거액의 충당금을 설정해야 하기 때문에 은행의 수익은 그만큼 줄어들 수밖에 없다.

나이토는 입을 꼭 다물고 고개를 한 번 주억거렸다.

"그래. 자네 말이 맞지만 어떻게든 분류만은 피해야 돼. 한자와, 그건 오직 자네 실력에 달렸어."

한자와는 최대한 빈정거리며 대답했다.

"부장님께선 항상 골치 아픈 일만 제게 떠넘기는 것 같은데, 제 착각인가요? 애초에 우리 영업 2부가 왜 심사부의 뒤치다꺼리를 해야 합니까?"

나이토는 단호하게 말했다.

"그따위 명분론은 구겨서 쓰레기통에 집어넣어. 이유는 뭐라도 좋아. 어쨌든 이번 면담을 잘 넘겨줘."

"면담은 언제부터인가요?"

터져 나오는 한숨을 삼키며 물은 한자와에게 돌아온 것은 사흘 후의 날짜였다. 시간이 없다.

"알겠습니다. 어쨌든 최선을 다해 준비하겠습니다."

"부탁해."

나이토는 엄숙하게 말한 뒤, 심상치 않은 기척을 몸에 두르고 목소리를 낮추었다.

"자네에게 슬픈 소식이 한 가지 더 있어. 금융청의 담당 감사관 말인데…… 구로사키 슌이치라고 하더군."

"구로사키……."

한자와는 숨을 들이마시고, 말없이 나이토를 바라보았다.

"그렇다면 이번 면담은 쉽게 넘어갈 수 없겠군요."

가슴속에서 불길한 예감이 솟구침과 동시에 한자와의 표정이 기묘하게 일그러졌다.

3장

공공의 적

1

그 남자를 본 순간, 누구나 등줄기가 서늘해지는 혐오감과 함께 뿌리칠 수 없는 위압감을 가질 것이다. 우아한 말과 행동으로 엘리트 냄새를 풀풀 풍기고 있지만, 그의 눈동자를 본 순간 감출 수 없는 교활함과 냉혹함을 느끼지 않을 수 없다.

구로사키 슌이치는 지금 도쿄중앙은행 회의실에 진을 치고 앉아 테이블을 둘러싼 행원들을 저주의 눈길로 둘러보더니, 의자의 등받이에서 몸을 일으켰다.

"TK항공 담당자는 누구죠?"

아무런 인사도 없다. 단도직입적으로 묻는다기보다 퉁명스럽게 내던지듯 말하는 구로사키의 말투에는 항상 뾰족한 가시가 돋쳐 있다. 더구나 그것은 온몸이 오글거릴 만큼 애교스러운 말투로, '구로사키'라는 이름만 들어도 떠오를 정도였다.

"접니다."

목소리가 들린 쪽으로 구로사키가 집요한 시선을 보냈다. 사냉감을 발견한 파충류를 연상시키는 눈길이었다.

"아하, 당신이었어요?"

구로사키는 입술 끝에 음침한 웃음을 매달더니, 번들거리는 눈빛으로 한자와를 보았다.

"이름이 뭐죠?"

한자와의 이름을 모를 리가 없다. 하지만 구로사키는 일부러 모르는 척했다. 일개 행원의 이름을 기억하는 것 자체가 자존심이 허락하지 않는 것이다.

한자와가 일어서서 말했다.

"영업 2부의 한자와 차장입니다."

구로사키는 불쾌한 얼굴로 한자와의 말을 따라했다.

"영업 2부요? 이 은행의 영업 2부는 같은 자본 계열의 상장기업을 담당하지 않나요?"

"담당이 바뀌었습니다. 심사부에서 영업 2부로 소관이 옮겨졌지요."

한자와가 대답하기 전에 구로사키와 가까운 상석에 앉아 있던 기모토가 끼어들었다.

"뭐, 실적이 나쁜 곳은 당신에게 딱 맞을지도 모르겠네요."

자신의 빈정거림이 재미있다고 생각했는지, 처진 어깨를 흔들며 웃던 구로사키가 갑자기 웃음을 거두고 본론을 꺼냈다.

"그럼 본론으로 들어가죠. TK항공에 대한 지난번 추가 대출 시점에서, 재건계획의 실현성을 검토했어야 하지 않았나요? 어떤가요? 검토했나요?"

그 질문은 곧장 한자와에게 향했다.

"그 당시에는 제가 담당하지 않았기 때문에……."

그 회의실에는 전임 담당자인 소네자키도 앉아 있었다. 본래라면 당시 담당자였던 소네자키가 대답해야 하지만, 당사자인 소네자키는 모르는 척 고개를 돌리고 있었다. 무엇 때문에 이 자리에 왔는지 이해할 수 없는 행동이다.

"그래서 뭐예요!"

구로사키가 목소리를 높이면서 테이블을 내리치자, 단숨에 회의실 공기가 얼어붙었다.

정부로부터 은행업 인가를 받은 은행은 감독관청인 금융청의 방침에 따라 영업하도록 되어 있다. 그런 탓에 금융청은 은행으로서는 거역할 수 없는 상대임이 분명하지만, 비열한 관리 근성을 가진 감사관 중에는 그것을 이용해 권력을 휘두르는 한심한 작자들도 적지 않다.

그중에서도 구로사키의 간교함은 혀를 내두를 정도다. 예전에 AFJ은행을 파산으로 몰아넣은 악당 감사관으로 지금도 은행업계에 악명을 떨치고 있다. 더구나 그것이 옛 대장성 관료였던 아버지가 은행의 함정에 빠져 좌천되었다는 개인적인 원한 때문이라는 소문이 돌 만큼, 감사 태도는 가혹하기 짝이 없었다. 그가 은행업계의 공공의 적이라는 말을 듣는 이유다.

구로사키가 묵직하게 선제공격을 날렸다.

"당신, 지금 TK항공을 담당한다고 했지요? 예전 담당이 아니라서 잘 모른다니, 그걸 지금 말이라고 해요?"

자신이 담당했던 시절의 이야기를 하고 있는데, 소네자키는 완전히 모르는 척하고 있다. 소네자키의 옆얼굴을 힐끔 쳐다본 다음, 한자와는 어쩔 수 없이 사과했다.

"죄송합니다. 방금 질문에 대답하자면, 재건계획의 실현성은 당시에도 검토했습니다."

"무엇을 검토했나요?"

구로사키는 비틀어진 성격 탓인지, 진의를 알 수 없게 묻는 버릇이 있다.

"무엇을······. 그게 무슨 말씀이시죠?"

"당시에도 검토했다고 하는데, 그 이후 TK항공의 실적이 어떻게 됐냐는 말이에요. 그 계획대로 됐나요?"

"아닙니다, 유감스럽게도."

한자와가 대답하자 구로사키는 한순간 희희낙락한 표정을 지었다.

"즉, 이런 거지요? 지난번 추가 지원 때 당신들은 TK항공의 재건계획을 검토했고, 실현 가능성이 있다고 믿어서 지원했어요. 그런데 그 이후 몇 달도 지나기 전에 TK항공의 실적은 그 계획을 크게 밑돌았지요. 원인이 뭔가요?"

한자와는 옆에 있는 자료를 끌어당기며 대답했다.

"원인은 몇 가지가 있습니다. 첫째, 미국발 금융 위기[*]에 따른 경기후퇴와 그에 따른 예상 밖의 여행객 감소, 저비용항공사 같은 신규업체의 등장으로 인한 국내 승객의 감소, 구조조정 지연에 따른 비용 개선의 지연……."

"이것 보세요. 참 궁색한 변명이군요. 부끄럽지도 않아요?"

구로사키는 한자와의 말을 가로막고 과장스럽게 어이없는 표정을 지었다.

"물론 금융 위기에 따른 경기후퇴가 없진 않았어요. 하지만 생각보다 빨리 수습되었죠. 다른 상장 기업을 보세요. 한때 실적이 떨어지긴 했지만 그 이후 놀라울 만큼 빨리 회복해서 영향은 거의 없는 거나 마찬가지예요. 그것을 변명으로 내세우는 건 경영 능력에 문제가 있는 기업뿐라고요! 저비용항공사가 등장하리란 것도 미리 알고 있던 사실 아닌가요? 안 그래요?"

"그 말씀이 맞습니다."

구로사키의 말을 인정하지 않을 수 없었다. 한자와가 보기에도 당시 TK항공이 내놓은 재건계획은 너무나 허술했다. 그런데 담당자였던 소네자키는 그것을 타당하다고 주장하며 품의서를 통과시켰다. 따라서 그 문제를 파고들면 반박할 도리가 없다.

"더구나 구조조정의 지연을 변명으로 내세우다니, 지금 제정신이에요? 당신들은 그게 효과가 있을 거라고 믿은 거잖아요? 다시 말해……."

• 2008년 9월 15일, 미국 투자은행인 리먼 브라더스가 파산하면서 시작된 글로벌 금융 위기.

구로사키는 잠시 말을 끊고 좌우에 서 있는 부하 감사관 열 명, 그리고 회의용 테이블을 가득 메운 스무 명에 가까운 은행원들을 빙 둘러보았다.

"재건계획을 보는 당신들의 눈은 그냥 폼으로 뚫려 있는 구멍이란 뜻이에요! 반박할 말이 있다면 어디 한번 얘기해보세요."

구로사키는 다시 엄숙하게 덧붙였다.

"당신들에게는 한 기업의 재건안을 심사할 능력이 없어요. 그런데 얼마 전에 발표한 유식자회의의 TK항공 재건안은 괜찮다고 받아들이고, 태스크포스의 재건안에는 반대하고 있지요. 이번 면담에서는 그 모순을 철저하게 파헤칠 테니까, 그럴 생각으로 준비하세요!"

구로사키는 폭군처럼 선언하더니 더욱 목소리를 높였다.

"시마다!"

그 말을 듣고 재빨리 일어난 사람은 옆에 대기하고 있던 실팍한 체격의 사내였다. 강인하게 보이는 직사각형의 기다란 얼굴은 이스터섬의 모아이 석상을 연상케 했다.

"자료를 보여주시겠습니까?"

위협적인 시마다의 말을 듣고 다지마를 비롯한 은행원들이 일어서서, TK항공 관련 자료가 들어 있는 골판지상자를 잇달아 가져왔다.

시마다가 그 자료를 테이블에 늘어놓자 구로사키가 자료 하나를 잡아당기면서 말했다.

"일단 당신들이 어떻게 일했는지 보겠어요. 그런 다음에 그쪽의 견해, 견해라고 부를 만한 게 있을지는 모르겠지만요, 그쪽의 견해를 들어볼 테니까 그렇게 알고 계세요. 해산!"

아침 일찍 은행으로 몰려와 관계자를 소집하더니, 자기소개도 하지 않고 이번에는 일방적으로 해산을 선언했다.

"저 인간들, 대체 뭔가요?"

회의실에서 철수하면서 다지마가 황당한 얼굴로 투덜거렸다. 한자와가 복도로 나오고 나서 대답했다.

"은행업계 공공의 적이야. 다지마, 조심해. 저 녀석의 진짜 목적은 은행업계의 정상화가 아니야. 우리 은행을 박살내는 거지. 조금이라도 방심하면 깊은 수렁 속으로 빠질지도 몰라."

"말도 안 됩니다. 이건 횡포잖아요!"

다지마가 화난 얼굴로 나지막하게 말했을 때, 뒤쪽에서 귀에 익은 목소리가 들렸다.

"한자와, 수고가 많군그래."

뒤를 돌아보자 소네자키가 얼굴에 이죽거리는 웃음이 매달려 있었다.

"멋진 활약을 기대하지."

한자와의 어깨를 툭 치고 지나가는 모습은 마치 불난 집을 구경하는 구경꾼 같았다.

소네자키의 등을 향해 한자와가 말했다.

"소네자키, 왜 대답하지 않지? 지난번 대출은 자네가 한 일이잖아?"

소네자키가 짐짓 시치미를 떼는 얼굴로 대답했다.

"그야 그렇지. 하지만 지금은 내 담당이 아니잖아? 새 담당은 어디까지나 자네가 아닌가? 조금 전에 구로사키 감사관이 한 말을 들었지? 담당이 바뀌었다고 모른다는 변명은 통하지 않아. 자네는 그것도 모르나?"

"언제부터 그렇게 금융청 사람이 되었지? 금융청 감사관이 뭐라고 하든 자기가 한 일에 책임을 지는 게 은행의 규칙이지. 이제 담당이 아니라고 모른다, 나와 상관없다고 빼지 마! 그건 은행원으로서 최악이야!"

그러자 소네자키의 얼굴에서 이죽거리는 웃음이 사라지고, 그 밑에 숨어 있던 적의가 드러났다.

소네자키가 지지 않고 되받아쳤다.

"벌써 변명하며 발뺌할 생각인가? 한심한 녀석이군."

"발뺌인지 아닌지는 조만간 알게 되겠지. 엉망으로 일한 것에 대한 책임은 확실하게 지게 할 테니까 똑똑히 기억하고 있어!"

"이건 도저히 그냥 넘길 수 없는 말이군. 내가 언제 엉망으로 일했지? 그건 심사부에 대한 도전이야."

한자와가 차갑게 대꾸했다.

"도전? 단어의 뜻을 정확히 알고 사용하시지. 그건 자기보다 뛰어난 상대에게 하는 말이거든. 그런 것도 모르니까 심사부에서 담당했던 회사까지 우리가 뒤치다꺼리하게 생겼잖아!"

"뭐야? 보자 보자 하니까 정말! 이번 면담에서 자네 변명이 얼마나 통할지 기대되는군."

최대한 빈정거리면서 대꾸한 소네자키를 향해 한자와가 내뱉듯 말했다.

"그렇다면 손가락이나 빨며 잠자코 구경이나 해. 그리고 자기 차례가 되어도 말할 생각이 없다면 앞으로 참석하지 말아줬으면 좋겠군. 눈에 거슬리기만 하니까."

한자와는 숨을 죽인 채 두 사람의 대화를 지켜보던 다지마에게 눈짓으로 가자고 한 뒤, 엘리베이터를 향해 재빨리 걸음을 내딛었다.

2

"이 인원 감축의 근거는 뭐지요?"

오후 3시부터 시작된 구로사키의 면담이 두 시간 가까이 진행되고 있었다. 아까부터 계속 도쿄중앙은행이 지난번 추가 지원 때 만든 재건계획에 대해 사소한 것까지 들쑤시는 질문이 이어졌다.

"재건계획을 세우면서 우선 노선 철수와 같은 사업축소안을 정했습니다. 그에 따라 각 부서에서 생기는 잉여 인력이 얼마나 될지 검토해서, 전사적으로 정리한 게 이 숫자입니다."

구로사키는 그렇게 대답하는 한자와를 불쾌한 얼굴로 쳐다보았다.

"그래서요? 이건 노동조합의 승인을 얻었나요?"

구로사키는 아픈 곳을 찔렀다.

"아닙니다. 그래도 일단 계획을 세우지 않으면 협상을 할 수 없으니까요."

"TK항공의 노동조합이 몇 개 있는지 알지요?"

"물론입니다."

"그럼 그 노동조합이 회사 측과 대립하고 있다는 사실도 알고 있나요?"

"알고 있습니다."

갑자기 구로사키의 눈빛이 바늘처럼 뾰족해지면서 목소리의 톤이 올라갔다.

"그렇다면 노동조합이 이런 인원 감축안을 간단히 받아들일 리가 없다는 건 쉽게 예상할 수 있지 않나요? 그래도 당신들은 이 계획이 실현 가능하다고 본 건가요? 어떻게 그토록 안이하게 생각할 수 있죠?"

"TK항공 측도 노동조합과 최선을 다해 협상할 생각이었습니다. 어렵다는 것은 알고 있었지만 그렇다고 구조조정안에 성역을 만들 수는……."

테이블 위의 파일을 손가락 끝으로 누르면서 구로사키는 한자와의 말을 가로막았다.

"누가 성역을 만들라고 했지요? 나는 지금 근거가 없다고 말한 것뿐이에요. 아무런 근거도 없는 숫자를 실현 가능성이 있다고 받아들이다니! 그런 식이니까 TK항공의 재건계획이 몇 번이나 실패한 거지요! 우선 그 사실을 인정하세요!"

구로사키는 눈에 쌍심지를 켜고 한자와를 노려보았다.

납물을 들이부은 것처럼 무거운 침묵이 회의실을 내리눌렀다.

금융청과 대치하는 은행 쪽 테이블에는 한자와를 비롯한 TK항공팀 이외에 관계 부서장이 앉고, 최상석에서는 기모토가 아까부터 떨떠름한 얼굴로 팔짱을 낀 채 앉아 있었다. 등 뒤의 벽에 놓여 있는 의자에는 도마리를 포함해 관계 부서의 차장급이 긴장한 얼굴로 앉아 있었는데, 무슨 이유에서인지 소네자키도 그 안에 섞여 있었다. 면담이 시작되기 직전에 그림자처럼 기모토의 뒤를 따라오더니, 한자와의 시선을 피해 슬쩍 착석한 것이다. 뒤를 돌아 확인하지는 않았지만 궁지에 몰린 한자와를 보고 회심의 미소를 지었음이 틀림없다.

지금까지는 금융청의 지적에 합리적으로 설명하며 그럭저럭 피해왔다. 그런데 마침내 균형이 깨지면서 형세는 구로사키에게 기울려고 하고 있었다. 이 자리에 있는 사람들은 모두, 눈에 보이지 않는 저울이 그쪽으로 기울었다는 사실을 알았으리라.

"TK항공의 실적을 잘못 예측한 건 사실이잖아요! 당신들의 여신 판단은 제대로 작동하지 않았어요. 왜죠?"

"지금까지의 여신 판단이 조금 안이했던 것은 사실입니다."

한자와가 그렇게 대답한 순간, 양쪽 옆자리와 등 뒤에 있는 은행원들 사이에서 소리 없는 탄식이 흘러나왔다.

구로사키가 승리의 미소를 머금으며 말했다.

"그렇다면 사과하세요. 그로 인해 매스컴에서는 우리 금융청에서 TK항공에 대한 여신을 신경도 쓰지 않고 그냥 내버려둔 것처럼 떠들고 있잖아요! 우리가 댁의 은행 때문에 얼마나 피해를 입고 있는지 아세요?"

한자와의 옆에서 다지마가 천천히 고개를 들었다. 구로사키의 한마디로 이번 면담의 목적이 드러나면서, 다지마의 얼굴에는 뿌리칠 수 없는 혐오감이 스며들었다.

구로사키가 여기에 온 것은 도쿄중앙은행의 여신 판단에 불안을 느꼈기 때문도, 항공 행정을 우려했기 때문도 아니다. 그저 자신들의 체면을 지키기 위해서였던 것이다.

TK항공의 부채가 이렇게까지 많아진 이유는, 또한 TK항공의 경영에 브레이크를 걸 수 없었던 이유는 오직 은행에 있다—이번 면담에서 구로사키가 원하는 결론은 바로 이것이다.

"어서 사과하세요!"

채찍처럼 날카로운 구로사키의 말이 회의실의 침묵을 깨트리면서, 모두의 시선이 한자와에게 쏠렸다.

"죄송……합니다."

한자와가 사과하자 구로사키의 얼굴에 승리의 미소가 떠올랐다. 환한 웃음 밑에는 보기만 해도 소름끼치는 저승사지의 얼굴이 드러났다.

"그럼 됐어요. 하지만 지금 당신이 사과한 것만으론 문제가 해결되지 않아요."

그러면 무엇을 위해 사과하게 만들었는가! 구로사키의 속셈을 이해할 수 없었다.

"이번 건에 대해서는 금융청에서 여신 방침에 대한 의견서를 낼 테니까 그렇게 알고 있으세요."

금융청에서 한 회사의 여신 방침만을 담은 의견서를 낸다는 말은 지금까지 들어본 적이 없다. 이것은 매우 이례적인 일이다.

"그 전에 도쿄중앙은행에서 이 건에 관한 경위서를 제출해줘야겠어요. 물론 은행장 명의로 부탁해요."

마지막 한마디는 근처에 앉아 있던 기모토를 향해 말했다.

"그러지요."

기모토는 송구스러운 표정을 짓더니 즉시 한자와에게 분노의 시선을 향했다. 구로사키의 앞이라서 화내고 싶은 것을 간신히 참는 듯한 표정이다. 그런데……

"경위서라면 얼마든지 쓰겠습니다."

한자와의 한마디로 구로사키의 얼굴 표정이 달라졌다.

기모토가 몸을 앞으로 내밀고 무슨 말인가 하려는 것은 알았지만, 그에 아랑곳하지 않고 한자와는 말을 이었다.

"하지만 저희는 과거의 금융청 감사에서, TK항공에 대한 여신 판단에 문제가 없다는 결정을 받았습니다."

구로사키가 목소리를 높이며 앙칼지게 되받아쳤다.

"그게 무슨 말인가요? 당신들의 자료가 정확하지 않아서 그런 결정을 내린 거잖아요! 더구나 지금 막 죄송하다고 고개를 숙인 건 뭐였지요?"

"제가 지금 사과드린 것은 과거의 안이한 여신 판단에 대해서입니다. 하지만 감사 당시의 여신 상황에 대해서는 금융청에 자료를 제출해, 저희 은행의 여신 방침에 양해를 얻었다고 생각합니다만."

"오호라!"

구로사키가 턱을 앞으로 내밀고 눈을 가늘게 떴다. 구로사키의 양쪽 옆에 있는 금융청 관료들은 지금이라도 달려들 것처럼 몸을 앞으로 내밀었다. 마치 구로사키를 지키는 사냥개 같은 모습이다. 관료들의 눈에서 뿜어나오는 레이저 광선 같은 눈길을 한자와는 태연하게 받아들였다.

"그럼 당신들은 우리에게 필요한 정보를 제대로 올렸다는 건가요?"

"그렇습니다. 적어도 그 시점에서 저희가 입수한 정확한 자료를 그쪽에 넘겼습니다."

한자와는 '정확한 자료'란 부분을 특히 강조했다. 그리고 구로사키에게 시선을 고정한 채 등 뒤에 있는 소네자키에게 물었다.

"소네자키 차장, 안 그런가?"

"아! 그게 그러니까……."

같은 행원들에게는 오만하게 대하지만 외부 사람에게는 한없이 약한 소네자키는 갑작스러운 질문에 눈에 띄게 동요했다.

"확실하게 대답해! 정확한 자료를 제출했겠지?"

한자와의 질책을 받고 소네자키는 겨우 대답했다.

"그, 그래. 그랬어."

한자와가 고개를 돌려 쳐다보니, 소네자키는 구로사키의 칼날 같은 시선과 회의실에 있는 모두의 시선을 한꺼번에 받고 창백해져 있었다.

한자와가 말했다.

"구로사키 감사관님, 들으셨지요? 이제 와서 당시의 판단을 저희 탓으로만 돌려서는 곤란합니다. 물론 그 건에 관해서는 경위서를 자세하게 쓰겠습니다."

"그래요?"

구로사키가 한자와에게 시선을 고정한 채 "시마다!"라고 부르자 옆에 있던 모아이 석상처럼 생긴 사내가 재빨리 파일을 내밀었다.

"이건 감사 당시에 댁들이 금융청 감사관에게 제출한 서류예요. 그렇게까지 말한다면 한번 보기로 하지요."

구로사키가 클립으로 고정한 서류를 시마다라는 모아이 석상에게 내밀자, 모아이 석상이 서류를 받자마자 재빨리 일어서서 한자와에게 가져왔다. TK항공에 관한 감사 자료다.

"그 자료에 당시 TK항공에서 만든 재건안의 내용이 쓰여 있지요? 감편과 노선 철수, 인원 감축 숫자. 한번 읽어주시겠어요?"

지난번 금융청 감사 때 제출했던 자료다.

"그럼 읽겠습니다."

다지마는 한자와로부터 자료를 받아서 해당 부분을 읽었다.

"적자 노선 20개 철수, 10개 노선은 30퍼센트 감편, 인원 감축 5천 명……."

그 숫자를 들은 구로사키는 새초롬한 얼굴로 주억거렸다.

"그래요, 그게 우리가 보고받은 숫자예요. 그런데 감사 후에 TK항공에서 정식 발표한 재건안에는 이렇게 기재되어 있더군요. ……시마다."

모아이 석상이 들고 있는 자료를 읽었다.

"우리 TK항공은 이번에 실적이 악화됨에 따라 다음과 같이……."

"쓸데없는 부분은 읽을 필요가 없어요!"

구로사키가 호통을 치자 모아이 석상은 당황한 얼굴로 황급히 "죄송합니다"라고 사과하고 나서 덧붙였다.

"적자 노선 15개 철수, 감편 10퍼센트, 인원 감축 3500명으로 되어 있습니다."

"내가 무슨 말을 하고 싶은지 알겠지요?"

구로사키는 간드러진 목소리로 말하더니, 별안간 손을 치켜들고 테이블을 힘껏 내리쳤다.

"당신들의 보고는 엉터리잖아요! 금융청 감사를 피하기 위해

의도적으로 숫자를 날조했다고밖에 여겨지지 않아요. 이건 어떻게 변명할 생각이죠? 한자와 차장, 대답해보세요!"

설마…….

웬만한 일에는 꿈쩍도 하지 않는 한자와도 깜짝 놀라서 다지마에게 눈으로 물었다. 다지마가 쭈뼛거리며 일어섰다.

"제가 설명해드리겠습니다. 영업 2부의 다지마 조사역입니다. 지난번 감사 때부터 TK항공팀에 있었습니다."

당시 재건안에 적힌 숫자에 관해 한자와는 대답할 도리가 없다. 본래라면 당시에 담당했던 소네자키가 대답해야 하지만, 지금 소네자키는 벽 쪽에 있는 의자에 앉아 강 건너 불구경하듯 쳐다보고 있었다. 실로 무책임하기 짝이 없는 태도다.

"금융청에 보고한 구조조정의 내용은 TK항공에서 보고받은 것으로, 저희가 손을 댄 사실은 없습니다. 다만 당시는 구조조정 내용을 검토하는 중이라서, 최종 결정된 재건안의 내용과 다를 수도 있다고 생각합니다."

"TK항공이 재건안을 발표한 게 언제죠?"

누구에게랄 것도 없이 구로사키가 물었다. 다지마는 황급히 신용파일을 들여다보았지만 대답한 사람은 모아이 석상이었다.

"금융청 감사가 있은 지 일주일 후입니다."

구로사키의 분노가 폭발했다.

"웃기지 마세요! 겨우 일주일 사이에 이렇게까지 내용이 바뀔 수가 있나요?"

"그건 그렇지만……."

곤혹스러워하는 다지마를 멀찌감치 바라보면서도 소네자키는 입도 벙긋하지 않았다.

"이렇게 말도 안 되는 일은 있을 수 없잖아요?"

구로사키는 신경질적으로 소리치면서 테이블에 있는 자료를 두 손으로 내리쳤다.

"그렇게 말씀하셔도……."

다지마가 다시 반론하려고 한 순간, 모아이 석상이 그의 말을 가로막았다.

"우리가 사전에 조사한 바에 따르면 TK항공 쪽에서는 구조조정 내용을 발표하기 직전에 변경하는 일은 있을 수 없다고 했습니다."

사태는 도쿄중앙은행에 불리하게 흘러가고 있었다.

한자와가 끼어들었다.

"지적하신 부분은 잘 알겠습니다. 그에 관해서는 내부에서 확인한 후에 답변해도 되겠습니까?"

"발뺌할 수 있다고 생각하나 보군요. 좋아요. 반론할 수 있다면 어디 한번 해보세요."

구로사키는 어차피 승리는 자신의 것이라고 생각했는지, 그 말을 끝으로 그날의 면담을 일방적으로 끝냈다.

3

"아까 면담이 끝나고 여기저기에 알아보았는데, 아무래도 이 면담의 배후에는 정부 관료들 사이의 미묘한 파워 게임이 있는 것 같아."

도마리가 영업 2부의 한자와 자리로 찾아와서 그렇게 말한 것은 구로사키의 면담이 끝나고 저녁 8시가 지나서였다.

이날 금융청에서 지적한 여러 사항이나 질문에 대한 답변서를 만들기 위해 TK항공팀은 철야를 각오하고 일하는 중이었다.

자판기에서 백 엔짜리 커피를 두 잔 뽑은 한자와는 하나를 도마리에게 주고 비어 있는 의자에 앉았다. 창가에 작은 커피 테이블이 있고, 그 너머에 도쿄 역 주변의 야경이 펼쳐져 있었다.

"말해봐."

폭넓은 인맥을 가지고 대학 시절부터 손꼽히는 정보통으로 소문난 도마리는 정부 쪽에도 수많은 정보원을 확보하고 있었다.

"정부 안에서 TK항공이 이렇게 된 이유는 금융 행정에 문제가 있기 때문이 아닌가 하는 말이 나오고 있는 모양이야. 아까 구로사키도 비슷한 말을 한 거, 너도 들었지?"

한자와가 고개를 끄덕이는 것을 보고 도마리는 말을 이었다.

"진정당 정권은 지난 정권의 정책을 철저하게 부정하고 있잖아? 이번 TK항공 재건안도 마찬가지야. 심지어 TK항공에 대한 은행 지원의 문제점을 철저하게 파헤쳐서, 금융청 업무도 재검토해야 한다는 이야기가 나오고 있는 것 같아."

"그런 얘기는 들어본 적이 없어."

"최근에 목소리를 높여 그렇게 주장하는 정치인이 있어. 누군지 알아?"

도마리는 그렇게 말하면서 함축적인 눈길로 한자와를 바라보았다.

"혹시 시라이야?"

며칠 전, 도쿄중앙은행을 방문했을 때 보았던 새파란 정장 차림의 모습을 한자와는 떠올렸다.

"빙고!"

도마리는 검지를 세우며 익살스럽게 말하더니, 즉시 진지한 표정으로 돌아갔다.

"하지만 시라이 한 사람이 떠드는 것 정도로는 문제가 안 돼. 애초에 국교성 대신이 자신의 관할 밖인 금융 문제에 참견하는 것 자체가 불쾌하다고 생각하는 게 고작이겠지."

"미노베야?"

한자와가 눈치 빠르게 물었다.

"역시 머리가 잘 돌아간다니까."

도마리는 그렇게 말하고 커피 한 모금을 맛있게 마셨다.

"시라이는 미노베라는 강력한 백을 믿고 금융청을 흔들 심산이야. 금융청을 관할하는 금융 대신은 마토바 내각의 약점이라고 하는 재무성 대신인 다도코로 요시후미가 겸하고 있는데, 정부 내의 금융청 비판을 피할 수 있을 만한 강단은 없어. 그래서 금융청에서는 자신의 결백을 증명하기 위해 이번 면담을 생각해 낸 거지. 즉, 놈들은 어떻게 해서라도 TK항공에 대한 거액 지원의 책임을 일방적으로 은행에 밀어붙일 속셈이야. 더 구체적으로 말하면 한자와, 너에게 말이야."

종이컵을 든 채 도마리는 한자와에게 검지를 들이댔다.

"이번 면담에서 지원에 문제가 있음을 인정하면, 지금까지 독자적인 판단으로 지원해온 역사 역시 문제가 돼. 그와 동시에 TK항공의 실적 예측에 대한 은행 평가의 신뢰성도 잃어버리게 되고. 태스크포스 재건안에 반대하기 위해 네가 아무리 근거를 늘어놓아도 세상에선 아무도 은행을 믿지 않을 거야. 자기들의 이익을 위해 억지로 근거를 갖다 붙인다고 생각한다는 건 안 봐도 비디오지. 그러면 결국 은행에선 태스크포스의 채권 포기 요청을 받아들이지 않을 수 없어."

"시라이의 의도대로 되는 건가?"

한자와가 입술 끝에 미소를 매달고 혼잣말처럼 중얼거리자, 도마리는 위기감을 적나라하게 드러내며 얼굴을 찡그렸다.

"한자와, 이건 남의 일이 아니야! 소문을 들었는데, 금융청에선 이번에 의견서를 줄 때 매스컴까지 동원하는 등 엄청난 세리머니를 계획하고 있는 것 같아. 전국의 모든 사람들이 지켜보는 가운데 '저희가 잘못했습니다'라고 은행장이 고개 숙이게 만들고 싶어?"

한자와가 작게 혀를 찼다.

"내 말 똑똑히 들어. 아까 면담이 끝나자마자 기모토 상무는 금융청을 대하는 네 태도에 문제가 있다고 주변에 은근슬쩍 밑밥을 깔고 있어. 네가 금융청을 자극해서 궁지에 몰리게 됐다고 말이야. 물론 네가 누구야? 천하의 한자와 나오키잖아? 간단히 넘어지지는 않겠지만 아무튼 조심해. 앞문에는 구로사키, 뒷문에는 기모토가 눈을 부릅뜨고 있으니까. 네 주변엔 온통 적들뿐이야."

도마리가 가고 잠시 후에 TK항공에 갔던 다지마가 돌아왔다.

이날 면담이 끝나자마자 작년 8월의 금융청 감사 때 제출한 자료를 들고, TK항공의 야마히사에게 이야기를 들으러 간 것이다.

어떻게 되었냐고 묻는 한자와를 향해 다지마는 고개를 갸우뚱거렸다.

"좀 이상합니다. 야마히사 부장의 말에 따르면 우리에게 발표 때와 똑같은 재건안을 주었다고 합니다. 이게 그 서류라고 하는데요……."

다지마가 내놓은 것은 작년 8월 날짜로 되어 있는 TK항공의 내부 서류였다.

"이 서류에 적힌 숫자는 우리가 금융청에 제출한 것과 다릅니다. 매스컴에 발표하기 직전에 바뀐 게 아니냐고 물어보았습니다만, 그런 일은 없다고 하더군요."

"서류를 누가 받아갔는지 알아?"

"이걸 보십시오."

그렇게 말하면서 다지마가 내놓은 것은 서류를 받을 때 쓴 수령증의 복사본이었다. 하지만 정식 서류가 아니라 명함의 앞뒷면이었다. 명함의 앞면에는 소네자키의 이름이 있고, 뒷면에는 지저분한 손글씨로 날짜와 받은 서류명이 쓰여 있었다.

재건계획서…….

"소네자키잖아? 더구나 수령증 대신 명함을 주다니, 정말 개차반으로 일하는군."

면담 자리에서 모르는 척했던 거대한 체구를 떠올린 순간, 한자와의 눈에 증오감이 깃들었다.

"안 그래도 이상했는데, 그놈은 도대체 오늘 그 자리에 뭐 하러 온 거야?"

소네자키에게 면담 자리에서 발언할 의지가 없는 것은 분명했다. 한자와가 구로사키에게 당하는 모습을 기대하고 왔을지도 모르겠지만 아무래도 그것만은 아닌 듯했다.

"뭔가 마음에 걸리는 게 있는 거 아니야?"

다지마는 손으로 턱을 잡고 생각에 잠기면서 말했다.

"혹시…… 이것 때문이 아닐까요? 그래요, 그럴 가능성이 있습니다. 지난번 금융청 감사에서 TK항공에 대한 대출이 부실 채권으로 분류되었다면 소네자키 차장의 인사고과는 마이너스가 되었을 테니까요."

TK항공의 분류를 두려워한 나머지, 소네자키가 그 자리를 모면하기 위해 재건안을 허위로 날조했을 가능성은 충분히 있다.

"그 빌어먹을 놈⋯⋯."

한자와는 즉시 수화기를 들어 소네자키의 내선 번호를 눌렀다. 두 번째 신호에서 귀찮은 듯한 소네자키의 목소리가 들렸다.

"영업 2부의 한자와야. 지금 시간 있나?"

"지금 바쁘거든. 더구나 TK항공 건이라면 인수인계는 전부 끝났잖아? 그쪽에서 알아서 해결해줘."

"그 TK항공 말인데⋯⋯."

"거절한다고 했잖아."

"그럼 내일 면담에서 자네에게 질문해도 되겠지?"

오만한 소네자키의 태도에 화가 치밀어 한자와가 그렇게 말하자 전화기 너머에서 침묵이 이어졌다.

한자와는 수화기를 내동댕이치고 다지마에게 말했다.

"자네도 가겠나?"

"물론입니다."

한자와와 다지마는 성큼성큼 걸어서 영업 2부 사무실을 뒤로했다.

4

"무슨 일이야? 이렇게 다짜고짜 찾아오면 민폐거든!"

소네자키의 책상은 아직 대부분의 부원들이 야근하고 있는 심사부의 맨 안쪽에 있었다. 그 앞까지 돌진한 한자와는 두 손으로 책상을 짚고, 소네자키의 눈을 뚫어지게 쳐다보았다.

"민폐 좋아하시네. 지금 민폐는 내가 받고 있어! 소네자키, TK 항공의 재건안을 자네가 정리했다고 하더군. 그런데 왜 숫자가 다르지?"

"그건 개투은이 주도해서 만들었어. 나는 단지 완성된 서류의 숫자를 보고한 것뿐이고……."

그렇게 말하는 소네자키의 코끝에 한자와는 다지마가 가져온 당시의 재건안을 들이댔다. 정확한 숫자가 쓰여 있는 서류였다.

한자와는 소네자키의 둥글고 큼지막한 얼굴을 노려보았다.

"그런 변명이 통할 것 같아? TK항공의 야마히사 부장은 이것과 똑같은 서류를 자네한테 줬다고 하더군. 어떻게 된 건지 설명해주겠나?"

코앞에 있는 서류를 힐끔 쳐다본 소네자키의 눈동자가 흔들렸다. 하지만 그것도 한순간뿐이고, 당황함은 즉시 두꺼운 얼굴 밑으로 사라졌다.

소네자키는 시치미를 떼며 고개를 옆으로 돌렸다.

"글쎄, 난 기억이 안 나는데? 자네 부서처럼 띵까띵까 하는 곳과 달리 우리 심사부는 매일매일이 아수라장이야. 그런 것까지 자세하게 기억할 리가 없잖아?"

"아수라장은 우리도 마찬가지야. 기억을 못 하는 건 단지 자네의 머리가 나쁘기 때문이겠지."

한자와가 수령증 대신 쓴 명함의 복사본을 책상에 내던지자 소네자키는 순간 숨을 들이마시며 손으로 얼굴에 배어 나온 땀을 닦았다.

"이제 생각이 났나? 무슨 일을 이따위로 하지? 수령증 대신 명함을 주다니!"

한자와가 어이없는 목소리로 말하자 소네자키가 발끈하면서 되받아쳤다.

"자네도 수령증 대신 명함에 사인해서 줄 때가 있잖아!"

하지만 한자와의 대답은 한겨울의 바람처럼 매서웠다.

"난 그런 적이 한 번도 없어! 그렇게 엉터리로 일하니까 중요한 서류를 받은 것도 잊어버리지! 물론 정말로 잊어버린 건지는 수상쩍지만 말이야."

소네자키는 의자에 앉은 채 조각상이라도 된 것처럼 꼼짝도 하지 않았다. 눈에 쌍심지를 켜고 한자와를 노려보았지만 눈동자 안쪽에서는 어떻게 변명해서 이 자리를 모면할지 잔머리를 쓰는 것이 뻔히 보였다.

한자와가 그 눈을 뚫어지게 바라보며 말했다.

"금융청에 제출한 서류의 숫자는 자네가 고쳐 썼나?"

소네자키가 말도 안 된다는 표정을 지었다.

"내가? 내가 왜 그런 짓을 하지? 애초에 그 서류를 왜 내가 만들었다고 생각하는 거야? 금융청 감사 서류는 보통 조사역이 만들고 차장은 확인만 해. 그런 걸로 볼 때, 그 서류도 당시 부하직원들이 만들었을 거야. 그건 영업 2부도 마찬가지가 아닌가?"

그때 더는 참지 못하고 다지마가 끼어들었다.

"차장님, 그게 무슨 말씀입니까? 금융청 감사 당시, 저희는 TK 항공의 자산만 조사했을 뿐 재건안에는 관여하지 않았습니다. 재건안 서류를 차장님이 만드셨다는 건 본인이 가장 잘 알지 않습니까?"

소네자키는 결국 의자를 박차고 벌떡 일어났다.

"뭐야? 이 자식, 나를 함정에 빠뜨리려는 거야?"

다지마가 되받아쳤다.

"차장님이야말로 부하직원에게 책임을 떠넘기지 말아주십시오. 솔직하게 본인이 만들었다고 인정하시는 게 어떠신가요?"

"이 새끼가 정말!"

소네자키가 책상을 돌아 나와 다지마의 멱살을 잡으려고 순간, 주변에서 상황을 지켜보던 사람들이 황급히 달려왔다.

"소네자키, 그만둬!"

재빨리 두 사람 사이를 가로막은 한자와는 강한 힘과 물러서지 않는 태도로 소네자키를 제지했다.

"서류를 누가 만들었든지 승인 도장을 찍은 이상, 자네 책임은 피할 수 없어. 그게 은행의 규칙이지. 아무리 담당자가 바뀌어도 과거의 책임은 계속 따라다니는 법이니까."

그러자 마치 저주에 걸린 것처럼 소네자키의 움직임이 멈추었다. 불안, 분노, 그리고…… 동요. 수많은 감정이 소용돌이치는 소네자키의 눈을 바라보며 한자와는 덧붙였다.

"만약 자네가 의도적으로 숫자를 고쳤다면 지금 솔직하게 말해. 안 그러면 이 건은 내가 납득할 수 있을 때까지 철저하게 조사할 거야."

한자와와 다지마, 그리고 심사부에 있는 소네자키의 부하직원들. 그 모든 사람들의 시선이 일제히 소네자키에게 집중되었다.

하지만 소네자키는 얼굴을 일그러뜨리며 코웃음을 쳤다.

"한자와, 그렇게 말하니까 자네가 꼭 뭐라도 된 것 같군. 어쩌면 TK항공에서 재건안을 받은 사람은 나일지도 모르지. 하지만 나는 숫자를 고쳐 쓴 적이 없어. 참고로 말하자면 부하직원에게 고쳐 쓰라고 지시한 적도 없고. 내가 받은 서류에 쓰여 있었던 숫자를 그대로 보고한 것뿐이야. 내 말이 거짓말이라면, 어디 한번 증명해보시지."

소네자키는 끝까지 자신의 결백을 주장할 생각인 듯했다.

"그렇다면 그때 받은 재건안을 보여주겠나? 어디 있지?"

한자와의 요구에 소네자키가 목소리를 내리깔고 위협하듯 말했다.

"그렇게 어리석은 말은 하는 게 아니지. 지금 TK항공의 담당자는 자네잖아? TK항공 자료는 모두 자네 부서에 있어. 찾고 싶으면 그쪽에 있는 파일을 전부 뒤집어서 밤새 찾아보시든가."

한자와가 받은 TK항공 자료에 그런 서류가 없다는 사실은 이미 알고 있다.

"하고 싶은 말은 그것뿐인가?"

소네자키는 이제 증오를 감추려고도 하지 않고 한자와를 노려보았다.

"아니, 아직 남았어. 내가 충고 한마디 하지. 금융청의 구로사키가 노리는 건 내가 아니라 바로 너야. 나한테 책임을 떠넘길 시간이 있다면 내일 면담 자리에서 어떻게 변명할지 생각하는 게 어때? 그게 너를 위해서 좋을 거야."

"그래? 그러지 뭐."

한자와가 목소리를 낮추고 으름장을 놓았다.

"나는 이 건을 철저하게 파헤칠 생각이야. 각오하는 게 좋을걸."

소네자키의 목젖이 위아래로 움직였지만 말은 나오지 않았다. 마지막으로 활활 타오르는 눈길로 소네자키를 노려본 뒤, 한자와는 다지마를 데리고 성큼성큼 걸어서 심사부 사무실을 나왔다.

"조금 전에 한자와가 쳐들어왔습니다."

소네자키는 노크를 하자마자 얼굴을 내밀고는, 기모토의 책상 앞까지 다가가서 당황한 모습으로 말했다.

"한자와가?"

퇴근하기 위해 서류를 정리하던 기모토는 손을 멈추고 소네자키를 올려다보았다.

"금융청에 제출한 재건안의 숫자를 의도적으로 고친 게 아니냐고 따지더군요."

"그래서 뭐라고 대답했지?"

기모토는 소네자키로부터 시선을 돌리고 다시 손을 움직이기 시작했다.

"제가 받은 재건안의 숫자를 그대로 썼다고 대답했습니다. TK 항공 자료는 이미 영업 2부로 이관했으니까 그쪽에서 찾아보라고요."

기모토는 고개를 살짝 들고 대답했다.

"잘했어. 그러면 됐네."

소네자키는 원래 소심한 사람이다. 한자와 앞에서는 허세를 부렸지만 밀려오는 불안을 억제하지 못해 연신 안절부절못했다.

"그런데 한자와가 사실을 알아내면 어떻게 해야 할지……."

기모토는 서류를 넣은 서랍을 천천히 닫은 뒤, 침착한 모습으로 의자에 깊숙이 기댔다. 그리고 처치 곤란한 사람을 바라보는 눈길로 소네자키를 올려다보며 새삼 물었다.

"사실이라니?"

"재건안의 숫자를 고쳐 쓰고……."

기모토가 의아한 표정을 지었다.

"오호, 고쳐 썼다고? 소네자키 차장, 뭔가 착각하는 거 아닌가? 아니면 꿈이라도 꿨든지."

"네? 꿈이요……?"

뜻밖의 대답을 듣고 소네자키는 한순간 할 말을 잃었다.

"그런 사실은 어디에도 없어. 재건안의 숫자가 달라진 건 아마 TK항공이 검토 중이던 서류를 실수로 자네에게 줬기 때문이겠지. 안 그런가?"

기모토의 의도를 이해하기까지 조금 시간이 걸렸다. 잠시 후, 소네자키의 얼굴에 간교한 미소가 떠올랐다. 소네자키의 뒤틀린 얼굴을 보면서 기모토가 다시 덧붙였다.

"TK항공 야마히사 부장에게 협조해달라고 하면, 한자와의 의혹쯤이야 간단히 없앨 수 있지 않겠나?"

"지당하신 말씀입니다. 퇴근하시는데 방해해서 죄송합니다."

소네자키는 고개를 숙이고 밖으로 나갔다. 문이 닫히는 것을 바라본 뒤, 기모토는 마음속의 본심을 입에 담았다.

"멍청한 놈."

은행이라는 조직에서 살아남기 위해 가장 필요한 것은 대학에서 얻은 지식도 아니고 높은 학력도 아니다. 누구에게도 뒤지지 않는 현명한 지혜다. 지혜가 있는 자는 살아남고 지혜가 없는 자는 사라진다.

부하직원의 등을 바라보면서 기모토는 이 자명한 이치를 새삼 확인했다. 그는 마음속으로 곱씹었다. 그것이 은행이고, 나아가서는 사회라고……

"소네자키 차장은 언제까지 시치미를 뗄 작정이죠? 아무리 이해하려고 해도 너무 무책임합니다!"

영업 2부로 돌아온 후에도 다지마는 분노를 참을 수 없는지 계속 울분을 토해냈다.

TK항공팀 자리였다. 늦은 시간이지만 격무에 시달리는 영업 2부에는 TK항공팀 이외에도 아직 부원들이 많이 남아 있었다.

한자와는 비어 있는 의자에 앉아, 조금 전에 소네자키와 한 이야기를 머릿속으로 되뇌었다.

"소네자키가 고쳐 썼다는 걸 증명할 방법이 없을까?"

그 말은 다지마에게 한 질문이라기보다 스스로에게 묻는 질문에 가까웠다.

"소네자키 차장이 받은 서류라도 있으면 증명할 수 있을 텐데요. 하지만 고쳐 썼다는 걸 증명한다고 해도 금융청에서 패널티를 먹을 뿐만 아니라 은행의 신용은 땅에 떨어지지 않을까요?"

"그뿐만 아니라 감사를 기피했다는 지적을 받으면 형사 고발을 당할지도 몰라. 어쨌거나 이 문제의 결론이 어떻게 나올지, 미리 철저하게 생각해두어야 해."

"단순한 착오라고 주장하면 어떨까요? 서류를 작성하는 단계에서 착각했다고 말이죠."

다지마의 제안은 가장 현실적인 타협안이다.

한자와는 그렇게 말했을 때의 상황을 상상하면서 대답했다.

"그렇게 되면 구로사키는 귀신의 목이라도 벤 것처럼 의기양양하겠지. 은행이 실수로 엉뚱한 자료를 제출하는 바람에 감사를 제대로 할 수 없었다, 이렇게 결론을 내릴 게 뻔해. 그리고 마지막으로 우리 은행에 그에 상응하는 조치를 내릴 거야."

분노로 인해 다지마의 얼굴이 시뻘게졌다.

"어떻게 하든 금융청이 원하는 방향으로 결론이 나는 건가요? 구로사키 녀석, 엄청난 선물을 가져가겠군요. 결국 TK항공 문제에서 자신들이 옳았다고 증명할 수 있으니까요."

"어쨌든 소네자키는 모든 방법을 동원해 책임을 피하려고 할 거야. 어떤 상황에서도 자신은 흙탕물을 뒤집어쓰지 않으려고 하겠지. 원래 그런 놈이니까. 부하직원이 자료를 만들어서 자기는 모른다고, 그 한마디로 밀고 나가지 않을까?"

다지마가 안색을 바꾸며 분통을 터트렸다.

"가만히 있을 수 없습니다! 그러면 결국 우리가 누명을 뒤집어써야 하지 않습니까? 차장님, 어떻게 하면 좋겠습니까?"

다지마만이 아니라 TK항공팀 전원의 시선을 받고 한자와는 생각에 잠겼지만 이 사태를 타개할 방법을 쉽게 발견할 수 있을 것 같지 않았다.

5

"그러면 일단 숙제부터 확인할게요."

다음 날 면담은 오후 3시부터 시작되었다. 어제와 똑같은 회의실 상석에서 다리를 꼬고 앉은 구로사키 옆에는 모아이 석상과 똑같이 생긴 시마다가 앉아, 보디가드처럼 예리한 눈길로 한자와를 비롯해 도쿄중앙은행 행원들을 노려보고 있었다.

면담이라는 평범한 명칭을 사용했지만, 이 회의의 본질은 한마디로 말해서 배틀이다. 금융청과 은행의 자존심이 걸린 전쟁인 것이다.

금융 행정에서 사과와 처분은 전쟁에서 패한 자에게 주어지는 굴욕과 패널티를 의미한다.

그런데 지금의 전황은 한자와에게 눈에 띄게 불리하고, 하루가 지난 지금도 금융청의 지적에 대해 반박할 방법은 발견하지 못했다.

이날도 면담에는 한자와를 비롯한 TK항공팀 이외에, 관계있는 각 부서에서 수많은 행원들이 참석했다. 모두의 얼굴에 어두운 그늘이 드리운 것은 이 문제를 무사히 넘길 수 없다는 생각이 머릿속에 똬리를 틀고 있기 때문이다.

그런 와중에 소네자키는 본래 당사자임에도 불구하고 남의 일 같은 여유 있는 얼굴로 어제와 똑같이 벽 쪽 의자에 앉아 있었다.

"소네자키 차장은 기분이 좋아 보이는군요."

한자와의 옆에서 다지마가 눈에 증오심을 담고 말했다. 목소리가 커서 들렸을 수도 있지만 소네자키는 아랑곳하지 않고 손에 있는 자료를 보고 있었다.

"자신에게 화살이 오지 않는다고 생각해 저렇게 태연한 겁니다. 은행 안에서만 큰소리치지, 밖에서는 말도 제대로 못 하는 주

176

제에."

다지마의 독설에 고개를 끄덕이려고 한 순간, 구로사키가 한 자와의 이름을 불렀다.

"한자와 차장."

한자와가 일어서자 구로사키가 묘한 웃음을 지으며 말을 이었다.

"그럼 발표해주겠어요? 재건안의 숫자가 왜 틀렸는지 알아냈나요? 난 의도적으로 그렇게 했다고 생각하지만요. 왜 고쳐 썼지요? 무슨 목적으로 그렇게 했는지, 이 자리에서 확실하게 말해주세요!"

"조금 전까지 관계자에게 확인을 했습니다만, 원인은 아직 밝혀지지 않았습니다. 조금만 더 시간을 주시겠습니까?"

괴로운 변명이다.

구로사키의 얼굴에서 시커먼 분노가 꿈틀거렸다.

"시간 끌기 작전인가요? 정말 한심하기 짝이 없군요. 그렇다면 내가 직접 알아보겠어요. 지난번 감사 때 TK항공을 담당했던 사람들, 당장 일어나세요!"

구로사키가 소리를 지르자 한자와의 옆에 있던 TK항공팀 다섯 명이 주뼛거리며 일어섰다. 하지만 소네자키는 모르는 척하며 계속 자리에 앉아 있었다.

"당시 TK항공의 재건안은 누가 만들었죠? 손을 들어보세요."

하지만 팀원 중에 손을 드는 사람은 아무도 없었다. 당연하다.

이 팀원 중에 자료를 만든 사람은 아무도 없기 때문이다.

어쩔 수 없이 한자와가 도움의 손길을 내밀었다.

"이 사람들은 당시에 TK항공의 자산을 조사했을 뿐, 재건안에는 관여하지 않았습니다. 그 재건안을 만든 사람은 다른 사람입니다."

"다른 사람이요? 그럼 그 사람을 여기로 데려오세요. 지금 당장이요!"

다음 순간.

"제가 만들었습니다."

그렇게 말하면서 한자와의 등 뒤에서 천천히 일어서는 사람이 있었다. 소네자키였다.

회의실 안 모든 사람들의 주목을 받은 소네자키는 약간 주눅이 든 얼굴로 뺨 주위를 떨면서 덧붙였다.

"심사부의 소네자키 차장입니다. 어제 지적을 받고, 영업 2부와 별도로 심사부에서 독자적으로 조사해 사실을 규명했기에 보고하려고 합니다."

다음 순간, 회의실 전체가 술렁거렸다.

"갑자기 왜 저러죠?"

다지마가 작은 목소리로 말하고, 한자와도 눈을 크게 뜨고 뒤를 돌아보았다.

"그렇다면 꾸물거리지 말고 진작 말했어야죠!"

구로사키가 목청을 높이며 소리치자 소네자키는 순순히 사과했다.

"죄송합니다. 처음에 말씀드리려고 했는데, 영업 2부에서 조사하고 있다고 해서 일단 뒤로 빠져 있었습니다."

소네자키의 의도를 짐작할 수 없어서, 한자와는 숨을 멈추고 지켜보는 수밖에 없었다.

"의도적으로 고쳐 쓴 사람은 누구죠?"

노골적인 유도 신문을 통해 구로사키는 이미 이 사건을 '부정(不正)'이라고 결론지었음을 알 수 있었다. 한자와를 비롯해 다지마와 팀원들이 놀란 표정을 지은 가운데, 소네자키는 의기양양한 표정으로 대답했다.

"의도적으로 고쳐 쓴 게 아닙니다. 저희 심사부에서 조사한 바에 따르면 이번 일은 TK항공 측이 실수로 검토 중인 초안을 주었고, 금융청 감사 때 제출한 재건안은 그 초안을 토대로 만들었다는 결론에 도달했습니다."

"검토 중인 초안이라고요?"

생각지도 못한 이야기를 듣고 구로사키의 목소리가 높아졌다.

"그렇습니다. 따라서 이것은 TK항공 측의 업무적인 실수로 인해 발생한 일입니다."

구로사키의 얼굴에 실망의 빛이 역력했다. 은행의 실수를 파고들어 단숨에 무대 아래로 끌어내리려고 한 의도가 빗나갔기 때문이다.

이야기를 듣고 있던 기모토가 잠시 조용해진 틈에 재빨리 끼어들었다.

"구로사키 감사관님, 지금 들으신 것처럼 이번 문제는 저희 은행이 아니라 TK항공 측의 실수로 벌어진 일입니다. 그렇다면 저희 은행은 물론이고 금융청에서도, TK항공의 실적을 잘못 예측한 건 어쩔 수 없지 않았을까요? 그 시점에서 금융청에서는 지극히 당연한 판단을 내린 겁니다. 안 그러신가요?"

기모토의 말은 금융청의 방향성과도 일치한다.

책임의 소재가 은행에서 TK항공으로 바뀐다고 해서 달라질 것은 없다. 그들이 원하는 일은 자신의 감사 결과가 타당했음을 증명하는 것이기 때문이다.

"TK항공 측의 실수라는 게 틀림없나요? 그것은 상무님도 확인하신 건가요?"

구로사키가 조바심을 내면서 기모토에게 재차 확인했다.

"물론입니다."

기모토는 확실하게 선언한 뒤, 우세한 상황을 만끽하면서 등 뒤에 있는 소네자키와 승리의 미소를 나누었다.

"좋아요."

구로사키는 그렇게 말하고, 손에 있는 서류에 무언가를 써넣었다.

"하지만 이유야 어찌 되었든 금융청 감사 자료에 잘못된 숫자를 써넣은 건 사실이에요. 본래라면 이건 중대한 과실, 아니, 감사 기피에 해당하겠죠. 이번 일의 경위에 대해선 문서로 만들어

정식으로 보내주세요. 기모토 상무님, 아시겠어요?"

"네, 그러지요."

기모토가 미소를 지은 순간, 겨우 회의장에 안도의 한숨이 흘러나왔다.

기모토가 소네자키를 돌아보고 지시했다.

"소네자키 차장, 이번 일의 경위서는 자네가 책임지고 작성해주게."

구로사키가 재빨리 덧붙였다.

"경위서에는 TK항공의 경위서도 잊지 말고 첨부하세요. 알았죠?"

은행 측의 일방적인 주장을 받아들이지 않고 TK항공의 경위서를 첨부하라고 하다니. 구로사키의 주도면밀한 모습에 감탄하지 않을 수 없었다.

어쨌든 지금 이 순간, 소네자키는 절체절명의 순간에서 도쿄중앙은행을 구해내면서 단번에 영웅으로 떠올랐다.

그 옆에서 한자와는 비현실적인 소외감에 휩싸이지 않을 수 없었다. 자신이 그토록 고민했던 문제가 생각지도 못한 이유로, 더구나 너무도 간단한 형태로 정리된 것이다.

"알겠습니다."

곤란할 때는 침묵으로 일관하더니 자신의 공이 되자 일부러 일어서서 알았다고 말한 뒤, 소네자키는 한자와를 힐끔 쳐다보고 코에 주름을 잡았다. 마치 꼴좋다고 말하는 것처럼.

"저게 사실이라면 우리한테 미리 말해줘야 하잖습니까? 정말 해도 너무하는군요."

예상치 못한 상황을 보고 다지마는 작은 목소리로 원망 섞인 불평을 늘어놓았다.

"누가 아니래? 그런데 이해가 되지 않는군. 어제 저녁에 자네가 만났을 때, 야마히사 부장으로부터 그런 말을 들었나?"

"아뇨, 못 들었습니다."

다지마는 고개를 가로저으며 의아한 표정을 지었다.

소네자키의 말이 사실이라면, 다지마가 찾아갔을 때 말하는 게 정상이 아닌가. 평소에 꼼꼼하게 일하는 모습으로 볼 때, 야마히사라면 분명히 그렇게 말했을 것이다.

하지만 지금은 느긋하게 생각할 틈이 없었다.

"그럼 오늘의 본론으로 들어가지요. 우선 내 첫인상부터 말하겠어요. TK항공 협력업체에 대한 여신 충당금 상황을 검토했는데, 도대체 당신들은 여신 관리를 어떻게 하는 거예요?"

TK항공의 협력업체는 2백여 개의 회사이고, 도쿄중앙은행의 지원 총액은 5백억 엔이 넘는다.

협력업체의 주요 거래처는 당연히 TK항공인 만큼, TK항공에 무슨 일이 생기면 대부분 파산할 가능성이 높다.

금융청이 이날의 면담 주제를 TK항공 협력업체로 삼은 이유는 그만큼 문제가 될 만한 소지가 여기저기에 묻어 있기 때문이다. 한자와에게 개인적인 원한이 있는 구로사키에게는 공격할

절호의 기회인 것이다.

"일단 TK항공서비스."

구로사키가 맨 먼저 거론한 회사는 공항에서 수하물이나 화물의 탑재 같은 지상 조업을 하는 협력업체였다.

"지난번 감사 때 자료를 보니, 이 회사는 조만간 적자에서 벗어난다고 되어 있더군요. 정말로 적자에서 벗어났나요?"

구로사키의 질문이 핵심을 찔렀다.

"아닙니다. 모기업인 TK항공의 실적 악화로 TK항공서비스의 업무 또한 구조조정의 대상입니다. 앞으로 사업 집약화에 따른 비용 절감이 급선무라고 생각합니다."

"그렇다면 이 자체 평가를 재검토하면서 정상 채권에서 격하해야 하지 않나요?"

구로사키의 목적은 도쿄중앙은행이 정상이라고 판단한 대출을 '분류'로 몰아넣는 것이다. 정상이라고 판단한 곳이 파산하면 감사를 실시한 금융청에 비난이 쏟아지지만, 분류시키면 만일의 사태가 벌어진다고 해도 책임을 추궁당하는 일은 없다. 관료로서 몸을 사리는 구로사키의 또다른 모습을 엿볼 수 있었다.

합리적으로 대답해서 겨우 넘어갔지만, 그 이후에도 구로사키의 지적은 지나칠 만큼 사소하고 집요하게 이어졌다.

이미 두 시간 넘게 면담이 이어졌지만, 구로사키의 얼굴에서는 피곤한 기색이 보이지 않았다.

"다음! TK게이한주택판매. 이 회사도 문제가 상당히 많더군

요. TK항공처럼 큰 회사의 부동산 부문 자회사인데, 사업을 전
개하는 힘도 없고 수익도 없어요. 그런데 도쿄중앙은행에서 주
택용 토지개발자금으로 50억 엔이나 되는 자금을 10년 장기로
들이부었더군요. 이건 아무리 생각해도 이상하지 않나요?"

한자와가 대답하려는 순간, 구로사키가 재빨리 가로막으며 일
방적으로 덧붙였다.

"그리고 이 회사…… 그것도 그렇지만 문제가 너무 심각한 게
아닌가요?"

무슨 꿍꿍이속인지 그렇게 말하더니, 구로사키는 의미심장한
눈길로 한자와를 바라보았다.

"무슨 말씀이신가요?"

"이 TK게이한주택판매에 대해 제대로 조사했냐고 묻고 있는
거예요. 이 회사에 문제 있는 거래처가 있잖아요! 도대체 여신
판단을 어떻게 하는 거예요? ……마이하시스테이트 말이에요!"

한자와의 옆에서 TK게이한주택판매의 거래처 정보를 보고 있
던 다지마가 황급히 신용파일을 펼쳐서 내밀었다.

마이하시스테이트는 TK게이한주택판매의 주요 거래처였다.

"TK게이한주택판매에서 주택을 지은 땅의 대부분이 마이하
시스테이트에서 사들인 땅이잖아요? 즉, 이 회사는 마이하시스
테이트라는 회사에 상당히 의존하고 있어요. 그런데 당신들은
마이하시스테이트에 대해 조사한 흔적이 하나도 없잖아요! 어떻
게 된 거죠?"

우리가 그렇게 사소한 것까지 조사해야 하는가!

그렇게 되받아치고 싶지만 상대가 금융청인 만큼 그런 말은 입도 뻥긋할 수 없었다.

구로사키의 의도는 눈에 뻔히 보였다. 한자와가 용서를 구하며 이 자리에 나온 것을 후회하지 않는 한, 아무 상관이 없는 사소한 질문을 계속할 생각이다.

"그것까지는 미처 조사하지 못했습니다."

그렇게 인정한 한자와를 구로사키는 증오가 깃든 눈으로 바라보았다.

"전체적으로 여신 판단이 너무 안이해요! 반성하세요! 사과는 안 하나요?"

구로사키는 뒤틀린 성격을 그대로 드러내며, 입술을 비틀고 신경질적으로 소리쳤다.

지금 중요한 일은 논리적으로 반박하는 것이 아니다. 구로사키가 하는 일은 금융청과 은행이라는, 관리하는 쪽과 관리받는 쪽의 상하관계를 강조하기 위한 괴롭힘일 뿐이다. 자신의 위치가 어느 정도인지, 모든 사람들 앞에서 과시하기 위해서.

한자와가 조용하게 한숨을 내쉬었다.

"죄송합니다. 저희의 조사에 일부 미비한 점이 있었던 것 같습니다. 사과하겠습니다."

구로사키는 턱을 앞으로 내밀고 환희에 찬 표정을 지었다.

"처음부터 그렇게 사과하면 되잖아요. 하지만 이걸로 끝났다

고 생각하지 마세요. 지금까지 지적한 사항에 대해 신속하게 금
융청 앞으로 경위서를 보내주세요. 그걸 토대로 TK항공에 대한
과거의 여신 판단으로 거슬러 올라가 의견서를 낼 생각이에요.
아시겠어요? 이번의 어설픈 답변으로 볼 때, 의견서 내용은 상당
히 심각할 테니까 그렇게 알고 있으세요."

구로사키는 협박하듯이 다시 말을 이었다.

"한 가지 덧붙이자면 이번 의견서는 금융청 장관님께서 도쿄
중앙은행 은행장에게 직접 전달할 거예요. 물론 그 모습은 매스
컴에 공개할 테니까 미리 각오하는 게 좋을 거예요."

테이블을 둘러싼 은행원들을 날카로운 눈길로 둘러보더니, 구
로사키는 겨우 만족스러운 미소를 지으며 고개를 한 번 주억거렸
다. 길었던 면담이 끝난 것은 그로부터 얼마 지나지 않아서였다.

6

한없이 패배에 가까운 결과다.

"차장님, 수고하셨습니다."

영업 2부로 돌아와 맥없이 자기 자리에 앉은 한자와를 보고 다
지마가 위로의 말을 건넸다. 다지마에 이어서 금융청에 제출했
던 자료가 든 골판지상자를 들고 팀원들이 돌아오자 누가 먼저
랄 것도 없이 한자와의 책상으로 우르르 모였다.

다지마가 울분을 삼키며 말했다.

"이번 면담은 이미 결과가 정해져 있었습니다. 이대로 있으면 사람들이 우리 은행을 오해할 것 같습니다."

이쪽에서 어떤 경위서를 보내든 금융청에서는 도쿄중앙은행의 여신 판단에 문제가 있다는 의견서를 내놓을 것임이 뻔하다. 매스컴의 카메라 앞에서 은행의 여신 판단이 안이했다면서 떠들어댈 것이고, 내용이 비판적일수록 금융청의 목에는 더욱 힘이 들어가리라.

그 즉시 TV나 신문에서는 은행을 비난하기 시작할 것이다. TK항공에 대한 은행 대출에 문제가 있다는 식으로 여론이 형성되면, 채권 포기를 주장하는 태스크포스가 두 손을 들고 손뼉을 치리라.

한자와는 자리에 앉아 팔짱을 낀 채, 잇따라 터져나오는 암울한 상황에 얼굴을 찡그렸다.

"미안하지만 이번에는 내 힘이 미치지 못했어."

한자와는 지금의 감정을 입에 담고 즉시 덧붙였다.

"그런데 한 가지 걸리는 게 있어."

다지마가 재빨리 눈치를 채고 물었다.

"재건안 말씀입니까?"

"야마히사 부장은 분명히 소네자키에게 재건안을 주었다고 했어. 그때 실수로 검토 중인 초안을 주었다는 말은……."

다지마가 확실하게 부정했다.

"그런 말은 안 했습니다."

"그건 아주 중요한 문제야. 즉시 야마히사 부장을 만나 확인해야겠어. 지금 시간을 내줄 수 있냐고 물어봐."

다지마가 자기 자리로 돌아가 TK항공의 야마히사에게 전화를 걸었다.

"지금 퇴근하는 길이라서 본인이 이쪽으로 오는 게 빠르다고 합니다."

"기다리고 있겠다고 전해줘."

한자와는 그렇게 말한 뒤, 조용히 눈을 감고 야마히사가 도착하기를 기다렸다.

"피곤하실 텐데, 퇴근길에 뵙자고 해서 죄송합니다."

영업 2부와 가장 가까운 접견실로 야마히사를 안내한 한자와는 어제 다지마가 받아온 재건안의 수령증을 탁자 위로 내밀었다. 소네자키 명함의 복사본이다.

"단도직입적으로 묻겠습니다. 야마히사 부장님, 이때 소네자키에게 검토 중인 초안을 주셨다고 하더군요."

"검토 중인 초안이요? 그게 무슨 말씀이시죠?"

야마히사가 깜짝 놀란 얼굴로 눈을 깜빡였다. 그 자리에 동석한 다지마가 한자와를 힐끔 쳐다보았다.

"어제 소네자키에게 그렇게 말씀하시지 않으셨습니까?"

한자와의 질문을 받고 야마히사는 머리를 옆으로 흔들었다.

"그런 적은 없는데요⋯⋯."

"소네자키는 TK항공으로부터 검토 중인 초안을 받았다고 주장하고 있습니다."

"네? 그건 말도 안 됩니다. 저는 분명히 최종 재건안을 주었습니다."

한자와와 다지마가 서로 얼굴을 마주보았다.

"틀림없습니까?"

"물론입니다. 은행에 전달하는 서류는 항상 거래 은행의 숫자만큼 미리 복사해놓습니다. 도쿄중앙은행만 서류를 잘못 전달하는 일은 있을 수 없습니다. 소네자키 차장은 왜 그런 거짓말을 했을까요?"

한자와는 깊숙이 고개를 숙였다.

"이런 일로 여기까지 오시게 해서 죄송합니다. 아무래도 저희 쪽에 착오가 있었던 것 같습니다. 양해해주시기 바랍니다."

7

"이번 일이 문제가 될 것 같아. 언뜻 들었는데 기모토 상무가 뒤에서 손을 쓰고 있는 모양이야."

"손을 써? 뭐 때문에?"

도마리에게 재빨리 물어본 사람은 한자와의 대학 동창이자 입행 동기인 곤도 나오스케였다. 홍보부 차장인 곤도는 은행의 새 캠페인 기획으로 한창 정신이 없었지만, 도마리가 하도 오라고 해서 조금 전에 합류했다.

긴자 뒷골목에 있는 바의 테이블 자리였다. 이 주변의 술집치고는 제법 큰 술집의 구석 자리라서, 언제나 그렇듯이 다른 사람의 귀에 들어갈 일은 없었다. 은행원이 은밀한 이야기를 할 때는 이런 자리를 확보하는 것이 상식이다.

도마리는 버번, 한자와는 싱글 몰트, 그리고 곤도는 최근 빠져 있는 모히토를 마시고 있었다.

"이번 금융청 면담 말이야. 그때 절체절명의 위기에 처했는데 소네자키가 구했고, 한자와의 대응에 문제가 있었다고 떠들고 다닌다더군."

"무엇 때문에 그런 식으로 말하는데?"

곤도가 다시 물었다. 바에 들어오자마자 배가 고프다면서 허겁지겁 피자를 먹으며 도마리의 말에 귀를 기울이는 모습에서는 예전 병의 흔적을 찾아볼 수 없었다.

곤도가 마음의 병으로 쓰러진 것은 3년도 더 지난 일이다. 그 이후 우여곡절 끝에 본부로 화려하게 돌아온 것이 2년 전인데, 아무래도 홍보부에서 확실히 자리를 잡은 모양이다.

"기모토 상무는 적당한 틈을 타서 TK항공의 담당을 심사부로 돌리고 싶은 게 아닐까? 아니면 한자와, 너를 담당에서 빼고 싶든지."

곤도는 얼굴을 들고 어두컴컴한 공간에 시선을 고정했다. 그리고 잠시 생각에 잠긴 표정을 짓더니 또 "왜?" 하고 물었다.

"그야 한자와가 담당하는 한, 자기 멋대로 하기 힘들기 때문이겠지. 채권 포기에 관해서도 한자와는 거절한다고 품의서를 쓸 게 뻔하니까. 그건 채권 포기 찬성파인 기모토 상무 쪽에서 보면 받아들일 수 없는 일이잖아."

한자와가 말했다.

"그러라고 해. 담당은 언제든지 바꿔줄 테니까."

"네 심정은 충분히 이해하지만, 유감스럽게도 그러기 위해선 은행장을 납득시킬 이유가 필요하거든. 그런데 이번 금융청 면담으로 그 이유가 만들어졌지."

"도무지 이해할 수가 없군. 채권을 포기하면 은행으로선 엄청난 손해잖아? 5백억 엔이 어린애 껌값도 아니고 말이야. 기모토 상무는 왜 채권을 포기 못 해서 안달복달이야?"

곤도의 질문에 도마리가 혼잣말처럼 대꾸했다.

"그거야 나도 모르지. 한자와, 넌 알아?"

"글쎄. 그렇게 하지 않으면 안 될 이유가 있겠지."

도마리는 '그러니까 그 이유가 뭐냐고!'라고 물으려는 듯이 얼굴을 들었다가 한자와가 "하지만 그게 뭔지는 도저히 모르겠어"라고 말하자 시선을 다시 술잔으로 돌렸다.

곤도가 물었다.

"그런데 금융청에서 나올 의견서 내용은 어떨 것 같아? 심각할까?"

면담을 직접 지켜보았던 도마리가 대답했다.

"그럴 것 같아. 상황에 따라서는…… 아니, 그때 상황으로 보면 한자와의 '다음'에 영향이 미칠 거야."

은행에서 가장 중요한 것은 인사(人事)다. 모든 일은 다음 인사에 영향을 미친다. 높은 평가를 받으면 영전하고, 그렇지 못하면 그 자리에서 미끄러진다. 차장 자리에서 미끄러지는 것은 출세 코스에서의 탈락을 의미한다.

도마리가 물었다.

"곤도, 그래서 네 의견을 듣고 싶어 오라고 했는데, 이런 건 어떻게 안 돼?"

"어떻게라니?"

"금융청은 매스컴 앞에서 의견서를 내놓음과 동시에 내용을 유출할 생각이야. 내 예상으론 우리 은행에 흙탕물을 끼얹은 내용이 될 것 같아. 가만히 있으면 매스컴에서 어떻게 기사를 쓸지 몰라. 그렇게 되지 않도록 미리 정보를 잘 조종할 수 없을까 해서 말이야."

"한마디로 말해서 신문이나 TV에서 비판적인 말이 나오지 않도록 할 수 없냐는 거야?"

도마리가 고개를 끄덕이자 곤도의 입에서 나지막한 신음 소리가 흘러나왔다. 곤도가 하는 일은 홍보부 차장으로서 언론사 사람들을 상대하는 것이다. 은행 홍보, 보도자료 작성, 취재 대응

등 홍보부의 일은 다방면에 걸쳐 있다.

"결론부터 말하면 거기에는 한계가 있어. 알다시피 은행에선 TV나 잡지에 어느 정도 광고비가 책정돼 있으니까, 솔직히 말하면 비판적인 기사를 막을 수 있는 매체가 없지는 않아. 하지만 그런 부탁이 통하지 않는 매체도 있어. 예를 들면《주간 조류(潮流)》라든지. 더구나 보도 부문은 경쟁사에 뒤처지면 안 되니까 의견서가 나온 것 자체는 보도할 수밖에 없을 거야."

"그럼 보도하게 놔두면 되잖아?"

한자와의 말을 듣고 도마리는 마시던 술을 내뿜을 뻔했다.

"멍청한 소리 작작해! 우리가 지금 누구 때문에 이러는 줄 알아? 네가 걱정돼서 이러는 거야!"

"그건 고맙게 생각해. 하지만 이런 일은 결국 흘러가는 대로 놔두는 수밖에 없어."

도마리가 어이없는 표정을 지었다.

"지금 그렇게 여유 부릴 때야? 여기엔 뱅커로서 네 미래가 걸려 있다고!"

"별로 대단한 미래도 아닌데 뭐. 더구나 미리 말해두지만 나도 딱히 여유를 부리는 게 아니야. 그렇게 보였다면 네가 잘못 본 거지. 난 지금 어금니를 악물고 최선을 다하고 있어. 하지만 아무리 발버둥 쳐도 사람에게는 한계라는 게 있지."

"설마 두 손 들고 항복할 생각은 아니겠지?"

당황한 도마리를 보면서 한자와는 미소를 지었다.

"말도 안 돼. 내 성격을 몰라서 그래?"

도마리가 이번에는 진지한 얼굴로 물었다.

"한자와, 정말 가만히 있어도 되겠어? 이대로 있으면 매스컴 앞에서 은행장이 구경거리가 될 거야. 다들 네 능력이 모자라 그렇게 됐다고 생각할 거고. 아무리 네가 대담한 녀석이라도 그렇게 되면 곤란하잖아?"

"그렇겠지……."

한자와는 어두컴컴한 바의 한 점을 뚫어지게 처다보며 말없이 술을 들이켰다.

8

심사부의 소네자키가 TK항공의 야마히사에게 '만나고 싶다' 고 연락한 것은 금융청 면담이 끝난 다음 날이었다.

소네자키는 전화로 용건을 말하지 않았다. 전화로 말할 수 있는 내용이 아니었기 때문이다.

약속한 오후 2시에 TK항공에 도착하자 직원은 소네자키가 담당했던 시절에 자주 들어갔던 재무부 접견실로 안내해주었다. 날씨는 너무나 쾌청해서 창밖으로 보이는 도쿄만 위에는 새파란 하늘이 펼쳐져 있었다. 이런 일만 아니었다면 도쿄만을 지나가는 선박이나 항만시설을 하루 종일 바라보고 싶을 정도였다.

"오랜만에 뵙습니다. 요즘 어떠십니까?"

접견실로 들어온 야마히사는 예전 담당자인 소네자키가 찾아온 것에 당황한 표정을 지으며 상투적인 말을 입에 담았다.

"덕분에 그럭저럭 지내고 있습니다. 오늘 시간을 내주셔서 감사합니다."

소네자키는 고개를 숙이면서 어떻게 말을 꺼내야 할지 생각했다. 본인은 절대로 인정하지 않겠지만, 전형적으로 이불 안에서만 활개 치는 타입인 그는 은행 안에서 부하직원들에게 큰소리 치는 것과 달리, 거래처 사람들 앞에서는 말도 제대로 못하는 사람이었다.

두 사람은 한동안 이런저런 잡담을 나누었다. 야마히사는 주로 업계의 전반적인 상황을 이야기했지만, 태스크포스에 관한 이야기는 의도적으로 피하는 듯했다. '예전 담당자는 담당자가 아니다'라는 식의 선긋기는 역시 큰 회사의 재무부장다운 자세였다.

그런 이야기를 얼마나 했을까? 야마히사가 먼저 용건을 물을 기색이 없는 것을 보고, 말이 끊어지기를 기다렸다가 소네자키가 조심스럽게 이야기를 꺼냈다.

"실은 오늘은 특별한 부탁이 있어서 찾아뵈었습니다."

"소네자키 차장님께서 특별한 부탁이 있다고 하시니, 괜히 긴장되는군요."

야마히사는 농담처럼 말했지만 실제로 긴장한 사람은 오히려 소네자키로, 억지로 지은 미소는 딱딱하게 굳어 있었다.

"며칠 전에 금융청에서 저희 은행에 와서 귀사에 관해 면담을 했습니다. 그때 지난번 금융청 감사에서 저희 은행이 제출한 자료가 문제가 되었습니다."

"그게 무슨 말씀이시죠?"

문제라는 말이 나오자마자 야마히사는 그때까지 보였던 온화한 표정을 거두었다.

"제가 착각해서 숫자를 잘못 쓰는 바람에, 실제의 재건안 내용과 다른 자료를 제출했던 것 같습니다."

소네자키는 이런 식으로 거짓말을 할 수밖에 없었다. 재건안을 의도적으로 고쳤다는 말은 입이 찢어져도 할 수 없는 것이다.

"그로 인해 금융청의 지적을 받게 되었고, 은행 내부에서 여러모로 검토한 결과 TK항공의 협조를 받는 게 어떻겠냐는 이야기가 나왔습니다."

"협조라면, 어떤……?"

야마히사가 뒷말을 재촉하자 소네자키는 드디어 오늘의 가장 중요한 말을 입에 담았다.

"TK항공의 착오로 재건안이 완성되기 전의 초안을 주었다고 해주실 수 없겠습니까?"

야마히사는 소네자키를 뚫어지게 바라본 채 한동안 대답하지 않았다. 무표정한 얼굴에서는 아무 감정도 읽을 수 없어서, 소네자키는 그가 무슨 생각을 하는지 알 수 없었다.

이윽고 야마히사가 딱딱한 목소리로 물었다.

"금융청에 그렇게 거짓말하고 싶다는 겁니까? 그런 거짓말을 하려면 우리에게 일일이 말할 필요가 없이 마음대로 하면 되지 않습니까? 지금 이야기는 못 들은 걸로 해두겠습니다."

소네자키는 가슴 앞에서 황급히 두 손을 가로저었다.

"아닙니다. 그럴 수 없는 사정이 있어서요. 금융청에서 TK항공의 경위서를 요구하고 있습니다. 그걸 받아야 해서 이렇게 찾아뵌 겁니다……."

야마히사가 미간에 주름을 잡았다.

"경위서요? 무슨 경위서요?"

"여차저차해서 실수로 도쿄중앙은행에 재건안의 초안을 주었다는 TK항공 명의의 보고서라고 할까요……."

야마히사가 깜짝 놀라며 목소리를 높였다.

"잠시만요! 난 분명히 그때 차장님에게 완성된 재건안을 주었습니다. 그 재건안의 내용이 틀렸습니까?"

소네자키는 시뻘겋게 달아오른 얼굴로 입술을 깨물었다.

"아닙니다."

"잘못하지도 않았는데, 잘못했다고 쓸 수는 없습니다."

야마히사의 당연한 말을 듣고 소네자키의 얼굴이 창백해졌다.

"지당하신 말씀입니다. 하지만 그때 우리가 제출한 서류의 숫자가 착오였다고 금융청에 보고할 수는 없어서요……."

"그건 댁의 사정이지요. 왜 서류의 숫자가 틀렸지요? 틀릴 이유가 없지 않습니까?"

야마히사는 석연치 않은 얼굴로 물었다.

"당시 금융청 감사를 무사히 넘기기 위해 우리가 얼마나 힘들었는지 아십니까? 숫자를 솔직하게 썼다면 TK항공은 분류됐을지도 모릅니다. 모든 건 TK항공을 지키기 위해서였습니다!"

야마히사의 눈에 의혹이 깃들었다.

"정말로 우리를 지키기 위해서였습니까? 혹시 차장님 자신을 지키기 위해서가 아니었습니까? 의도적으로 고쳐 썼는지 착오로 잘못 썼는지는 모르겠습니다. 하지만 착오였다면, 실수는 누구라도 하지 않습니까? 왜 실수를 실수라고 인정하지 않는 거죠?"

"그렇게 물으시면…… 이제 와서 인정할 수 없어서……."

"무슨 말인지 이해할 수가 없군요."

얼굴에 혐오감을 드러낸 야마히사를 보면서, 소네자키는 어떻게 해야 할지 몰라서 전전긍긍했다.

야마히사가 말을 이었다.

"정말로 실수였다면, 실수를 했다고 순순히 인정하면 되지 않습니까? 경위서인지 뭔지는 금융청에 제출하는 거지요? 즉, 공적인 서류입니다. 그런 서류를 작성하면 우리 회사도 거짓말에 가담하게 되는 겁니다. 그런 일은 할 수 없습니다."

목구멍까지 차오른 조바심 속에서 소네자키는 야마히사의 생각을 바꿀 방법이 없는지 머리를 굴렸다. 그때 그의 입에서 절대로 해서는 안 되는 말이 흘러나왔다.

"TK항공은 우리 은행에서 지원해주고 있지 않습니까? 우리는 앞으로도 계속 지원할 예정이고, 그런 관계가 필요한 건 TK항공도 마찬가지라고 생각합니다만."

원래 소심한 남자다. 그렇기 때문에 가장 중요한 상황에서 자기도 모르게 극단적인 말이 튀어나온 것이다.

예상한 대로 순식간에 야마히사의 안색이 바뀌었다.

"그건 우월적 지위의 남용이 아닙니까? 한마디로 말해 갑질이지요."

하지만 냉정한 판단력을 잃어버린 소네자키는 불에 기름을 들이붓는 말을 하고 말았다.

"어떻게 생각하셔도 상관없습니다. 물론 지원하느냐 마느냐는 품의서로 정해집니다. 하지만 이번 건에 협조해주신다면 은행 안에서는 TK항공을 호의적으로 보겠지요. 그러면 지원이 더 원활해지지 않겠습니까?"

"오호라!"

야마히사는 앞으로 내밀었던 몸을 팔걸이의자의 등받이에 묻었다. 그리고 분노와 경멸이 담긴 시선으로 소네자키를 쏘아보더니 정색하면서 말했다.

"차장님, 한 가지 여쭤보겠습니다만 차장님은 다시 우리 회사를 담당하게 되셨습니까?"

"아뇨, 그런 건……."

"그럼 지금 지원 운운하시는 건 이상하지 않습니까? 이제 우리 회사의 담당자는 한자와 차장님이죠? 지금은 당신이 나설 자리가 아닙니다. 한자와 차장님과 의논하겠습니다."

예상치 못하게 한자와의 이름이 나오자 소네자키는 당황하지 않을 수 없었다.

"그건 안 됩니다. 이 건에 관해서는 한자와가 아니라 당시에 담당했던 제가 마무리하도록 되었습니다. 한자와와는 관계가 없습니다."

야마히사가 미심쩍은 표정을 지었다.

"한자와 차장님과는 관계가 없다고요? 그럼 조금 전의 지원 운운하는 이야기는 뭐였지요?"

"그건…… 그러니까……."

그때까지의 위압적인 태도와 180도 달라지면서 소네자키는 당황한 얼굴로 우물쭈물했다.

"그게 지원의 조건이 된다는 뜻은 아니고……."

"소네자키 차장님, 지금 무슨 말씀을 하는지 저는 잘 모르겠습니다."

야마히사는 어이없는 얼굴로 무릎을 한 번 치면서 덧붙였다.

"아무튼 그런 서류는 만들어드릴 수 없습니다. 그만 돌아가주십시오."

9

TK항공의 본사에서 나온 소네자키의 표정은 어딘가에 영혼을 두고 온 것처럼 멍해 보였다.

전철역까지 걸어가는 발걸음은 허공을 떠다니는 것처럼 흐느적거려서, 땅을 밟는 감각조차 느껴지지 않았다. 걸음을 내디딜 때마다 온몸의 에너지가 땅으로 빨려 들어가는 것 같았다.

솔직히 말해 그는 TK항공이라는 회사를 만만하게 보았다. 지금 이 회사의 실적은 밑바닥을 헤매고 있다. 은행의 지원이 없으면 일어설 수 없는 만큼, "써!"라고 명령하면 어떤 서류든 쉽게 써주리라고 얕잡아 보았다.

그런데 이렇게 될 줄이야…….

만약 TK항공의 경위서를 손에 넣지 못하면 구세주라는 찬사를 받았던 그의 평가는 땅으로 곤두박질치게 된다. 그걸로 끝나면 그래도 낫다. 금융청 면담에서 한 말이 전부 거짓이었음이 드러나면 그 정도로 끝날 리가 만무하다. 자칫하면 형사 고발을 당할 수도 있다.

최악이다.

지금 장밋빛이었던 뱅커의 미래에 음산한 먹구름이 드리우고 있다. 이 절망적인 상황 속에서 그가 기댈 수 있는 사람은 한 사람밖에 없었다.

그는 심사부로 돌아오자마자 즉시 임원실에 연락해 기모토가 자리에 있음을 확인한 뒤, 의자에 앉지도 않고 다시 나왔다.

"상무님, 잠시 시간 있으십니까?"

기모토는 말없이 책상 앞에서 일어서더니, 안으로 들어온 소네자키를 향해 소파를 가리켰다.

"실은 경위서 건으로 TK항공에 다녀왔습니다만, 야마히사 부장이 경위서를 써주지 않겠다고 해서요……."

눈 깜짝할 사이에 기모토의 눈에서 빛이 사라졌다. 보기만 해도 등줄기가 서늘해지는, 텅 빈 구멍 같은 눈이었다.

"최선을 다해 설득했지만, 받아들이려고 하지 않습니다."

"소네자키 차장, 이제 와서 그게 무슨 말인가? 그런 건 그 자리에서 말하기 전에 확실하게 마무리를 했어야지!"

기모토의 눈꼬리가 위로 치켜 올라가고 목소리에는 분노가 배어 있었다.

"죄송합니다."

소네자키는 일어서서 폴더폰처럼 허리를 접었다. 하지만 기모토에게서는 대답이 돌아오지 않았다.

소네자키가 멈칫거리며 얼굴을 들자 기모토는 창 쪽으로 얼굴을 향한 채, 무서우리만큼 진지한 표정으로 생각에 잠겨 있었다. 그 옆얼굴을 향해 소네자키는 말을 이었다.

"상무님, 바쁘실 텐데 죄송하지만 한마디 거들어주실 수 없겠습니까?"

그러나 다리를 꼬고 손으로 턱을 잡은 채, 기모토는 여전히 대답하지 않았다. 마치 소네자키의 말을 듣지 못한 것처럼.

이윽고 기모토의 입에서 갈라진 목소리가 흘러나왔다.

"바보 같은 소리 마. 지금 자네 거짓말의 공범이 되라는 건가?"

차갑게 내치는 말을 듣고, 화살이 몸을 관통한 것처럼 소네자키의 몸이 굳어졌다.

신경질적으로 얼굴을 찡그린 기모토의 관자놀이에서 굵은 핏줄이 불거졌다.

"오늘 야마히사 부장의 대응을 보니, 저 혼자로는 해결할 수 없을 것 같습니다. 부디 상무님께서 직접 걸음하셔서……."

여느 때 같으면 그대로 물러섰을 테지만, 소네자키치고는 보기 드물게 끈질기게 매달렸다. 기모토에게 부탁하는 수밖에 해결책이 없었기 때문이었다.

기모토는 분연한 표정으로 생각에 잠겼다.

금융청 면담에서 절체절명의 위기에 빠진 도쿄중앙은행을 소네자키가 구했다고 그동안 여기저기에 떠들고 다녔다. 그런데 그것이 아무런 근거 없는 거짓말이라는 사실이 드러나면 소네자키를 추켜세운 기모토의 체면도 땅에 곤두박질치게 된다. 미친 듯이 화를 내봐야 경위서가 없으면 곤란한 것은 그도 마찬가지다. 이 자리에서 아무리 질책하더라도 그는 결국 야마히사를 회유하기 위해 움직여줄 것이다. 소네자키가 기대를 버리지 않는 이유는 바로 그것 때문이다.

"야마히사 부장은 뭐라고 하던가?"

예상한 대로 잠시 침묵한 뒤에 기모토가 물었다.

"거짓말은 쓸 수 없다고……."

기모토가 오른손을 들어 올리더니, 소리를 내며 의자의 팔걸이 부분을 거칠게 내리쳤다.

"그동안 그렇게 뒤치다꺼리를 해줬는데, 이제 와서 뭐가 어쩌고 어째?"

"아무래도 야마히사 부장은 이 사태를 이해하지 못하는 것 같습니다. 융통성이 없다고 할까요? 은행과의 관계를 에둘러 말했더니, 오히려 펄펄 뛰면서 나가라고 쫓아내더군요."

자신에게 유리하게 꾸며댄 소네자키의 보고를 듣고 기모토는 다시 생각에 잠겼다.

야마히사를 설득하기 위해 움직이는 게 어떤 결과를 초래할지 생각하는 중이리라. 뛰어난 임기응변은 기모토의 가장 큰 장점이다.

"이번 일을 가미야 사장에게까지 말하기는 좀 그렇군. 역시 야마히사 부장을 설득하는 수밖에 없겠어."

"부탁드리겠습니다."

소네자키는 다시 고개를 숙였다. 기모토가 나서면 어떻게든 해결이 된다. 심사부의 밑바닥부터 올라오면서, 온갖 아수라장을 헤쳐 나온 백전노장이다. 더구나 도쿄중앙은행 상무라는 직책을 가진 기모토라면, TK항공의 부장 정도는 얼마든지 처리할 수 있을 것이다.

기모토는 얼굴을 옆으로 향한 채, 눈만 소네자키를 쳐다보며 지시를 내렸다.

"지금 당장 약속을 잡아주게. ASAP!"

나이토가 한자와를 호출한 것은 마침 기모토와 소네자키가 밀담을 나누던 시각이었다.

영업 2부와 같은 층에 있는 나이토의 집무실은 그곳만이 중후한 정적으로 가득 찬 숲 같았다. 그런 분위기를 자아내는 것은 푹신한 카펫과 책장에 꽂힌 수많은 서적으로, 다른 임원의 집무실에서는 결코 볼 수 없는 광경이었다. 전부 딱딱한 전문서적일 것이라고 생각하며 바라보자, 경영학이나 마케팅 석학들의 원서와 함께 뜻밖에도 움베르토 에코의《장미의 이름》을 비롯해 외국 미스터리 작품이 꽂혀 있는 등 그의 다른 면모를 엿볼 수 있었다. 세련된 뱅커인 나이토의 깊이와 인간미를 느낄 수 있는 부분이기도 했다.

"우리 부서에서 준비할 경위서의 초안은 그걸로 좋아. 남은 건 TK항공의 서류인데, 어떤가?"

금융청에 제출할 서류는 예정보다 일찍 정리해서, 오늘 아침에 나이토에게 초안을 보내두었다.

"심사부의 제출을 기다리는 중입니다."

한자와는 그렇게 대답했지만, 나이토가 호출한 목적이 다른 곳에 있음을 간파했다.

"단도직입적으로 말하겠네. 금융청의 의견서에 따라서는 TK 항공의 담당자가 바뀔 수도 있어. 이유는 알겠지? 뭐 그것만으로 수습되면 다행이지만."

나이토는 무슨 말인가 하려고 하다가 웬일로 망설였다. 나이토가 이런 표정을 짓는 것은 드문 일이다.

"인사 건입니까?"

앞질러서 말한 한자와에게 나이토는 떨떠름한 표정을 지었다.

"금융청 면담의 대응이 좋지 않았다는 목소리가 일부 임원들 사이에서 나오고 있어."

이름은 말하지 않았지만 그 임원의 대표주자가 기모토라는 점은 쉽게 예상할 수 있었다.

"부장님 생각은 어떠십니까?"

나이토는 불만스러운 표정으로 대답했다.

"소네자키 차장의 설명으로 최악의 궁지에서 벗어난 건 사실이지만 그게 과연 좋은 일일까? 어쨌든 그는 임원들 사이에서 히어로가 되었어."

"그건 그냥 스탠드플레이일 뿐입니다."

"내 생각도 마찬가지야. 하지만 히어로는 만들어지는 법이지."

나이토의 말투에 희미하게 조바심이 배어 있었다. 그 조바심은 한자와에 대한 것이라기보다 도쿄중앙은행…… 아니, 은행이라는 조직에 대한 것이 아닐까?

"아무튼 앞으로 상황에 따라서는 누군가가 책임을 지지 않으면 안 돼."

나이토가 이렇게까지 말하는 것을 보면 이야기가 구체적으로 진행되고 있음이 틀림없다.

"신경을 써봐야 소용없겠지만, 일단 자네도 알고 있으라고 말해두는 거야. 쏟아지는 불똥은 뿌리쳐야 하니까. 물론…… 자네 힘으로 말이야."

한자와는 말없이 일어서서 작게 고개를 숙인 뒤, 고요한 나이토의 집무실을 뒤로했다.

10

직원이 기모토와 소네자키를 안내한 곳은 어제 소네자키가 갔던 접견실과는 다른, 임원실 층에 있는 접견실이었다.

"야마히사 부장님, 그동안 격조했습니다."

야마히사가 들어가자마자 기모토는 일어서서 그렇게 말하고 깊숙이 고개를 숙였다.

"저야말로 격조했습니다. 기모토 상무님께서 여기까지 직접 와주시다니, 몸 둘 바를 모르겠습니다. 건강해 보이시는군요."

TK항공의 담당이 영업 2부로 넘어간 단계에서 기모토는 담당 임원이 아니었지만, 뜬금없이 찾아온 상황에서도 야마히사의 얼굴에는 거부감이 보이지 않았다. 오랫동안 거래해온 상대에게 경의를 표하는 것이리라. 어제 소네자키를 대할 때의 모습과는 눈에 띄게 달랐다.

"태스크포스는 어떻습니까?"

기모토는 단도직입적으로 TK항공의 현안으로 파고들었다.

"아시다시피 자기들 마음대로 휘젓고 있습니다."

야마히사의 어이없는 표정과 말투에는 숨길 수 없는 불만이 배어 있었다.

"업계는 달라도 정부 때문에 애를 먹는 건 어디나 똑같지요. 그렇지만 살아남기 위해서 그것을 극복하지 않으면 안 됩니다."

기모토는 몸을 앞으로 내밀더니, 야마히사를 똑바로 바라보며 덧붙였다.

"오늘 여기까지 찾아온 건 한 가지 부탁이 있어서입니다. 어제 소네자키가 부탁드렸던 일인데요……. TK항공에서 악당 역할을 맡아주셔야겠습니다."

거침없이 핵심을 찌르는 말투였다. 이런 상황에서는 아무리 침착한 야마히사라도 긴장하지 않을 수 없었다.

야마히사는 잠시 침묵한 뒤에 조심스럽게 입을 열었다.

"저희에게 허위 서류를 작성하라고 말씀하시는 겁니까?"

"그렇습니다. 물론 협조해주신 만큼 우리도 최대한 뒤를 봐드리겠습니다. 피차 어려울 때는 서로 돕고 살아야지요. 이렇게 부탁합니다."

기모토는 고개를 주억거리며 말한 뒤, 탁자를 손으로 짚고 고개를 숙였다.

"우리를 도와주신다고 생각하시고. 소네자키, 뭐 하나?"

기모토의 지시를 받고 소네자키는 가방에서 서류를 꺼내 탁자 위에 놓았다.

"저희 쪽에서 미리 경위서를 만들어왔습니다. 여기에 TK항공의 도장을 찍어주시면 서로 행복해질 수 있습니다. 부장님, 부탁합니다."

기모토는 그렇게 말하고 서류를 야마히사 앞으로 내밀었다.

하지만 야마히사는 서류에 손을 내밀지 않았다.

"부장님⋯⋯."

기모토가 다시 재촉하려는 순간, 야마히사의 입에서 생각지도 못한 말이 튀어나왔다.

"경위서라면 이미 작성했으니까 이건 필요 없습니다."

무슨 말인지 이해할 수 없어서, 기모토는 야마히사를 멍하니 쳐다보았다.

기모토 대신 물은 사람은 소네자키였다.

"경위서를 작성하셨다고요? 무슨 말씀이시죠?"

"거짓말을 쓸 수는 없습니다. 따라서 전해드린 날짜와 서류의 내용에 대해 정확하게 썼습니다. 그 서류를 사용할지 말지는 도쿄중앙은행의 판단에 맡기겠습니다."

그래서는 아무런 의미가 없다.

소네자키가 낙담한 얼굴로 지켜보는 가운데, 야마히사는 옆에 있는 파일에서 스테이플러로 찍은 서류를 기모토 앞에 내밀었다. 경위서였다.

"카피……?"

기모토가 혼잣말처럼 중얼거린 순간, 소네자키도 그 서류가 부본(副本)임을 확인했다. 서류의 오른쪽 윗부분에 'COPY'라는 고무도장이 찍혀 있었던 것이다. 기모토의 얼굴이 순식간에 굳어졌다.

"원본은 어떻게 하셨나요?"

"그건 조금 전에 제출했습니다."

"제출했다?"

생각지도 못한 상황에 기모토의 얼굴에 소스라치게 놀라는 표정이 떠올랐다.

"누, 누구에게……."

"한자와 차장입니다."

기모토는 아연한 얼굴로 눈도 깜빡이지 않고 야마히사를 바라보았다. 그리고 다음 순간, 당황한 얼굴로 경위서를 읽기 시작했다. 눈 깜짝할 사이에 그의 옆얼굴이 창백해지는 것을 보면서, 소네자키는 날카로운 발톱에 위장이 뜯기는 듯한 통증을 느꼈다.

"이걸 왜 한자와에게 주셨습니까?"

기모토의 목소리에는 억누를 수 없는 분노가 배어 있었다.

"마침 조금 전에 왔더군요. 그래서 들른 김에 가져가라고 했습니다."

기모토의 손에서 서류가 힘없이 탁자로 떨어졌다.

"실례하겠습니다……."

소네자키가 재빨리 서류를 들고, 탐욕스러운 눈길로 소리 내
어 읽었다.

TK항공 재건안은 거래하는 모든 은행에 동시에 보냈습니다. 문의
하신 서류도 당시 담당자였던 도쿄중앙은행 심사부의 소네자키 유
야 차장에게 통상의 절차에 따라 공식 서류로써 전달했으며, 특별히
정정해야 할 내용은 없습니다. 또한 금융청에 보고한 숫자가 잘못됐
다는 건에 관해서, TK항공에서는 일절 관여한 바가 없습니다.

날짜까지 적힌 경위서에는 수령증 대신 소네자키의 명함 복사
본까지 꼼꼼하게 첨부되어 있었다.

정신을 차린 순간, 소네자키는 자기도 모르게 벌떡 일어섰다.

새하얗게 변한 눈앞에서 야마히사가 깜짝 놀란 얼굴로 자신을
올려다보고 있었다.

왜지…….

잠시 튕겨나간 의식이 다시 돌아오면서, 지금이 어떤 상황인
지 서서히 이해가 되었다.

한자와다.

한자와가 이 서류를 쓰게 한 게 틀림없다……. 모든 사실을
알고 자신을 박살내기 위해서다.

절망의 늪에 빠진 소네자키의 가슴속에서 한자와에 대한 격렬한 증오가 소용돌이쳤다.

11

"이 자식, 무슨 짓이야!"

영업 2부의 한가운데까지 성큼성큼 걸어온 소네자키는 책상 앞에 앉은 한자와를 보자마자 거칠게 소리쳤다.

"무슨 짓이냐니?"

한자와가 시치미를 떼자 소네자키는 점점 더 격앙되어 주변이 떠나가라 고함을 질렀다.

"TK항공의 경위서 말이야! 어서 내놓지 못해!"

험악한 분위기에 영업 본부 전체가 조용해지면서 모든 행원들이 두 사람을 주목했다.

"주고 싶어도 줄 수 없어. 그건 이미 내게 없으니까."

소네자키는 화살촉 같은 눈으로 구멍이 뚫릴 만큼 한자와를 노려보았다. 한자와는 그 눈을 똑바로 응시하며 말을 이었다.

"이미 위쪽으로 넘겼거든."

소네자키는 한자와의 책상을 주먹으로 내리치며 당장이라도 달려들 것처럼 소리쳤다.

"한자와, 까불지 마! 우리 은행이 어떻게 되어도 좋아? 야마히사는 자신의 실수를 인정하고 싶지 않아서 그런 서류를 쓴 거야!
그런데 그런 서류를 믿다니, 제정신이야?"

한자와는 입술 끝에 유쾌한 미소를 담았다.

"소네자키, 재미있는 말을 하는군. 무슨 뜻인지 설명해주지 않
겠나?"

"TK항공은 자신들의 실수를 인정하지 않으려고 발버둥 치고
있어. 금융청에게 찍히고 싶지 않으니까! 그래서 있지도 않은 상
황을 날조해서, 진실을 알고 있는 우리가 아니라 너에게 준 거야.
너는 그걸 진실이라고 생각하는 거고!"

그것은 은행으로 돌아오는 길에 기모토가 꾸며낸 스토리였다.
충분히 있을 수 있는 거짓이다.

한자와가 딱딱한 말투로 물었다.

"그렇다면 뭐야? 야마히사 부장이 거짓 경위서를 썼다는 거
야? 그래?"

"당연하지!"

190센티미터에, 1백 킬로그램의 거구인 소네자키가 울부짖었
다. 하지만 한자와는 조금도 동요하지 않고 서랍에서 무엇인가
를 꺼내어 책상 위에 놓았다.

다음 순간, 소네자키의 시선이 핀으로 고정한 것처럼 그 물체
에서 움직이지 않았다.

IC 녹음기였다.

마른침을 꿀걱 삼키자 소네자키의 목젖이 위아래로 크게 움직

였다.

"지금 자네가 한 말이 사실이겠지?"

의자에 앉은 한자와의 눈에서 칼날 같은 빛이 뿜어 나와 소네자키의 가슴을 관통했다. 어떤 속임수도 허용하지 않겠다는 의지가 담긴, 흔들림 없는 시선이다.

소네자키의 입술이 움직였지만 목구멍이 달라붙은 것처럼 목소리가 나오지 않았다. 밖으로 새어 나온 것은 말이 되지 않는 가냘픈 숨결뿐이었다.

"그렇다면 알았어."

한자와는 천천히 녹음기를 들어 올리더니, 모든 사람들이 주목하는 가운데 재생 버튼을 눌렀다.

'그게 무슨 말씀이시죠?'

스피커에서 흘러나온 것은 야마히사의 목소리였다. 그리고 그이후에 이어진 것은 틀림없이 소네자키 자신의 목소리였다.

'제가 착각해서 숫자를 잘못 쓰는 바람에, 실제의 재건안 내용과 다른 자료를 제출했던 것 같습니다. 그로 인해 금융청의 지적을 받게 되었고, 은행 내부에서 여러모로 검토한 결과 TK항공의 협조를 받는 게 어떻겠냐는 이야기가 나왔습니다……. TK항공의 착오로 재건안이 완성되기 전의 초안을 주었다고 해주실 수 없겠습니까?'

소네자키의 얼굴에 경련이 일었다.

황급히 녹음기를 빼앗으려고 했지만 한자와가 그보다 빨리 녹음기를 들어 올린 뒤, 차가운 눈으로 소네자키를 쳐다보았다.

주변은 찬물을 끼얹은 듯 조용해지고, 모두가 숨을 죽이고 사태의 행방을 지켜보았다.

"어, 어떻게……."

소네자키의 입술이 바들바들 떨리기 시작했다. 크게 벌어진 눈에 깃든 것은 틀림없이 공포의 감정이었다. 얼굴은 창백해지고, 에어컨이 잘 돌아가고 있는데도 이마에는 구슬 같은 땀방울이 맺혔다.

이미 말도 할 수 없는 소네자키를 향해 한자와는 최후의 일격을 가했다.

"나는 기본적으로 성선설을 믿어. 하지만 악의가 있는 놈은 철저하게 박살내지."

모두가 지켜보는 가운데 소네자키는 입술을 깨물고 움직이지 않았다. 지금 이 순간, 한자와에 대한 노골적인 적개심은 파도처럼 습격하는 격렬한 불안에 뒤로 밀렸다.

한자와는 그런 소네자키를 냉담하게 바라보았다.

"조금 전에 야마히사 부장이 자기 실수를 인정하지 않으려고 경위서를 썼다고 했던가? 있지도 않은 내용을 날조했다고? 개소리 집어치워! 어떻게 된 일인지, 이 자리에 있는 모든 사람이 납득할 수 있도록 설명해주겠나?"

한자와의 일갈에 소네자키는 눈에 공포를 담고 거구를 바들바들 떨었다.

"그게 아니라…… 이, 이건 뭔가 잘못됐어. 착오가…….."

"재미있군. 그렇다면 어떻게 잘못되었는지 설명해주겠나? 발뺌할 수 있다고 생각하면 큰 착각이야."

하지만 어찌할 바를 모르고 쩔쩔매는 소네자키에게서 반론은 나오지 않았다.

"나를 그토록 무시하더니 왜 한마디도 못 하지? 이번 일은 확실하게 보고할 거야. 그냥 넘어가리라고 생각하지 마. 소네자키, 그러기 전에 지금 여기서 TK항공팀에게 사과해."

멀리서 에워싸고 지켜보던 다지마를 비롯한 소네자키의 예전 부하직원들이 가까이 다가왔다. 그 뒤에는 영업 2부의 한자와의 부하직원들이 팔짱을 낀 채, 활활 타오르는 분노의 눈길로 소네자키를 쏘아보고 있었다.

소네자키는 숨도 쉴 수 없는 사람처럼 괴로운 얼굴로 주먹을 꽉 쥐었다.

이윽고 굵은 비지땀을 흘리면서 눈을 꼭 감나 싶더니, 울음을 터트릴 듯한 표정으로 목소리를 쥐어짰다.

"미, 미안해……."

"웃기지 마! 설마 그 한마디로 끝날 거라고 생각하는 건 아니겠지? 사과하려면 제대로 사과해!"

한자와의 분노 어린 목소리를 듣고 소네자키는 압도당한 것처럼 비틀거리더니, 두 손으로 책상을 짚고 고개를 숙였다.

"죄송……합니다!"

발작처럼 내뱉은 사죄의 말에 대꾸하는 사람은 아무도 없었다. 경멸과 분노의 눈길로 그 모습을 바라본 행원들이 각자 자리로 돌아가는 가운데, 소네자키의 입에서 오열이 새어 나왔다.

"너 같은 놈이 은행을, 이 조직을 썩게 만드는 거야. 똑똑히 기억해둬!"

한자와의 말이 끝나기도 전에 소네자키는 도망치듯 종종걸음으로 영업 2부를 벗어났다. 한자와는 그 뒷모습을 바라보며 혀를 한 번 차더니, 마치 아무 일도 없었던 것처럼 책상에 펼쳐진 서류를 보기 시작했다.

4장

진짜 노림수

1

"업무 개선 명령을 내리겠습니다."

금융청 장관이 서류를 내민 순간, 기자들 사이에서 카메라 플래시가 터지며 고개 숙인 나카노와타리 은행장의 모습이 몇 번이나 선명하게 떠올랐다.

업무 개선 명령을 한마디로 말하면 금융업계의 옐로카드다. 금융청 감사에서 드러난 불상사 때문이지만, 그래도 감사 기피로 판단되지 않아서 다행이라고 할 수 있다. 감사 기피가 되었다면 형사 고발도 당할 수 있는 사태였다. 이유야 어떻든 이번 행정 처분은 현재의 여신 심사 체제에 막대한 영향을 미칠 것이다. 그뿐만 아니라 사회적 신뢰는 바닥으로 떨어지고, 은행 이미지에도 엄청난 마이너스로 작용할 것이다. 무엇보다 이번 업무 개선 명령은 자존심 강한 도쿄중앙은행 뱅커들에게 말로 표현할 수 없는 수치를 안겨주었다.

"죄송합니다. 심각한 사안으로 받아들이고 앞으로 업무에 반영하겠습니다."

나카노와타리의 굵은 목소리가 마이크를 통해 나오고, 다시 플래시가 터지는 모습은 한자와의 가슴에 잔인하리만큼 깊숙이 새겨졌다.

세상 사람들은 관리 소홀에다 금융청 감사를 무시한 도쿄중앙은행에 금융청이 철퇴를 내렸다고 생각할 것이고, 어느 면에선 그 말이 맞을지도 모르겠다. 하지만 이 사태의 뒤에 숨겨진 속셈은 옳고 그름으로 구별할 수 있을 만큼 단순하지 않다.

이례적이라고밖에 표현할 길이 없는 신속한 처분만 보아도 알 수 있다. 면밀한 사전조사와 금융청 내부 의견이 조율된 다음에 면담이 있었던 게 아닐까 생각하기에 충분했다.

그것이 사실이라면 뒤에서 암약한 인물은 한자와가 생각하기에 한 사람밖에 없다.

구로사키다.

은행에 대한 원한으로 똘똘 뭉친 구로사키의 목적은 무슨 일이 있어도 도쿄중앙은행을 발밑에 납작 엎드리게 만드는 것이다. 구로사키의 내부에서 계속 모습을 바꾸는 잘못된 관료주의와 계급의식, 선민사상은 이렇게 해서 완성되었다고 해도 과언이 아니다.

업무 개선 명령을 내린 금융청 장관은 이어서 나카노와타리에게 새로운 서류를 주려고 하고 있었다. TK항공 대출에 관한 의견서다.

업무 개선 명령이 구로사키의 집념이라면 이 이례적인 의견서는 수단과 방법을 가리지 않고 은행에 채권 포기를 받아들이게 하려는 태스크포스, 나아가서는 시라이 국교성 대신의 농간이다.

의견서의 내용은 금융청 쪽에서 새어 나와서, 이미 한자와의 귀에도 들어왔다.

요지는 크게 세 가지다. TK항공 채권에 대한 부실 채권 분류 검토, 은행 여신 체제의 재검토, 사회적 상황을 반영한 항공 행정 영향에 대한 재검토……. 두말할 필요도 없이 국토교통성의 의향이 강하게 반영되었다고 할 수 있다.

"항공 행정에 대한 영향을 생각하라니, 금융청은 언제부터 국교성의 하부 조직이 되었나요?"

이 소식을 들었을 때 다지마가 했던 반응은 당연하다.

은행 회의실에서 TV를 바라보는 한자와의 가슴속에서 다시 쓰디쓴 패배감이 소용돌이쳤다.

"무슨 일을 이따위로 하지? 자네 능력이 겨우 그 정도밖에 안 되나?"

자신이 이끄는 미노베파 모임에서 빠져나왔다는 미노베는 자리에 앉자마자 기모토를 질책했다.

업무 개선 명령을 받은 것에 대한 질책이 아니라 아직도 태스크포스의 채권 포기 요청을 정식으로 수락하지 않은 것에 대한 질책이다.

히라카와초에 있는 향토요리점의 개별실이다. 겉으로 보기에는 오래된 노포처럼 보이지만 연예인이나 정치인이 자주 이용하는 곳으로, 음식은 이류지만 가격은 일류이다. 그래도 미식가임을 자처하는 부자들에게 인기 있는 곳이다.

미노베의 옆에서는 여느 때처럼 새파란 정장으로 몸을 감싼 시라이가 가시 돋친 눈길로 기모토를 노려보고 있었다.

방석에서 내려온 기모토는 두 손을 바닥에 대고 깊숙이 고개를 숙였다.

"면목 없습니다. 하지만 이 일이 전화위복이 될 것입니다. 금융청의 의견서 덕분에 은행에서 TK항공에 대한 여신 판단을 서둘러 재검토하게 될 것입니다. 조금만 더 기다려주십시오."

실제로 금융청에서 나카노와타리 은행장을 불러 업무 개선 명령을 내리고 의견서를 주는 장면은 임원들을 공포에 휩싸이게 만들었다. 이제 채권 포기를 받아들이는 방향으로 갈 수밖에 없다고 기모토는 생각했다.

미노베의 옆에서 국교성 대신인 시라이가 눈을 삼각형으로 뜨고 불만스러운 표정을 지었다.

"정말 한심하군요. 지금까지 그렇게 엉망진창으로 일했다니. 그런데 이제 와서 입만 떨어지면 변명을 늘어놓으며 태스크포스의 요청에 저항하는 건 무슨 속셈이지요?"

기모토는 깊숙이 고개를 숙였다.

"부끄럽기 그지없습니다. 하지만 의원님과 대신님 덕분에 사태는 좋아지고 있습니다."

구로사키의 의도인지 아닌지는 둘째치고, 금융청에서 현재 TK항공 담당인 영업 2부를 낮게 평가한 것도 기모토에게는 유리한 상황이었다.

"덕분에 TK항공의 여신을 재검토할 수 있게 되었습니다. 감사합니다."

고개를 숙인 기모토를 바라보며 시라이가 앙칼지게 소리쳤다.

"너무 늦어요!"

분노로 인해 창백한 얼굴로 미간에 주름을 잡은 모습은 합스부르크 왕가의 마리아 테레지아도 무색하리만큼 당당한 여제의 모습이었다.

"지금까지 제대로 관리도 하지 않은 은행이 태스크포스 요청에 반발하며 항공 행정을 혼란스럽게 만들다니! 잘 들으세요. 이러는 동안에도 TK항공의 비행기는 날고 있어요. 당신네 은행원들은 그런 사실을 알고 있나요?"

아무리 대신이라지만 스무 살이나 어린 사람이 아무런 망설임 없이 기모토를 아랫사람 대하듯 말한다. 도대체 본인이 얼마나 훌륭하다고 착각하는 걸까? 하지만 그렇게 반박해봐야 오히려 발끈하게 할 뿐이리라. 기모토는 이를 악물고 끓어오르는 분노를 참으며 송구스러워하는 표정을 무너뜨리지 않았다.

"하지만 나카노와타리라는 은행장도 이제 알았겠지요. 노하라 변호사는 이번 달 말의 답변 기한에 모든 거래 은행을 한자리에 모아놓고 합동보고회를 하겠다고 했는데, 오늘 각 은행들에게 그 얘기를 전달할 거예요."

그 이야기는 기모토의 귀에도 들어왔다.

"그때까지는 우리가 원하는 방향으로 결론을 내려주지 않으면 곤란해요."

기모토는 머리를 조아리며 나지막하게 신음했다. 이제 슬슬 영업 2부에서도 정식 품의서가 올라올 때가 되었는데, 태스크포스에서는 여기서 단숨에 마무리할 생각이다.

소네자키가 실수만 하지 않았다면 한자와를 담당에서 제외할 수 있었으리라. 실제로 이번 처분을 근거로 넌지시 담당자를 교체하자고 제안했지만, 나카노와타리는 "일단 맡겼으니까 당분간 상황을 지켜보지 않겠나?"라고 말하며 귀를 기울이지 않았다. 금융청의 의견서를 받고 한자와는 어떤 품의서를 올릴 생각일까?

"앞으로는 확실하게 대응하겠습니다."

기모토는 다시 머리를 조아리며 대답한 뒤, 진지한 얼굴로 지금이 승부처라고 생각했다.

2

"차장님, 한말씀 하시죠."

생각에 잠겨 있던 한자와는 다지마의 목소리를 듣고 고개를 들더니, 자신을 바라보는 면면을 둘러보았다.

시간은 이미 밤 11시를 넘기고 있었다.

오후에 시작된 회의가 이 시간에 이르렀다. 영업 본부 회의실에 TK항공팀 전원이 모여, 지금까지 자신이 담당한 분야에 대한 분석과 의견을 말하며 검토를 거듭했다. 기나긴 논의는 조금 전에 다지마가 종합해서 마무리하고, 이제 담당 부서로서 어떻게 결정할지 최종 판단만 남았을 따름이다.

한자와는 단호하게 말했다.

"해당 안건을 판단하기에 이 정도면 충분해. 그동안 논의도 많이 했고, 이제는 태스크포스의 요청에 대해 최종 결론을 내릴 때야."

한자와는 그곳에서 말을 끊고, 자신을 바라보는 팀원들의 얼굴을 보면서 덧붙였다.

"채권 포기 요청은 거절한다, 이 결론으로 정식 품의서를 쓰고 싶어."

한자와를 똑바로 바라보는 팀원 모두의 눈길에는 그야말로 목숨을 걸었다고 할 수 있는 각오가 배어 있었다.

그도 그럴 것이 이번 품의서는 금융청의 의견서를 정면으로 거부하는 내용이다. 금융 행정에서 감독관청의 의향을 거부하는 것이 얼마나 심각한 일인지, 이 자리에 있는 모든 사람이 알고 있다.

만약 한자와 나오키라는 사람이 처세술에 뛰어난 은행원이었다면, 이런 상황에서 채권 포기를 거절하는 결론은 내리지 못했으리라. 평지풍파를 일으키지 말고 강한 자에게는 고개를 숙이라는 주변 사람들의 말대로 행동했음이 틀림없다.

하지만 한자와는 그렇게 하지 않았다.

결론을 미리 내려놓고 검토한 게 아니라 백지 상태에서 검토를 거듭하면서, 우직한 자세로 자신이 옳다고 믿는 유일한 결론을 이끌어낸 것이다.

"임원회의에서는 이번 품의를 환영하지 않겠지요?"

긴장감이 떠도는 가운데, 다지마가 농담처럼 말하며 가볍게 웃었다.

한자와는 어깨의 힘을 빼고 말했다.

"원래 대의에 따르기보다 거역하는 편이 훨씬 어려운 법이지. 하지만 여신 소관부서의 일은 합리적이고 올바른 결론을 이끌어내는 거야. 만약 임원회의에 의도적으로 잘못된 결론을 올린다면, 그건 우리의 존재를 부정하는 일이지. 위쪽에 잘 보이기 위해 결론을 왜곡할 수는 없어."

다른 의견을 제기하는 사람은 아무도 없었다.

은행의 대출 품의서는 보통 컴퓨터로 작성하는데, 지금부터 만들 품의서는 예외적으로 손글씨로 작성하게 되어 있었다. 이것은 대출 안건도 아니고 조건 변경도 아니다. 즉, 일반 업무의 어느 범주에도 해당되지 않는 이유는 이번 일이 '채권 포기'라는 특수한 안건이기 때문이다.

이렇게 해서……

한자와가 나이토 부장에게 품의서를 제출한 것은 다음 날 오후였다.

한자와에게 소파를 권한 뒤, 나이토는 눈앞에 놓인 두터운 서류를 말없이 읽기 시작했다. 따뜻한 봄 햇살이 부장실을 포근하게 감싸고 있었지만, 그와는 반대로 나이토의 표정은 더할 수 없이 냉정했다.

서류를 전부 확인할 때까지 얼마나 걸렸을까?

나이토는 마지막까지 읽더니 그대로 눈을 감고 침묵했다.

이윽고 나이토는 오랜 침묵을 깨뜨리고 이렇게 말했다.

"알았어. 이걸로 됐어."

3

도쿄중앙은행의 임원회의는 매주 화요일 아침 9시에 열리는 것이 규칙이었다.

예전에는 2주에 한 번 열렸는데, 의제가 있든 없든 매주 한 번 임원들이 모여 의견을 교환하는 게 어떠냐 하고 제안한 사람은 나카노와타리 은행장이었다. 두 은행이 합병하면서 그의 앞에는 행내 화합이라는 절대적인 명제가 놓여 있었기 때문이었다.

시험적으로 일주일에 한 번 열렸던 임원회의가 어느새 정기적으로 열리면서, 이윽고 임원회의는 '화요회의'라고 불리며 정착하게 되었다.

중요한 안건이 있을 때는 서로의 의견이나 주장이 뒤얽히면서 오후까지 하는 경우도 있었지만 화요일 이외의 날에, 그러니까 이날처럼 목요일 아침에 긴급 소집되는 일은 드문 일이었다. 그만큼 나카노와타리 은행장이 이날의 의제를 중요하다고 인정했다는 증거였다.

"지난번에 태스크포스에서 요청한 TK항공에 관한 의제에 대해 설명을 드리겠습니다."

정원 확인에 이어서 지명을 받은 나이토는 오늘 의제에 대해 설명하고, 즉시 품의의 내용을 언급했다. 그러는 동안 임원들 사이에서는 작은 소리 하나조차 나지 않고, 숨이 막힐 만큼 긴장감이 흐르고 있었다.

나이토가 대강 설명을 마치자 기모토가 그때까지 참았던 분노를 노골적으로 드러냈다.

그는 얼굴에 핏대를 세우며 울화통을 터트렸다.

"도대체 영업 2부는 생각이 있는 건가, 없는 건가? 금융청의 의견서를 뭐라고 생각하지? 그걸 받고도 이 정도 품의서밖에 쓰지 못한다면, 자네들에게 이렇게 중요한 안건을 맡겨둘 수는 없어! 담당자에게 다시 쓰라고 해!"

기모토는 거칠게 콧김을 내뿜으며 나이토를 노려보았다.

격정에 휩싸인 기모토와 달리, 나이토는 차분하게 대꾸했다.

"그럴 수는 없습니다. 내용에 오류가 있다면 즉시 재검토를 하겠습니다. 하지만 내용에 오류가 없는 상황에서는 다시 쓰게 할수 없습니다."

기모토의 뺨이 부들부들 떨렸다.

"당최 말이 안 통하는군. TK항공 재건은 이번 정부의 뜻이야. 자네는 금융청 의견서를 무시하는 건가?"

나이토는 물러서지 않고 의연하게 대답했다.

"무시하지는 않습니다. 여신 소관부서로서 이보다 올바른 결론은 없다고 믿는 것뿐입니다."

기모토는 결국 일어서더니, 나이토에게 검지를 들이대며 삿대질을 했다.

"지금 그게 금융청의 뜻을 무시하는 게 아니고 뭔가! 금융청의 뜻을 거슬러도 상관없다는 건가?"

그래도 나이토는 전혀 물러서지 않고, 기모토를 똑바로 쳐다보며 반박했다.

"저희 부서 행원들이 성심성의를 다해 검토한 결과입니다. 이것을 토대로 임원회의에서 공명정대하게 논의해주시기를 바랍니다. 저희에게는 이것 이외에 다른 결론은 없습니다. 임원회의에서 논의한 결과, 이 결론과 다르다면 이 품의서를 부결하시면됩니다."

기모토가 반박하려고 한 순간, 은행장이 재빨리 가로막았다.

"기모토 상무의 마음은 이해하지만 나이토 부장의 말도 타당하네. 여신 소관부서가 정치적 편견에 치우쳐 결론을 내리면 상황을 잘못 판단하게 되지. 그러면 다른 사람의 의견을 들어보고 싶은데?"

"제가 한말씀 드려도 될까요?"

재빨리 손을 든 사람은 심사부장인 마에지마였다. 같은 심사부 출신인 기모토 뒤에 숨어서 눈에 띄지는 않지만, '리틀 기모토'라는 별명만 봐도 알 수 있듯이 모든 면에서 기모토를 축소시킨 듯한 사람이었다.

"빌린 돈은 갚는 게 당연하다는 이치를 적용시킨다면 이 결론이 마땅하겠지요. 하지만 이미 사회 문제로 변한 TK항공에 대해, 돈을 갚지 않으면 괘씸하다는 말로 몰아붙이면 여론은 장작불처럼 활활 타오를 겁니다. 그러면 오히려 은행 이미지에 마이너스가 되면서 장기적으로 보면 불이익이 커지지 않을까요? 지금은 국민들의 신뢰를 최우선으로 생각하면서, 다소 손실을 감수하면서라도 재건하게 도와줘야 한다고 생각합니다."

나이토가 의문을 제기했다.

"외람된 말씀이지만, 5백억 엔이라는 금액이 다소의 손실입니까?"

"마에지마 부장의 말처럼 사회적인 관점에서 생각해야 한다는 말에는 동의합니다."

마에지마를 옹호한 사람은 자금채권부장인 이누이였다. 역시 옛 T 출신으로, 파벌 의식이 강한 사람이다.

"5백억 엔의 손실이 유감스럽긴 하지만 금융청에서는 이미 의견서를 통해 그것을 받아들이라고 했습니다. 물론 여신 소관부서의 정론은 이해합니다. 하지만 지금은 사회적으로 막중한 책임이 있는 은행의 존재 이유를 되돌아보고, 손해를 보고 이득을 취하는 결단이 필요하지 않겠습니까?"

나이토는 미간에 주름을 잡았다. 영업 2부에서 올린 품의서는 합리적 판단을 토대로 만들었다. 그런데 지금 임원들의 입에서 나오는 말은 정치적 판단이 아닌가? 입부터 먼저 태어난 이누이 같은 남자가 교묘한 말로 임원회의를 유도하고 있다. 올바른 논리로 들리는 만큼 대처하기가 곤란하다.

"금융청의 의향을 존중해야 합니다."

그때 기모토가 다시 엄숙하게 말했다. 은행장을 똑바로 응시하는 눈에서는 지금이 승부처라는 결의와 그가 가진 모든 위엄이 뿜어나오고 있었다.

그는 독불장군처럼 말을 이었다.

"물론 눈앞의 손실은 안타깝습니다. 하지만 행장님, 이제 항공 행정에 대한 영향을 무시하고 은행의 이익을 우선할 수는 없습니다. 물론 태스크포스 발족에는 문제가 있을 수 있습니다. 그들의 대응이 적절하지 못했던 것도 사실일 수 있습니다. 하지만 지금은 그런 사소한 문제를 따질 때가 아니라 대국적인 견지에서 볼 때입니다. 국민들은 TK항공 회생을 위한 채권 포기 방안을 지지하고 있지 않습니까? 이런 상황에서는 사회적 요청을 받아들여 태스크포스에서 제안한 대로 TK항공을 지원해야 한다고 생각합니다."

저울의 추는 채권 포기로 기울어지고 있었다. 테이블의 중앙에 있는 은행장은 기모토의 말에 귀를 기울인 채 미동조차 하지 않았다.

잠시 침묵이 흐르는 사이에 나이토가 타이밍을 잡아서 입을 열었다.

"제가 한말씀 드려도 되겠습니까? 지금 채권 포기가 금융청의 의향인 것처럼 말씀하시는데, 과연 그것이 사실일까요?"

나이토의 입에서 나온 것은 기모토와 정반대 의견이었다.

"금융청 의견서에는 분명히 '항공 행정 영향에 대한 재검토'라는 표현이 있었습니다만, 그것이 곧 채권 포기에 찬성하라는 뜻은 아니지 않습니까? 더구나 우리가 가장 먼저 생각해야 할 문제는 항공업계의 보전이 아니라 금융 시스템의 안정화입니다. 우리는 TK항공을 버리겠다는 말은 한마디도 하지 않았습니다. 계속 도와주겠다고 말하고 있습니다. 기업 대출이란 과연 무엇일까요? 여신을 판단해서 대출하고 회수한다, 이 원칙을 유지할 수 있음에도 불구하고 의견서의 표면적 해석에 움찔해서 금융업의 본질을 스스로 포기해야 합니까? 과연 이것이 천하의 도쿄중앙은행의 여신 판단으로 옳은 일이라고 생각하십니까? 저는 채권 포기에 단호하게 반대합니다!"

여느 때와 다른 나이토의 격한 말을 듣고 임원들은 일제히 숨을 들이마셨다.

그때 기모토가 재빨리 나이토의 말을 잘라버렸다.

"그건 궤변이야! 세상 사람들 중 누가 그렇게 해석하지? 자네는 뉴스도 안 보나? 요즘 TV나 신문에서는 일제히 금융청에서 채권 포기를 긍정적으로 보고 있다고 보도하고 있지 않나?"

"매스컴의 보도가 항상 옳은 건 아닙니다. 실제로 우리 은행만 해도 무슨 일이 있을 때마다 대출을 해주지 않는다, 대출을 중단하고 자금을 회수한다는 식으로 현실과 동떨어진 보도가 나오고 있지 않습니까? 상무님은 그래도 매스컴이 옳은 말만 한다고 생각하십니까?"

핵심을 찌르는 나이토의 지적을 받고 기세등등하던 기모토도 대꾸할 말이 없었다.

"금융청에선 지금까지 금융 시스템의 안정화에 전력을 기울여 왔습니다. 그것은 상무님께서도 잘 아실 겁니다. 우리가 채권 포기를 하지 않으면 TK항공은 도저히 다시 일어설 수 없다, 그러면 채권을 포기하는 것도 이해가 됩니다. 하지만 채권을 포기하지 않아도 일어설 수 있는데, 왜 눈에 뻔히 보이는 정치 쇼에 가담해서 거액의 손실을 만들려는 겁니까?"

기모토로부터 은행장에게로 시선을 옮기며 나이토는 말을 이었다.

"경영 판단을 내릴 때 가장 먼저 생각해야 할 것은 바로 은행의 수익입니다. 영업 2부에서는 현재의 정보를 분석해 이런 결론을 이끌어냈습니다. 경영 판단으로 채권을 포기하려면, 그것이 장차 은행 경영에 기여한다는 확고한 신념이 있어야 합니다. 지금 5백억 엔이나 되는 채권을 포기한다면 5년 후, 또는 10년 후에 그것에 걸맞은 수익이 있어야 한다는 뜻입니다. 그렇지도 않은 상황에서 그냥 채권을 포기하는 것을 올바른 경영 판단이라고 할 수 있겠습니까?"

나이토는 은행장을 향해 정면으로 정론을 들이밀었다. 평소의 세련된 이미지를 집어던진 나이토가 지금 묻고 있는 것은 뱅커로서의 결의와 자존심이었다.

그때까지 발언 기회를 노리고 있던 마에지마와 이누이는 나이토의 박력 있는 모습을 보고 분한 표정으로 입을 다물었다. 이제 반론할 여지가 없다고 생각했을 때였다. 기모토가 갑자기 정색하며 목소리를 높였다.

"이건 계산기를 두들겨 손익을 확인한 다음에 결론을 내릴 문제가 아니야!"

세련된 외모와 달리 악착스럽고 집념이 강한 은행원의 본성을 선명하게 드러낸 기모토는 테이블의 반대편에 있는 나이토를 향해 눈을 부라렸다. 눈에는 절박함과 살기마저 감돌고 있었다.

기모토의 입에서 상상도 할 수 없었던 말이 튀어나온 것은 그때였다.

"저는 채권 관리 담당 임원으로서, 이 결론에 은행원의 생명을 걸려고 합니다."

순간, 회의실의 모든 임원이 일제히 숨을 멈추었다.

"기모토 상무, 무슨 말인가?"

눈썹을 꿈틀거리며 묻는 은행장을 향해 기모토는 다시 엄숙하게 선언했다.

"만약 이 품의서대로 채권 포기를 거절하시려면, 저를 해임하고 나서 해주시기 바랍니다. 이것은 토론으로 정할 일이 아닙니다. 지금 이 자리에서 아무리 토론한다고 해도 정답이 나오진 않겠지요. 나이토 부장의 말도 분명히 일리는 있습니다. 하지만 오랫동안 채권 회수 분야에서 일을 해왔고 현재 도쿄중앙은행에서 채권 관리를 맡고 있는 제 경험과 판단에 따르면, 지금은 우리 은행만 정부 시책에 발을 맞추지 않고 수익 확보에 급급하는 얄팍한 행동을 할 때가 아닙니다. 네, 그건 절대로 해서는 안 되는 일입니다! 물론 금융 시스템의 안정화도 중요하고, 뱅커의 자존심을 지키는 것도 좋습니다. 하지만 그 이전에 사회의 일원으로서 우리에겐 지켜야 할 도리라는 게 있습니다. 저는 지금 그 도리를 말씀드리는 겁니다. 저는 이 품의서를 부결하고 태스크포스의 채권 포기를 받아들이고 싶습니다. 아니, 그렇게 해야만 합니다. 만약 태스크포스의 요청을 받아들이지 않겠다면 이 자리에서 상무라는 직책을 내놓겠습니다."

그것은 나이토와의 토론에서 열세를 만회할 수 없다고 생각한 기모토의 목숨을 건 마지막 전략이었다.

회의실은 찬물을 끼얹은 것처럼 조용해지면서 작은 소리나 미세한 움직임조차 없었다. 모든 사람이 기모토의 단호한 결의와 그에 대한 은행장의 반응을 살펴볼 따름이었다.

이윽고 은행장이 조용하게 입을 열었다.

"알았네. 자네가 그렇게까지 각오했다면 나도 더는 말하지 않겠네. 이 품의서는 기모토 상무가 책임지고 부결하기로 하지. 기모토 상무, 그러면 되겠나?"

"감사합니다."

기모토는 일어서서 임원들을 향해 깊숙이 고개를 숙였다. 사태가 예상치 못한 방향으로 흐르자, 나이토가 번쩍 손을 들었다.

"품의서를 부결하시겠다면 한 가지 조건을 붙여주십시오."

나이토가 그렇게 말하자 회의실은 다시 술렁거리기 시작했다.

"무슨 조건인가?"

"기모토 상무님 의견은 다른 은행도 역시 채권 포기를 받아들인다는 전제가 있어야 합니다. 그런데 만약……, 만약 주거래은행인 개발투자은행이 채권 포기에 반대하는 경우에는 예외로 한다. 이 조건을 붙여주시기 바랍니다."

기모토가 테이블 너머에서 핏발이 선 눈으로 코웃음을 쳤다.

"상황이 이 정도면 깨끗이 체념할 줄도 알아야지. 개투은은 채권 포기에 긍정적이야. 그런 건 조건이 되지 않아."

"정말 끈질기군."

몇몇 임원들이 기모토의 말에 동의하면서 나이토를 차갑게 노려보았지만, 은행장의 묵직한 목소리가 그들의 말을 가로막았다.

"그게 좋겠군. 개투은이 어떻게 나올지는 모르겠지만 우리가 채권 포기를 받아들인다고 해도 가장 중요한 개투은이 반대하면 의미가 없으니까. 알았네. 이번 품의는 부결하지만 그 조건을 붙이지. 그러면 되겠나?"

"감사합니다."

벽 쪽의 의자에서 일어선 나이토를 기모토가 차가운 시선으로 노려보았다. 몇 시간의 임원회의 동안 몇 년은 늙은 것처럼 나이토의 얼굴은 야위고 눈에는 붉은 기운이 감돌았다. 다음 순간, 나이토는 똑똑히 보았다. 험악한 표정을 짓고 있는 기모토의 입술에 승리의 미소가 떠오르는 것을. 그것은 치열한 싸움을 제압한 남자가 승리를 만끽하며 기쁨에 젖었을 때 나오는 미소였다.

4

"덕분에 오늘 은행의 임원회의에서 채권 포기를 받아들인다고 결론을 내렸습니다. 그동안 의원님께 걱정을 끼쳐드려서 죄송했습니다."

개별실로 들어가자마자 기모토는 무릎을 꿇고 단정하게 앉은 뒤, 두 손을 가지런히 바닥에 대고 보고했다.

"그거 잘됐군."

윗자리에 앉아 있던 미노베는 만족한 얼굴로 고개를 주억거리며 앞자리를 권했다. 미노베의 옆자리에는 이날도 선명한 파란색 정장으로 몸을 감싼 시라이가 앉아서, 미소도 짓지 않고 차가운 눈길로 기모토를 쏘아보았다. 빨리 결정하지 않고 답변 기한의 마지막 순간까지 늦어졌다고 앙심을 품은 것이다.

"겨우 그런 것 하나 가지고 왜 이렇게 오래 걸린 거예요?"

은행의 내부 사정은 알려고 하지도 않고 시라이는 아직도 화가 가라앉지 않는 모습으로 기모토에게 쏘아붙였다. 그러자 옆자리에 앉은 미노베가 너그럽게 중재했다.

"시라이 대신, 이제라도 결론이 났으니 잘됐잖나? 이걸로 '시라이 태스크포스'가 국민들의 현안이었던 TK항공이 재건될 수 있도록 밥상을 차릴 수 있네. 지금까지 있었던 일은 물에 흘려보내게."

"은행이란 곳은 어쩜 그렇게 자기들 멋대로인지……."

시라이가 다시 불평을 시작하려고 하자 미노베가 재빨리 가로막았다.

"앞으로 자네도 은행과 관계를 맺을 일도 있을 테고, 이런 것도 다 공부일세. 안 그런가, 기모토 상무?"

"앞으로 잘 부탁드리겠습니다."

다시 고개를 숙였을 때, 세 사람뿐이라고 여겼던 테이블에 또 한 자리가 마련되어 있음을 알아차리고 기모토는 고개를 갸웃했다. 미노베로부터 오늘 동석자로 시라이의 이름밖에 듣지 못했

다. 나머지 한 사람은 누구지? 바로 그때,

"일행 분께서 오셨습니다."

종업원의 목소리에 이어서 "죄송합니다. 제가 좀 늦었습니다"
라고 탁한 목소리와 함께 황급히 안으로 들어온 사람을 보고 기
모토는 내심 혀를 찼다.

"여어, 노하라 변호사. 바쁜데 오시라고 해서 미안하네."

"당치도 않은 말씀입니다! 미노베 의원님께서 오라고 하시면
언제라도 버선발로 달려오겠습니다."

노하라는 마음에도 없는 말을 하더니, 자기 멋대로 비어 있는
기모토의 옆자리에 양반다리를 하고 앉았다.

"소개하지. 이쪽은 도쿄중앙은행의 기모토 상무일세. 내가 오
랫동안 신세를 지고 있는 사람이지. 이쪽은······."

"알고 있습니다."

노하라의 말을 듣고 미노베는 눈을 휘둥그레 떴다.

"뭐? 알고 있다고? 하긴 노하라 변호사는 이런 일을 하니까 은
행 사람들을 많이 알겠구먼."

그러자 노하라가 얼굴 앞에서 손을 가로저었다.

"그래서 아는 게 아닙니다. 기모토는 초등학교 때 같은 반 친
구였지요."

"오호! 아주 특별한 인연이군."

아무런 의심 없이 말한 미노베를 향해 노하라는 미소를 지었
지만, 노하라의 눈 안쪽에서 번뜩이는 진심을 아는 사람은 기모

토뿐이었다.

노하라는 일부러 기모토가 싫어하는 이야기부터 꺼냈다.

"이 녀석은 당시 우리 반 반장이었죠. 저는 기모토의 하인 같은 처지였고요."

기모토는 어정쩡하게 미소를 짓는 수밖에 없었다.

"노하라 변호사, 실은 지금 막 기모토 상무로부터 좋은 소식을 들었다네. TK항공이 태스크포스의 채권 포기 요청에……."

미노베의 말을 끝까지 듣지도 않고 노하라는 대꾸했다.

"네, 들었습니다. 생각보다 늦긴 했지만, 아슬아슬하게 목이 붙어 있게 됐군요."

노하라의 말을 듣고 미노베와 시라이는 의아한 표정을 지었다. 노하라가 이상한 말을 했다고 생각한 것이다. 어쩌면 태스크포스 본부장으로서 노하라의 목이라고 착각했을지도 모르겠다.

하지만 노하라의 말은 그런 뜻이 아니다. 그것은 바로 기모토의 목을 말한 것이다.

5

"만날 수 없겠나?"

기모토에게 노하라로부터 연락이 온 것은 연말이 코앞으로 다가온 작년 12월 하순이었다. 얼마 전에 총선거가 끝나고 진정당이 압승을 거둔 직후의 일이었다.

"노하라, 오랜만이야. 요즘 여기저기서 활약이 장난 아니던데? 보기 좋더군."

기모토는 상업 지역인 신바시의 향토요리점 개별실에 들어가자마자 먼저 와서 기다리던 노하라에게 이렇게 말했다. 약 10년 만의 만남이었다.

10여 년 전, 기모토가 노하라를 만난 것은 어느 단체가 주최한 파티장이었다.

그때……

"기모토, 이게 얼마만인가? 나, 기억나나? 이케하타초등학교 때 같은 반이었던 노하라야."

먼저 말을 건 사람은 노하라로, 기모토는 그때까지 노하라를 까맣게 잊고 있었다.

기억 속에서 빼빼 말랐던 소년은 지금 뚱뚱한 중년 남자가 되어 와인잔을 들고 있었다. 40대 중반치고 흰머리가 눈에 띄기는 하지만, 듣고 보니 당시의 모습이 남아 있었다.

기모토의 기억 속에서 노하라는 어둡고 음침한 소년이었다. 아무리 짓궂은 장난을 쳐도 대꾸하지도 않고 되받아치지도 않았다. 그저 입을 꼭 다물고 차가운 눈으로 쳐다보는 것이 고작이었다. 울지도 않고 소리치지도 않는 모습이 마음에 들지 않아서, 기모토는 자신을 따르는 아이들을 부추겨 노하라를 괴롭히곤 했

다. 당시 기모토는 운동도 잘하고 옷차림도 말끔했으며 반장에
다 여자아이들에게 인기도 있었다. 아버지가 은행 지점장이라는
것도 그의 자랑거리 중 하나였다. 당시만 해도 그는, 아니 지금도
마찬가지이지만 이 세상에서 가장 가치 있는 직업이 은행원이라
고 믿어 의심치 않았다.

반면에 노하라는 빼빼 말랐고 운동도 못했으며, 항상 누군가
에게 물려받은 옷을 입은 초라한 소년이었다. 그런 노하라에게
기모토가 상대도 되지 않는 것이 있었다. 바로 공부였다. 아무리
이를 악물고 밤새 공부해도, 아무리 노하라를 괴롭히고 무시해
도, 공부에서만은 그를 이길 수 없었다. 따라서 기모토에게 노하
라는 눈엣가시일 수밖에 없었다.

그러던 어느 날, 사건이 발생했다.

"너희 반에 노하라라는 아이가 있지? 그 애 아버지 공장이 망
했어."

계기는 기모토의 아버지가 무심코 말한 그 한마디였다. 아침
식사 자리에서 그 말을 들은 기모토는 학교에 등교하자마자 친
구들에게 이야기했다. 소문은 눈 깜짝할 사이에 바람을 타고 퍼
져서, 전날부터 학교에 나오지 않았던 노하라가 며칠 후에 등교
했을 때는 전교에 모르는 사람이 없을 정도였다.

"너희 집 망했다면서? 괜찮아?"

아이들은 때때로 깊이 생각하지 않고 잔인한 질문을 퍼붓기도
한다. 이날도 그랬다.

집이 망하면 어떤 아수라장이 벌어지는지도 모르면서 같은 반 아이들이 잇달아 퍼붓는 잔인한 질문을 노하라는 새빨간 눈으로 듣고 있었다. 그때였다.

"너희 아빠 때문에 기모토 아빠 은행이 힘들대. 너희 아빠가 멍청해서 망했는데, 왜 기모토 아빠가 힘들어야 해?"

누군가가 말한 소리를 듣고 노하라는 원망이 담긴 새빨간 눈으로, 한구석에서 자신을 지켜보던 기모토를 보았다. 평소와 달리 노하라가 보인 격렬한 분노에 당황하면서도 소문을 퍼트린 장본인으로서 물러설 수 없게 된 기모토가 차갑게 쏘아붙였다.

"왜 그런 눈으로 보는 거야? 사실이잖아?"

다음 순간, 노하라가 의자를 박차고 일어서더니 머리로 기모토의 배를 들이박았다. 기모토는 교실 뒤쪽에 있는 사물함에 세게 부딪친 뒤, 그대로 노하라에게 멱살이 잡혀서 마지막에는 바닥에 나뒹굴어야 했다. 운동을 못하는 노하라의 어디에 이런 힘이 있을까 여겨질 만큼 아무리 발버둥 쳐도 노하라에게서 빠져나올 수 없었다. 노하라는 기모토의 목을 감은 손을 풀지 않고 마지막에는 기모토의 팔을 힘껏 깨물었다.

아픔을 이기지 못해 기모토가 울음을 터트렸을 때, 교실로 달려온 담임교사가 노하라를 떼어내고 뺨을 힘껏 때렸다.

"왜 싸웠어?"

사정을 모르는 담임교사는 "노하라가 갑자기 기모토에게 덤벼들었어요"라는 아이들의 이야기만 듣고 계속 노하라를 야단쳤다. 그때 노하라는 아무리 물어도 기모토에게 덤벼든 이유를 말하지 않았다.

"이유도 없이 기모토를 때린 거야?"

계속 야단치는 담임교사를 향해, 그때까지 지켜보던 한 여학생이 노하라를 두둔하며 말했다.

"기모토가 노하라의 아빠가 망했다고 말했기 때문이에요."

자신의 잘못이 드러난 순간, 그때까지 눈물을 흘리던 기모토는 수치를 느꼈다.

그때 기모토의 머리에는 별생각 없이 괜히 친구들에게 쓸데없는 말을 했다는 생각이 떠올랐다. 그런데 담임교사는 기모토를 야단치지 않고 "어떤 일이 있어도 친구를 때리면 안 돼"라는 이유로 끝까지 노하라만 야단쳤다.

반장인 기모토는 착한 아이였다. 다른 교사들도 편애하는 우등생이었다. 더구나 앞뒤 사정도 듣지 않고 노하라를 야단친 만큼, 담임교사도 뒤로 물러설 수 없었으리라.

담임교사를 바라보던 노하라의 살기등등한 눈길이, 그로부터 수십 년이나 지나 기억의 밑바닥에서 생생하게 되살아났다.

지금 생각하면 혀를 내두를 만큼 대담한 노하라의 성격은 그런 어린 시절의 경험 때문이 아닐까 하는 생각도 들었다.

"뭐야? 지금 변호사야?"

기모토는 과거의 일은 까맣게 잊어버린 것처럼 말했지만, 마음의 밑바닥에 있는 응어리로 인해 자신의 입에서 간사이 지방 사투리가 튀어나온 것조차 알아차리지 못했다.

"무슨 일이 있으면 부탁할게."

"그러든가."

그렇게 말하며 자신을 바라보는 노하라의 눈길을 본 순간, 기모토는 간담이 서늘해지는 느낌을 받았다. 노하라의 눈에는 오랜 시간이 지난 지금도 조용한 분노가 감돌고 있는 것처럼 보였다. 입술 끝에 매달린 희미한 미소를 보았을 때에는 등골이 오싹해졌다.

당시에는 그냥 명함만 교환하고 헤어졌는데, 그로부터 얼마 지나지 않아 노하라는 기업 재건 전문가로 두각을 나타내면서 매스컴에도 등장하는 등 널리 이름이 알려지게 되었다.

그리고 작년 12월의 그날 밤…….

"활약은 무슨. 대단하지도 않은데 뭐."

10년 전보다 더 관록이 생긴 노하라는 반개별실의 안쪽 자리에서 기모토의 인사말을 적당히 받아넘기면서 윗자리를 권했다.

노하라가 옛 친구의 얼굴을 보기 위해 만나자고 하지는 않으리라. 분명히 일 때문일 것이다. 무슨 일인지는 모르겠지만 기모토의 마음속에도 기업 재건 전문 변호사로 이름이 알려진 노하라와의 관계를, 앞으로 자신의 일에서 이용할 수 있지 않을까 하는 속셈이 있었다.

어색한 만남이지만 이자카야처럼 편안한 분위기의 술집이었다. 하지만 회사가 많은 상업 지역이라서 그런지, 고객들의 평균 나이도 어느 정도 있고 분위기도 차분했다.

술이 나올 때까지 노하라는 날씨 이야기를 비롯해 특별할 것이 없는 이야기를 하더니, 겨우 건배하고 나서 기모토의 명함을 뚫어지게 바라보았다.

"그나저나 상당히 출세했군. 이렇게 높은 자리에 있는 줄은 몰랐어."

"우리 은행과 같이 일한 적이 있던가?"

술이 들어가자 기모토의 입에서는 자연히 간사이 사투리가 입을 뚫고 나왔다.

"클라이언트로 만난 적은 없어. 원고와 피고로서 법정에서 싸운 적은 몇 번 있지만."

"살살 부탁할게."

기모토는 그렇게 말하면서 머릿속으로 몇 건의 소송을 떠올렸다. 예전에는 고객과의 재판에서 은행이 지는 일이 거의 없었지만, 최근에는 그런 경향이 달라지고 있다. 도쿄중앙은행도 예외가 아니라서, 그런 소송에 노하라가 관여했어도 이상할 것이 없다. 분명히 질 리가 없는 상대를 무너뜨리면서 착실하게 승률을 쌓아올린 것이리라.

"실은 말이야, 도쿄제일은행 때 있었던 일을 언뜻 들었거든."

노하라가 말을 꺼낸 것은 식사가 어느 정도 진행된 무렵이었다. 술도 생맥주에서 청주로 바뀌고 기모토도 얼큰하게 취했다.

반면에 노하라는 아무리 술을 마셔도 얼굴색 하나 바뀌지 않고 취한 것처럼 보이지도 않았다. 그리고 반개별실임에도 불구하고 연신 담배를 피워대서 주변에는 담배 연기가 자욱했다.

"언뜻 들었다고? 무슨 일인데 그래?"

기모토는 가볍게 대꾸했다. 노하라가 만나자고 해서 살짝 긴장했는데, 술이 들어가면서 경계할 정도는 아니라고 생각한 참이었다. 변호사와 은행 상무라는 사회적 위치를 의식했던 처음의 대화는 어느새 예전의 동급생이었던 시절처럼 편안한 분위기로 바뀌어 있었다.

하지만 노하라의 입에서 나온 이야기를 듣고 기모토는 단숨에 술기운을 날려 보내고 현실로 돌아왔다.

"예전의 도쿄제일은행은 상당히 비열한 일에 가담했더군."

"무슨 말이 그래? 남들이 들으면 오해하겠군."

기모토는 일부러 웃으면서 대화의 방향을 바꾸려고 했지만 노하라는 웃지 않았다.

"누가 그런 말을……."

그런 분위기에 당황하면서 물은 기모토를 향해, 노하라는 대답을 얼버무리면서 교묘하게 물었다.

"그런 이야기가 밖으로 새어 나가면 자네가 곤란한가? 은행장의 사죄만으론 끝나지 않겠지? 어쩌면 자네의 상무 자리가 날아간다든지……."

노하라의 속셈을 짐작도 못 한 채 기모토는 일단 반박했다.

"자네 지금 장난하나? 어디서 근거도 없는 이야기를 들었는지 모르겠지만, 당최 무슨 말을 하는지 모르겠군."

"오호라! 내가 지금 근거 없는 이야기를 한단 말인가?"

노하라는 교활하게 웃더니, 기모토의 마음속 주름까지 꿰뚫어 보듯 눈을 치켜떴다.

"진정당의 미노베 의원과 굉장히 친하게 지내는 것 같더군."

노하라의 입에서 미노베의 이름이 나온 순간, 기모토는 너무나 당황해서 들고 있던 술잔을 떨어뜨릴 뻔했다.

"아무리 친해도 그렇지, 그런 식으로 돈을 빌려줘도 되나? 세상에 알려지면 미노베 의원도 굉장히 곤란해질 거야. 자네도 다 알면서 빌려준 거지? 그렇게 부적절한 일을 하다니……."

기모토는 자신의 얼굴이 창백해지는 것을 깨달았다.

"무슨 말인지 모르겠군."

노하라의 눈에서 번들거리는 빛이 뿜어나온 것은 그때였다.

"그렇다면 이 얘기를 매스컴에 해도 좋은가? 얼마 전에 경제 지에서 인터뷰를 하자고 연락이 왔는데 말이야. 진실이 무엇인지는 기자가 취재해보면 알겠지 뭐."

"자네도 참, 말도 안 되는 소리 그만하게. 누구에게 무슨 말을 한다는 거야?"

억지웃음을 지으며 그렇게 말할 수밖에 없었던 기모토를 향해 노하라는 겨우 본론을 입에 담았다.

"내가 매스컴에 말을 안 했으면 좋겠나? 그렇다면 내 부탁도 들어줘야지. 한 가지 부탁이 있어. 이건 비밀인데, 이번에 정부 조직을 맡게 되었네."

노하라는 갑자기 주변을 신경 쓰듯 목소리를 낮추었다.

"정부 조직이라면, 회생기구 말인가?"

노하라는 고개를 한 번 가로젓고 나서 대답했다.

"정확하게 말하면 정부 조직이라기보다 대신의 사설 자문기관 이야."

"대신?"

대신이라고 해도 한두 명이 아니다. 마침 지난 총선거에서 여당과 야당이 바뀌며 새 정권이 탄생했고, 지금 한창 내각을 구성하고 있는 중이다.

"국토교통성 대신이네."

"국교성 대신? 하지만 누가 대신이 될지는 아직……."

"시라이 아키코가 임명될 거야."

기모토는 눈을 크게 떴다. 만약 사실이라면 이것은 아직 기자들도 모르는 내부정보였다. 기모토의 뇌리에 맨 먼저 떠오른 것은 총선거 기간 동안 TV 뉴스에서 본 화려한 파란색 정장 차림의 모습이었다. 선거유세차량 위에서 목청을 높이던 용맹한 여성의 모습은 현대 일본의 잔 다르크라는 찬사를 받고, 우세로 기운 진정당의 상징처럼 보였다. 그것은 알지만 몇 년 전까지 TV 아나운서였고 정치 경력도 얼마 되지 않는 여성 의원을 중요한 국교성 대신으로 임명할까?

기모토가 그런 의문을 제기하자 노하라는 단언했다.

"틀림없어. 시라이 새 대신은 임명되자마자 제일 먼저 어느 회사의 재건에 착수하고 싶어 해. 그 일을 내게 맡아달라고 은밀히 타진해왔지. 아직 대답은 하지 않았지만 말이야. 받아들일지 말지는 자네 얘기를 듣고 나서 정하려고 생각해."

이야기의 핵심이 보이지 않아서 기모토는 얼굴 앞에서 오른손을 들었다.

"잠깐만, 왜 그걸 정하는데 내 얘기를 들어야 하지? 어떤 회사인데 그러나?"

"TK항공."

노하라의 입에서 회사의 이름이 나온 순간, 기모토는 화들짝 놀라며 눈을 크게 떴다.

"왜지? 그곳은 이미 회생의 길에 접어들었잖아? 요전에 유식자회의에서 재건안이 정해지고, 우리도 거기에 한몫을 하고 있는 참이야."

"그 재건안은 부정할 거야."

생각지도 못한 말을 듣고, 불도저 같은 성격의 기모토도 할 말을 잃었다.

"헌민당이 만든 재건안은 채택하지 않아. 그것이 진정당의 방침이지."

"하지만 빨리 하지 않으면 시간이 없어."

TK항공의 경영 상태를 속속들이 알고 있는 기모토는 조바심이 났다. 지금 TK항공의 자금 사정은 외줄을 타는 것처럼 아슬아슬하다. 빨리 재건안을 궤도에 올려 추가 지원을 하지 않으면 파산할 가능성도 있다.

다음 순간, 노하라의 입에서 나온 말을 듣고 기모토는 그대로 얼어붙었다.

"채권을 포기해주지 않겠나? 은행이 채권을 포기해줬으면 좋겠어. 지금까지 여신 방침으로 볼 때, 아마 개투은에서는 받아들일 거야. 자네 은행도 70퍼센트, 5백억 엔을 포기해주게. 그럴 수 있겠나?"

"말도 안 돼……."

너무나 어이가 없어서 눈도 깜빡이지 않은 채, 기모토가 황급히 덧붙였다.

"그곳은 채권을 포기하지 않아도 재건할 수 있어. 더구나 5백억 엔이라니, 그건 너무 거액이야!"

하지만 노하라는 기모토의 말을 차갑게 뿌리쳤다.

"그러지 않으면 안 돼. 재건안을 수정하는 것 정도로는 헌민당과 차별성이 없으니까. 이번 제안을 받아들이는 이상, 나는 누구라도 감탄할 만큼 초고속으로 재건하게 만들고 싶어. 그러기 위해서는 채권을 포기하게 만드는 수밖에 없어."

기모토는 더는 참을 수 없어서 버럭 화를 냈다.

"지금 장난해? 그만한 돈을 포기할 수 있을 리가 없잖아!"

그러자 노하라는 담배 연기 너머에서 음침하게 바라보더니,

거칠게 말했다.

"그렇다면 인터뷰에서 전부 말할 테니까 각오해두게. 자네에게는 어렸을 때 지겨울 만큼 당했으니까 40년간의 이자를 듬뿍 붙여서 돌려주지. 옛 산업중앙은행 사람들이 알면 땅을 치고 후회하겠지. 괜히 이런 자들과 합병해서 은행의 간판에 똥물이 튀었다고 말이야. 아마 도쿄중앙은행에는 치명타가 되겠지."

노하라는 출신 은행끼리 격전을 벌이고 있는 도쿄중앙은행의 내부 사정을 이미 알고 있었다.

"부탁이야. 괜히 문제를 일으키지 말아주게."

기모토가 간절하게 말하며 고개를 숙이자, 노하라는 눈을 생생하게 빛내며 그를 비난했다.

"문제를 일으킨다고? 멍청한 소리 하지 마. 이건 그렇게 사소한 일이 아니야. 어느 의미에선 정의로운 고발이지. 자네 은행이 한 짓은 기업윤리에 어긋나는 반사회적인 행위잖아?"

"노하라, 우린 죽마고우잖아? 친구 사이에 왜 이래?"

인정에 호소하는 기모토를 향해 노하라는 차갑게 대꾸했다.

"우리가 어떤 동급생이었더라? 나를 그렇게 짓밟아놓고 그런 말이 나와? 그때 자네가 한 짓, 자네는 잊었어도 나는 죽어도 못 잊어."

"그건 철없던 어린 시절의 얘기잖아?"

"뭐? 어린 시절의 얘기라고? 그렇다면 지금부터 어른의 얘기를 해볼까?"

노하라는 그렇게 말하더니, 피우던 담배를 이미 담배꽁초가 가득한 재떨이에 꽂았다.

"항공 행정에 기여하고 TK항공을 구제한다는 대의명분으로 5백억 엔의 채권을 포기할지, 도쿄제일은행 시절의 부정대출이 밝혀져서 은행의 신용이 추락함과 동시에 행내의 권력 투쟁에서 비참한 패배를 맛볼지, 어느 쪽이 이득인지 생각해보겠나?"

궁지에 몰린 기모토가 아슬아슬한 곳에서 반론을 시도했다.

"하지만……, 하지만 자네는 조금 전에 시라이 아키코의 자문기관이라고 했잖아? 미노베 의원은 시라이의 후원자가 아닌가? 그렇다면 지금 자네 말은 모순이잖아?"

"그래서 자네 대답을 듣고 자문기관을 맡을지 말지 정한다고 했잖아? 만약 자네가 거절하면 나는 내가 알고 있는 정보를 터트릴 거야. 그로 인해 미노베와 시라이가 어떻게 되든 나하곤 상관이 없으니까. 애당초 나는 파벌의 우두머리 같은 놈들은 딱 질색이거든. 그놈들은 일본의 정치를 좀먹게 만들 뿐이야. 따라서 놈들이 곤란해질수록 난 오히려 통쾌하지."

"노하라, 자네 목적은 뭔가?"

"나는 TK항공을 단숨에 재건시킨 최고의 전문가라는 평가를 얻고 싶네. 내가 원하는 건 그것뿐이야."

그 결과, 믿을 수 있는 기업 재건 변호사라는 노하라의 지위는 더 견고해지고, 엄청난 돈을 지불할 고객들이 앞다투어 줄을 설 것임이 틀림없다.

노하라가 원하는 평가는 한마디로 말하면 돈과 명예다. 그러기 위해 거래를 빙자한 협박도 마다하지 않는다. 그것이 노하라 쇼타라는 사람이다. 그리고 그런 노하라의 앞에서 선택권을 잃어버린 기모토가 머리를 조아리고 있었다.

"알았어. 채권 포기를 받아들이도록 유도하지."

이미 도망칠 길이 없음을 깨닫고, 기모토는 항복의 백기를 들었다.

"유도하겠다고? 웃기지 마. 그것 가지곤 안 돼. 무슨 일이 있어도 채권 포기를 받아들여!"

"아, 알았어. 그렇게 할게."

반박을 불허하는 노하라의 지시를 듣고, 기모토는 고개를 끄덕이는 수밖에 없었다.

6

노하라는 지금 그런 일이 있었다고는 입도 벙긋하지 않고, 미노베와 시라이를 상대로 맛있게 술을 마시고 있다.

"노하라 변호사님, 태스크포스의 합동보고회가 드디어 내일 아침이에요."

시라이가 들뜬 목소리로 말했다. 향토요리점임에도 불구하고 시라이는 종업원이 특별히 가져다준 샴페인 잔을 들고 있었다.

평소에 미노베 앞에서는 알코올을 삼갔는데, 일의 진척 상황을 듣고 상당히 기분이 좋아진 것이리라.

"국무회의가 없으면 저도 그 자리에 참석하고 싶을 정도예요."

"아닙니다. 대신님께선 그런 시끄러운 자리에 참석하실 필요가 없습니다. 그리고 내일 국무회의에선 우리에게 중요한 법안이 논의되니까요."

"중요한 법안이요? 그게 뭔데요?"

"개발투자은행의 민영화 법안입니다. 다도코로 대신이 강경하게 반대하는 법안이지요."

"참, 그러고 보니 그런 게 있었네요."

시라이는 그렇게 말하더니, 대수롭지 않다고 여겼는지 자세히 물으려고 하지 않았다.

노하라가 다시 말머리를 돌렸다.

"정치는 대신님에게 맡기고 우리는 아침에 합동보고회를 마친 뒤, 오후 5시에 호텔에서 기자회견을 하실 수 있도록 준비해놓겠습니다. 대신님께선 국무회의가 끝난 뒤, 그쪽으로 오십시오. 대신님께서 직접 은행의 채권 축소와 재건안을 발표하실 수 있도록 준비해두겠습니다."

기자회견 스케줄은 시라이의 비서를 통해 이미 잡아놓았다. 노하라가 하는 일에는 항상 한 치의 빈틈도 없다.

"성대한 기자회견이 될 겁니다."

히쭉 웃는 노하라를 바라보며 시라이는 황홀한 표정을 지었다.

"벌써부터 가슴이 두근거려요!"

"태스크포스는 원래 대신님의 자문기관입니다. 재건안을 정식으로 착수하는 건 뒤로 미룬다고 해도, 매스컴에 성과만이라도 발표하는 건 진정당에게도 의미가 있다고 생각합니다."

"대단해. 역시 노하라 변호사야!"

미노베의 찬사를 듣고 노하라는 입술 끝을 올리며 미소를 지었다. 옆에서 샴페인 잔을 입에 대면서 노하라의 얼굴을 힐끔 쳐다본 기모토는 내심 혀를 내둘렀다.

'정말 무서운 녀석이군.'

미노베든 시라이든, 그들 앞에서 겉으로 순종하는 척하면서 속으로는 털끝만큼도 존경하지 않는 정치인을 상대로 약삭빠르게 행동하며 사리사욕을 채운다. 그런 비열한 작자의 농간에 휘말린 기모토는 자신에게 맡겨진 역할을 완수하고 안도하는 한편, 노하라에 대한 혐오감은 더욱 깊어지지 않을 수 없었다.

어쨌든 이걸로 모든 밥상은 차려졌다. 나머지는 될 대로 될 것이다.

그렇게 생각한 순간, 갑자기 알코올 기운이 온몸으로 퍼져나갔다. 옆에서는 골초인 노하라가 계속 줄담배를 피워대는 바람에 요리의 맛과 향을 제대로 즐길 수 없었다. 대화도 역겨운 내용뿐이고, 기모토는 마음속으로 빨리 이 자리가 끝나기만을 간절히 바랐다.

7

"자기 자리를 걸고 품의를 막다니, 너무 비겁하잖아?"

예전에 온 적이 있는 소박한 이자카야의 한구석에서, 도마리는 아까부터 난폭하게 날뛰고 있었다. 도마리뿐만 아니라 한자와도 분노를 가라앉히지 못한 채, 눈도 깜빡이지 않고 연신 술을 들이켰다.

임원회의에서 나온 기모토의 발언과 채권 포기를 받아들인다는 결정은 이날 눈 깜짝할 사이에 본부의 여신 소관부서에 전해졌다.

도마리가 울분을 토하며 말했다.

"그걸 건전한 토론이라고 할 수 있어? 자기 자리와 품의를 저울에 올리다니, 논리라곤 발톱의 때만큼도 없잖아? 그런 건 바보 멍청이나 하는 짓이야! 소네자키 같은 녀석을 치켜세워서 얼굴에 똥칠한 것만으론 모자랐나 보지?"

금융청에서 업무 개선 명령을 받은 당일, 소네자키에게는 대기발령이 내려졌다. 특별히 할 일도 없이 파견처가 정해질 때까지 하염없이 기다려야 한다.

"기모토 상무는 그만큼 채권 포기를 받아들이고 싶었던 거야. 말도 안 되는 똥고집을 부려서라도 말이야."

그렇게 말을 하면서도 한자와의 시선은 아까부터 도마리가 아니라 카운터 안쪽에 있는 소형 TV에 쏠려 있었다.

TV에서는 9시 뉴스가 나오고 있었다. 소리는 들리지 않았다. 하지만 파란색 정장 차림의 시라이가 마이크를 향해 진지한 얼굴로 말하는 것을 보면 TK항공에 관한 이야기임은 틀림없다.

뒤를 돌아 TV화면을 힐끗 보면서 도마리가 말했다.

"한자와, 난 저 여자에게 굴복한 것 같아서 더 꼭지가 돌아. 정권 교체라는 말이 듣기에는 좋지만, 아마추어들이 자기들 마음대로 난리법석을 피우는 것으로밖에 안 보이거든."

한자와는 말없이 진지한 얼굴로 소주잔을 입으로 가져갈 따름이었다. 아무리 기다려도 한자와로부터 대답이 돌아오지 않자 기다림에 지친 얼굴로 도마리가 말을 이었다.

"더구나 나이토 부장에게는 미안한 말이지만 개투은이 채권 포기를 거절하면 우리도 똑같이 하겠다는 조건은 의미가 없는 거 아니야? 내가 얻은 정보에 따르면 개투은의 민영화 법안이 내일 국무회의에 오르는 것 같은데, 재무성 대신이 반대하고 있어. 그러면 그 법안은 쓰레기통에 들어가게 돼. 그렇다면 개투은은 계속 정부계 은행이라는 지위를 유지하는 거잖아?"

그것은 곧 개발투자은행의 판단이 채권 포기의 수용으로 기우는 것을 의미한다.

"그 조건은 내가 미리 부탁해놓은 거야."

한자와의 대답을 듣고 도마리는 눈을 동그랗게 떴다.

마지막 발버둥일지는 모르겠지만 조금이라도 가능성이 있다면 지금은 그것에 매달리는 수밖에 없다.

한자와는 TV에서 시선을 돌리고 다시 소주잔을 입으로 가져 갔다. 임원회의 결과를 들은 직후에 개발투자은행의 다니가와 와 통화를 했다. 다니가와의 말에 따르면 국무회의에서 민영화 방안이 정해지면 채권 포기를 거절하겠지만 그럴 가능성은 거의 없다고 한다. 진정당은 현재 탈관료주의를 내세우고 있는데, 재 무성 대신인 다도코로는 재무부 관료 출신이기도 해서 처음부터 민영화 방안에 강경하게 반대하고 있다. 이 추세는 어떤 힘으로 도 막을 수 없어서, 은행 내부에서 채권 포기에 저항하기는 했지 만 현실은 다니가와의 힘이 미치지 않는 곳으로 움직이고 있는 모양이었다.

"어쨌든 태스크포스의 합동보고회는 내일 아침이야. 이제 모 든 게 끝이지? 합동보고회 좋아하시네. 그런 쓰레기통 같은 보고 회에서 쓰레기 말고 뭐가 나오겠어? 안 그래?"

도마리는 이번 일에 심사가 뒤틀렸는지, 거침없이 독설을 쏟 아냈다.

"시라이의 출세를 위해 눈을 뻔히 뜨고 5백 억 엔을 시궁창에 버려야 하다니. 오장육부가 배배 꼬이는 것 같아."

한자와도 코에 주름을 잡았다.

"나도 마찬가지야. 기자회견에서는 모든 걸 자기 공으로 돌리 겠지. 비열한 은행을 굴복시켰다고 말이야."

"한마디로 말해, 우리는 시라이에게 처참하게 박살 난 거군."

도마리는 자포자기의 표정을 지었다.

화면이 바뀐 TV에서는 이미 시라이의 모습이 사라지고, 국회에 관한 뉴스가 자막으로 나오고 있었다.

도마리가 땅이 꺼져라 한숨을 내쉬었다.

"한자와, 이렇게 멍청히 두 손 놓고 당하기만 할 거야? 어떻게 좀 해봐!"

하지만 정치 뉴스가 흘러나오는 TV를 물끄러미 바라본 채, 한자와의 입에서는 끝내 대답이 나오지 않았다.

8

합동보고회 당일인 금요일, 오전 9시가 되기 조금 전. 일본기자클럽과 은행 본점이 많이 모여 있는 우치사이와이초의 일류호텔. 화려한 회의장은 기이한 분위기에 감싸여 있었다.

"돈도 없으면서 왜 이렇게 비싼 곳에서 하는 거죠?"

불신감을 적나라하게 드러낸 다지마를 향해 한자와는 퉁명스럽게 대답했다.

"노하라의 취향이라고 하더군."

사전에 야마히사로부터 들은 이야기였다.

"우리는 그냥 회사에서 하고 싶었는데, 매스컴도 취재하러 오니까 보기 좋아야 한다면서 노하라 변호사가 그냥 밀어붙였습니다. 비용은 당연히 우리 쪽에 떠넘기고요. 완전히 얼굴에 철판을 깔았더군요."

전화로 분통을 터트렸던 야마히사는 지금 접수처 앞에서, 회의장으로 들어가는 은행 관계자를 맞이하고 있었다. 그리고 한자와와 다지마를 발견하자마자 달려와 깊숙이 고개를 숙였다.

"오늘은 여러모로 신세를 지겠습니다. 이렇게 되어서 진심으로 죄송합니다."

얼굴에는 비장한 느낌이 감돌고 있었다.

회의장에는 이미 관계자 수십 명이 앉아 있었지만, 무거운 분위기를 반영하듯 이야기를 나누는 사람은 아무도 없었다.

지정석에 앉은 한자와는 아직 공석인 앞쪽의 개발투자은행 자리를 힐끗 쳐다보았다.

"오늘 아침의 국무회의 결정을 확인한 후에 정할 것 같아요."

조금 전에 통화했을 때, 다니가와는 그렇게 말했다. 국무회의는 오전 8시부터 시작되었으니까 아마 9시 전후에는 결과를 알 수 있을 것이다.

지금 야마히사가 초조한 모습으로 연신 손목시계를 보는 것은 주거래은행의 담당자인 다니가와의 도착이 늦어지고 있기 때문이리라.

한자와는 팔짱을 끼고 조용히 눈을 감았다.

오전 8시 55분. 이제 5분만 있으면 합동보고회가 시작되고, 채권은행단은 총 3천억 엔이 넘는 채권을 포기하게 된다.

한자와는 눈을 뜨고 아직 아무도 없는 단상을 노려보면서 허무함에 사로잡혔다.

나는 지금 무엇을 기다리고 있을까?

이 회의의 시작인가? 다니가와의 도착인가? 아니면 뱅커로서 맞이할 패배의 순간인가…….

그때 다지마가 작은 목소리로 한자와를 불렀다.

"차장님, 차장님……."

그 소리를 듣고 상념의 바다에서 현실로 돌아온 한자와를 향해 다지마가 목소리를 낮추며 말했다.

"휴대폰에서 소리가 납니다."

"미안해, 잠시 딴 생각을 하느라 못 들었어."

가방에서 휴대폰을 꺼낸 한자와는 지금 막 도착한 문자 메시지를 보고 숨을 들이마셨다. 그리고 황급히 옆자리에 있는 다지마에게 보여주었다.

"이것 봐."

보낸 사람은 도마리였다.

'속보. 다도코로 대신, 국무회의 불참.'

"설마!"

다지마가 흠칫 놀라며 얼굴을 들더니, "차장님, 혹시……"라고 말하다가 뒷말을 집어삼켰다.

이날 아침 일찍부터 도마리는 관청에 근무하는 지인에게 연락해, 국무회의의 정보를 받고 있었던 모양이다.

'속보 부탁해.'

한자와가 답장을 보내자 한마디가 돌아왔다.

'오케이.'

다지마가 깊은 숨을 내쉬었을 때, 회의장이 술렁거리기 시작했다.

입구를 지키고 있던 TK항공 직원들의 울타리를 무너뜨리고 열 명쯤 되는 남자들이 회의장으로 우르르 들어온 것이다. 태스크포스 멤버들이다.

맨 앞에서 들어온 노하라는 단상에 설치된 자리에 앉자마자 입을 열었다.

"가장 중요한 개발투자은행의 도착이 늦어지고 있는데, 일단 제가 한말씀 드리고 싶습니다. 우리 TK항공 회생 태스크포스는 최근 몇 달에 걸쳐 세밀히 조사하고 검토한 끝에, TK항공의 효과적인 재건안을 국토교통성의 시라이 대신에게 제안했습니다. 거래하는 각 은행에게는 미리 재건안의 한 축을 담당하는 채권 포기를 부탁했는데, 오늘 이 자리에서 찬성 의견을 확인한 뒤 앞으로 어떤 식으로 재건할지 국민 여러분께 알리려고 합니다."

노하라는 그렇게 말하더니, 들고 있던 마이크를 옆자리의 미쿠니에게 넘겨주었다. 그러고는 느긋한 얼굴로 의자의 등받이에 기댔다.

"그러면 시간이 되었으므로, 일단 참석하신 분들의 보고를 듣기로 하겠습니다. 미리 말씀드리겠지만 여기는 토론하는 자리가 아니라 보고를 듣는 자리입니다. 아시겠습니까?"

참석한 사람들 사이에서 혀 차는 소리와 함께 탄식하는 소리가 새어 나왔지만, 미쿠니는 그런 소리를 모두 무시하면서 말을 이었다.

"그러면 대도쿄은행부터."

뒤쪽에 앉아 있던 남자가 일어섰다.

"은행 내부에서 검토한 결과, 채권 포기를 받아들이기로 결정했습니다."

"채권 포기 금액은 우리가 요청한 대로지요?"

미쿠니가 눈을 빛내며 한자와의 뒤쪽을 쳐다보자 "그렇습니다"라는 대답이 돌아왔다. 노하라의 얼굴에는 미소도 감돌지 않았다. 그도 그럴 것이 대도쿄은행의 대출 금액은 얼마 되지 않아서 대세에 영향을 미치지 않는다.

아무래도 여신 잔고가 작은 은행부터 발표하는 듯했다.

"다음은 하쿠스이은행."

채권 포기를 요청하면서도 노하라나 미쿠니 모두 약간의 부탁하는 태도도 없이 명령으로 일관했다. 정부를 등에 업고 오만방자하게 행동하면서 금융기관의 양보를 끌어내는 것이다. 협상의 원칙은 물론이고 인간다움까지 벗어난 것이나 다름없다.

한자와 뒷줄에서 하쿠스이은행 관계자가 일어섰다.

"저희 은행은 주거래은행 및 제2의 주거래은행의 대응에 준하기로 했습니다."

하쿠스이은행 담당자는 미즈노라고 해서, 한자와도 아는 사람이다. 대출 금액이 1백억 엔이 넘기 때문에, 도쿄중앙은행은 어떻게 대응할 거냐고 몇 번이나 물어왔다.

"대응에 준하다니, 그게 무슨 말인가? 왜 채권 포기를 정식으로 결정하지 않지?"

불쾌함을 감추려고 하지도 않은 채 노하라가 탁한 목소리로 물었다.

하지만 미즈노는 기죽지 않고 거침없이 말했다.

"거래처의 실적이 악화된 경우, 주거래은행의 대응에 준하는 것은 금융업계의 불문율이라서 거기에 따랐을 뿐입니다. 주거래은행 및 제2의 주거래은행이 채권을 포기하지 않는데, 가벼운 인사 정도로 대출해준 저희 은행이 채권을 포기할 수는 없으니까요. 태스크포스의 뜻에 맞지 않는 표현일지도 모르지만 양해해주시기 바랍니다."

맨 먼저 채권 포기를 밝힌 대도쿄은행 담당자가 꺼림칙한 표정을 지었지만, 미즈노는 노하라가 반박할 수 없을 만큼 논리적으로 대꾸했다.

노하라가 내뱉듯이 말했다.

"주체성은 개미 똥만큼도 없군. 그렇게 대충 일하니까 거품 경제가 무너지자 동시에 엄청난 손해를 본 거지. 내 말, 똑똑히 기억해두게!"

노하라는 새 담배에 불을 붙이고 등받이에 몸을 기댔다. 부아가 치밀면서도 여유가 있는 것은 개발투자은행이나 도쿄중앙은행이 채권 포기를 받아들인다는 확신이 있기 때문이리라.

그런데…….

"저희도 주거래은행의 결정에 따르기로 했습니다."

다음에 지명된 도쿄수도은행 담당자의 말을 듣고 한자와는 은밀히 미소를 지었다. 회의장의 어디선가 짝짝짝 박수가 솟구쳤다. 채권은행단의 최소한의 저항이다.

"그런 말을 듣고 싶은 게 아니야!"

회의장에 노하라의 고성이 울려 퍼졌지만 도쿄수도은행의 담당자는 태연하게 대꾸했다.

"그렇게 말씀하셔도 이건 임원회의의 결정이기 때문에 어쩔 수 없습니다."

"나 참, 기가 막혀서. 은행이란 은행은 죄다 썩을 대로 썩었군. 다음은 어디인가?"

노하라가 뺨을 떨면서 눈에서 번들거리는 빛을 내뿜었을 때, 한자와의 대각선 뒤쪽에서 일어서는 기척이 느껴졌다.

"대출 잔액 순으로 보면 다음은 저희 은행 같습니다. 제일신탁은행입니다. 죄송하지만 저희 은행도 마찬가지로 주거래은행과 제2 주거래은행의……."

"그만!"

노하라가 버럭 고함을 지르자 숨 막히는 긴박감이 회의장을 에워쌌다. 노하라의 온몸에서 분노가 뿜어 나오면서 회의장의 분위기는 고슴도치가 바늘을 세운 것처럼 날카로워졌다. 한자와의 손에서 휴대폰이 진동하면서 문자 메시지가 도착했음을 알려준 것은 바로 그때였다.

한자와의 옆에서 극도로 긴장한 다지마가 마른침을 삼키는 것이 느껴졌다. 마이크를 잡은 노하라의 둔탁한 눈이 한자와를 향한 참이었다.

"도쿄중앙은행, 그쪽 은행의 결정을 여기에 있는 은행원들에게 발표해주겠나? 그러면 이제 주거래은행이나 제2의 주거래은행과 똑같다는 타령을 듣지 않아도 되니까."

TK항공의 야마히사가 다가와서 한자와에게 마이크를 건네주었다. 한자와는 천천히 일어나서 정면에 있는 노하라를 똑바로 쳐다보았다.

"그러면 도쿄중앙은행의 의견을 말씀드리겠습니다. 태스크포스의 채권 포기 요청에 대해 어제 저희 은행 임원회의에서 정식 대응을 결정했습니다. 그걸 말씀드리기 전에 채권 포기의 근거도 제시하지 않은 이런 제안에 대해……."

"여기는 의견을 발표하는 자리가 아니야!"

태스크포스에 대한 비판을 예상한 노하라가 한자와의 말을 가로막고 소리쳤을 때였다.

다급한 발소리와 함께 몇몇 남녀가 들어오는 것을 보고 한자와는 잠시 말을 중단했다. 다니가와를 비롯한 개발투자은행의 행원들이다.

다니가와는 한자와를 슬쩍 보고 나서 맨 앞줄의 정해진 자리로 가더니, 걸음을 멈추고 일단 사과했다.

"늦어서 죄송합니다."

다니가와 일행이 착석하기를 기다렸다가 노하라는 다시 한자와를 향했다.

"그래서? 내가 묻고 있는 건 당신네의 결론이야, 결론!"

이제 막 들어온 다니가와가 노하라의 태도를 보고 사태를 알아차렸는지, 재빨리 경계태세를 취했다. 분노의 감정을 숨긴 다니가와의 눈이 노하라에게서 한자와에게로 움직였다.

"그러면 결론을 말씀드리겠습니다."

한자와는 다니가와에서 노하라로 시선을 옮기며 덧붙였다.

"도쿄중앙은행은 이번에 요청하신 채권 포기를……, 거절하겠습니다."

회의장의 모든 사람들이 숨을 멈춘 것처럼 고요해진 것도 한순간, 이내 시끌벅적한 웅성거림이 파도처럼 밀려들었다.

그 소란스러움을 가로지른 것은 한층 분노가 더해진 노하라의 목소리였다.

"말도 안 되는 소리 하지 마!"

노하라는 단상에서 일어서서 붉으락푸르락한 얼굴로 오만하게 한자와를 내려다보았다.

"도쿄중앙은행의 임원회의에서는 채권 포기를 받아들이겠다고 결정했어! 그런데 그걸 자네 마음대로 바꾸다니!"

흥분을 감추지 못한 채 침을 튀기며 말하는 노하라를 향해 한자와는 조용하게 대답했다.

"제멋대로 말씀드리는 게 아닙니다. 저희 은행의 결론에는 개투은이 채권 포기에 동의했을 때 한한다는 조건이 붙어 있습니다."

"뭐야? 하지만 개투은은 아직……."

노하라가 눈을 부라리며 말했을 때, 맨 앞줄에서 조용히 일어선 사람이 있었다. 다니가와였다.

한자와로부터 마이크를 넘겨받은 다니가와는 조용하면서도 또박또박한 목소리로 말하기 시작했다.

"우선 늦게 도착한 점을 사과드리겠습니다. 개발투자은행의 다니가와입니다. 지금 노하라 변호사님께서 결론만 말하라고 하셨기 때문에 저희 은행의 결론을 간단하게 말씀드리겠습니다. 개발투자은행은 태스크포스의 채권 포기 요청을 받아들이지 않기로 했습니다. 이상입니다."

노하라는 눈을 깜빡이는 것도 잊고 경악한 표정으로 다니가와를 향한 채 꼼짝도 하지 않았다. 옆자리에 있던 미쿠니의 얼굴이 창백해졌다.

노하라와 미쿠니가 눈앞의 상황에 당황하며 주춤거리고 있을 때, 별안간 문이 열리고 한 사내가 뛰어 들어왔다. 젊은 사내는 회의장의 기이한 분위기에 주눅이 들었는지 한순간 발을 멈추었지만, 즉시 단상으로 뛰어가 노하라와 미쿠니 사이에서 몸을 숙이고 뭐라고 귀엣말을 했다.

사내의 말을 들은 순간 노하라는 온몸의 힘이 빠진 모습으로 의자에 털썩 주저앉아 천장을 바라보고, 미쿠니는 두 손으로 머리를 껴안았다.

과연 무슨 일이 일어난 것인가…….

이윽고 노하라의 입에서 갈라진 목소리가 흘러나왔다.

"됐어. 오늘은 그만 마무리하지."

노하라는 그 말을 끝으로 비틀비틀 일어나더니, 단상에서 내려와 출입구를 향해 걸어갔다. TK항공 직원들이 재빨리 양쪽으로 갈라지면서 통로를 만들어주었다. 땅딸막한 몸이 밖으로 사라지는 것을 지켜보고 나서, 얼굴이 창백해진 미쿠니가 천천히 입을 열었다.

"여러분의 의향은 잘 알겠습니다. 그 결정이 잘못되었음을 깨달았을 때는 이미 때가 늦겠지요."

미쿠니의 입에서 나온 말은 패배를 인정하지 않는 오기에 불과했다. 그는 재빨리 단상에서 내려와 남은 팀원들을 이끌고 종종걸음으로 사라졌다.

"입으로 심장이 튀어나오는 줄 알았습니다."

다지마가 이마의 땀을 닦으면서 아직 창백한 얼굴로 말했다.

"나도 마찬가지야."

한자와는 그렇게 말하면서 아직도 꼭 쥐고 있던 휴대폰 화면을 내려다보았다. 도마리로부터 새로운 문자 메시지가 도착한 참이었다.

'개발투자은행 민영화, 국무회의 결정!'

한자와는 즉시 답장을 보냈다.

'알고 있어. 고마워.'

'엉? 어떻게 알았어?'

도마리의 얼빠진 목소리가 들리는 듯한 답장이 돌아왔다.

'대처에게 들었어.'

'대처……?'

한자와는 다시 다니가와의 문자 메시지를 확인했다.

'민영화 방안 통과. 채권 포기는 없던 걸로 하겠습니다.'

그때 회의장에서 나가려고 하던 다니가와가 한자와를 돌아보는 것이 눈에 들어왔다. 다니가와가 오른손을 올리고 한자와가 그것에 대꾸했다.

"저 사람, 대단하군요. 개발투자은행 내부를 설득하기 힘들었을 텐데요."

다지마가 감탄하며 말했다.

"그렇겠지. 하지만 저 사람은 끝까지 포기하지 않고 해냈어. 역시 철의 여인이야."

9

기모토가 달려왔을 때, 의원회관 안에 있는 시라이의 집무실에는 숨도 쉴 수 없을 만큼 무거운 분위기가 감돌고 있었다.

분노를 적나라하게 드러내며 팔걸이의자에 앉아 있던 시라이는 기모토가 들어오는 것을 보고도 입을 꾹 다문 채 불쾌한 표정을 지었다. 평소에 입는 선명한 파란색 정장도 이날만큼은 칙칙하게 보였다. 탁자를 사이에 두고 맞은편에는 노하라와 미쿠니가 앉아 있었는데, 두 사람도 입을 다문 채 부루퉁한 표정을 풀지 않았다.

"늦어서 죄송합니다."

고개를 숙인 기모토를 향해 노하라의 비난이 쏟아졌다.

"주거래은행의 채권 포기가 조건이라니, 이게 어떻게 된 건가! 그런 얘기는 못 들었어. 덕분에 기자회견은 엉망이 됐다고!"

"그, 그건……."

기모토는 긴장으로 목구멍 안쪽을 움찔거리며 어린애 같은 변명을 입에 담았다.

"실은 은행장이 담당 부서의 의견을 받아들이는 바람에……."

이마에서 식은땀이 한꺼번에 솟구쳐서 그는 주머니에서 꺼낸 손수건으로 연신 땀을 닦아야 했다.

노하라가 다시 다그쳤다.

"왜 미리 말하지 않았지? 그렇게 중요한 일은 미리 보고하라고 했잖아!"

노하라의 격렬한 분노에 주눅이 든 기모토는 어설픈 반론을 제기하는 것이 고작이었다.

"하, 하지만 개발투자은행은 틀림없이 찬성한다고 자네가 그랬지 않나?"

노하라가 코에 주름을 잡으며 불쾌함을 노골적으로 드러냈다.

"국무회의에서 개발투자은행의 민영화 법안을 결정할 줄은 꿈에도 몰랐으니까 그랬지. 그건 예상치 못한 일이었어!"

노하라가 분노의 화살을 시라이에게 돌렸다.

"애당초 왜 그 법안에 찬성하셨지요? 대신님께서 반대하시면 끝날 일이었습니다!"

국무회의는 만장일치가 원칙이다. 처음부터 반대했던 다도코로 재무대신이 갑자기 몸이 아파 참석하지 못했어도, 시라이가 반대했다면 법안을 땅에 묻을 수 있었다. 하지만 노하라의 비난을 예상하지 못했는지, 시라이는 놀라움과 초조함으로 눈을 동그랗게 뜨고 딱딱한 목소리로 반박했다.

"그게 무슨 말씀이세요? 물론 제가 찬성하기는 했지만, 그건 총리의 의견을 따른 것뿐이에요. 관료의 낙하산 인사에 대한 비판이 거세다는 건 여러분도 아시잖아요? 그런 상황에서 제가 어떻게 반대하겠어요? 그런데 그게 문제가 되나요?"

"되고말고요. 그것도 아주 큰 문제입니다!"

노하라는 눈에 쌍심지를 켜더니, 시라이를 노려보며 울화통을 터트렸다.

"개발투자은행의 결정을 뒤집은 것은 당신들 진정당입니다. 스스로 자신의 목을 조여서 어떡하자는 겁니까!"

한순간 시라이가 눈썹을 꿈틀거리며 노하라에 대한 혐오감을 드러냈지만, 그 표정은 눈 깜짝할 사이에 사라졌다.

노하라가 다시 말을 이었다.

"개발투자은행은 민영화가 두려워 우리에게 협조하려고 한 건데, 그걸 당신들이 한방에 박살 냈다고요! 도대체 무슨 생각으로 일하시는 겁니까? 더구나 가장 중요할 때 몸이 아프다는 핑계로 국무회의에 불참하다니! 다도코로 대신의 목을 조이고 싶습니다!"

노하라의 말솜씨에 눌린 시라이의 얼굴이 분노와 굴욕으로 창백해졌다. 그런 사실을 미리 알고 있었다고 해도 정치 경험이 많지 않은 시라이가 반대할 수 있었을까? 그것은 어려운 일이다.

"그게 그렇게 중요한 일이라고 아무도 말해주지 않았잖아요! 변호사님은 왜 미리 말해주지 않았죠?"

분노와 굴욕으로 인해 시라이가 목소리를 떨면서 말하자 노하라가 야단치듯 대꾸했다.

"그건 구태여 말할 필요도 없을 만큼 세상이 다 아는 일입니다. 이번 일은 관료들에게 당한 겁니다. 탈관료주의라는 말을 내세우며 무슨 일이든 의원들이 주도권을 쥐려고 하는 진정당 정권에 대한 교묘한 앙갚음이지요. 물론 이상(理想)도 좋습니다. 하지만 현실을 모르는 사람은 아무리 이상을 부르짖어봐야 결국은 얼굴에 똥물을 뒤집어쓸 뿐이죠."

천장을 올려다본 시라이의 눈동자가 분노로 인해 이리저리 흔들렸다.

잘한다, 잘한다는 찬사를 들으며 이상론만 주장해온 세상을 모르는 정치 신인이, 겨우 추악한 현실에 무릎을 꿇고 자신의 어리석음을 깨달은 순간이었다.

"그래서 TK항공의 재건안은……."

"어떻게든 할 겁니다."

당황하는 시라이를 향해 노하라는 토해내듯 말하더니, 기모토를 바라보며 원망의 말을 쏟아냈다.

"자네에겐 이만저만 실망한 게 아니야. 더 이상은 부탁하지 않겠어."

"노, 노하라, 어떻게 할 생각인가?"

기모토는 심상치 않은 분위기를 느끼고 그렇게 물었지만 노하라는 대답하지 않았다.

"이렇게 된 이상, 무슨 수를 써서라도 은행이 채권을 포기하게 만들겠어."

위로 치켜뜬 노하라의 눈에서 집념의 푸른 불길이 활활 타올랐다. 노하라는 갈라진 목소리로 최후통첩을 하듯이 말했다.

"우리 얼굴에 똥물을 끼얹은 대가를 반드시 치르게 하겠어!"

10

"축하해. 잘했어, 아주 잘했어!"

맥주잔을 높이 치켜든 도마리는 큰 소리가 날 만큼 한자와와 곤도의 맥주잔에 힘껏 부딪혔다. 그리고 단숨에 절반을 비우고 승리의 미소를 지었다.

"태스크포스의 기자회견은 안타까울 정도로 처참했다고 하더군. 이렇게 해서 채권 포기는 무사히 폐기됐어. 정의는 우리한테 있다!"

하지만 한자와의 입에서는 우울한 한숨이 흘러나왔다.

"그래도 허무한 건 마찬가지야. TK항공이 재건된 건 아니니까. 공연히 시간만 낭비했을 뿐, 다시 처음으로 돌아가야 돼. 절벽 끝에 있는 건 똑같아."

하지만 도마리는 긍정적으로 평가했다.

"그건 그렇지만 우리 은행으로선 절체절명의 위기를 넘겼잖아? 이번 승리는 상당히 의미가 있어. 애초에 TK항공의 재건이라고 해도 채권 포기를 동반한 재건은 큰 의미가 없으니까. 아무리 TK항공을 위해서라고 해도, 우리에게 그보다 중요한 건 은행의 이익이야. 은행의 이익이 줄어들면 직접적인 타격이 있으니까 말이야. 시간이 좀 걸려도 자기 힘으로 재건하는 게 최고지."

곤도가 진지한 얼굴로 화제를 바꾸었다.

"그렇고 보니 은행에도 절벽 끝에 있는 사람이 한 명 있잖아?"

"기모토 상무 말이지? 참 딱하게 됐어."

말과는 반대로 도마리는 회심의 미소를 지었다.

"소네자키는 그 꼴이 되었고, 목숨을 걸고 주장한 채권 포기는 개투은이 반대하면서 물 건너갔고 말이야. 완전히 똥물에 목욕

한 거지 뭐. 소문에 따르면 이번 결과에는 은행장도 맥이 빠지셨다고 하더군. 기모토 상무의 평판은 이제 땅에 떨어진 거나 마찬가지야. 아주 깨소금 맛이라니까!"

곤도가 찜찜한 얼굴로 물었다.

"그런데 기모토 상무는 왜 그렇게까지 채권 포기를 주장했을까? 한자와, 그 후에 뭐 알아낸 거 없어?"

한자와는 공허한 눈길로 고개를 가로저었다.

"없어. 처음에는 그게 심사부 방식인가 했는데, 냉정하게 생각할 것까지도 없이 그럴 리가 없잖아? 분명히 채권 포기에 찬성해야 할 만한 이유가 있었을 거야. 누가 들어도 '아하, 그래서 그랬군' 하고 납득할 만한 이유가. 안 그러면 그렇게까지 주장하는 건 논리적으로 말이 안 돼."

도마리는 독특한 후각이 발동했는지, 검지로 코끝을 만졌다.

"아무래도 수상하군. 한자와, 그냥 내버려둘 거야?"

한자와가 고개를 한 번 가로저었다.

"천만에. 내가 이대로 내버려둘 것 같아? 확실히 조사해서 기모토 상무와는 반드시 결판을 낼 거야."

도마리가 한자와의 등을 가볍게 토닥거렸다.

"기왕 하려면 철저하게 해. 특별한 이유도 없이 채권을 포기해 5백억 엔이나 손해를 볼 뻔했으니까. 기모토 상무 말대로 했다면 이득을 보는 사람은 시라이와 노하라를 비롯해 태스크포스 녀석들뿐이야."

"한 사람 더 있어. 미노베 의원."

곤도는 그렇게 말하고는 이야기의 방향을 바꾸었다.

"한자와, 오늘 기자회견에서 미노베의 지역구 이야기가 나온 거 알아? 어느 신문기자가 물었어. 미노베가 자기 지역구의 비행 노선을 유지하기 위해 태스크포스에 개입했다는 소문이 있는데 사실이냐고 말이야."

"하네다-마이하시 노선 말이지? 나도 나중에 야마히사 부장 으로부터 그 얘기를 듣고 깜짝 놀랐어. 어디서 들었는지 모르지만 귀가 밝은 기자더군."

"역시 그렇게 생각해?"

곤도가 히죽 웃는 것을 보고 이야기를 듣고 있던 도마리가 눈을 휘둥그레 떴다.

"곤도! 설마 네가?"

"우리 은행에 드나드는 친한 기자에게 살짝 흘려줬어. 소문에 불과하다고 하면서."

"굉장해. 역시 유능한 홍보차장이야."

"그 정도 가지고 뭘."

곤도도 기분이 나쁘지 않은 얼굴로 고개를 주억거렸다.

이날 기자회견에서 시라이에게 그렇게 묻는 장면이 유일한 볼거리였다고 야마히사가 말했다.

"시라이는 모른다, 아는 바가 없다고 시치미를 뗐지만 하마터면 마각이 드러날 뻔했지."

한자와의 이야기를 듣고 도마리가 손가락을 튕기며 안타까운 표정을 지었다.

"아이고, 아까워라!"

한자와는 내뱉듯 말했다.

"입으론 TK항공을 위해서라고 떠들면서 그자들의 최종 목적은 자신들의 이익뿐이지. 비열한 정치꾼들이야. 노하라도 시라이도, 그리고 미노베도. 그자들 때문에 TK항공은 가장 중요한 시기에 4개월이나 공백이 생겨버렸어."

도마리가 두 팔을 펼치며, 장난처럼 진정당의 캐치프레이즈를 말했다.

"깨끗한 정치, 진정당! 멋있지 않아? 너무 멋있어서 눈물이 앞을 가리는군."

"실제로 지금 눈물을 흘리는 것은 TK항공이야."

한자와는 눈에 힘을 주며 콧김을 내뿜고, 저주가 담긴 눈길로 정면을 노려보았다.

"만약 TK항공에 무슨 일이 생기면 그들을 가만두지 않겠어!"

"한자와 차장님, 수상한 대출을 발견했습니다."

TK항공에 관한 옛 T 시절의 자료를 정밀 조사하던 다지마가 어느 정보를 가져온 것은 다음 주 월요일이었다.

5장

어디에도 없는 지점

1

"수상하다니?"

한자와가 물었다.

"미노베 게이지에 대한 개인 대출이 있습니다. 우리 은행과 미노베 사이에 거래가 있었다는 건 알고 계셨습니까?"

다지마의 얼굴을 뚫어지게 바라보면서 한자와는 흥미진진한 얼굴로 물었다.

"어떤 대출인가?"

"금융청 보고서를 작성하기 위해 옛 도쿄제일은행 시절부터 TK항공과 관련된 자료를 확인하고 있는데요, 이것 좀 보십시오. 몇 년 전 적자 노선에 관해 당시 담당자가 만든 자료에 이런 부분이 있습니다."

다지마가 보여준 것은 오래된 신용파일에 첨부된 메모였다.

하네다 – 마이하시 노선은 처음 운항이 시작된 이후 적자가 계속되고 있지만 이 노선의 마이하시시(市)는 우리 은행의 친밀한 거래처인 미노베 게이지 의원의 지역구임을 감안하여, 노선 철수를 언급하는 것은 시기상조라고 판단함.

"미노베가 우리 은행의 친밀한 거래처라고? 이거 재미있군."

한자와가 의미심장한 미소를 지었다. 과거에는 거래가 있었을지도 모르겠지만 적어도 현 시점에서는 거래가 없다.

"어떤 거래인지 조사했나?"

"미노베가 아직 햇병아리 의원이었던 시절부터 옛 도쿄제일은행과 거래가 있었던 모양입니다. 운전자금 명목으로 수천만 엔 규모의 자금을 몇 번 대출해줬습니다."

명목은 운전자금이지만 상대는 정치인이다. 정치자금으로 제공했으리라는 것은 상상하기 어렵지 않다.

"이게 그 명세서인데요……."

다지마는 그렇게 말하면서 인쇄된 대출 명세서를 내밀었다.

"이미 회수가 끝나서 온라인으로 확인할 수 없는 것은 시스템부에 의뢰해서 뽑았습니다."

"5천만, 4천만, 다음은 3천만……."

한자와는 명세서에 있는 숫자를 손가락으로 더듬었다.

"정말로 친밀했군."

의외였다. 정치인에게 이렇게까지 대출해주다니. 그때 한 가지 눈에 띄는 대출을 발견하고 한자와는 손가락의 움직임을 멈추었다.

"20억⋯⋯?"

"문제는 이겁니다."

다지마의 목소리가 높아졌다. 개인에게 한 대출금치고 금리는 조금 높게 설정되어 있었다. 대출일은 지금으로부터 15년 전 7월. 대출금은 이미 회수했지만 최초의 대출기간은 17년으로 초장기이고, 자금 용도는 아파트 건설자금으로 되어 있었다.

"차장님, 이상하지 않습니까? 보통 이런 용도의 자금이라면 주택론이라든지 그런 걸 이용하지 않을까요? 그런데 이건 일반적인 사업자금으로 취급했습니다."

개인 대상 주택론은 일정한 조건만 맞으면 대출해주는, 흔히 말하는 패키지 대출이다. 절차는 이쪽이 훨씬 간단하다. 그래서 보통은 그렇게 하는데, 미노베는 그것을 이용하지 않았다.

"일정한 조건을 충족할 수 없는 무엇인가가 있었다는 건가?"

나지막하게 중얼거린 한자와는 즉시 이례적인 조건을 알아차렸다.

"원금변제 거치기간˙이 7년? 이건 또 뭐야? 도대체 어느 아파트지?"

일반적인 거치기간은 고작해야 6개월이다. 7년은 길어도 너무 길다.

"데이터베이스에 담보로 등록되어 있는 곳은 여기입니다. 이

• 금융기관에서 대출을 받은 후, 원금을 갚지 않고 매달 이자만 납부하는 기간.

상하지 않습니까?"

다지마는 지요다구 고지마치 근교의 토지와 건물 명세서를 내밀면서 말했다.

설정된 것은 20억 엔의 저당권이다. 얼핏 보면 특별할 것이 없는 담보처럼 보였다. 그런데…….

한자와는 자료의 한곳에 시선을 고정했다. 담보설정일이었다.

"어떻게 된 거지?"

의문이 입을 뚫고 나왔다. 당연하다. 담보가 설정된 날짜는 미노베에게 20억 엔을 대출해준 지 5년이 지난 다음이었기 때문이다. 일반적인 대출에서 이런 일은 있을 수 없다.

다지마도 고개를 가로저으며 석연치 않은 표정을 지었다.

"잘 모르겠습니다. 대출 조건이 담보 설정이었는데, 5년간이나 무담보 상태로 있었습니다. 날림 대출이었다고밖에 표현할 길이 없습니다."

"미노베의 신용파일은 봤나?"

신용파일에는 거래처에 대한 모든 대출 정보가 들어 있다. 그곳에는 당연히 담보설정이 지연된 이유가 적혀 있을 것이다. 그런데 다지마의 표정이 흐려지더니 입에서는 뜻밖의 말이 흘러나왔다.

"실은 이미 찾아봤는데 어디에서도 보이지 않습니다."

"보이지 않아? 담당 부서는 개인부인가?"

"등록상으론 심사부로 되어 있습니다."

"왜 개인 대출을 심사부에서 담당했지?"

두 사람은 서로 마주보고 동시에 고개를 갸웃했다.

"아까 심사부에서 찾아봤습니다만 신용파일은 어디에도 없었습니다."

"서고는?"

"물론 찾아봤습니다만 그곳에도 없었습니다. 합동서고로 이동한 흔적도 없고, 아무리 생각해도 이상합니다."

은행에는 상상을 초월할 만큼 서류가 많기 때문에, 일정 기간이 지나면 도쿄 안에 있는 자료보존 전용 합동서고로 옮기게 되어 있다.

"묘한 일이군."

도쿄중앙은행의 품의서 보관기간은 대출금을 회수하고 10년이다. 그 이전에 서류를 폐기하는 일은 있을 수 없다.

"담당자는 누구지?"

"대출을 담당한 사람은 당시 심사부에 있던 하이타니로 되어 있습니다만, 현재 담당자는 등록되어 있지 않습니다. 저도 심사부에 2년 정도 있었습니다만, 미노베 게이지에게 대출해주었단 말은 한 번도 못 들었습니다."

"어떻게 생각하나?"

다지마는 생각에 잠긴 얼굴로 단어를 선택하며 말했다.

"옛 T의 대출에는 문제가 많았다는 이야기를 들었는데, 어쩌면 이것도 규칙을 무시하고 대출해준 게 아닐까요?"

한자와는 등받이에 몸을 맡기고 대답했다.

"회수했다고 끝났다고 할 수는 없어."

옛 T인 도쿄제일은행이 한자와가 있던 산업중앙은행과 합병하기로 정한 뒤, 대출 부문에서 끝없이 팽창했던 부실 채권을 어떻게 처리할지 문제가 되었다.

그 결과, 합병 전의 마지막 결산에서 옛 T는 도쿄제일은행 역사상 최대의 적자를 내면서 부실 채권을 일소했다. 주변을 깨끗이 정리한 다음에 도쿄중앙은행이라는 새로운 은행으로 새롭게 출발한 것처럼 보였다.

그런데 합병 후 얼마 지나지 않아 옛 도쿄제일은행이 과거에 무담보로 대출해준 수백억 엔에 이르는 돈이, 산업중앙은행의 신용을 얻기 위한 위장자금으로 사용되었다는 사기 사건이 드러났다. 따라서 대출해준 전액이 부실 채권으로 변함과 동시에 부정한 절차로 대출해준 경위가 문제가 되었다. 당시 이 대출에 관여했던 옛 T의 은행장이자 새 은행의 부행장이었던 마키노 오사무가 특별 배임죄로 체포되는 불상사로까지 발전했다.

이 사건은 지금도 한자와의 가슴에 생생한 기억으로 깊숙이 새겨져 있다.

그로 인해 새로 두 가지 문제가 떠올랐다. 하나는 거액의 부실 채권과 별도로 존재하는 옛 도쿄제일은행의 엉터리 대출이고, 또 하나는 체계도 없고 질서도 없는 경영 실태였다. 새 은행이 탄생한 후에도 옛 T가 관여한 '어둠'의 대출이 지금도 존재한다는 이유로 도쿄중앙은행의 주가는 급락하고, 이것은 빙산의 일각이라는 소문이 금융계를 강타했다.

옛 T 시절의 부정 대출을 전부 재검토하려던 찰나, 보석으로 풀려난 마키노가 스스로 목숨을 끊으면서 진실은 영원히 어둠에 묻혔다. 지금도 옛 S나 옛 T에 상관없이 도쿄중앙은행의 모든 행원에게 응어리로 남아 있는 어두운 사건이다.

다지마가 의미심장하게 말했다.

"참고로 당시의 심사부장은 기모토 상무입니다. 어쩌면 미노베 게이지와 특별한 관계가 있었던 게 아닐까요? 어쨌든 우리 은행의 친밀한 거래처니까요."

다지마는 메모의 문장에 빗대어 비아냥거렸다.

"차장님, 어떻게 할까요? 이대로 눈감아버릴 수는 없지 않겠습니까?"

"미노베와 옛 T의 관계에 대해 좀 더 조사해보겠나? 자네의 가설대로라면 기모토 상무가 그렇게까지 태스크포스 편을 든 이유를 알 수 있을지도 모르겠군."

한자와는 다시 서류를 노려보며 덧붙였다.

"어떻게 할지는 그다음에 결정하지."

2

당시 미노베의 대출을 담당했던 하이타니 에이스케는 지금 중견기업의 심사를 담당하는 법인부 부장대리로 일하고 있었다.

기모토 밑에서 이 품의서를 작성했을 때는 조사역이었는데, 그 이후 합병을 거치면서 나름대로 출세한 것처럼 보였다.

"제가 가서 이야기를 듣고 올까요?"

"아니야, 내가 직접 가지."

한자와는 그렇게 말하고 자리에서 일어나더니, 법인부가 있는 4층으로 가서 사무실 안쪽으로 들어가 찾던 사람을 발견했다.

오후 4시가 지난 시각. 그날의 결재를 마친 법인부는 전쟁 같은 시간을 보내고 허탈한 분위기에 감싸여 있었다. 한자와는 몇 줄의 책상을 가로질러 창가에 있는 하이타니의 책상 앞으로 다가갔다.

"실례지만 잠시 시간 좀 내주시겠습니까?"

보고 있던 서류에서 얼굴을 든 하이타니는 수상쩍은 눈길로 한자와를 쳐다보았다.

"영업 2부의 한자와입니다."

한자와는 간단히 자기소개를 하고, 미노베 게이지의 자료를 내밀었다.

"이 대출에 대해 여쭤볼 게 있습니다."

"대출? 무슨 말인가?"

얼굴이 살짝 굳어지면서 하이타니는 오른손의 볼펜을 책상에
놓았다.

"15년 전, 당시 헌민당의 실세였던 미노베 게이지 의원에게
20억 엔의 개인 대출을 해주었더군요. 옛 도쿄제일은행 시스템
에서는 하이타니 부장대리님께서 담당자로 되어 있던데, 기억이
나십니까?"

"글쎄, 그런 일이 있었던가?"

하이타니는 한자와로부터 눈길을 돌리며 거만하게 대꾸했다.
흰머리가 섞인 머리를 짧게 자르고 말처럼 길쭉한 얼굴에 안경
을 쓴 모습은 너무도 완고하게 보였다.

"실은 이 대출이 5년 동안 완전한 무담보였던 것 같습니다만,
특별한 이유가 있었습니까?"

"글쎄, 워낙 옛날 일이라서 기억이 안 나는군. 애초에 그 대출
금은 상환이 끝났잖아? 이제 와서 그런 일을 파헤쳐서 어쩔 생각
이지?"

"사정이 있어서 자세하게 알고 싶습니다. 이것은 어떤 자금이
었습니까?"

하이타니는 부장대리의 권위를 내비치면서 한자와를 노려보
았다.

"이것 봐, 난 지금 바쁘거든. 도대체 무슨 사정인데 그래? 무엇
때문에 이제 와서 이런 걸 조사하지?"

"저는 지금 TK항공을 담당하고 있습니다."

회사 이름을 들은 순간, 하이타니의 눈이 가늘어지면서 얼굴에 미세한 감정이 떠올랐다. 하지만 그 감정을 재빨리 얼굴 밑으로 억누르고, 그다음에는 적나라한 경계심을 드러냈다.

한자와가 말을 이었다.

"이미 아시리라고 생각하지만, 시라이 국교성 대신이 TK항공에 태스크포스를 보내 우리 은행에 거액의 채권 포기를 요구하고 있습니다. 그 대책을 검토하는 와중에 미노베 의원의 대출 사실을 알게 되었습니다. 태스크포스와 관계가 있는 인물이니까 어떤 거래였는지 자세하게 알고 싶습니다."

하이타니는 한자와에게 빈틈없는 눈길을 향한 채 물었다.

"미노베 의원이 태스크포스와 관계가 있다니, 그게 무슨 말도 안 되는 소리야?"

"태스크포스는 시라이 대신의 사설 자문기관인데, 시라이 대신의 후원자가 미노베 의원이라고 합니다. 더구나 재건안에 정치적 사정을 개입시키려고 하고 있지요. 관계가 없다고 할 수 없습니다."

하이타니는 한자와의 설명을 제대로 들으려고 하지도 않았다.

"정말 어이가 없군. 이렇게 오래된 대출이 TK항공과 무슨 관계가 있다는 거야? 바보 같은 소리 작작해."

"직접적인 관계는 없어도 미노베 의원이 어떤 인물인지는 알 수 있겠지요. 그와 동시에 TK항공 구제라는 대의명분을 내세우고 있는 태스크포스의 실체가 무엇인지, 그걸 알 수 있는 힌트가 될 수도 있습니다. 저는 그걸 알고 싶습니다. 이게 무슨 자금이었는지 말씀해주시겠습니까?"

한자와는 조바심을 감추지 않는 하이타니에게 끈질기게 매달렸다. 하지만 하이타니로부터 돌아온 것은 쌀쌀맞기 짝이 없는 대답이었다.

"무슨 자금인지는 거기에 쓰여 있지 않나? 자네는 글씨도 못 읽나?"

"아파트 건설자금. 시스템에는 그렇게 등록되어 있습니다. 하지만……."

한자와의 말을 가로막으며 하이타니가 버럭 고함을 질렀다.

"사람 말을 뭐로 들었어? 거기에 쓰여 있는 대로라고 했잖아! 그 이상도 그 이하도 아니야. 안 그래도 바쁜데 찾아와서 헛소리 그만하고 돌아가게."

"그러면 한 가지만 알려주십시오. 이 대출에는 왜 최초의 5년간 담보를 설정하지 않으셨죠? 토지를 구입했다면 담보를 설정하는 건 당연한 절차라고 생각합니다만."

하이타니는 귀찮은 표정을 감추려고 하지도 않고 대답했다.

"토지 구입이 늦어진 건 땅 파는 사람이 주저했기 때문이야. 무슨 억측을 하는지 모르겠지만 아무것도 아닌 일로 사람 피곤하게 하지 말게. 안 그래도 바빠서 뚜껑 열리기 일보 직전이니까."

"땅 파는 사람이 주저했는데, 돈부터 먼저 빌렸다는 건가요?"

한자와는 하이타니의 모순을 예리하게 파고들었다. 연이율 1퍼센트라도 20억 엔이면 이자가 2천만 엔이나 된다. 당장 필요한 돈도 아닌데, 쓸데없는 이자를 내면서 돈을 빌리는 바보가 어디 있으랴.

대출의 자세를 비난당했다고 생각했는지, 하이타니는 나지막한 소리로 으름장을 놓았다.

"당시 우리 은행의 대출 방식을 트집 잡는 건가? 회수가 끝난 대출을 끄집어내서 이러쿵저러쿵 따지다니. 이래도 된다고 생각하나?"

한자와는 물러서지 않고 하이타니를 똑바로 쳐다보았다.

"트집을 잡을 생각은 없습니다. 단, 만약 문제가 있었다면 지금 말씀해주시기 바랍니다. 그런 편이 서로 시간을 줄일 수 있으니까요."

하이타니가 얼굴에 핏대를 세우며 주위가 떠나가라 고함을 질렀다.

"그런 게 있을 리가 없잖아! 계속 이런 식으로 나오면 가만히 안 있겠어!"

"일하시는데 방해해서 죄송합니다. 다지마, 가자."

하이타이의 반응을 바라보던 한자와는 살짝 고개를 숙인 뒤, 재빨리 등을 돌리고 법인부 사무실을 나왔다.

"저 인간, 미친 거 아닌가요? 왜 저렇게 펄펄 뛰죠?"

얼굴을 빨갛게 물들이며 화를 내는 다지마를 향해 한자와가 말했다.

"저 사람은 어차피 피라미야. 잠시 감사부에 들렀다 가자."

"감사부요?"

다지마는 되묻다가 즉시 한자와의 의도를 알아차리고 히쭉 웃었다.

"아하! 그런 건가요?"

3

"도미 부장대리님, 계신가요?"

감사부 입구에 서서 한자와가 목소리를 높이자 어디선가 대답이 들렸다.

"그럼! 있고말고!"

고개를 돌리자 사무실 한가운데의 책상 앞에서 초로의 남자가 손을 들었다.

둥근 얼굴에 담뱃진으로 누리끼리해진 치아는 들쑥날쑥하고, 머리숱은 눈에 띄게 줄어들어 바코드처럼 듬성듬성했다. 와이셔츠의 맨 윗단추를 풀고 넥타이를 느슨히 푼 채 소매를 걷어붙인 남자의 모습에서 단정한 은행원의 모습은 털끝만큼도 찾아볼 수 없었다.

"갑자기 웬일이야? 온다고 미리 말해줬으면 배달 초밥이라도 주문해놨을 텐데."

도쿄중앙은행의 감사부는 대부대다. 개인적인 물건은 벽에 늘어선 로커에 넣고, 사무실에 몇 개나 있는 커다란 탁자에 제각기 앉아서 일하는 자유로운 스타일이다.

'코끼리의 무덤'이라는 조롱을 받는 감사부는 출세 코스에서 벗어난 은행원의 파견 대기 장소라고 해도 과언이 아니다. 그런 와중에 '도미 씨'라는 애칭으로 불리는 도미오카 요시노리는 부장대리라는 직책으로 이미 7년이나 감사부에 있는 특별한 존재였다.

"다행입니다! 혹시 다른 곳으로 가셨나 걱정했습니다."

"한자와, 지금 날 놀리는 건 아니겠지? 인사부에서 나 같은 건 이미 까맣게 잊어버렸어. 아마 정년퇴직도 없이 계속 여기에 있을 거야."

도미오카는 평소에도 술에 취한 것처럼 행동하는 사람이다. 입은 거칠고 태도도 난폭하며 상사에게 아부하는 것은 젬병이다. 하지만 은행 업무라면 모르는 것이 없고 일도 감탄사가 나올 만큼 잘한다. 예전에 야에스도리 지점 융자과에 있었을 때, 당시 신입사원이었던 한자와에게 일을 가르쳐주었고 퇴근하면 매일 술자리에 데려갔다.

"농담입니다. 혹시 지점에 감사하러 나가셨으면 곤란하다고 생각했을 따름입니다. 지방에 가시면 맛있는 것을 드시느라 사나흘은 돌아오지 않으시니까요."

"이 사람 좀 보게. 감사부가 뭐, 룰루랄라 노는 곳인 줄 알아?"

한자와의 가벼운 농담에 도미오카는 화내는 척을 했지만 입가에는 다정한 웃음이 매달려 있었다. 그가 지방 지점의 감사를 좋아하는 것은 사실이기 때문이다.

감사부는 몇 팀으로 나누어져 있는데, 도미오카가 이끄는 팀도 실제로 일주일에 며칠은 감사하러 나간다. 사무실에 찾아와 만날 수 있는 것은 비번일 때뿐이다.

"아무 데나 적당히 앉게."

비어 있는 의자를 권한 도미오카가 "커피 마시겠나?"라고 말하며 밖으로 나가려는 것을 황급히 만류하고, 다지마가 통로 안쪽의 자동판매기 코너에서 커피를 석 잔 사서 돌아왔다.

커피를 맛있게 마시면서 도미오카가 말했다.

"그나저나 신기한 일도 다 있군. 화장실 갈 틈도 없이 바쁜 사람이 이렇게 직접 나를 찾아오다니."

"실은 한 가지 조사해주셨으면 하는 게 있어서요."

한자와는 그렇게 말하고 미노베 의원의 서류를 펼쳤다.

"이건데요."

옆에서 서류를 들여다본 도미오카는 손으로 턱을 매만지며 흥미로운 표정을 지었다.

"미노베라면, 진정당의 그 꼰대 아닌가?"

지나칠 정도로 편안한 스타일인데, 서류의 숫자를 바라보는 모습은 기묘하리만큼 잘 어울렸다. 그도 그럴 것이 도미오카는 한자와가 한 수 접고 들어가는 일류 뱅커였다.

한자와는 서류의 한 곳을 손으로 가리키며 설명했다.

"여기를 보시면 20억 엔을 대출해주었지요? 아파트 건설자금으로 대출해주었는데, 7년이란 거치 기간도 이상하고, 담보도 5년 후에 설정했고요. 일반적이라고 생각할 수 없습니다."

도미오카가 재빨리 정곡을 찔렀다.

"이 20억, 다른 곳에 유용한 게 아닌가?"

"그럴 가능성이 있습니다."

돈에는 색깔이 없다고 하는데, 돈에 색깔을 입히는 곳이 은행이다.

여차저차한 목적으로 돈이 필요하니까 빌려다오―그런 의뢰가 먼저 있고, 그것에 응하는 것이 대출의 기본이다. 만약 아파트 건설자금 명목으로 돈을 빌려 다른 곳에 유용했다면, 그것만으로도 중대한 계약 위반이 된다.

"그런데 이만한 대출을 5년간이나 무담보로 방치하다니, 단순한 실수라곤 생각할 수 없습니다."

"그랬다면 감사에서 걸렸을 텐데……."

그것이 한자와 다지마가 여기에 온 이유였다.

은행의 현장에는 일정 기간마다 여러 종류의 감사를 하게 되어 있다. 규칙을 위반한 대출이 있으면 감사에서 지적을 받을 것이다.

"보통이라면 지적받은 단계에서 담보를 설정할 텐데, 그렇지 않았습니다. 아니, 애초에 감사에서 지적을 받았는지도……."

옛 T 시절의 대출에 대한 불신이 마음속에 깔려 있어서, 한자와는 그렇게 말하며 진지한 눈길로 도미오카를 바라보았다.

"신용파일은 봤나?"

다지마가 옆에서 대답했다.

"그걸 찾을 수 없습니다. 심사부와 지하 서고를 다 뒤졌는데, 어디서도 보이지 않습니다."

"신용파일이 없단 말이지. 흐음……."

쓰고 있던 돋보기안경을 벗은 도미오카의 눈에 의혹이 깃들었다.

"마음에 안 드는군. 혹시 다른 건으로 누군가가 가져간 건 아닐까?"

"지금은 담당자도 등록되지 않았고, 만약 품의 중이라면 온라인에 등록되어 있을 텐데 그것도 없습니다."

도미오카는 고개를 끄덕이더니, 다시 서류를 들고 담당자 칸에 쓰여 있던 하이타니의 이름을 손가락으로 가리켰다.

"이 녀석은?"

"안 그래도 지금 찾아갔는데, 말도 붙일 수 없게 다짜고짜 펄펄 뛰며 쫓아내더군요. 자세한 사정을 알고 있는 것 같은데, 말해 주려고 하지 않습니다."

"당시의 상사는 누구인가?"

"기모토 상무일 겁니다. 당시 심사부장이었으니까요."

기모토의 이름을 듣고 도미오카가 얼굴을 들며 의자 등받이에 몸을 기댔다.

"기모토 상무라……."

사태의 심각성에 생각이 미쳤는지, 도미오카의 목소리가 낮아졌다.

"혹시 옛 T 시절의 베일에 싸인 대출인가? 그렇다면 조사할 때 특별히 신경을 써야겠군."

"그래서 도미 부장대리님께 부탁하는 거잖습니까? 이런 일을 부탁할 수 있는 사람은 부장대리님밖에 없으니까요."

"왜 이렇게 비행기를 태우고 그래?"

도미오카는 얼굴에 띠운 웃음을 즉시 거두며 말했다.

"평지풍파를 일으키고 싶진 않지만 문제가 있다면 어쩔 수 없지. 언제까지 알고 싶나?"

"가급적 빨리 부탁합니다."

한자와의 대답을 듣고 도미오카는 눈을 동그랗게 떴다.

"뭐? 아무리 그래도……."

"TK항공이 걸려 있어서요."

그 한마디로 이해가 되었는지, 도미오카는 고개를 끄덕였다.

"알았어. 뭔가 알게 되면 바로 연락하지."

"부탁하겠습니다."

한자와는 고개를 숙이고 감사부를 뒤로했다.

"저런 사람에게 부탁해도 되겠습니까? 꼭 술에 취한 사람처럼 흐리멍덩해 보이던데요."

복도로 나오자 걱정이 되었는지 다지마가 작은 목소리로 말했다. 한자와는 다지마의 말이 끝나기도 전에 웃음을 터트렸다.

"겉보기에는 저렇지만 능력은 최고야. 일도 빠르고."

"정말인가요?"

다지마는 도저히 믿을 수 없다는 표정을 지었다. 하지만 한자와의 말을 증명하듯 도미오카로부터 연락이 온 것은 불과 며칠 후의 일이었다.

4

그날 밤…….

신바시의 철길 아래에 있는 이자카야에서 한자와는 다지마와 함께 허름한 테이블을 둘러싸고 도미오카와 마주앉아 있었다.

테이블 위에는 닭의 간과 염통, 껍질 구이가 놓여 있었다. 닭 껍질은 보통 식으면 맛이 없지만 이곳의 닭 껍질은 그렇지 않다. 특별히 계약한 농가의 토종닭이라서 그렇다는 도미오카의 말은 사실이리라.

"어땠습니까?"

맥주로 목을 적시고 나서 한자와가 즉시 물었다.

도미오카는 눈에서 빛을 내뿜더니 목소리를 낮추며 대답했다.

"그동안 조사해봤는데, 이번 건은 조금 묘하더군. 그 대출은

15년 전에 당시 도쿄제일은행 본점 심사부의 하이타니가 품의서를 작성하고 상사인 기모토가 승인한 뒤, 최종적으로 그 라인의 장이 결재하고 실행되었어. 그런데 이 대출에 대한 감사 기록은 한 번밖에 없더군. 대출이 실행된 이듬해에 그 은행의 대출 감사 팀이 심사부를 감사할 때 부동산 담보 설정이 누락되었다고 지적했지. 그 후에는 한 번도 없었고."

한자와의 옆자리에서 다지마가 물었다.

"잠깐만요. 그건 좀 이상한데요? 감사에서 지적을 받으면 보통은 담보를 설정하지 않습니까? 만약 잊어버렸더라도 대출 감사는 최소한 2년에 한 번은 있으니까, 다음 감사 때에도 역시 부동산 담보 설정이 누락되었다고 지적받지 않았을까요?"

"당연하지. 내가 조사한 바로는 자네 말처럼 처음에 감사한 이후, 2년 후와 4년 후에 심사부에 감사가 있었어. 그런데 그때 그 대출의 담보 미설정을 지적받은 기록이 없더군. 아니, 애초에 감사 대상에조차 들어가지 않았지."

생각지도 못한 일이었다.

다지마가 눈을 휘둥그레 뜨고 물었다.

"20억 엔이나 되는 개인 대출이 감사 대상이 되지 않은 건가요? 옛 S에선 상상도 할 수 없는 일입니다."

"옛 S만이 아니야. 어느 은행에서도 이렇게 말이 안 되는 대출은 없어."

도미오카의 말은 지당하다.

한자와가 물었다.

"다시 말하면, 감사의 지적을 무시하고 아무런 대응도 하지 않았던 건가요?"

"바로 그거야. 그런데 말이야, 더 이상한 건 그다음이야."

도미오카는 맥주를 한입에 털어 넣고 테이블 너머로 몸을 내밀었다.

"기록을 보니 '담보 설정 완료에 의한 지적 사항 해소'라고 실제와 다른 보고를 했더군. 금융청 감사에서도 말이 나왔지만 담보 설정 완료라는 말로 밀고 나갔고."

다지마가 아연한 얼굴로 고개를 들었다.

"어떻게 그럴 수가! 그건 허위 보고 아닌가요?"

"그래. 그런데 그게 버젓이 통과되었지."

도미오카는 한자와와 다지마의 반응을 확인하듯 몇 초 지나고 나서 물었다.

"한자와, 어때? 간덩이가 부을 만큼 부은 자네도 심장이 덜컹했지?"

"심장이 덜컹한 건지, 어이가 없는 건지……."

한자와의 반응을 보고 도미오카는 입술 끝에 웃음을 매달면서, 얼굴을 옆으로 돌리고는 담배를 입에 물었다. 머리 위에서 열차가 레일을 지나가자 한순간 가게 안이 조용해졌다. 이윽고 그 소리가 멀어지자 가게 안에는 다시 소란스러움이 돌아왔다. 도미오카가 눈을 가늘게 뜨고 담배 연기를 토해냈다.

"한자와, 친구와 합병처는 잘 선택해야 하지."

도미오카는 그렇게 말하더니, 농담 같은 말투와 반대로 진지한 표정을 지었다.

"합병 전의 옛 T에는 결코 외부에 드러낼 수 없는 대출이 말 그대로 산더미처럼 쌓여 있었어. 조직폭력배에 대한 대출, 사기나 배임에 관련된 대출, 이런 식으로 정치인과 유착되어 실체를 알 수 없는 대출……. 전부 남의 돈을 욕심내는 천박한 자들이 규칙을 어기고, 거짓말을 하며 쌓아올린 어둠의 대출들이지. 그중 몇 가지는 이번 대출처럼 회수가 되었지만, 아직 그대로 남아 있는 것도 있을 거야. 또는 겉으로는 정상적인 이유를 대고 계속 대출 중일 수도 있고."

물론 그중에는 준법감시* 문제가 있어서 겉으로 드러나면 세상의 비난을 한몸에 받을 만한 대출도 포함되어 있음이 틀림없다.

"이것도 역시 그중 하나인가요?"

한자와의 질문을 듣고 도미오카는 신중하게 말을 선택했다.

"그렇게 판단하기는 아직 일러. 하지만 만약에 그렇다면 신용 파일이 보이지 않는 것도 이해할 수 있지."

한자와가 은근슬쩍 떠보았다.

"사람들 눈에 띄지 않도록 관리하고 있다든지……."

"그렇겠지. 담당자를 등록하지 않으면 대출의 존재가 알려져도 찾을 도리가 없으니까."

• 회사의 임직원 모두 제반 법규를 철저히 지키도록 상시적으로 통제 및 감독하는 것.

"그리고 언젠가 잊힐 때까지 기다리는 겁니까?"

이번에는 다지마가 묻자 도미오카는 험악한 눈길로 종업원이 가져온 차가운 청주를 벌컥벌컥 들이켜고 나서 말했다.

"그걸로 끝내서는 안 되겠지."

한자와나 다지마에게 한 말이라기보다 자기 자신에게 하는 말 같았다.

도미오카가 냉정한 얼굴로 말을 이었다.

"대출을 회수해 표면적으론 위장할 수 있어도 대출금을 사용했다는 사실은 남게 되지. 그것은 언제 어떤 형태로든 세상에 폭로될 수 있고 말이야. 이 대출도 마찬가지야. 더구나 부정 대출이라고 한마디로 말하면 간단하지만, 생각할 것까지도 없이 돈을 함부로 빌려줄 리가 없지 않은가? 대출해주는 건 어디까지나 사람, 즉 은행원이지. 그렇다면 썩은 건 돈이 아니라 그 돈을 빌려준 은행원이야. 그 썩은 인간들이 바야흐로 높은 자리에 앉아 조직을 좌지우지하며 멋대로 날뛰고 있다면, 팔짱 끼고 구경만 할 순 없지 않은가? 결국 이 세상에 정의는 없는가, 하는 이야기가 되는 거야."

다지마가 목소리에 힘을 주어 말했다.

"그렇습니다! 아무리 합병했다고 해도 옛 은행의 부정을 계속 감추는 건 잘못된 일입니다!"

"부정 대출은 은행 경영에 양날의 검이지. 밖으로 드러나면 은행 간판에 흠집이 생기고, 신용이 적잖이 실추될 거야. 그렇다고 계속 감춰야 하는 건 아니야. 은폐는 은폐를 낳는 법이니까. 은폐는 어디까지나 결과일 뿐이고, 원인은 조직의 체질이야. 은행의 신용은 그걸 뛰어넘은 곳에 있어야 하지 않겠나?"

도미오카의 뜨거운 이야기를 들으면서 한자와는 간절하게 말했다.

"하나도 변하지 않으셨군요. 15년쯤 전에, 도미 부장대리님이 제 사수였을 때가 떠오릅니다."

"자네와 같이 일했을 때는 나도 즐거웠지."

도미오카는 문득 옛날 일을 떠올린 것처럼 말하더니, 다지마를 보면서 덧붙였다.

"이 녀석은 신참 시절부터 건방지기 짝이 없었어. 아무리 상사라 해도 이치에 맞지 않는 일을 하면 징글징글할 만큼 꼬치꼬치 따졌으니까. 엄청난 물건이 들어왔다고, 나는 속으로 쾌재를 불렀지."

"그러고 보니 부장대리님, 예전에 나카노와타리 행장님과 같이 일한 적이 있었지요?"

퍼뜩 생각이 나서 한자와가 물었다. 은행장이 과거에 영업 본부에서 놀라운 실력을 발휘하던 무렵, 도미오카는 그 밑에서 일했다.

"다 옛날 얘기야. 바야흐로 나카노와타리 씨는 은행장이 되었고, 나는 일개 부장대리니까."

그렇게 말하는 도미오카의 표정을 본 순간, 한자와의 머릿속에서 예전에 들은 소문이 떠올랐다.

"이건 어디까지나 제 추측입니다만, 혹시 도미 부장대리님이 감사부에 있는 건 행장님의 의향이 아닙니까?"

뜬금없는 이야기로 들렸는지, 다지마가 눈을 동그랗게 떴다. 한자와가 다시 말을 이었다.

"행장님의 특명을 받고 은행 안에서 옛 T의 부정 대출을 찾는 사람이 있다고 언뜻 들은 적이 있거든요. 혹시 그 사람이 도미 부장대리님 아닌가요?"

절반은 농담이었다.

"자네도 참, 내가 그렇게 대단한 사람으로 보이나? 그런 건 은행에 떠다니는 전설일 뿐이야."

도미오카는 진지한 표정으로 그렇게 말했다.

"쓸데없는 말을 해서 죄송합니다. 그리고 신속히 조사해주셔서 감사합니다."

한자와는 그 이상의 질문을 집어삼키고 새삼 고개를 숙였다.

"그런데 한자와, 어떻게 할 건가? 이대로 두 손 들고 그냥 내버려둘 건가?"

연기가 가득 찬 가게 안에서 한자와는 고개를 들었다.

"그럴 리가 있겠습니까? 한번 시작한 이상, 철저하게 파헤칠 겁니다. 경찰에는 있고 은행에는 없는 게 한 가지 있으니까요."

"그게 뭐지?"

"시효입니다. 아무리 15년 전의 대출이고 이미 회수했다고 해도, 은행원에게는 시효가 없습니다. 완벽하게 마무리를 하는 게 뱅커의 규칙이지요. 옛날에 이런 사실을 가르쳐주신 분이 부장 대리님 아닙니까?"

"내가 그런 말을 했던가?"

도미오카는 의뭉스럽게 시치미를 떼더니 큰 소리로 호탕하게 웃었다.

5

이야기를 들은 도마리의 얼굴에 그림자가 드리웠다.

"옛 T의 부정 대출이라······. 합병 전에 깨끗하게 정리했다고 들었는데, 그중 하나라면 골치 아프겠군."

신바시의 골목에 있는 작은 바였다. 오래된 단독주택을 개조한 가게 안에는 카운터가 하나 있고, 2층에는 단체손님용 개별실이 있지만 지금 그곳에는 손님이 없다. 카운터 끝에는 동료인 듯한 직장인 세 명이 친해 보이는 바텐더와 대화를 나누고 있었다. 즉, 한자와와 도마리의 대화에 귀를 기울이는 사람은 아무도 없었다.

"녀석들 쪽에서 보면 절대로 보여주고 싶지 않은 치부겠지. 네가 물으러 왔다고, 벌써 하이타니가 기모토 상무에게 연락했을 거야. 기모토 상무에게 너는 점점 더 눈엣가시가 됐을 거고."

"애초에 그 녀석들이 돈을 제대로 빌려줬다면 이렇게 골치 아픈 일은 없었을 거야. 부정이 문제를 만드는 거지. 반성은 하지 않고 자신들에게 불리한 일을 감추려고만 하는 태도도 마음에 안 들어."

부정한 일을 묵과하지 않는 것은 한자와의 타고난 성격이다.

부정 대출은 일반적인 부실 채권과는 차원이 다르다. 부실 채권은 정식 절차에 따라 이루어진 대출이 거래처의 실적 악화 등으로 회수할 수 없게 되면서 발생한 채권을 말한다. 반면에 부정 대출은 처음부터 모럴 해저드*가 개입된 대출로, 부실 채권이 되느냐 마느냐와는 관계가 없다.

"한자와, 옛 T의 부정 대출을 어떻게 할 거지? 그런 대출이 있었다고 공개적으로 지적할 거야? 그렇게 생각한다면 당장 때려치워. 그래봐야 서로 적당히 타협하면서 끝낼 게 뻔하니까. 은행장 쪽에서 보면 기껏 진행되고 있는 행내 화합을 해치고 싶지 않을 테고."

"공개적으로 하느냐 마느냐는 나중 일이야. 그 전에 이 대출의 진상을 밝힐 거야."

"어떻게? 하이타니란 녀석을 추궁할 거야? 아무리 쥐어짜도 입을 열지 않을걸. 아니면 기모토 상무에게 대놓고 이게 뭐냐고 따질 거야? 그렇다고 문제를 해결할 수 있을 것 같지는 않은데?"

* 도덕적 해이. 법과 제도의 허점을 이용해 자기 책임을 소홀히 하거나 타인에게 피해를 입혀도 도덕적 반성이 없는 태도나 행위.

한자와가 싱글 몰트 술잔을 좌우로 흔들자 얼음이 부딪치는 맑은 소리가 들렸다.

"그렇겠지. 하지만 그렇게 하지 않아도 사실관계를 확인할 수 있어."

"그러니까 어떻게? 당시 관계자 중에 입이 가벼운 놈을 찾아 주리를 틀 거야?"

"전표야."

도마리는 순간 멍한 표정으로 한자와의 옆얼굴을 바라보았다.

"당시 미노베가 도쿄제일은행에서 빌린 금액은 20억 엔이야. 다지마가 마이크로필름 기록을 조사했는데, 전액을 현금으로 인출했더군."

"현금으로 인출했다면 돈의 행방을 좇을 수 없잖아."

도마리는 어이없는 표정으로 말했지만 이어지는 한자와의 말을 듣고 눈을 크게 떴다.

"아니, 현금으로 인출하지 않았을 거야."

"뭐? 네가 방금 현금으로 인출했다고 했잖아?"

"그래."

한자와는 도마리가 아니라 눈앞에 있는 술병에 시선을 고정한 채 덧붙였다.

"하지만 20억 엔을 현금으로 인출하는 건 현실적이지 않아."

그 말을 듣고 도마리는 생각에 잠겼다.

"하긴 그래. 실무적으로도 말이 안 되지. 금액이 너무 커."

은행에서는 자금 관리나 수익상의 문제로 되도록 현금을 적게 가지고 있는 게 상식이다. 현금을 아무리 많이 가지고 있어도 이자는 한 푼도 나오지 않기 때문이다.

또한 현금 1억 엔의 지폐 다발은 어른이 양손으로 안을 수 있는 크기다. 그걸 스무 개, 즉 20억 엔을 지급한다면 운반하기도 만만치 않다. 보안상의 문제도 있어서 현실적으론 있을 수 없다.

그만한 현금을 인출하려고 하면 안전을 위해서라도 계좌로 이체하라고 설득하는 게 은행 담당자의 임무이고, 당시 담당자도 그렇게 했을 것이다. 이체하면 도중에 도난당할 일도 없고 분실할 일도 없으며 상대 계좌로 확실하게 들어간다. 무엇보다 은행도 거액의 현금을 준비하지 않아도 된다.

한자와는 자신의 추측을 말했다.

"즉, 20억 엔은 명목상 현금 지급으로 처리했을 뿐이고, 실제로 현금으로 지급하지는 않았을 거야. 아마 그 돈은 어느 계좌로 이체되었겠지. 내가 무슨 말을 하고 싶은지 알겠지?"

"그래."

도마리는 진지한 얼굴로 고개를 끄덕였다.

한자와가 가설의 결론을 입에 담았다.

"즉, 미노베는 이 20억 엔을 어디로 이체했는지, 기록을 남기고 싶지 않았던 거야. 왜 그렇게까지 했을까?"

도마리가 자신의 생각을 슬쩍 내비쳤다.

"아파트 건설자금이 아니라 겉으로 드러내고 싶지 않은 용도로 사용했기 때문이 아닐까? 그렇다면 경우에 따라서는 정치 스캔들이 될 거야. 너 설마 미노베 녀석을……."

한자와가 시큰둥한 얼굴로 말했다.

"천만에. 내 목적은 어디까지나 TK항공이 자력으로 재건하게 만드는 거야. 그것 말고 다른 목적은 없어."

"말은 그렇게 하면서 한꺼번에 처리할 생각 아니야?"

의혹의 눈초리를 거두지 않는 도마리를 향해, 한자와는 웃기만 하고 대답하지 않았다.

6

"뭐야? 한자와가 대출에 대해 물으러 왔다고? 왜 더 일찍 말하지 않았나?"

기모토의 입에서 날벼락이 떨어지자 하이타니의 얼굴에서 핏기가 사라졌다.

"죄송합니다. 이렇게까지 신경 쓰고 계시는 줄은 꿈에도 모르고……."

"신경 쓰고 뭐고, 상대는 한자와야. 그놈이 그걸 이용해 어떤 말을 할지 모르잖아!"

화가 가라앉지 않는지, 기모토는 고개를 숙인 하이타니를 싸늘하게 노려보았다.

기모토를 따르는 옛 T 출신자들의 모임이다. '관(棺)의 모임'이라는 이름은 고(故) 마키노 오사무 부행장의 측근이었던 기모토가 지었다. 오랫동안 모셨던 마키노의 장례식에서 가족들과 함께 끝까지 관을 지켰던 기모토가 마키노의 유지를 잊지 않겠다는 뜻을 담아 지은 것이다. 1년에 몇 번, 기일인 6일에 열리는 조촐한 자리다.

번화가인 아카사카의 중화요리점 개별실에서 열린 이날 모임의 참석자는 전부 다섯 명으로, 지금 모두가 숨을 죽이고 가여워하는 눈길로 하이타니를 바라보았다.

"자네는 뭐라고 대답했나?"

기모토의 질문에 하이타니는 얼굴을 들고 움찔하며 대답했다.

"그러니까…… 하도 오래되어서 기억나지 않는다고요……."

"아무 말도 안 했겠지?"

"물론입니다!"

하이타니는 목소리를 높여 대답하고 즉시 머리를 조아렸다.

"죄송합니다."

하이타니로부터 시선을 돌리고 기모토는 진절머리가 나는 얼굴로 혀를 찼다.

"그건 그렇고…… 우리 영역에까지 거침없이 들어오다니, 골치 아픈 놈이군. 이미 회수가 끝난 대출을 왜 캐고 다니는 거야?"

"TK항공과 관계가 있다고 했습니다."

"그러니까 그게 TK항공과 무슨 관계가 있냐고!"

기모토가 눈에 쌍심지를 켜고 고함을 지르는 바람에 하이타니는 고개를 움츠리고 입을 다무는 수밖에 없었다.

여기에 있는 사람들에게 기모토는 절대적인 존재였다. 기모토의 힘을 이용해 승진한 사람들이기 때문에 어미 거북인 기모토가 쓰러지면 모두 쓰러지는 관계라고 할 수 있다.

"그것에 대해선 별말을⋯⋯."

하이타니는 뺨을 떨면서 뒷말을 집어삼켰다. 한자와에게도 그랬던 것처럼 자기보다 아랫사람에게는 오만방자한 태도를 취하면서, 자기보다 윗사람에게는 찍소리도 못 한다. 강한 사람에게는 약하고 약한 사람에게는 강한 타입인 것이다.

"우리의 발목을 잡으려는 속셈이 아닐까요?"

두 사람의 대화를 듣고 있던 다른 사람이 말했다. 심사부장인 마에지마였다.

"옛 T 시절의 대출을 트집 잡아 엉뚱한 소리를 하려는 것일지도 모르지요. 원래 비열하기 짝이 없는 인간이니까요. 오와다 상무님 때도 그랬잖습니까? 한자와 녀석은 요주의 인물입니다."

사건의 본질을 외면한 채, 상대를 무조건 악당으로 만드는 것이 마에지마의 주특기였다. 지금도 그런 모습을 보여주며 자신들의 우두머리인 기모토의 분노를 부추겼다. 옛 T 출신인 오와다 아키라는 기모토의 전임자인데, 몇 년 전에 어떤 사건을 둘러싸고 한자와와 적과 아군으로 갈라져서 첨예하게 대립했다. 그 사건 이후, 오와다를 따르던 행원들의 가슴속에 한자와에 대한 증오심은 지울 수 없을 만큼 깊이 새겨져 있었다.

"행여나 무슨 일이 있으면 안 되니까 미노베 의원 건을 비롯해 자네가 관리하는 서류들이 잘 있는지 단단히 확인해둬!"

기모토의 지시를 받고 얼굴이 창백해진 하이타니는 녹슬어서 삐걱이는 양철 인형처럼 어색하게 고개를 끄덕이는 게 고작이었다.

7

아침에 출근하자마자 급한 일을 처리한 뒤, 기모토의 명령을 수행하기 위해 하이타니가 도쿄중앙은행 본사를 나선 것은 오전 11시가 지나서였다.

그는 화이트보드에 거래처 이름을 쓴 뒤, 그대로 도쿄 역으로 가서 주오선을 탔다.

니시신주쿠에 있는 거래처에 들러 형식적인 면담을 마친 뒤 그대로 히가시신주쿠에 있는 어느 건물까지, 초여름을 방불케 하는 5월의 햇살 속에서 15분쯤 걸리는 길을 정신없이 걸어갔다.

그의 급한 마음과 달리 하늘에는 새하얀 구름이 느긋하게 흘러가고 있었다.

신주쿠 역 동쪽의 어수선한 번화가를 지난 뒤, 그는 신호 건너편에서 창문이 없는 스산한 빌딩을 발견하고 겨우 걸음을 늦추었다. 이마의 땀을 닦은 뒤, 출입을 확인하는 작은 관리실 앞에서 행원증을 보여주었다.

경비원은 한 사람이었다. 관리실 안쪽에는 사무를 보는 직원이 한 사람 있었지만 하이타니에게는 고개도 돌리지 않았다.

뭐 하러 왔냐고 묻는 사람도 없고, 묻는다고 해도 옛날 서류를 보러 왔다고 대답하면 된다.

이 빌딩의 정식 명칭은 '도쿄중앙은행 서고센터'이다. 지금으로부터 30여 년 전 옛 도쿄제일은행 시절에 지은 낡은 건물로, 지하 2층부터 지상 10층까지 모든 층이 도쿄 안의 각 지점에서 가져온 옛날 서류를 보관하는 공간으로 되어 있다.

낡은 엘리베이터가 그를 7층으로 데려다주었다. 엘리베이터 문이 열린 순간 오래된 종이 특유의 냄새가 코를 습격했다.

그곳은 말 그대로 서류의 바다였다. 오랫동안 사용하지 않은 도서관에 들어온 듯한 착각에 빠지는 것은 너무도 조용했기 때문이다. 기이하리만큼 발소리가 크게 메아리치는 공간에서 몇 겹으로 늘어선 서가가 압도적인 존재감을 뿜어내는 탓에, 몇 번을 와도 익숙해지지 않고 숨이 턱턱 막혔다.

그는 망설이지 않고 북쪽 벽 앞까지 걸어가 어느 서가 앞에서 걸음을 멈추고, 그곳에 있는 팻말을 확인했다. 지점별로 보관 공간이 나누어져 있는 것이다.

'오기쿠보 서부지점'.

그는 일단 가까운 벽에 있는 접이식 사다리를 펼쳤다. 그리고 총 여섯 단으로 되어 있는 서가의 맨 윗단의 골판지상자를 바닥에 내리고 내용물을 꺼내보았다.

품의서 파일을 펼치고, 그곳에 끼워진 서류에 이상이 없는지 확인하는 데에는 그렇게 오랜 시간이 걸리지 않았다.

이어서 골판지상자가 모두 13개 있는 것을 확인하자 불과 10분도 못 돼서 여기에 온 목적을 달성했다.

그는 출입 확인용 관리실을 지나 다시 밖으로 나와서 깊은 안도의 한숨을 내쉬었다. 그리고 이번에는 왔을 때처럼 종종걸음이 아니라 천천히 걷기 시작했다.

보관한 서류에는 이상이 없었다. 아무리 한자와라고 해도 여기까지 확인할 리가 없다는 사실은 미리 예상하고 있었다.

기모토는 용의주도한 사람이지만, 때로는 너무 지나쳐서 그를 지긋지긋하게 만들었다.

"한창 바쁜 시간에 이런 일을 시키다니."

그는 수많은 사람들이 지나가는 시끌벅적한 거리를 걸으면서 혀를 찼다. 마음속에서 솟구치는 짜증이 기모토 때문인지, 쏟아지는 더운 햇살 때문인지 알 수 없었다. 어쩌면 양쪽 다일지도 모르겠다고 그는 생각했다.

하이타니의 모습이 사거리 건너편으로 사라진 순간, 관리실 안쪽에 있던 남자가 천천히 수화기를 들어올려 외우고 있던 전화번호를 눌렀다.

"지금 법인부의 하이타니라는 사람이 왔다 갔습니다."

"오오, 고마우이."

전화기 너머에서 들려온 남자의 목소리는 언제나 그렇듯이 여유로웠다.

"그런데 어디에 갔는지 아나?"

"7층이었습니다. 장소는 CCTV로 보고 있었으니까 금방 안내해드릴 수 있습니다. 언제 오실 겁니까, 도미 부장대리님?"

도미오카가 말했다.

"곧 가겠네. 어차피 오늘은 할 일도 없으니까. 나하고 늦은 점심이라도 안 하겠나? 보답할 겸 내가 한턱 내지."

"기왕에 사주신다니 전철역 앞에 있는 비싼 초밥집이 좋겠습니다."

남자가 농담처럼 말하자 도미오카가 웃음을 터트렸다.

"이런이런! 내 주머니 사정도 생각해줘야지. 하긴 뭐, 오늘은 특별하니까. 아무튼 조금만 기다리게."

두 사람의 통화가 끝나자 관리실에는 다시금 따분함이 내려앉았다.

은행은 사람과 종이로 되어 있다고 말한다. 히가시신주쿠에 있는 이 빌딩의 서류는 보존 기한이 끝나면 폐기될 운명에 있지만, 생각해보면 월급쟁이인 은행원의 운명도 그것과 별반 다르지 않다.

8

"한자와, 아직 퇴근 안 했나?"

저녁 9시가 지난 시각. 오늘 일을 마무리하려는 순간, 감사부의 도미오카가 한자와의 휴대폰으로 연락을 했다.

"네, 아직 책상에 달라붙어 있습니다."

"재미있는 게 있으니까 당장 뛰어오게."

전화기 너머에서는 작은 잡음도 들리지 않았다. 이자카야도 아니고, 시끄러운 시내도 아닌 듯했다. 어디지? 한자와가 고개를 갸웃한 순간, 도미오카가 뜻밖의 말을 꺼냈다.

"지하 3층 엘리베이터 앞에서 기다릴게."

지하 3층에는 도쿄중앙은행의 서고가 있다. 느닷없이 호출하기에는 뜻밖의 장소이지만 도미오카는 별일 없이 이렇게 말하는 사람이 아니다.

"총알같이 달려가겠습니다."

전화를 끊으려는 한자와를 향해 도미오카가 못을 박았다.

"자네 혼자 오게. 알았지?"

아직 대부분의 부하직원들이 남아 있는 영업 2부 사무실을 힐끔 쳐다보고 "알겠습니다"라고 말한 뒤, 한자와는 엘리베이터에 올라탔다.

지상 20층, 지하 5층으로 된 도쿄중앙은행 본관은 방범상의 이유로 입을 다물 수 없을 만큼 복잡하다. 사무실을 지나 금고나 서고처럼 중요한 물건을 보관하는 공간으로 들어가면 미로처럼 복잡해서 방향감각이 사라질 뿐만 아니라, 수많은 보안장치가 눈을 부릅뜨고 외부인의 침입을 막고 있다.

엘리베이터를 타고 지하 3층까지 내려가자 도미오카가 한자와를 기다리고 있었다.

도미오카는 열쇠 다발을 허리에 찬 채 오른손을 가볍게 들어 인사하더니, 앞장서서 서고 안으로 들어갔다. 양쪽에 늘어선 서가를 빽빽하게 채우고 있는 것은 각 부서에서 보관해놓은 골판지상자다. 각각의 상자에는 부서명과 보관 기한이 쓰여 있는데, 일반적인 서류라면 일정 기간 보관한 후에 도쿄 안에 몇 군데 있는 합동서고로 운반하고, 보관 기한이 끝나면 문서분쇄기를 넣어 처분한다.

체육관처럼 넓은 공간에 서류가 빼곡히 들어 있는 지하 3층 서고는 압도적인 고요함과 숨 막히는 폐색감이 지배하고 있었다.

어디까지 가는 걸까? 도미오카는 막다른 곳까지 똑바로 걸어가더니, 전용 엘리베이터 버튼 위쪽의 뚜껑을 열고 비밀번호를 눌렀다.

지하 4층은 중요한 서류를 보관하는 특별한 층이다. 엘리베이터의 비밀번호는 각 부서의 차장 이상밖에 모른다. 참고로 지하 4층의 한 층 밑인 지하 5층의 임원 전용 서고에 들어갈 수 있는 사람은 임원들과 비서실장뿐이다.

도미오카는 지하 4층에서 내리더니, 전등 스위치를 켜고 우울해질 만큼 중압감을 자랑하는 서가를 지나갔다. 그리고 익숙한 발걸음으로 맨 안쪽에 도착해 벽에 있는 어느 서가 앞에서 걸음을 멈추었다.

서가에 감사부 팻말이 걸려 있는 것을 보면, 아마 도미오카가 관리하는 곳이리라.

한자와는 도미오카의 목적이 당연히 그 서가에 있는 서류라고 생각했다. 하지만 다음 순간, 도미오카가 기묘한 행동에 나섰다. 서가 하나를 옆으로 밀기 시작한 것이다.

한자와가 질문을 집어삼킨 것은 서가 너머에서 나타난 문을 보았기 때문이다. 강철로 된 튼튼한 문으로, 언뜻 보면 벽의 일부로밖에 보이지 않았다.

"비밀의 방인가요?"

한자와가 깜짝 놀라며 지켜보는 가운데, 도미오카는 가지고 있던 열쇠를 작은 구멍에 끼웠다. 그리고 손잡이를 돌려 문을 열고 불을 켰다.

다음 순간, 눈부실 만큼 환한 불빛이 쏟아졌다. 공간은 그렇게 크지 않았다. 한 5평쯤 될까?

"은행은 감사니 뭐니 해서, 이런저런 골치 아픈 서류를 숨겨야 할 때가 있잖나? 정부뿐만 아니라 은행 내부에도 알리고 싶지 않은 일급 비밀 서류를 위해, 본관 빌딩을 설계할 때 당시 경영진이 몰래 만들라고 한 모양이야. 지금은 내가 관리하고 있는데, 이곳을 아는 사람은 우리 은행 안에 다섯 명밖에 없어. 지금 한 명이

늘었지만 말이야."

도미오카는 개구쟁이처럼 장난스럽게 말했지만 눈은 웃지 않
았다.

그 공간에는 한층 튼튼해 보이는 서가가 놓여 있었는데, 선반
의 대부분은 비어 있고 바닥의 한가운데에 열 개가 넘는 골판지
상자가 쌓여 있을 뿐이었다.

"보게."

도미오카는 상자 하나를 열더니, 안에 있던 서류를 꺼내 한자
와에게 주었다.

신용파일이었다. 옛 도쿄제일은행의 로고가 찍힌 낡은 종이파
일의 표지에는 거래처의 이름이 손글씨로 쓰여 있었다.

미노베 게이지

"자네가 찾던 거지? 내용을 확인해보게."

한자와가 눈을 휘둥그레 뜨면서 물었다.

"이게 어디 있었지요? 처음부터 여기에 있었습니까?"

도미오카는 희미하게 웃으면서 고개를 가로저었다.

"그럴 리가 있어? 히가시신주쿠에 있는 합동서고에 있더군."

"합동서고요? 용케 찾으셨네요."

감탄하는 한자와를 보면서 도미오카는 미처 예상치 못한 말을
꺼냈다.

"자네 덕분이기도 해. 자네가 법인부의 하이타니를 찾아가서 말했잖나? 만약 하이타니가 그 일에 관여했다면 신용파일을 확인해보지 않을까 생각했지. 그래서 믿을 수 있는 사람에게 부탁해 합동서고를 감시하라고 했어. 예상한 대로 그중 한 사람으로부터 오늘 낮에 하이타니가 다녀갔다는 연락이 왔더군."

"그게 히가시신주쿠의 합동서고였나요?"

"그래. 이것 좀 보게."

도미오카는 고개를 끄덕인 뒤, 상자 위에 있는 낡은 팻말을 한자와에게 보여주었다. 지점별 공간을 적어놓았던 합동서고의 플라스틱 팻말이었다.

"오기쿠보 서부지점?"

한자와는 팻말에 쓰인 지점의 이름을 읽고 나서 물었다.

"오기쿠보 서부지점에서 관리했다는 겁니까?"

도미오카는 고개를 옆으로 흔들었다.

"아니야. 난 감사부에 오래 있어서 많은 지점을 알고 있지. 옛 산업중앙에도 옛 도쿄제일에도 오기쿠보 지점은 있었지만, 오기쿠보 서부지점이란 지점은 어디에도 없었고 지금도 없어. 무슨 뜻인지 알겠나?"

사정을 알아차리고 한자와는 중얼거렸다.

"가공의 지점이군요. 꽤 잔머리를 썼는데요?"

"존재하지 않는 지점의 보관 공간에 있었던 게 이 서류야. 상자는 전부 13개. 예상한 대로 모두 위험한 대출들이더군."

"전부 옛 T의 부정 대출인가요?"

한자와는 쌓여 있는 상자로 시선을 돌렸다.

"전부 폭로하면 우리 은행에 대한 신뢰는 달까지 날아가겠지."

농담처럼 말했지만 도미오카의 눈은 너무도 슬퍼 보였다.

"일반기업에 대한 대출로 가장한 조직폭력배에 대한 거액 대출, 우회 대출이나 임원이 관여한 부정 대출, 대기업 임원이 애인과 관계를 청산할 때 주는 위자료, 주식의 내부자 거래. 그리고 정치인에 대한 개인적인 대출……."

도미오카는 그렇게 말하고 한자와의 손에 있는 신용파일을 가리켰다.

"안을 한번 보게."

한자와가 찾고 있었던 품의서는 즉시 발견되었다.

15년 전에 행해진 20억 엔의 대출이다. 담당자는 하이타니. 결재란에는 기모토와 당시 임원의 승인 도장이 찍혀 있다.

"담당자가 쓴 메모가 있지? 그 메모를 보면 이번 대출의 전모를 알 수 있어."

도미오카의 말처럼 품의서에는 손으로 또박또박 쓴 메모가 끼워져 있었다.

작성자는 하이타니였다.

메모를 읽은 한자와는 숨을 깊이 들이마시고 천천히 토해냈다.

"자네도 봤다시피 그렇게 된 거야. 이제 어떡할 건가?"

도미오카는 가여운 사람이라도 보는 눈으로 한자와를 보았다.

"일단 여기에 쓰여 있는 사실을 확인해보겠습니다."

"그게 좋겠지. 그리고 진상이 밝혀질 때까지 이 일은 우리의 가슴속에만 간직해두는 게 좋을 거야. 말 안 해도 알겠지만."

도미오카는 그렇게 말하고 즉시 덧붙였다.

"참, 그 파일에는 이체의뢰서 복사본도 들어 있더군. 미노베가 20억 엔을 이체한 곳은 마이하시스테이트라는 회사였어."

"잠깐만요. 마이하시……?"

회사 이름을 듣고 한자와는 재빨리 얼굴을 들었다.

"짐작 가는 데가 있나?"

"네, 조금이요."

이체의뢰서의 복사본을 발견한 한자와는 그곳에 적힌 회사 이름을 뚫어지게 보았다.

"TK항공의 협력업체와 거래가 있는 곳입니다. 그런 사실을 지적한 사람은, 금융청의 구로사키입니다만."

"구로사키가?"

도미오카의 얼굴에 놀라움이 깃들며 눈썹이 꿈틀거렸다. 그는 한자와를 향해 다음 말을 재촉했다.

"자세히 말해보게."

"지난번 금융청 면담에서 TK항공의 협력업체에 대해 지적할 때, 구로사키가 이 마이하시스테이트를 언급했습니다."

금융청과의 면담 내용을 말해주자 도미오카가 의아한 표정을 지었다.

"금융청의 지적치고는 너무 세밀하지 않나?"

"말씀하신 것처럼 그날도 이상하다는 생각이 들 만큼 자세하게 파고들더군요. 팀원들이 조사한 바에 따르면 마이하시스테이트는 우리 마이하시 지사와도 거래가 있었습니다. 재무 상황에는 별다른 문제가 없다고 해서 금융청에는 그대로 보고했습니다."

말없이 듣고 있던 도미오카가 고개를 살짝 기울이며 의문을 제기했다.

"실제로는 어떨까?"

"무슨 뜻이죠?"

"TK항공이 아무리 중요한 거래처라고 해도 금융청 나리께서 협력업체의 거래처 이름까지 들먹이며 지적한다는 건 부자연스럽지 않나?"

"그때는 구로사키가 저를 괴롭히기 위해 일부러 그런다고밖에 생각하지 않았습니다만."

"다른 식으로도 생각할 수 있지 않겠나?"

도미오카가 의미심장하게 말했다.

"다른 식으로요?"

"미노베가 이 마이하시스테이트와 관계가 있다는 사실을 구로사키가 알고 있었다든지."

예상치 못한 말을 듣고 한자와는 마른침을 삼켰다.

"그걸 알면서 일부러 우리에게 지적한 거라고요?"

"미노베에게…… 아니, 진정당에 복수하기 위해서였을지도 모르지. 물론 내 지나친 생각일 수도 있겠지만. 그 금융청 면담이 국교성 대신인 시라이의 요청을 받아들여 어쩔 수 없이 했다는 건 자네도 알지? 금융청 쪽에서 보면 체면을 구긴 거나 마찬가지지. 서열 의식이 확실한 금융청 나리께서 아무 관계도 없는 국교성의 의향대로 움직였으니까 얼마나 뚜껑이 열리겠나? 더구나 그 후에 금융청이 낸 의견서에는 '항공 행정 영향에 대한 재검토'라는 내용까지 담아야 했지. 이건 금융청 관료들의 자존심을 건드리는 불쾌한 일이잖아? 구로사키가 진정당 정권의 그런 방식에 한 방 먹이려고 했다고 생각할 수는 없을까?"

생각지도 못한, 하지만 충분히 생각할 수 있는 지적이다.

금융청에게 거액의 채권 포기를 인정하는 것은 금융 시스템을 안정시키기 위해 최선을 다해온 자신들의 노력을 짓밟히는 일이나 다름없다. 따라서 구로사키가 강력하게 반발했다고 해도 이상할 게 없으리라.

"그렇다면 구로사키는 어디선가 마이하시스테이트의 정보를 얻었겠군요."

"그자는 감사관으로 이 은행, 저 은행을 돌아다니며 감사를 하잖아? 어느 은행의 감사를 통해 마이하시스테이트의 대한 뒷정보를 얻었을 가능성도 있겠지."

"알겠습니다. 한번 조사해보겠습니다."

한자와는 무거운 한숨을 내쉬고, 산더미처럼 쌓인 상자를 새삼 쳐다보았다.

"그나저나 이 부정 대출을 어떻게 하실 생각입니까?"

도미오카가 태평한 얼굴로 말했다.

"글쎄, 어떻게 할까? 그건 지금부터 천천히 생각해보겠네. 그리고 한자와, 미노베 게이지 건은 TK항공과 얽혀 있어. 그건 자네에게 맡길게. 알겠나?"

"알겠습니다. 그런데 이게 밖으로 드러나면 기모토 상무도 끝이겠지요?"

한자와는 그렇게 말하고, 파일에 끼워진 하이타니의 메모를 다시 뚫어지게 쳐다보았다.

하지만 도미오카에게서는 뜻밖의 대답이 돌아왔다.

"과연 그럴까? 그 메모를 자세히 보게."

도미오카의 의도를 이해할 수 없어서 한자와는 다시 메모를 확인했다.

"기모토가 봤다는 도장은 어디에도 없어."

그러고 보니 그렇다.

"기모토는 용의주도한 놈이야. 만약에 이 문제가 불거지면 진상을 몰랐다고 시치미 뗄 수도 있어."

도미오카가 진지한 눈길로 덧붙였다.

"일단 마이하시스테이트를 알아보게. 어딘가에 돌파구가 있을 거야."

6장

썩은 연금술

1

하네다공항에서 비행기를 타고 한 시간 만에 도착했다.

TK항공의 기내는 빈자리가 마음에 걸리는 것을 제외하면 너무도 쾌적했다.

정시에 도착해 오전 9시가 조금 지나 마이하시공항 게이트를 빠져 나온 한자와와 다지마는 공항버스를 타고, 그곳에서 30분쯤 걸리는 마이하시 시내로 향했다.

시내 중심에 있는 시청 앞에서 내린 뒤 그곳에서 가까운 마이하시 지점의 2층으로 올라가 내방 사실을 알리자, 즉시 사무실 안쪽에 있는 책상 앞에서 눈에 익은 남자가 일어섰다. 지점장인 후카오다.

한자와는 예전에 어느 프로젝트에서 후카오와 같이 일한 적이 있었다. 대담하지는 않지만 성실한 모습이 인상적인 남자였다.

"기다리고 있었습니다. 이쪽으로 오십시오."

그는 인품을 짐작게 하는 온화한 미소를 지으며, 한자와와 다지마를 접견실을 겸한 지점장실로 안내했다.

"한자와 차장님, 들었습니다. 지금 TK항공은 난리도 아니지요? 노하라 변호사가 본부장이라면 안 봐도 뻔합니다."

후카오에게 뜻밖의 말을 듣고 한자와는 놀란 표정을 지었다.

"노하라 변호사를 아시나요?"

"이쪽 지점에서 일한 지 꽤 지났을 때, 마이하시교통이라는 이 지역의 기업이 파산한 일이 있었지요. 노하라 변호사는 파산하기 1년쯤 전부터 마이하시교통의 고문변호사로 일하면서, 파산할 때까지 회사와 사장의 개인 재산을 완벽하게 빼돌렸습니다. 실력은 좋을지 모르겠지만 이쪽에서는 비난이 이만저만 아니었지요."

처음 듣는 이야기였다. 하지만 채권 회수 현장에서 오랫동안 일하며 지금의 자리에 올라온 만큼 생각할 수 없는 일도 아니다. 채권자에게는 저주스러운 상대라도 클라이언트인 마이하시교통 쪽에서 보면 그보다 믿음직한 변호사는 없었으리라.

"그런데 마이하시스테이트에 대해 조사하고 싶다고 하셨죠? 일부러 여기까지 오신 걸 보면 무슨 문제라도 있습니까?"

후카오에게는 미리 용건을 말해놓았다.

"금융청의 면담에서 문제가 되어서요."

후카오의 얼굴에 긴장감이 감돌았다. 옛 T의 부정 대출이나 지하 서고에서 본 메모의 내용은 도미오카의 지시도 있어서 덮어 놓았다. 다지마에게도 자세한 말은 하지 않았다.

"알겠습니다. 잠시만 기다리십시오."

후카오는 그렇게 말하고 접견실에서 나가더니 즉시 젊은 행원 한 명을 데리고 돌아왔다. 30세 전후로 보이는 키가 큰 남자였다.

"마이하시스테이트를 담당하는 에구치입니다."

사람 좋아 보이는 에구치는 그렇게 말하고 고개를 숙인 뒤, 옆구리에 끼워놓은 마이하시스테이트의 신용파일을 내밀었다.

한자와가 맨 처음 확인한 것은 기업 개요였다. 마이하시에 본사가 있는 마이하시스테이트는 1927년에 창업한 오래된 부동산 회사였다. 종업원은 8백 명. 연매출은 약 750억 엔, 당기순이익 3억 5천만 엔. 이 지역의 회사로는 손꼽히는 규모다.

"저희 지점에도 다섯 손가락 안에 드는 거래처입니다. 노가와 사장은 마이하시 경제계의 얼굴 같은 존재이고요."

"진정당의 미노베 의원 알지? 이 회사와 무슨 관계인가?"

한자와의 질문에 예상한 대답이 돌아왔다.

"노가와 사장이 미노베 의원의 조카입니다."

다지마가 몸을 앞으로 내밀며 말했다.

"조사해주셨으면 하는 게 있는데요, 15년 전에 미노베 의원이 이 마이하시스테이트에 20억 엔을 이체했습니다. 그건 알고 계셨습니까?"

에구치는 고개를 가로저었다.

"아니요, 처음 듣는 얘기입니다."

한자와가 말했다.

"미안하지만 가능하다면 당시의 재무자료를 확인하고 싶어. 20억 엔을 어디에 사용했는지 알고 싶어서 그래."

경리 서류에도 법으로 정해진 보관 기한은 있지만, 사업을 하는 회사의 경우에는 오래된 서류까지 보관하는 경우가 많다.

"마침 지금 대출을 신청한 상태니까 품의서를 쓸 때 참고하기 위해 과거의 결산 서류를 보여달라고 하면 특별히 거부하지는 않을 겁니다. 그쪽과의 관계도 양호하고요. 만약에 서류가 없으면 사장에게라도 직접 물어보겠습니다. 그러면 되겠습니까?"

"바쁜데 미안하네."

한자와는 그렇게 말하며 작게 고개를 숙였다.

"아닙니다. 도움이 되었으면 좋겠습니다. 지점장님, 이렇게 하면 되겠지요?"

후카오가 흔쾌히 승낙하자 한자와는 에구치와 다지마를 데리고 재빨리 마이하시 지점을 나왔다.

마이하시스테이트의 본사까지는 걸어서 5분밖에 걸리지 않기 때문에 업무용 차를 탈 필요는 없었다. 본사 사옥은 깔끔한 15층짜리 건물로, 1층 영업소를 제외하고 10층까지는 대기업의 지사에 임대해주고 11층부터 최상층까지 사용하고 있었다.

한자와는 입구에서 에구치와 헤어져, 다지마와 함께 근처에 있는 커피숍으로 들어갔다. 사옥 안으로 들어간 에구치가 돌아온 것은 약 한 시간쯤 지나서였다.

"오래 기다리셨죠?"

커피숍으로 들어온 에구치는 마이하시스테이트의 이름이 찍힌 종이가방을 들고 있었다.

"오래된 서류는 서고에 넣어두어서 찾느라 시간이 좀 걸렸습니다. 이거면 되겠습니까?"

"고마워. 서류가 남아 있었나?"

종이가방에서 나온 것은 미노베에게 20억 엔을 대출해주기 전후 3년간의 결산서였다. 에구치는 다시 눈치 빠르게, 그 이후 5년간의 결산서 복사본까지 가져왔다. 일을 잘하는 사람의 전형적인 모습이다. 재빨리 마이하시 지점으로 돌아가 후카오의 허락을 받아 지점 회의실에서 펼쳐보았다.

결산서를 늘어놓으면서 에구치가 말했다.

"아까 대차대조표를 확인했는데, 미노베 의원으로부터 받은 20억 엔은 차입금으로 처리했더군요."

대차대조표는 회사가 가지고 있는 자산과 부채 일람표다. 그것을 보면 그 회사가 어떤 자산을 얼마나 소유하고, 어떤 부채를 얼마나 가지고 있는지 한눈에 알 수 있다. 대부분의 일본 기업의 결산월은 3월인데, 마이하시스테이트도 예외는 아니었다.

"찾았습니다. 이겁니다."

다지마가 가리킨 차입금 명세에 그들이 원하는 이름이 적혀 있었다.

차입처, 미노베 게이지. 금액 20억 엔

차입일은 옛 도쿄제일은행이 대출해준 날짜와 일치했다.

재빨리 서류를 살펴본 에구치의 말에 따르면 15년 전에 적힌 미노베의 차입금 20억 엔은 그 이후의 결산에도 계속 남아 있다가, 변제에 의해 사라진 것은 5년이 지난 다음이었다.

다지마가 물었다.

"이 자금의 용도를 모르십니까?"

"아까 경리담당자에게 슬쩍 물어봤더니 운전자금으로 빌렸다고 하더군요."

에구치의 대답을 듣고 다지마는 곤란한 표정을 지었다.

"운전자금······."

운전자금이라고 하면, 실제로 어디에 사용했는지는 알 수 없다.

"아무튼 옛 T에서 아파트 건설자금 명목으로 빌린 돈을 고스란히 마이하시스테이트에 빌려준 건가요?"

"당시 적자였기 때문에 은행에서 대출을 받을 수 없었던 모양입니다. 그런 상황에서 미노베 의원이 통 크게 20억 엔을 빌려주어서 다행이었다고 하더군요."

당시 마이하시스테이트는 적자였다. 거품 경제가 무너진 이후, 모든 부동산회사가 고전했던 시기와도 일치한다.

다지마는 말없이 한자와를 바라보았다. 믿기십니까? 그렇게 묻는 눈이다.

"이런 일은 있을 수 없어."

한자와는 조용하면서도 확고하게 말했다.

"그건 왜죠?"

그렇게 물은 에구치에게 한자와가 되물었다.

"자네라면 이런 회사에 돈을 빌려주겠나? 결산서를 보면 알수 있듯이 당시 이 회사는 매출도 줄고 이익도 줄어드는 내리막길 상태였어. 아무리 조카 회사라곤 하지만 이런 회사에 20억 엔이나 빌려줄 사람이 어디 있겠나? 만약 회사가 망하기라도 해봐. 20억 엔을 자기가 물어내지 않으면 안 돼. 제정신이 있는 사람이라면 그런 위험을 감당하겠나?"

"그건 그렇네요······."

에구치가 혼잣말처럼 중얼거렸다.

"하지만 미노베는 실제로 20억 엔이나 되는 돈을 이 회사에 빌려주었습니다. 이유가 뭐라고 생각하십니까?"

이해할 수 없다는 얼굴로 다지마가 물었다.

"생각할 수 있는 건 그렇게 많지 않아. 미노베가 엄청나게 좋은 사람이든지, 이 회사 사장에게 치명적인 약점을 잡혔든지, 그것도 아니면······ 그로 인해 돈을 많이 벌 수 있다든지."

마지막 말을 들은 순간, 다지마와 에구치가 동시에 얼굴을 들었다.

한자와는 결산서의 내용을 자세히 살펴보면서 말했다.

"에구치 씨, 이 결산서는 상당히 꼼꼼히 만들었군. 그해에 사들인 토지의 명세까지 붙어 있어. 예를 들면 미노베가 20억을 빌려준 해의 8월에 사들인 이 커다란 토지는······."

무슨 말인지 이해하지 못한 채 멍하니 입을 벌린 에구치를 향해, 한자와는 그곳에 적힌 번지수를 읽었다.

"지도를 가져와주겠나? 되도록 오래된 것…… 당시의 지도가 있으면 가장 좋겠어."

회의실에서 나간 에구치가 즉시 은행에 비치된 지도를 들고 돌아왔다. 한자와는 햇볕에 그을린 오래된 지도를 받아 회의실 탁자 위에 펼쳤다.

"이 회사의 가장 중요한 업무는 주택 판매지? ……이 주소는 여기야."

한자와가 가리킨 곳은 근처에 도로도 없고 임야에 가까운 장소였다.

"이 회사는 그해에 이 주변 토지를 한꺼번에 사들였어. 주택 단지라도 만든 걸까? 현재 지도에서 이 지역을 확인해보면……."

다음 순간, 에구치의 안색이 바뀌었다. 그와 동시에 새로 펼친 마이하시의 지도를 들여다보던 다지마의 입에서 "아!"라는 소리가 새어 나왔다. 예전에 임야였던 곳은 완전히 개발되어서 새로운 건축물이 들어서 있었다.

"마이하시공항이군요……."

다지마가 혼잣말처럼 중얼거리더니, 이내 경악하는 눈길로 한자와를 바라보았다.

2

"그러니까 뭐야, 당시에 마이하시스테이트에서 사들인 토지가 공항 건설 예정지였다는 거야?"

진구마에의 단골 꼬치구이집에서 도마리는 목소리를 낮추었다.

저녁 9시가 지난 시각. ㄷ자 모양의 나무 카운터는 손님들로 시끌벅적했다. 첫 잔인 생맥주를 비우고 한자와는 항상 마시는 밤소주에 얼음을 넣어 마시고 있었다.

한자와가 대답했다.

"아니, 정확하게 말하면 아직 예정지도 아니었어. 당시는 공항 건설 이야기만 나온 무렵이고, 찬성파와 반대파가 치열하게 싸우던 중이었지. 그런데 이듬해 시장 선거에서 미노베가 지지하는 공항 찬성파 후보가 당선되면서 단숨에 공항 건설로 돌진하게 됐어. 공항 건설 예정지를 발표한 건 그 이후의 일이었고. 하지만 그 시장 선거에서 찬성파가 압승하리란 건 불을 보듯 훤했던 모양이야."

도마리는 지긋지긋한 표정으로 고개를 가로저었다.

"표가 어디로 갈지 알고 미리 사놓은 땅에 공항을 유치했다는 거야? 썩은 연금술이군."

"미리 사놓은 땅을 비싸게 팔아 마이하시스테이트의 재정 상태는 극적으로 회복되었지. 한마디로 말해 벼락부자가 된 거야. 그 돈으로 빚을 모두 갚고, 남은 이익으로 사업을 확장했어. 더구나 최근 10년 사이에 TK항공 협력업체와도 거래하면서 마이하시에서는 손꼽히는 부동산업자가 되었지. 어차피 그 거래도 미노베가 손을 써줬겠지만."

한자와의 설명을 듣고 도마리는 어이없는 표정을 지었다. 일본 정치에 대한 일종의 체념 같은 것이었다.

"건설 예정지라는 사실을 알고 있어도, 미노베가 직접 땅을 살 수는 없겠지. 마이하시스테이트는 앞장서서 미노베의 연금술에 협조하고, 그 덕에 경영 위기에서 벗어난 건가? 하지만 이건……."

도마리의 눈길에 슬픈 증오가 깃들었다.

한자와는 벽의 한 점을 노려보며 작은 목소리로 대꾸했다.

"이건 엄청난 정치 스캔들이 될 거야. 진정당은 돈과 정치의 관계를 끊는 깨끗한 이미지로 압승을 거뒀어. 만약 이 사실이 드러나면 여론의 뭇매를 맞겠지. 그러면 헌민당에 염증을 내서 진정당에 투표한 대부분의 국민들은 속았다고 생각할 거야. 옛 T 녀석들은 돈을 어디에 사용할지, 처음부터 알면서 대출해줬고."

도마리는 겨우 이해한 표정을 지으며 고개를 주억거렸다.

"그래서 기를 쓰고 이 대출을 숨기려고 한 건가?"

"돈과 정치 문제에 옛 도쿄제일은행이 개입했다는 사실이 밝혀지면 은행의 신용은 땅에 떨어지게 돼. 미노베와의 관계를 생각해도 덮어둬야 했겠지."

도마리는 검지로 이마를 꾹꾹 누르면서 생각을 정리했다.

"한자와, 머리가 지끈거리기 시작했어. 옛 도쿄제일은행 녀석들이 죽자 사자 이 대출을 숨기려는 이유는 알았어. 당시 부장이 었던 기모토 상무가 대출을 승인해줬으니까 이 사실이 밝혀지면 기모토에게는 마이너스가 되겠지. 그런데 기모토가 미노베와 친해서 TK항공의 채권 포기에 찬성한다는 건 너무 오버 아니야? 아무리 친해도 그렇지, 5백억이나 되는 손실을 눈감아주는 건 말이 안 되잖아?"

한자와는 진지한 얼굴로 고개를 주억거렸다.

"이하동문이야. 그래서 생각해봤는데, 기모토가 뱅커의 생명을 걸면서까지 채권 포기를 고집하는 건 미노베와의 관계 말고도 다른 이유가 있는 것 같아."

생각을 정리하면서 도마리가 중얼거렸다.

"다른 이유라고? 예를 들면 미노베가 다른 돈벌이를 제안했다든지……?"

한자와는 가볍게 부정했다.

"아니, 5백억이나 벌 수 있는 이야기가 어디 있겠어?"

"그럼 뭐야?"

한자와는 꼬치 굽는 연기가 뭉게뭉게 피어오르는 가게 안의 한곳을 뚫어지게 응시했다.

"노하라가 이 이야기를 알고 있는 게 아닐까?"

도마리가 눈을 휘둥그레 떴다.

"그게 무슨 말이야?"

"이 대출은 미노베와 옛 도쿄제일은행 녀석들만 아는 일급비밀이야. 그런데 이런 스캔들을 노하라가 알고 있었다면 어떻게 될까? 노하라가 이 이야기를 들먹이며 기모토에게 채권 포기에 찬성하도록 강요하지 않았을까? 그렇게 생각하니까 노하라의 태도나 기모토의 대응이 이해가 되더군."

"그럴 수도 있겠군. 그런데 한자와, 노하라가 그걸 어떻게 알아냈지?"

도마리의 의문에 한자와는 다음과 같은 가설을 제기했다.

"노하라는 마이하시교통이라는, 파산한 현지 기업의 고문변호사였어. 그 일을 하다가 미노베의 토지 매수 이야기를 들었다고 해도 이상할 게 없겠지. 노하라만이 아니야. 어쩌면 금융청의 구로사키도 정보를 얻었을지도 몰라."

"구로사키가?"

한자와를 바라보는 도마리의 눈길이 더욱 심각해졌다.

"한자와, 어떻게 할 거야? 이 사실을 옛 T 녀석들에게 들이댈 거야?"

한자와는 결연하게 말했다.

"이 사실을 폭로하려면 엄청난 각오가 필요해."

"각오? 누구의 각오? 기모토? 아니면 너?"

한자와는 천천히 고개를 가로저었다.

"기모토도, 나도 아니야. 나카노와타리 은행장의 각오지."

도마리는 눈을 크게 뜨고 입을 벌린 채, 한동안 아무 말도 하지 않았다.

3

"나카노와타리 은행장님, 바쁘신 와중에 시간을 내주셔서 감사합니다."

긴자의 이탈리아 레스토랑으로 들어가자 먼저 와 있던 노하라가 만면에 친근한 미소를 지으며 맞이했다.

"TK항공 건으로 신세를 많이 졌습니다."

"저야말로 신세를 졌습니다. 하지만 이제부터 시작이지요."

의례적인 인사를 입에 담은 나카노와타리를 향해 노하라는 정중하게 대응했지만, 가늘게 뜬 눈에는 무슨 생각을 하는지 알 수 없는 음침함이 떠다니고 있었다.

"술은 뭘로 하시겠습니까? 맥주, 스파클링 와인, 레드 와인, 화이트 와인. 아니면 셰리*는 어떠십니까?"

음료 메뉴판을 펼치면서 취향을 묻는 노하라를 향해 나카노와타리는 정중하게 고사했다.

"아닙니다. 무알코올 맥주를 마시겠습니다. 아직 회의가 하나더 남아 있어서요. 요즘은 옛날과 달리 일반 행원들보다 은행장이 더 바쁘군요."

"재미있는 말씀을 하시는군요."

노하라는 미소도 짓지 않고 말한 뒤, 무알코올 맥주와 자신을 위해 스파클링 와인인 스푸만테를 주문했다.

• 스페인산 화이트 와인에 브랜디를 섞어 수년간 숙성시킨 술.

전채는 제철 생선으로 만든 카르파초와 채소 모듬이었다.

코스는 노하라가 미리 주문해놓은 모양이었다. 인테리어는 고급스러웠지만 요리는 개성이 없는 곳이었다. 더구나 음식 먹는 모습을 보면 노하라라는 사람이 음식에 아무런 관심이 없다는 사실을 쉽게 알 수 있었다. 나카노와타리는 마음속으로 한숨을 쉬었지만 노하라와 느긋하게 식사를 즐기리라곤 처음부터 생각하지 않았다.

"그나저나 노하라 변호사님께서 저녁식사에 초대해주시다니, 솔직히 말해 의외였습니다. 저에게 하실 말씀이 있으십니까?"

좀처럼 본론을 꺼내지 않는 노하라를 향해 마침내 나카노와타리가 도화선에 불을 붙인 것은 파스타가 끝나고 메인 요리로 생선이 나왔을 무렵이었다. 양해도 구하지 않고 계속해서 줄담배를 피우는 노하라의 모습을 나카노와타리는 차갑게 지켜보았다.

나카노와타리는 담배를 피우지 않는다. 그런 상대를 앞에 두고, 게다가 문이 닫힌 개별실에서 줄담배를 피워대다니. 노하라의 무례한 모습은 도저히 봐주기 힘들 정도였다. 하지만 나카노와타리는 이마에 살짝 주름을 잡았을 뿐, 그런 말을 입에 담지는 않았다.

노하라가 천천히 말을 꺼냈다.

"지금으로부터 2년 전입니다만, 마이하시에 있는 어느 회사의 파산 처리를 맡은 적이 있었지요. 버스회사와 택시회사를 가지고 있는 마이하시교통이라는 회사인데, 사장은 그 지역의 유지였습니다. 그 지역 출신인 미노베 게이지 의원의 후원회 회장을 역임했을 정도로요. 마이하시교통이라는 회사 이름을 들어본 적이 있으십니까?"

나카노와타리는 냉정하게 대답했다.

"아니요, 처음 들어봅니다."

"그러신가요? 실은 이 회사가 파산하면서, 그 여파로 제2지방 은행인 마이하시은행이 파산했습니다. 그렇다면 기억이 나시겠지요?"

그 이야기는 알고 있었다. 하지만 나카노와타리는 말없이 다음 이야기를 기다렸다.

"그 일을 하는 와중에 현지의 재계 관계자로부터 재미있는 이야기를 들었습니다. 어느 은행이 아파트 건설자금 명목으로 미노베 의원에게 20억 엔을 대출해주었다. 그런데 미노베 의원은 그 돈으로 아파트를 짓지 않고 마이하시 시내의 임야를 사들였다. 그 이후 그 임야에 마이하시공항이 들어서면서 미노베 의원은 막대한 토지매매수익금을 손에 넣었다……. 어떠신가요?"

노하라는 감정을 읽을 수 없는 얼굴을 들어 나카노와타리에게 향했다.

도대체 노하라가 무슨 말을 하려는 것일까? 나카노와타리가 마음속으로 고개를 갸웃한 순간, 노하라의 얼굴 안에서 음침한 미소가 퍼지기 시작했다.

"대출금을 처음 신청했을 때와 다른 용도로 사용하면 문제가 되는 법이죠. 그런데 그 은행에서는 문제를 제기하지 않았습니다. 처음부터 미노베가 공항 예정지를 사들여 엄청난 이익을 챙길 것이라는 사실을 알고 있었기 때문이었겠죠. 은행장님, 기가 막힐 노릇이 아닌가요? 은행이 정치인의 더러운 돈벌이를 도와주다니 말입니다."

나카노와타리는 대답하지 않았다.

노하라는 은행 이름을 말하지 않았다. 하지만 그곳이 어느 은행인지는 굳이 묻지 않아도 알 수 있었다.

노하라는 미간에 깊은 주름을 잡은 나카노와타리를 뚫어지게 바라보았다. 그리고 "그게 사실이라면……" 하고 입을 연 나카노와타리의 말을 거만한 얼굴로 가로막았다.

"유감스럽게도 사실입니다. 이런 사실이 세상에 알려지면 재미있는 일이 벌어지겠지요. 지가 상승이 뻔히 보이는 공항 예정지를 닥치는 대로 사들이기 위해 상식을 초월하는 거액의 자금을, 더구나 무담보로 대출해줬으니까요. 대출해준 상대는 진정당의 미노베 의원입니다. 돈과 정치의 더러운 밀착, 기업 윤리라고는 손톱만큼도 없는 은행과 정치인의 은밀한 유착. 여기에는 분명히 매스컴이 눈에 불을 켜고 달려들겠지요."

노하라의 눈에 추악한 열기가 스며들기 시작했다. 이 자리에 어울리지 않는 미소를 짓고 있는 그의 시선은 나카노와타리의 마음속까지 파고들어오는 것 같았다.

그 시선을 거부하듯 나카노와타리가 입을 열었다.

"지금 무슨 말씀을 하고 싶으신가요?"

노하라는 그 질문에는 대답하지 않고 말을 이었다.

"은행으로선 이런 추문이 세상에 드러나는 걸 원치 않겠지요. 경우에 따라서는 은행장이 책임지고 물러나야 할 수도 있으니까요. 은행의 신용도 땅에 떨어지겠지요. 그래도 좋겠습니까?"

노하라는 히쭉 웃으면서 나카노와타리의 눈을 들여다보았다.

"좋을 리는 없겠지요. 그렇다면 우리 태스크포스에 협조하셔서 사회를 위해 좀 더 일하는 편이 좋지 않을까요?"

"이제 와서 채권 포기를 받아들이라고 하시는 겁니까?"

그러자 노하라의 얼굴에서 미소가 사라지고 날카로운 눈빛이 뿜어나왔다.

"은행장님, 저는 어느 쪽이 사회를 위해 도움이 되는지, 그 말씀을 드리고 있는 겁니다. 이런 스캔들이 세상에 알려져봐야 누구에게도 이득이 되지 않겠지요. 덮어둘 것은 덮어둔다, 이것이 이 세상의 모든 사람이 행복해지는 법칙이라고 생각하지 않으십니까?"

나카노와타리는 상대를 똑바로 응시한 채 입을 다물었다.

노하라가 장난스럽게 말을 이었다.

"스캔들이냐 채권 포기냐? 어느 쪽이 이득인지 잘 생각해보십시오. 뭐 지금 당장 대답하실 수는 없을 테니까 오늘은 그냥 가십시오. 중요한 일이니까 찬찬히 생각해보시는 편이 좋겠지요."

나카노와타리는 무릎에 있는 냅킨을 들고 입가를 닦으면서 말했다.

"노하라 변호사님, 외람되지만 그런 이야기라면 찬찬히 생각할 필요가 없습니다. 지금 여기서 확실하게 말씀드리지요. TK항공의 채권 포기 요청은 거절하겠습니다. 이것이 우리 은행의 정식 결정입니다."

노하라는 나카노와타리를 향한 시선을 돌리지 않고 차갑게 대꾸했다.

"오호, 그러세요? 그거 유감이군요. 은행장님, 나중에 땅을 치고 후회해도 모릅니다. 어쩌면 조만간 은행장이란 지위에서 내려와야 하지 않을까요?"

나카노와타리는 단호하게 대답했다.

"지위에 연연할 생각은 없습니다. 만약 우리 은행의 옛날 대출에 문제가 있었다면 확실하게 조사한 뒤에 사죄할 생각입니다. 하지만 그것과 TK항공에 대한 여신 판단은 별개의 문제입니다. 그것을 똑같은 위치에 두고 저울질할 수는 없습니다."

나카노와타리를 무시하듯 노하라의 말투가 거칠어졌다.

"그 두 가지가 정말로 동떨어진 문제라고 생각하십니까? 둘 다 같은 은행 안에서 일어나고 있는 일입니다! 마이하시공항은 TK항공의 정기편이 다니는 것을 전제로, 많은 사람들의 동의를 얻어 지어졌습니다. 돈벌이를 위해 TK항공을 이용한 은행이 돈을 아까워해서 TK항공 구제를 거부한다, 국민들 귀에는 상당히 뻔뻔한 이야기로 들리겠군요."

나카노와타리는 침착하게 대꾸했다.

"노하라 변호사님, 아무래도 우리는 생각이 다른 것 같군요. 더는 이야기할 필요가 없을 것 같습니다. 식사 도중이지만 제가 원래 담배 냄새를 싫어해서 이쯤에서 실례하겠습니다."

나카노와타리가 천천히 몸을 일으켜 개별실에서 나오려는 순간, 노하라가 그의 등을 향해서 목소리를 높였다.

"다른 행원들도 당신 의견과 똑같을까요? 옛 T 사람들은 분명히 당신을 원망하겠지요. 외부 조사위원회 사람들이 은행 안을 마구 휘젓고 다니고, 은행의 신용은 땅에 떨어질 겁니다. 지금 당신은 지위에 연연하지 않는다고 말했습니다. 그런데 행원들은 어떨까요? 당신이 그만둔 후에도 그들은 계속 은행에 남아서 더럽혀진 이미지를 떠안아야 합니다. 행내 화합은 말뿐입니까?"

나카노와타리의 입에서 대답은 나오지 않았다. 하지만 그의 뺨이 굳어진 것을 노하라는 놓치지 않았다.

"은행장님, 이상과 현실은 다릅니다. 정론만으로 빠져나갈 수 있을 만큼 간단한 이야기가 아니라는 것 정도는 일류 뱅커이자 경영자인 당신이 가장 잘 아시겠지요. 이건 은행의 미래를 좌우하는 문제입니다. 조금 시간을 두고 생각하시는 게 어떻겠습니까? ……일주일 후 오후 5시."

노하라는 일방적으로 기한을 정했다.

"그날 그 시간에 TK항공 태스크포스 본부로 오십시오. 그곳에서 의견을 듣겠습니다."

얼굴에 천박한 웃음을 매단 채, 노하라는 새 담배를 꺼내 입에 물었다.

"제가 듣고 싶은 건 당신 개인의 판단이 아닙니다. 은행의 판단이지요."

시간이 몇 초 흘렀다.

"알겠습니다. ……물어보지요."

나카노와타리는 등을 돌린 채 대답하고, 만남은 예상치 못한 형태로 막을 내렸다.

미쿠니가 호출을 받고 달려가자 이미 노하라가 와 있었고, 재떨이에는 담배꽁초가 산더미처럼 쌓여 있었다.

L자 형태의 기다란 카운터가 있는 술집이었다. 술을 마시기에는 아직 이른 탓인지 손님은 다섯 명도 되지 않았다. 막 저녁 9시가 지난 시각이었다.

"생각보다 일찍 끝나셨네요? 나카노와타리 은행장과는 얘기가 잘됐습니까?"

미쿠니가 빈자리에 앉으면서 물었다.

"대답은 다음 주에 듣기로 했어."

노하라는 그렇게 말하고 조금 전에 있었던 일을 말해주었다.

"나카노와타리가 채권 포기에 응할까요?"

노하라는 호박색 조명 밑에 있는 양주병들을 노려보았다.

"규칙을 어긴 자가 규칙에 맞게 정론을 주장할 자격이 있겠나? 나카노와타리는 그런 사실을 누구보다 잘 알고 있어."

"그럼 채권 포기를 거절하기보다 스캔들 은폐를 선택할 거라는……?"

노하라는 단호하게 말했다.

"은행이 가장 두려워하는 건 신용이 추락하는 거지. 5백억 엔의 채권 포기라면 대의명분은 얼마든지 있지만 스캔들은 달라. 신용을 얻기 위해서는 수년, 수십 년이라는 세월이 걸리지만 잃어버리는 건 한순간이야. 그리고 은행 간판에 한 번 흠집이 나면 좀처럼 원래대로 돌아오지 않지."

노하라는 새 담배에 불을 붙이고 연기를 토해냈다.

"아무리 강한 척 허세를 부려봐야 소용없어. 스캔들이 드러났을 때의 충격은 상상을 초월할 정도니까. 분명히 5백억 엔의 채권 포기가 훨씬 낫다고 생각할 거야. 그 정도 되는 사람이 이런 사실을 모를 리가 없어."

"그렇군요."

미쿠니는 고개를 끄덕인 뒤, 잠시 생각하고 나서 말을 이었다.

"그런데 만약……, 만약 나카노와타리가 거절하면 그때는 어떻게 하실 겁니까?"

대답은 돌아오지 않았다.

노하라의 눈은 손가락 끝에서 피어올라 무질서하게 흩어지는 담배 연기를 보고 있었지만, 초점은 다른 곳을 방황하며 흔들리고 있었다.

그렇게 얼마나 있었을까?

나지막한 웃음소리와 함께 노하라의 눈동자에 일그러진 쾌락의 빛이 퍼져나갔다.

"그때는 재미있는 일이 벌어지겠군. 도쿄중앙은행이고 진정당이고 모두 스캔들을 뒤집어쓴 채 비난의 표적이 될 테니까. 새 정권에 대한 국민들의 기대는 완전히 배신당하고, 미노베와 시라이는 환희의 꼭대기에서 좌절의 늪으로 굴러떨어지겠지."

"그러면 우리의 운명도 그렇게 되는 게 아닙니까?"

불안한 표정의 미쿠니를 향해 노하라는 마른 웃음을 토해냈다.

"우리가 왜? 우리는 피해자일 뿐이야. 아무런 대책 없이 막무가내로 돌진하는 시라이 대신의 욕심에 휘둘리고 은행의 이익밖에 모르는 이기적인 은행이 가로막는 바람에, 우리가 추구하는 공공의 이익이 짓밟힌 거니까. 우리 태스크포스는 최선을 다했음에도 불구하고 어리석은 자들의 높다란 벽을 뚫지 못한 채, 그동안의 노력과 헌신이 물거품으로 돌아가면서 비극 속에 막을 내리는 거지……."

노하라는 농담인지 진심인지 알 수 없게 말하더니, 갑자기 주위가 떠나가라 고함을 질렀다.

"세상에는 왜 이렇게 어리석은 놈들만 있는 거야!"

기름기가 감도는 거무칙칙한 피부가 번들번들 빛나고, 눈구멍 안쪽에서는 야비한 눈동자가 이글이글 타올랐다. 그 섬뜩한 분노에 주눅이 들어 숨을 집어삼킨 뒤, 미쿠니는 이렇게 대답하는 게 고작이었다.

"그렇게 되지 않았으면 좋겠군요."

4

"상무님, 죄송합니다."

기모토에게 오늘은 유난히 바쁜 하루였다. 회의 사이에 있는 시간이라도 좋으니까 잠깐만 시간을 내달라고 하더니, 하이타니는 새파랗게 질린 얼굴로 집무실로 뛰어 들어오자마자 깊숙이 고개를 숙였다.

심상치 않은 사태가 일어났다는 것은 태도만 보아도 알 수 있었다.

"무슨 일인가?"

돋보기안경을 쓰고 손에 든 서류를 향한 채, 기모토는 눈만 치켜뜨고 동요하는 부하직원을 보았다.

하이타니는 조바심이 역력한 얼굴로 마른침을 꿀꺽 삼켰다.

"실은 그게요, 오늘 오전에 행내 우편으로 이런 게 왔습니다."

그가 내민 것은 '오기쿠보 서부지점'이라고 쓰인 플라스틱 팻말이었다.

언뜻 보자마자 기모토는 하이타니의 용건을 알아차렸다. 그 즉시 하이타니의 입에서 상상을 초월하는 말이 흘러나왔다.

"황급히 합동서고를 확인했더니, 제가 관리했던 자료가 감쪽같이 사라졌습니다. 아무리 찾아봐도 보이지 않습니다. 며칠 전에 보러 갔을 때는 분명히 있었는데요……."

두 사람 사이에 침묵이 자리한 것도 잠시, 기모토의 안경이 번쩍 빛을 뿌렸다. 그 안쪽의 눈빛이 바뀌며 억제한 분노의 목소리가 집무실 공기를 뒤흔들었다.

"그게 말이 돼? 확실히 찾아봤나?"

"화, 확실히 찾아봤습니다. 그 주변도 전부 찾아봤고, 누가 착각해서 다른 곳으로 옮겼나 해서 다른 곳까지 뒤져봤지만 보이지 않습니다."

하이타니는 바들바들 떨면서 대답했다. 흰머리가 섞인 짧은 머리칼이 바싹 마른 잡초처럼 보였다.

"어떻게 된 거지?"

하이타니는 지금이라도 울음을 터트릴 듯한 표정을 지었다.

"잘 모르겠습니다. 왜 이런 일이 벌어졌는지……."

기모토는 일단 실무적으로 확인했다.

"출입 기록은 확인했나? 애초에 이 팻말은 어디서 보냈지? 행내 우편이라면 발신 부서가 쓰여 있었을 거잖아?"

"감사부라고 쓰여 있었습니다."

"감사부?"

그 말의 의미를 확인하듯이 기모토는 하이타니를 똑바로 바라보았다.

"감사부의 누구지?"

"이름은 없었습니다. 다만 며칠 전에 제가 보러 갔던 날부터 오늘까지 합동서고에 출입한 사람을 확인했더니 딱 한 명……."

하이타니는 마른침을 꿀꺽 삼키고 나서 덧붙였다.

"도미오카라는 사람이 들어갔습니다."

"도미오카?"

"감사부 제2팀, 도미오카 요시노리 부장대리입니다."

"옛 S인가?"

"네."

기모토는 얼굴에 구멍이 뚫릴 만큼 하이타니를 노려본 뒤, 두 손을 허리에 대고 천장을 올려다보았다.

"그 작자는 그곳을 어떻게 알았지?"

기모토는 당연한 의문을 제기했지만 하이타니는 머리를 절레절레 가로저을 따름이었다.

"모르겠습니다. 어쩌면 우연히 발견해서……."

"그렇다면 왜 이걸 자네에게 보냈겠나? 그자는 다 알고 있어."

기모토는 그렇게 말하며 플라스틱 팻말을 가리켰다. 그는 우연을 믿지 않는다. 결과에는 반드시 원인이 있기 때문이다.

그는 눈에 핏발을 세우더니 끓어오르는 분노를 참지 못하고 호통을 쳤다.

"도미오카라는 자에게 가서 당장 자백하게 만들어!"

"저, 저기, 어떻게 하면……."

안절부절못하는 하이타니를 보면서 기모토는 울부짖었다.

"그 정도는 직접 생각해! 뒤를 미행하든 약점을 잡든 뭐든지 좋아. 어쨌든 자료를 찾아내! 알았나?"

그 말이 끝나기도 전에 문이 열리고 비서가 얼굴을 내밀었다. 다음 일정을 알려주러 왔는데, 예상치 못한 기모토의 흥분한 모습을 보고 당황해서 망연히 서 있을 뿐이었다.

"지금 갈게."

비서에게 그렇게 말하고, 기모토는 윗도리에 팔을 집어넣으면서 하이타니에게 못을 박았다.

"자네가 관리하는 서류야. 자네가 책임지고 반드시 찾아내!"

뒤에 남겨진 하이타니는 망연히 선 채 입술을 깨무는 수밖에 없었다.

5

하이타니가 생각에 생각을 거듭한 끝에 연락한 사람은 인사부의 기하라 슈야였다. 기하라는 하이타니의 대학 동창에다 입행동기로, 대학 시절부터 친한 사이였다.

"잠시 의논할 게 있어. 바쁜데 미안하지만 그쪽으로 가도 괜찮을까?"

법인부에서는 누가 지켜볼지도 모른다. 엘리베이터를 타고 인사부로 간 하이타니는 기하라와 같이 안쪽에 있는 접견실로 들어갔다.

"감사부의 도미오카라는 사람을 알아?"

"이름은 들어본 적이 있어."

기하라는 인사부에서 '고령자 대책'을 담당하고 있다. 즉, 50세 전후의 파견을 기다리는 행원들에게 제2의 인생이라고 할 수 있는 파견처를 마련해주는 것이다.

도쿄중앙은행뿐만 아니라 정년퇴직할 때까지 은행에서 일하는 은행원은 거의 없다. 입행 동기 중 누군가가 임원이 된 순간, 선택을 받지 못한 다른 동기들에게 기다리고 있는 것은 외부로 파견 나가는 운명이다.

예전에 은행원이 파견 나가는 곳은 계열사나 우량 거래처 등 업종은 다르더라도 우아한 기업이었지만, 그것은 다 옛날이야기가 되었다.

거품 경제 시절에 대량으로 채용한 데다가 예전에 13개 있었던 도시은행이 합병에 이은 합병으로 몇 개로 줄어든 현재, 한 은행만 해도 파견자의 숫자는 입이 다물어지지 않을 정도다. 그 모든 사람들에게 우량 기업을 소개해줄 수 없는 상황이라서, 이제는 영세 중소기업이라도 파견 나갈 곳이 있으면 다행이다. 일단 은행과 관련 있는 기업으로 파견 나간 뒤, 잉여인간 취급을 받으며 새로운 파견처를 기다리는 사람도 적지 않다. 또한 임원급이나 지점장까지 경험한 사람과 그곳까지 올라가지 못한 사람은 파견처부터 연금액에 이르기까지 하늘과 땅의 차이가 있다.

그런 불만이나 미련을 가진 50세 전후의 행원들을 돌봐주는 기하라의 머릿속에는 그곳에 들어갈 예비군까지 포함해 방대한 인사 자료가 들어 있었다.

"어떤 사람이야?"

"정확히 알고 싶어?"

"가능하면."

기하라가 다시 물었다.

"이유는?"

아무리 친구라곤 하지만 이유도 없이 행원의 인사 정보를 누설할 수는 없다. 기하라가 비밀 유지에 신경 쓰는 것은 당연하다.

"도미오카라는 인간 때문에 난처한 문제가 생겼어. 지금은 자세한 얘기를 할 수도 없고 너도 모르는 편이 나아서 안 하겠는데, 이건 옛 T의 명예에 관한 문제야. 실은 기모토 상무님이 나더러 처리하라고 하셨는데, 상대가 어떤 사람인지 모르면 손 쓸 도리가 없잖아?"

하이타니의 말을 들으면서 기하라는 가져온 노트북을 켰다. 기모토가 지시했다는 말을 듣고 협조할 생각이 든 모양이다.

"세이난대학 졸업. 이케부쿠로 지점을 시작으로 후카가와 지점에서 처음 직책을 달았군. 그 이후 동기 중에 맨 먼저 요쓰야 지점의 융자과장. 그 이후……."

기하라는 잠시 말을 멈추고 눈으로 화면의 글자를 좇았다.

"합병 후에 갔던 오쓰카 지점에서 융자과장으로 있던 시절에 대형 도산 문제가 발생했어. 부하직원이 담보 설정을 잘못하는 바람에 도미오카가 책임을 졌지. 대출액 70억 엔 중 회수한 금액은 겨우 2억 엔. 나머지는 한 푼도 회수할 수 없었어. 그 이후 감사부로 이동했는데…….."

입을 다문 기하라를 보고 하이타니가 물었다.

"왜 그래?"

기하라가 혼잣말처럼 중얼거렸다.

"……승진했어."

"뭐야?"

"감사부 안에서 승진했어. 8급까지."

고개를 든 기하라의 얼굴에서 눈이 크게 벌어졌다. 도쿄중앙 은행의 인사제도에서 8급이면 지점장과 동급이다.

"몰랐어?"

"아니, 8급이란 건 알고 있었어. 그래서 어느 지점의 지점장을 거쳐 감사부로 이동한 줄 알았거든. 감사부로 밀려났을 때는 6급이었고, 그 이후 직급이 두 단계씩이나 올라가는 건 있을 수 없으니까."

감사부는 코끼리의 무덤이라고 손가락질을 받는 곳이다. 따라서 감사부로 이동한다는 것은 곧 출세가도의 막다른 곳에 도착했음을 의미한다.

"있을 수 없는 일이 일어났다는 건가?"

"그래. 이유는 모르지만 누군가가 끌어줬을지도 모르겠군."

기하라는 자신의 추측을 말했지만 짐작되는 바는 없는 듯 보였다.

"그런데 나이를 볼 때 도미오카는 진작에 파견 나갔어야 하지 않아? 그런 이야기는 없나?"

"파견 예비군이기는 하지만 아직 구체적인 이야기는 없어. 옛 S는 담당이 달라서 자세한 건 잘 모르겠지만."

기하라는 의아한 표정을 짓더니 손가락으로 콧등을 매만졌다. 하이타니가 몸을 앞으로 내밀고 목소리를 낮추었다.

"너를 믿고 솔직하게 묻겠는데 도미오카의 약점이 없을까? 지금은 협박해서라도 협조하게 만들어야 하거든."

기하라는 한순간 과장스럽게 놀란 표정을 짓더니, 즉시 입술 끝에 웃음을 매달았다.

"사태가 심상치 않나 보군. 하지만 재미있을 것 같은데?"

"어떻게 해서라도 도미오카를 굴복하게 만들어야 돼. 좋은 아이디어를 빌려줘. 이렇게 부탁할게."

하이타니는 얼굴 앞에서 두 손을 마주잡았다.

"도미오카가 무슨 일을 저질렀는데?"

기하라가 더는 참지 못하고 물었지만 하이타니는 망설이지 않을 수 없었다. 하지만 지금은 솔직하게 말하고 도움을 받는 편이 좋다고 판단했다.

"우리가 합동서고에 보관하던 자료를 다른 곳으로 옮겼어. 어

362

떻게든 그 서류를 빼앗아와야 해."

"자료……?"

하이타니의 얼굴을 보면서 기하라는 한순간 고개를 갸웃했다. 하지만 기하라는 누구보다 눈치가 빠른 사람이다. 구체적인 말을 듣지 않아도 하이타니가 처한 상황을 순식간에 알아차렸다.

"문제가 심각하군. 하지만……."

기하라는 잠시 생각에 잠겼다. 소매를 걷어붙이고 협조하고 싶지만 아무리 인사부에 있다고 해도 행원의 약점을 가지고 있을 리는 만무하다. 다시 노트북으로 도미오카에 관한 정보를 열람하더니, 잠시 후에 혼잣말처럼 중얼거렸다.

"구태여 말하자면 주택대출 정도일까?"

"주택대출?"

생각지도 못한 말이다.

"주택취득제도를 통해 빌린 행원대출금이 아직 2천만 엔 정도 남아 있어. 더구나 아이가 둘이야. 그것도 대학생과 고등학생. 지금 월급이라면 교육비를 포함해 그럭저럭 꾸려나가겠지만 파견을 나가면 생활하기 힘들 거야. 아마 좋은 기업으로 파견 나가기를 애타게 바라고 있을걸."

"그렇군."

파견의 시기를 맞이한 행원 중에는 도미오카처럼 주택대출금이나 교육비가 많이 드는 자녀, 간병비가 필요한 부모가 있는 사람이 적지 않다. 그런 행원들에게 파견처에서 어떤 대우를 받느냐는 생활과 직결되는 문제다.

"자료의 내용은 둘째치고 합동서고의 자료를 무단으로 가지고 나갔다면 그건 절도나 마찬가지잖아? 하지만 도미오카를 굴복시키기 위해서는 우선 그가 범인이라는 증거가 필요해."

기하라의 말을 듣고 하이타니는 즉시 대답했다.

"안 그래도 마쿠타에게 도미오카를 감시하라고 해놨어."

감사부 부장대리인 마쿠타 겐야는 옛 T의 심사부 출신에다 기모토 라인이다. 지금까지 합동서고에 대한 감사부 정보를 빼내주어 자료 은폐에 중요한 역할을 담당하기도 했다. 재빨리 합동서고의 출입 기록을 조사해 도미오카가 수상하다고 알려준 사람도 실은 마쿠타였다.

"수상한 움직임이 있으면 즉시 연락해달라고 부탁해놓았어."

기하라가 눈을 번뜩이며 심술궂게 말했다.

"도미오카가 훔쳐낸 서류와 같이 있을 때 제압하면 좋겠는데. 그럼 절도의 현행범으로 고발할 수 있으니까. 어쩌면 비밀로 해달라고 너에게 무릎을 꿇고 울며불며 매달리지도 몰라. 이거 재미있을 것 같군."

도미오카가 범인이라면 언젠가 서류를 숨겨놓은 곳에 갈 것이다. 그곳이 어디인지는 모르겠지만 반드시 알아내겠다. 아니, 알아내지 않으면 안 된다고 하이타니는 어금니를 악물었다.

"하이타니, 걱정 붙들어 매. 그런 옛 S 출신의 감사부 녀석은 월급만 축낼 뿐 아무런 힘도 없으니까. 손가락으로 누르면 찍소리도 못하고 납작 엎드릴걸."

기하라의 말을 듣고 그제야 겨우 하이타니의 마음이 안정되었다. 역시 인사부다.

"고마워. 그때는 잘 부탁할게."

양쪽 무릎에 손을 올리고 하이타니는 깊숙이 고개를 숙였다.

"그래, 걱정 말고 나한테 맡겨."

기하라는 여유 있는 미소를 지었다.

6

"한자와 차장님, 마음에 걸리는 일이 있습니다만, 혹시 무슨 소리를 들으셨습니까?"

TK항공의 야마히사가 찾아와 목소리를 낮추며 말한 것은 5월 중순의 어느 화요일 오전이었다. 지난번 합동보고회 이후, 태스크포스는 아무런 움직임 없이 조용했다. 반면에 점점 빡빡해지는 자금 사정에 불안을 느끼고 야마히사의 표정은 날이 갈수록 창백해지고, 미간의 주름은 더욱 깊어졌다.

"무슨 소리라뇨?"

야마히사의 입에서 생각지도 못한 정보가 흘러나왔다.

"태스크포스에서 이번 주 금요일 저녁에 기자들을 오라고 한 것 같습니다."

"기자회견을 하나요?"

"아뇨, 그런 말은 못 들었습니다. 언뜻 들은 바로는 나카노와 타리 은행장님께서 오신다고……."

야마히사가 말끝을 흐렸다. 한자와는 깜짝 놀라며 눈을 크게 떴다.

"우리 은행장님이요? 그런 말은 못 들었습니다만."

야마히사가 고개를 옆으로 기울이며 의아한 표정을 지었다.

"그거 이상하군요. 태스크포스 쪽에서 우리 부서에 연락이 있었습니다. 그날 나카노와타리 은행장님께서 오시니까 우리 건물에 들어오실 수 있도록 출입 허가를 해놓으라고요. 그리고 미노베 의원과 시라이 대신도 그 자리에 참석한다고 하고……."

한자와는 무의식중에 옆에 있는 다지마의 얼굴을 마주보았다.

야마히사가 다시 물었다.

"혹시 위쪽에서 이미 이야기가 되어 있는 건 아닐까요?"

"설마요."

한자와는 부정했지만 야마히사의 정보가 틀릴 리는 없었다.

이야기를 마치고 야마히사를 엘리베이터 홀까지 배웅한 뒤, 한자와는 빠른 걸음으로 영업 2부로 돌아왔다.

대부분의 경우, 나이토 부장실의 문은 활짝 열려 있다.

한자와가 안을 들여다보았을 때, 나이토는 돋보기안경을 쓰고 결재 서류를 보고 있는 참이었다.

도쿄중앙은행의 대출 품의는 전자 결재를 하는 게 원칙이지만, 품의서를 인쇄해서 보는 것이 나이토의 습관이다. 컴퓨터 화면으로 보기보다 종이에 인쇄한 품의서가 사안을 확인하고 검토하는 데 적합하다는 것이 그의 지론으로, 그런 방식을 꺾는 일은 거의 없다.

한자와가 말을 걸자 나이토가 안경을 쓴 채 눈만 움직였다.

"금요일에 행장님께서 태스크포스를 방문하시기로 되어 있다고 합니다. 혹시 무슨 말을 들으셨습니까?"

나이토의 눈이 작게 움직였다. 한자와는 재빨리 그의 의도를 알아차리고 등 뒤의 문을 닫았다.

의자에서 일어선 나이토는 한자와에게 소파를 권하더니, 자신은 팔걸이의자에 앉아 발을 꼬고 오른손의 엄지와 검지로 턱을 매만졌다.

"비서실에서 언뜻 들었는데, 행장님이 개인적으로 노하라 변호사를 만나신 것 같더군."

나이토의 눈동자 속에 수많은 생각이 소용돌이쳤다.

한자와가 감정을 억제하며 조용히 입을 열었다.

"도저히 이해할 수 없군요. TK항공의 담당은 어디까지나 우리입니다. 만약 태스크포스 쪽에서 어떤 제안이 있었다면 부장님이나 저에게 정보를 제공해주셔야 하지 않습니까? 애초에 저를 TK항공 담당으로 지명하신 분은 행장님이 아니십니까?"

나이토가 한숨과 함께 말을 토해냈다.

"자네 말이 맞아. 하지만 행장님이 우리에게 말하지 않는 데에
는 나름대로 이유가 있기 때문일 거야."

"이건 제 추측에 불과하지만."

그렇게 운을 띄우고 한자와는 재빨리 덧붙였다.

"옛 T의 부정 대출에 대해 노하라가 알고 있는 게 아닐까요?"

미노베에 대한 부정 대출은 이미 나이토에게 귀띔해놓았다. 섬
세하고 복잡한 문제인 만큼, 어떻게 대응해야 할지 나이토도 검
토했을 것이다.

"어디서 알았는지는 모르겠습니다. 그런데 채권 회수의 현장
에서 일해온 노하라라면 어딘가에서 그런 이야기를 주워들었다
고 해도 이상할 게 없겠지요."

"그걸로 행장님과 거래를 했단 말인가?"

나이토의 눈이 험악해졌다.

"어디까지나 가능성으로서 말씀드렸을 뿐입니다. 참고로 말씀
드리면 20억 엔의 부정 대출은 노하라에게서 듣기 전에 행장님
도 알고 계실 가능성이 있습니다."

만약 도미오카에 관한 한자와의 추측이 맞는다면, 도미오카는
벌써 은행장에게 정보를 제공했을 것이다. 물론 백 퍼센트 확실
하다곤 장담할 수 없다. 지금 한자와의 눈앞에 있는 것은 자신이
그동안 몰랐던 은행이라는 거대 조직의 기이한 이면이다.

나이토의 얼굴에서 표정이 사라지면서 침묵이 이어졌다.

어쩌면 나이토도 다른 루트를 통해 정보를 얻고 있는 게 아닐

까? 한자와의 가슴에 그런 생각이 스친 것은 그때였다. 은행에서
정보의 우열이 승패를 결정하는 일은 적지 않다.

팔걸이의자에 몸을 묻은 채 나이토가 생각에 잠기자 숨 막히
는 침묵이 집무실을 무겁게 내리눌렀다.

7

"아직 저녁을 안 먹었으면 같이 먹을래?"

저녁 9시가 지난 시각. 홍보부의 곤도로부터 한자와에게 그런
전화가 걸려왔다.

곤도는 도마리에게도 전화를 걸어서, 세 사람은 신마루 빌딩
에 있는 일본식 레스토랑의 안쪽 테이블 자리에 앉았다.

생맥주로 건배를 한 다음, 곤도가 조심스럽게 말을 꺼냈다.

"실은 오늘 몇몇 기자에게서 연락이 왔는데, 한자와에게 물어
보려고 만나자고 했어. 이번 주 금요일에 은행장이 태스크포스
에 가서 노하라 변호사를 만난다고 하던데, 그 이야기 들었어?"

"정식으론 못 들었는데 알고는 있어. 그것 때문에 하루 종일
기분이 엉망이야."

한자와는 의자 등받이에 기댄 채, 손에 있는 술잔으로 시선을
떨어뜨렸다.

"기자들이 중대한 발표라도 있냐고 묻던데, 그래?"

"노하라가 스캔들 폭로와 채권 포기를 교환하자고 했을지도 몰라."

한자와의 대답을 듣고 도마리가 안색을 바꾸었다.

"했을지 모른다니, 그게 무슨 말이야? 채권 포기는 이미 결말이 났잖아?"

"죽었다고 생각했는데 살아 있었어. 노하라가 다시 살려냈지."

한자와가 저주스러운 얼굴로 거칠게 말했다. 도마리가 안색을 바꾸며 목소리를 높였다.

"이제 와서 정치적으로 결론을 내리려는 거야? 웃기지 말라고 해. 이게 말이 돼? 채권을 포기하고 부정을 은폐하겠다는 거야?"

"물론 은행장 마음도 이해를 못하는 건 아니야. 요즘 시라이 장관이 매일 매스컴을 향해 일방적으로 은행을 비난하고 있잖아. TK항공의 재건안을 마무리하지 못하는 건 은행 탓이라고 말이야. 그 입발림에 넘어가 은행이 문제라는 여론도 무시할 수 없을 만큼 커지고 있고."

이렇게 말한 사람은 곤도였다. 도마리가 조바심이 나는 얼굴로 곤도를 노려보았다.

"그렇다면 은행의 자세를 확실하게 말해야지! 곤도, 그게 네일이잖아!"

곤도가 되받아쳤다.

"네가 그렇게 말하지 않아도 하고 있어. 넌 알아차리지 못했을 수도 있지만 《주간 에메랄드》에서는 태스크포스의 횡포를 규탄

하는 기사를 잇달아 내보내고 있고, 《도쿄경제신문》에서 연재한 TK항공 기사도 오히려 진정당 정권과 태스크포스의 방법론에 문제가 있다는 논조로 나오고 있어. 둘 다 우리가 흘린 정보를 바탕으로 쓴 거야."

한자와가 보기에 여론은 양쪽으로 나뉘어져 있었다.

하지만 서비스업인 은행 쪽에서 보면 자신의 경영 판단에 여론의 절반이 등을 돌리는 현상은 결코 바람직하다고 할 수 없다. 그것이 나카노와타리 은행장의 결단에 영향을 미칠 수도 있다.

"실은 기자한테서 들었는데, 국회 국토교통위원회에서 은행장을 참고인으로 부르면 어떻겠냐는 말까지 나오는 것 같아."

곤도의 정보를 듣고 도마리가 몸을 움찔거렸다.

"진짜야? 은행장을 불러서 대놓고 비난할 작정이야?"

곤도가 진지한 얼굴로 대답했다.

"진정당도 초조한 게 아닐까? 이대로 TK항공이 쓰러지면 여당이 되자마자 제대로 걷지도 못하고 넘어지게 되니까. 미노베 의원이 뒤에서 손을 쓰고 있다든지, 개발투자은행의 민영화 법안에서 저지른 실수를 만회하려고 하고 있다든지, 온갖 소문이 난무하고 있어."

도마리가 끌끌 혀를 찼다.

"이제 와서 시라이를 지원 사격하는 거야? 똥오줌도 못 가리면서 힘으로 굴복시키려는 거냐고!"

곤도가 대꾸했다.

"금요일에는 미노베도 태스크포스를 응원하기 위해 참석하는 것 같아. 태스크포스의 노하라, 시라이, 거기다 미노베까지…….. 배우들을 다 모아놓고 우리에게 채권 포기를 받아들이게 만들면 지금부터라도 다른 은행을 따라오게 할 수 있겠지. 일단 우리의 급소를 찔러 장애물을 통과한 다음, 주거래은행인 개발투자은행을 공략하려는 전략이 아닐까?"

"더러운 방법을 사용하는군."

도마리가 얼굴을 찡그리며 한자와에게 시선을 돌렸다.

"한자와, 어떡할 거야? 이대로 진정당이나 태스크포스가 마음대로 날뛰게 놔둘 거야?"

한자와가 조용히 분노를 곱씹었다.

"내가 이대로 물러설 것 같아? 상대가 대신이든 의원이든 상관없어. 이번에 완벽하게 결말을 짓겠어. 당하면 두 배로 갚아줘야지."

8

국회와 가까운 히라카와초 중화요리점의 개별실에는 미노베와 시라이 이외에 태스크포스의 노하라와 미쿠니, 그리고 도쿄중앙은행의 기모토가 얼굴을 마주하고 있었다.

"요컨대 기자들이 지켜보는 가운데 나카노와타리 은행장에게 집중포화를 퍼붓는 거군요. 그만큼 여론의 뭇매를 맞으면 아무리 은행장이라도 생각을 바꾸지 않을 수 없겠지요."

시라이가 눈을 반짝이며 옆자리의 미노베에게 동의를 구했다. 그런데 미노베의 입에서 나온 것은 동의가 아니라 의문의 목소리였다.

"그자가 그 자리에서 채권 포기를 받아들일까?"

노하라가 자신 있게 대답했다.

"그럴 겁니다. 본인이 오겠다고 했으니까요. 거절할 생각이라면 그 자리에 오겠다고 할 리가 없잖습니까?"

시라이가 새삼 감탄한 목소리로 말했다.

"역시 노하라 변호사님이세요! 은행장과 직접 담판을 지으시다니."

다음 순간…….

귀에 거슬리는 소리와 함께 기모토의 손에 있던 맥주잔이 쓰러졌다. 맥주잔에서 흘러넘친 맥주로 바지가 젖는 것도 개의치 않고 기모토가 떨리는 목소리로 말했다.

"노, 노하라, 정말인가!"

갑작스러운 상황에 어리둥절하며 시라이가 멍한 표정으로 쳐다보았지만, 기모토에게는 그것을 신경 쓸 여유가 없었다.

노하라가 탁한 눈으로 도전하듯 쏘아보았다.

"왜? 그러면 안 돼? 자네가 처음부터 제대로 설득했다면 내가 번거롭게 나설 필요도 없었잖아!"

"설마……, 설마 그 얘기를 한 건 아니겠지?"

기모토가 얼굴을 시뻘겋게 물들이며 낭패한 표정을 지어도, 노하라는 태연한 표정을 무너뜨리지 않았다. 노하라는 맥주를 한 모금 마시고 나서 천연덕스럽게 대꾸했다.

"아니, 했어."

지금이라도 숨이 끊어질 것처럼 가느다란 목소리로 기모토가 말했다.

"왜……, 왜 했지? 그것만은 하지 말아달라고 했잖아."

두 사람밖에 이해할 수 없는 대화에 시라이가 끼어들었다.

"지금 무슨 얘기를 하시는 거예요? 우리도 알 수 있도록 설명해주시겠어요?"

"미노베 의원님과 옛 도쿄제일은행의 거래 이야기입니다."

생각지도 못하게 자기 이름이 튀어나오자 미노베가 눈을 휘둥그렇게 떴다.

"노하라 변호사, 그게 무슨 말인가?"

"의원님과 옛 도쿄제일은행이 친했다는 이야기입니다. 마이하시의 토지취득자금을 빌려줄 정도로요."

그러자 눈 깜짝할 사이에 미노베의 안색이 달라졌다.

"그, 그걸 어떻게……."

미노베가 눈을 부라리며 기모토를 노려보았다.

"자네가 말했나?"

"아, 아닙니다……."

기모토가 창백한 얼굴로 머리를 옆으로 흔들었다.

미노베의 분노에 아랑곳하지 않고 노하라가 여유 있는 얼굴로 설명했다.

"예전에 마이하시에 있는 회사의 파산 처리를 맡은 적이 있지요. 오해하지 마셨으면 하는데, 이건 비밀유지 위반이 아니라 업무 이외에서 들은 소문입니다. 그 지역 재계에서는 공공연한 비밀이라고 하더군요. 미노베 의원님, 더구나 지금은 아무 상관없지 않습니까? 제3자에게는 어느 누구에게도 말하지 않았고, 앞으로도 그럴 생각이 없으니까요."

빙긋이 미소를 지은 노하라를 향해 미노베는 얼굴에 있던 당황한 표정을 지웠다.

"나카노와타리 은행장에게 말한 것 때문이라면 걱정하지 않으셔도 됩니다. 도쿄중앙은행의 은행장으로서 그자도 의원님과의 거래에 책임이 있으니까요. 즉, 양쪽은 운명공동체입니다. 정치인과 마찬가지로 은행에도 스캔들은 치명적이거든요. 은행의 신용을 희생할 바에야 5백억 엔의 채권 포기는 껌값이나 마찬가지죠. 어이, 안 그래?"

마지막 말은 기모토에게 한 말이었다. 기모토는 테이블에 시선을 고정한 채 대답하지 않았다.

"영향이 있다면 은행 내부에서 계속 숨기고 있던 옛 도쿄제일은행 사람들이 나카노와타리에게 빈축을 사는 것 정도일 겁니다. 기모토 상무는 아무래도 그걸 걱정하는 것 같군요."

노하라의 입술에 간교한 웃음이 떠올랐다.

"이제야 이해가 되었습니다. 노하라 변호사님께서 왜 그토록 도쿄중앙은행에 강하게 나갈 수 있었는지 이상했거든요. 그런 특수한 사정이 있었군요."

그렇게 말한 사람은 미쿠니였다.

"나카노와타리 은행장은 미노베 의원님과 거래가 있었단 사실을 몰랐다는 건가요?"

시라이가 눈을 동그랗게 뜨고 물었다.

"나는 솔직하게 말하는 편이 좋겠다고 했습니다. 그런데 기모토가 그걸 숨긴 채 설득하고 싶다고 해서 말이죠."

나카노와타리를 불러내 매스컴 앞에서 굴복시킨다—그런 계획에 들떠 있던 분위기는 각자 자신의 이해관계를 따지는 어색한 분위기로 바뀌었다. 노하라는 그런 분위기에는 신경도 쓰지 않고 오히려 후련한 표정을 지었다.

이윽고 미노베가 가슴을 쓸어내리면서도 어이없는 표정을 지었다.

"노하라 변호사는 참 무서운 사람이군. 적으로 돌리면 큰일 날 뻔했네 그려. 안 그런가, 시라이 대신?"

시라이는 숨을 죽인 채 대답하지 않았다.

"어쨌든 노하라 변호사가 그렇게까지 말한다면 그 말을 믿는 수밖에 없겠지. 지금까지 어떤 일이 있었는 마지막 협상에 잘 대비해주게. 노하라 변호사, 당신만 믿으면 되겠지?"

말투는 온화하지만 미노베의 눈은 날카로웠다. 결코 노하라를 믿지 않는 눈이다. 애당초 미노베는 사람을 믿지 않는다. 그에게 사람이란 배신하는 동물이고, 자신도 역시 많은 사람들을 배신 해왔다. 예전에 몸담았던 헌민당과 결별하고, 자기를 따르는 의 원들과 같이 진정당을 만든 것도 그런 배신 중 하나였다.

"물론입니다. 저 같은 사람을 믿지 않으면 누구를 믿으시겠습 니까?"

노하라는 넉살좋게 대답하더니, 마침 안으로 들어온 종업원에 게 지시했다.

"맥주를 쏟은 사람이 있으니까 물수건 좀 주게."

기모토는 종업원이 내민 물수건으로 바지를 닦았지만, 표정이 사라진 눈은 초점이 없었고 핏기가 사라진 얼굴은 창백했다.

미노베에 대한 대출은 옛 T가 은폐하고 있는 일급비밀 중 하 나였다.

전후 사정이 어찌되었든 나카노와타리가 알게 된 것은 뼈아픈 사태로, 이러는 동안에도 나카노와타리는 이 건에 대해 대응책 을 검토하고 있음이 틀림없다.

기모토 자신은 어떻게든 발뺌할 수 있고 그럴 자신도 있다. 하 지만 이 일로 인해 은행 안에서 옛 T 출신 행원들의 자리가 더욱 좁아질 수도 있다는 우려가 가슴을 아프게 했다. 그것은 무엇보 다 스스로 목숨을 끊은 마키노 부행장의 유지에 반하는 일이다. 기모토의 머릿속에 있는 것은 도쿄중앙은행의 이익이 아니라 옛 T 행원들의 자존심과 자리 보전이었다.

반면에 노하라는 자신감과 확신으로 가득 차 있었다.

"수많은 기자들 앞에서 나카노와타리가 통한의 눈물을 흘리도록 만들 겁니다. 미노베 의원님과 시라이 대신님께는 가장 빛나는 자리가 되겠지요. '진정당 만세!'입니다."

"재미있군."

미노베는 뒤틀린 미소를 지으며 종업원이 가져온 소흥주를 잔에 따라 입으로 가져갔다. 시라이와 미쿠니는 그때의 상황을 떠올렸는지 흥분한 얼굴로 눈을 반짝이기 시작했다. 오직 기모토만이 우울한 표정으로 다른 생각에 잠겨 있을 따름이었다.

그렇다, 서류다!

그때 기모토의 머릿속에 서류가 떠올랐다. 하이타니가 잃어버렸다는 서류를 찾아야 한다. 노하라가 나카노와타리에게 어떻게 설명했는지 모르겠지만 그 서류만 있으면 이번 일을 유야무야 만들 수 있다.

하지만 서류가 없어졌다고 보고한 이후, 하이타니로부터는 아직 연락이 없다.

도대체 뭘 꾸물거리고 있는 것인가!

숨이 턱턱 막히는 이곳에서 온몸이 타들어가는 듯한 초조함에 휩싸이며 기모토는 얼굴을 찡그렸다.

9

감사부의 마쿠타가 전화기 너머에서 숨죽인 목소리로 말했다.

"지금 지하서고야! 바로 오면 현장을 잡을 수 있어!"

휴대폰을 든 채 뛰고 있는지 헐떡이는 소리와 함께 말이 끊어지기 일쑤였다.

"알았어. 바로 갈게."

통화 종료 버튼을 눌렀을 때, 하이타니는 이미 일어서 있었다. 그는 뛰어가면서 휴대폰으로 인사부의 기하라에게 이 소식을 알렸다.

가슴속에서 가눌 수 없는 분노가 솟구쳤다.

오랫동안 은행원으로 일해오면서, 그에게는 몸과 마음을 바쳐 은행에 충성을 다했다는 자부심이 있었다.

물론 미노베의 대출에 약간 문제가 있었을 수도 있다. 하지만 그렇게 한 것은 자신의 의지가 아니고, 더구나 개인적인 이익을 기대한 것도 아니었다.

그저 위에서 시키는 대로 열심히 일해왔을 뿐이다. 25년이 넘게 이를 악물고 최선을 다한 결과 여기까지 올라왔는데, 겨우 이 까짓 일로 흔들리려고 하고 있다.

그의 마음속에서는 분노와 억울함이 격렬하게 소용돌이치며 수천 갈래로 갈라졌다.

엘리베이터가 인사부 층에 정지하나 싶더니, 기하라가 의기양양한 얼굴로 올라탔다.

"현장을 잡을 수 있다면 이보다 좋은 일은 없지. 오늘에야말로 완벽하게 해치워주겠어!"

뜨거운 열기가 더해지며 촉촉해진 눈으로 용감하게 선언한 뒤, 기하라는 섬뜩한 미소를 지었다.

"으음……."

하이타니는 신음하듯 대꾸하더니, 일직선으로 내려가는 엘리베이터의 층수 표시를 굳은 얼굴로 노려보았다.

"여어! 기하라 차장도 왔나?"

엘리베이터 홀에서 기다리고 있던 마쿠타는 누리끼리한 셔츠에 낡은 양복을 입은, 족제비처럼 생긴 남자였다.

"이쪽이야."

하이타니와 기하라는 마쿠타의 뒤를 따라 종종걸음으로 서고의 입구로 향했다.

마쿠타의 족제비 같은 얼굴은 흥분으로 콧구멍이 커졌다.

"상황은 어때?"

지하 4층으로 내려가는 엘리베이터에 올라타면서 하이타니가 물었다.

"지하서고의 기묘한 방에서 무슨 작업을 하고 있어."

"기묘한 방?"

하이타니가 물어보자 마쿠타가 히쭉 웃으면서 내답했다.

"가보면 알아."

"용케 발견했군. 역시 마쿠타야."

하이타니가 칭찬하자 마쿠타의 입에서 생각지도 못한 대답이 돌아왔다.

"내가 덫을 놓았거든. 그놈이 없을 때 메모를 놔뒀어. '네가 숨겨놓은 서류는 내가 가져간다'고 말이야. 그 메모를 보면 당황해서 움직이리라고 예상했는데, 내가 예상한 대로 즉시 움직이지 뭔가? 아주 단순한 녀석이더군."

엘리베이터에서 내릴 때, 마쿠타는 입가에 오른손 검지를 세웠다. 그리고 문이 열려 있는 서고 안으로 살며시 몸을 집어넣었다. 하이타니와 기하라도 마쿠타를 따라서 즉시 서가의 숲으로 들어갔다.

서가에 파묻히자 거리감이 사라졌다. 얼마나 걸었을까, 마쿠타가 걸음을 멈추었다. 막다른 곳에 휑하니 문이 열려 있는 작은 방이 보이고, 희미한 소리가 새어 나오고 있었다.

"가자."

마쿠타가 작은 목소리로 말한 뒤, 입구에서 목소리를 높이며 빈정거렸다.

"도미오카, 여기서 뭐 하나?"

대답은 없었다.

하이타니가 마쿠타의 등 너머로 고개를 내밀자, 상자 안을 들여다보던 도미오카가 흠칫 놀라며 뒤를 돌아보는 것이 보였다.

"서류를 정리하네만."

381

도미오카는 그렇게 말했지만 마쿠타의 등 뒤에 하이타니와 기무라가 있는 것을 보고 경계하듯 눈을 가늘게 떴다.

"내게 무슨 볼일이라도 있나?"

"이런 곳이 있는 줄은 몰랐군. 여기 있는 서류는 당신이 관리하는 건가?"

마쿠타는 그렇게 말하며 안으로 들어가더니 신기한 눈길로 주변을 둘러보았다.

"왜? 그러면 안 되나?"

도미오카는 그렇게 대답한 뒤, 주변에 있는 골판지상자를 쳐다보았다. 그곳에서 눈에 익은 상자를 발견한 하이타니는 "앗!" 하고 소리침과 동시에 재빨리 뛰어갔다. 틀림없다. 히가시신주쿠의 합동서고 안에서 그가 관리했던 서류 상자다.

"네놈이 이걸 가져갔냐?"

순간적으로 머리끝까지 분노가 치밀어서, 정신이 들었을 때는 자기도 모르게 고함을 지르고 있었다.

"이놈! 이걸 왜 당신 멋대로 가져가고 난리야! 날 엿 먹이려고 한 거냐!"

하이타니는 도미오카의 멱살을 잡아 일으켜 세우더니, 힘껏 벽으로 떠밀었다.

"무슨 짓이야? 난폭하게 왜 이래?"

벽에 등을 부딪쳤지만 별로 아파하지도 않고 도미오카가 말했다. 다시 욕설을 퍼부으려고 한 순간, 기하라가 진정하라는 듯이 하이타니의 어깨에 손을 올려놓으며 냉정하게 말했다.

"도미오카 부장대리, 이 방에 있는 서류는 감사부인 당신의 일과 관계가 있는 건가요?"

"감사부 일과는 직접적인 관계가 없을 수도 있지. 다만 그냥 지나칠 수 없어서 말이야."

도미오카는 흐트러진 와이셔츠를 바로 잡으면서 짐짓 시치미 떼듯 말했다.

기하라는 반박할 수 없을 만큼 고압적으로 말했다.

"아시다시피 서류의 보관 장소와 관리자 지정에는 엄격한 규칙이 있습니다. 그걸 지도해야 할 감사부 행원이 지금 그 규칙을 깨트렸습니다. 이건 매우 심각한 일입니다. 인사부로 돌아가 즉시 보고서를 올릴 건데, 그래도 되겠지요?"

"오호!"

도미오카는 그 말만을 하더니, 기하라의 눈을 똑바로 쳐다본 채 대답하지 않았다.

"이번 일로 하이타니 부장대리에게 굉장한 민폐를 끼쳤습니다. 한마디 사죄라도 하는 게 어떻겠습니까?"

기하라는 차갑게 말했지만 도미오카는 입을 열지 않고 침묵을 유지했다. 기하라의 옆에서는 재미있는 구경이라도 하듯 마쿠타가 희희낙락하며 입맛을 다시고 있었다.

하이타니의 입에서 증오로 펄펄 끓는 목소리가 튀어나왔다.

"도미오카, 이건 절도야! 어떻게 책임질 거지?"

그때 도미오카의 입에서 웃음이 터져 나왔다.

"흥! 책임이라고? 그건 내가 할 말이야."

도미오카는 그렇게 말하더니, 갑자기 눈을 들어 세 사람의 등 뒤를 향했다.

"이봐, 들었나?"

누구에게 말하는 것일까?

세 사람이 뒤를 돌아보는 것과 동시에 서가의 뒤쪽에서 그림자 하나가 나타났다.

다음 순간, 하이타니의 안색이 바뀌었다.

"하, 한자와……! 자네가 어떻게!"

"여기에 오면 재미있는 구경을 할 수 있다고, 도미오카 부장대리님께서 연락해주셔서 와봤습니다."

한자와는 세 명의 시선을 한꺼번에 받으며 느긋하게 말했다.

'잠시 지하서고에서 작업하고 올게.'

도미오카가 마쿠타에게 그 말을 남기고 사라진 것은 15분 전이다. 마쿠타가 즉시 하이타니에게 연락하리란 것을 예상하고 한 말이었다.

도미오카가 말했다.

"배우들은 다 모였군. 그런데 다음 이야기는 뭐였지? 책임을 지느니 마느니 하는 거였나? 정말 재미있는 말을 하는군."

섬뜩한 미소를 지은 도미오카를 향해, 기하라는 아직도 근엄한 목소리로 비난을 했다.

"도미오카 부장대리, 무슨 생각인진 모르겠지만 지금 그렇게 말할 때가 아닌 것 같은데요? 자신이 무슨 짓을 저질렀는지 잘 모르는 것 같군요."

도미오카가 코웃음쳤다.

"이렇게 말하지 않으면 어떻게 말해야 하지? 한자와, 자네가 알면 가르쳐주겠나?"

서가의 뒤쪽에서 천천히 걸어 나온 한자와는 몇 초 지나기 전에 도미오카의 앞에 섰다.

세 사람의 시선을 똑바로 되받아치며 한자와는 대답했다.

"글쎄요, 저도 잘 모르겠군요. 정치인의 돈벌이를 위해 담보도 없이 20억 엔을 빌려주는 쪽이 더 문제라고 생각합니다만. 하이 타니 부장대리님, 안 그런가요?"

"그, 그게 무슨 말이지?"

예상치 못한 한자와의 반격에 당황하면서 하이타니의 얼굴은 순식간에 빨갛게 달아올랐다.

마쿠타가 하이타니의 지원에 나섰다.

"지금 문제는 서류의 내용이 아니야. 아무리 은행 내부라곤 하지만 다른 부서에서 보관하는 서류를 말도 없이 가져가 은폐하는 행위가 더 큰 문제잖아! 말머리를 바꾸지 말았으면 좋겠군."

"그게 문제라면 문제로 삼으면 되잖아? 그래도 난 상관없네."

도미오카가 그렇게 말하며 웃음을 터트리자 마쿠타가 눈을 희번덕거렸다.

"뭐야?"

"재미있겠네요. 오히려 이번 기회에 확실하게 보고하시는 게 어떻겠습니까?"

한자와는 지금이라도 달려들 것처럼 몸을 도사리고 있는 세 사람을 똑바로 응시하며 말을 이었다.

"그 전에 당신들, 이런 소문을 들었는지 모르겠군. 우리 도쿄중앙은행에는 과거에 은폐한 부정 대출을 은밀히 조사하는 은행장님 직속 담당자가 있다고 말이야."

서, 설마…….

그 말을 들은 순간, 세 사람은 움직이지 않았다. 아니, 움직일 수 없었다. 숨 막히는 긴장감이 날카로운 화살이 되어 온몸을 뚫고 지나간 것이다.

그런 세 사람을 향해 한자와는 말을 이었다.

"지금으로부터 15년 전, 옛 도쿄제일은행은 당시 여당인 헌민당의 실세였던 미노베 의원의 부탁을 받고 개인적으로 20억 엔을 대출해주었지. 미노베는 그 대출금을 조카의 기업에 빌려줘서 마이하시 시내의 임야를 사들였는데, 그 땅은 마이하시공항의 건설 예정지가 되면서 막대한 수익을 올렸어. 문제는 그 20억 엔의 대출이 무담보로 실행되고, 감사도 제대로 받지 않았다는 거야. 즉, 그건 옛 도쿄제일은행이 조직적으로 관여한 부정 대출이었지. 그리고 그런 사실을 알면서도 품의서를 올려 대출을 해준 사람은 하이타니 부장대리, 바로 당신이야!"

한자와는 손가락을 쭉 내밀어 하이타니의 코앞에 들이밀었다.

하이타니로부터 대답은 돌아오지 않았다. 시뻘겋게 달아오른 얼굴에서 천천히 핏기가 사라지더니, 이윽고 목젖을 위아래로 움직이며 말을 더듬기 시작했다.

"나, 난 그저 기모토 상무님이 시키는 대로 품의서를 썼을 뿐이야. 모든 건 위쪽에서……."

"그런 변명이 통할 것 같아?"

한자와는 연민의 눈길로 보내며 말하고는, 미노베의 신용파일에 끼워 있던 메모의 복사본을 내밀었다.

"기모토 상무가 지시했다는 증거가 어디 있지? 당신이 쓴 이 메모에는 기모토 상무가 봤다는 도장조차 없어. 당신 말은 아무런 의미도 없다고!"

"상무님께는 나중에 구두로 설명했어. 이 대출을 주도한 사람은 내가 아니야. 정말이야! 믿어줘!"

하이타니는 공포에 질린 모습으로 입술을 파르르 떨었다. 마쿠타와 기하라는 명한 얼굴로 그 모습을 지켜보았다.

그때 도미오카가 느긋하게 말했다.

"하이타니 부장대리, 이제 와서 발버둥 쳐봐야 소용없어. 당신은 미노베의 돈벌이를 위해 거액의 부정 대출에 관여했지. 미노베는 그 돈을 이용해 자기 뱃속을 채운 뒤, 깨끗한 이미지를 내세워서 진정당을 이끄는 주인공이 되었어. 참 운명의 장난 같은 일이지. 당신은 성실하고 착실하게 은행 일을 해왔을 뿐이라고 주장할지 모르겠지만, 결국 한 정치인의 성공을 위해 쓰고 버리는 장기판의 말에 불과했어."

하이타니의 얼굴은 바싹 마른 흙벽처럼 생기를 잃고, 눈에서도 점점 빛이 사라지고 있었다.

도미오카가 타이르듯 차분하게 말했다.

"이 대출로 미노베가 얼마를 벌었는지 알아? 하긴 얼마를 벌었든 상관없지만. 아무튼 당신에겐 뭐가 남았지? 명예인가? 지위인가? 하지만 그건 모두 연극의 소품일 뿐이지. 결국 당신이 믿었던 건 전부 가짜야. 눈에 보인 건 신기루에 불과하다고. 당신이 있는 부장대리란 자리는 언제 무너질지 모르는 모래성에 지나지 않아!"

도미오카는 돌연 기하라에게 시선을 옮기고 무섭게 다그쳤다.

"당신, 이 대출의 실태를 알고 있었나?"

"저, 전 몰랐습니다……."

고개를 절레절레 흔들면서 기하라는 부정했다.

"거짓말을 해봤자 금방 탄로 날 거야. 지금 솔직하게 말해!"

도미오카는 굵은 목소리로 으름장을 놓았다.

"저, 전 아무것도 모릅니다."

끝까지 부정하는 기하라를 노려보며 도미오카가 물었다.

"하지만 지금은 알았잖아! 이 건에 계속 관여하고 싶은가?"

"그건……."

기하라의 눈동자 속에서 어느 쪽이 이득인지 계산하듯 저울이 움직였다.

"관여하고 싶으냐고 물었잖아! 어느 쪽이지?"

다시 한 번 묻자 기하라는 당황한 얼굴로 고개를 가로저었다.

"그렇다면 당장 꺼져!"

도미오카가 호통을 치자 기하라는 펄쩍 뛰며 뒷걸음질을 치더니 재빨리 발길을 돌렸다.

"나, 나도 그만 실례할게……."

"자네 이야기는 나중에 자세하게 듣겠네."

기하라의 뒤를 따라가려고 한 마쿠타가 도미오카의 말을 듣고 몸을 움찔거렸다.

"합동서고의 감사 정보를 유출했다는 건 알고 있어. 그동안 이 서류가 발견되지 않도록 자네가 미리 손을 썼지? 그냥 넘어가리라곤 생각하지 마!"

마쿠타는 백짓장처럼 창백해지더니 벌벌 떨면서 도망치듯 자리를 떠났다.

혼자 남은 하이타니를 새삼스레 바라보며 도미오카가 말했다.

"하이타니, 이제 와서 숨겨봐야 아무런 의미가 없어. 기모토에게 매달려봤자 도와주지 않을 거고. 당신은 도마뱀의 꼬리야. 정상참작을 원한다면 당신이 알고 있는 걸 전부 솔직하게 말해. 그러면 내가 조금은 봐줄 수도 있어."

어두운 늪에 가라앉은 하이타니의 눈동자 안쪽에서 새로운 감정이 희미하게 움직였다.

10

히가시신주쿠에 있는 합동서고에서 골판지상자 세 개를 실은 밴 한 대가 마루노우치에 있는 도쿄중앙은행 본사 주차장으로 들어온 것은 그날 저녁이었다.

운전자는 다지마였고, 조수석에 탄 사람은 한자와였다.

상자를 영업 2부 회의실로 운반하자 타이밍을 보고 있었던 것처럼 도미오카가 나타났다. 옆에는 하이타니도 있었다.

"미노베 의원은 자신의 자금 관리를 거의 옛 T에게 맡겼는데, 그걸 증명할 자료가 있어. 그 자료만 있으면 20억 엔을 어떤 형태로 갚았는지, 돈의 흐름을 정확하게 파악할 수 있을 거야."

하이타니가 창백한 얼굴로 털어놓은 것은 조금 전의 일이었다. 그리하여 한자와와 다지마가 지금 합동서고의 다른 곳에 숨겨져 있던 그 서류를 가져온 것이다.

상자 안의 서류를 전부 탁자 위에 올려 시간 순으로 늘어놓은 뒤, 세 사람은 하이타니가 지켜보는 가운데 자료를 살펴보았다. 미노베 쪽에서 제출한 것으로 보이는 마이하시스테이트의 토지 구입 명세서와 당좌예금의 움직임까지 포함되어 있는 상세한 자료였다.

"용케 이런 서류까지 모아놨군요."

서류를 살펴보던 다지마가 중얼거리자 하이타니가 대꾸했다.

"그 서류가 담보 대신이었어. 우리는 무담보로 대출해줬으니까. 마이하시스테이트의 토지 구입 명세서와 당좌예금의 움직임을 파악해두면 대손의 위험성을 일찌감치 알아차릴 수 있지."

도미오카가 황당한 얼굴로 말했다.

"자네 바보 아니야? 그렇게 걱정된다면 매입한 부동산에 담보를 설정하면 되잖아? 왜 그렇게 하지 않았지?"

"부동산에 담보를 설정하면 은행과의 관계가 밖으로 드러나잖아. 그걸 피하고 싶었어."

"하여간 끝까지 교활하다니까."

도미오카가 비아냥거려도 하이타니는 입술을 깨문 채 반박하지 않았다.

자금의 흐름을 추적해서 정리하는 데에만 몇 시간이 걸렸다.

"대강 이렇게 되는군."

밤 9시가 넘은 시각. 저녁식사도 하지 않고 작업에 몰두했던 도미오카가 고개를 들고, 내용을 정리해놓은 화이트보드를 응시했다.

그곳에는 20억 엔을 대출해준 뒤, 마이하시스테이트에서 공항 건설 예정지를 매입하고 그 돈을 회수하기까지의 흐름이 그림으로 그려 있었다.

"아무짝에도 쓸모없는 임야를 헐값에 사들인 뒤, 몇 배로 뻥튀기해서 팔아치웠어. 그 덕분에 실적 부진과 빚에 허덕이던 마이하시스테이트는 단숨에 되살아나서 그 지역에서 손꼽히는 부동산회사로 성장했지. 그런데……."

도미오카가 한자와를 힐끔 쳐다보았다.

"한자와, 마음에 걸리지 않나?"

"마음에 걸립니다."

한자와는 그렇게 대답하고 말없이 화이트보드를 노려보았다.

"뭐가 말입니까?"

그렇게 물은 다지마의 옆 자리에서는 하이타니가 굳은 얼굴로 탁자의 끝을 보고 있었다.

"이 20억 엔을 이용해 마이하시스테이트는 엄청난 이익을 얻었어. 그건 이 그림만 봐도 알 수 있지. 그런데 이 자금 흐름을 보면 그 이익이 미노베에게 흘러간 흔적이 없어."

한자와는 송곳처럼 날카로운 눈길로 하이타니를 쏘아보았다.

"그건……."

하이타니는 입술을 깨문 채 말해야 할지 말지 망설이는 표정을 지었다.

"이제 와서 감춰봤자 당신에게 이득될 건 아무것도 없어. 어서 말해!"

도미오카의 입에서 추상같은 호통이 떨어지자 이윽고 굳게 다물었던 하이타니의 입이 벌어졌다.

"그건 기모토 상무님이 관리하고 있어."

"기모토가? 왜 그렇게 번거로운 짓을 하고 있지?"

"자료를 분산해서 관리하면, 한 곳에서 자료가 발견되어도 전체의 상황을 파악할 수 없으니까."

"그 자료는 어디에 있나?"

"지하서고야. 하지만 우리만으론 들어갈 수 없어. 지하 5층에 있으니까."

지하 5층은 완벽한 보안장치에 의해 임원들만 들어갈 수 있도록 되어 있다.

하지만 도미오카는 즉시 일어섰다.

"가자."

"어떻게 하려는 건데?"

하이타니의 질문에 도미오카는 대답하지 않았다. 그는 하이타니를 끌고가듯 엘리베이터 홀까지 데려가더니, 엘리베이터를 타고 지하 5층으로 내려갔다.

한자와도 처음 보는 지하 5층의 임원 전용 서고는 묵직한 철문으로 가로막혀 있었다. 다이얼식 잠금 시스템에 자물쇠까지 잠겨 있는 완벽한 요새인 것이다.

그런데 도미오카는 다이얼을 돌리더니, 주머니에서 꺼낸 열쇠 다발에서 열쇠를 끼우고 핸들을 돌렸다.

꼼짝도 안 할 것 같던 묵직한 문이 소리도 없이 천천히 열렸다.

하이타니의 눈이 경악으로 크게 벌어졌지만 도미오카는 신경도 쓰지 않고, 다시 안쪽 문을 열더니 안으로 발을 집어넣었다.

두터운 초록색 카펫이 깔린, 작은 소리 하나 들리지 않는 공간이었다. 말소리와 신발 소리도 발밑으로 빨려 들어가고, 숨도 쉴 수 없는 고요함이 온몸을 휘감았다.

"이, 이런 짓을 했다는 게 밝혀지면 나중에 문책을 받을 거야."

얼굴에 경련이 이는 하이타니를 보고 도미오카가 쌀쌀맞게 물었다.

"장소는 아나?"

하이타니는 천장 끝까지 되는 높은 서가를 올려다보며 걸어가더니 어느 곳에서 걸음을 멈추었다. 그리고 근처에 있는 전용 사다리에 올라가 골판지상자 하나를 내렸다.

"내가 말했다는 걸 알면, 나는……."

식은땀을 흘리며 겁먹은 얼굴로 말하는 하이타니를, 도미오카는 한심하다는 듯이 혀를 끌끌 차며 쳐다보았다.

"암만 생각해도 자네는 피라미군. 이제 그만 포기하게. 인간은 변해야 할 때도 있으니까. 그런데 다른 서류는 없나?"

"이게 전부야."

도미오카는 하이타니를 뚫어지게 쳐다보더니, 거짓말이 아니라고 판단했는지 한자와를 향해 작게 주억거렸다. 한자와는 그 상자를 들고 회의실로 돌아가 안에 있는 서류를 꺼냈다.

"재미있는 게 있군."

한자와가 뜻밖의 서류를 발견해 탁자 위에 펼친 것은 그로부터 잠시 지난 후였다.

미노베 의원의 개인 사무실 장부의 복사본이었다.

"한자와, 이쪽에 메모가 있어. 이건 기모토의 글씨군."

도미오카가 그렇게 말하며 메모를 보여주었다. 마이하시스테이트에서 미노베에게 보낸 송금 기록을 메모한 것이다.

"이체의뢰서의 원본이 어디 있을 텐데······."

탁자에 쌓여 있는 자료를 뒤지던 도미오카가 이체의뢰서용 바인더를 발견한 것은 그 직후였다. 마이하시스테이트에서 미노베에게 송금한 이체의뢰서의 부본이다. 아마 미노베의 부탁을 받고 기모토가 정리한 것이리라.

퍼즐의 조각이 맞춰지면서 전체의 모습이 하나로 완성되었다.

한자와가 서류를 보면서 말했다.

"역시 돈을 갈퀴로 쓸어 담았군요. 엄청난 자금이 흘러들어갔습니다. 1년에 최소한 5천만 엔이 넘습니다."

"마이하시스테이트에서는 미노베 의원에게 컨설팅 비용으로 지불한 것으로 되어 있습니다."

마이하시스테이트의 재무자료를 조사하던 다지마가 보충 설명했다. 하지만 마이하시 지점에서 확인한 마이하시스테이트의 자료에는 그런 비용이 적혀 있지 않았다. 아마 교묘하게 은폐했던 것이리라.

"이건 일종의 자금 세탁이나 마찬가지군. 안 그런가?"

도미오카가 예리한 눈으로 하이타니를 쏘아보았다.

"이익을 떨구려면 명목이 필요하니까."

겁먹은 얼굴로 대답한 하이타니에게 "그것뿐인가?"라고 물은 사람은 한자와였다.

"그것뿐이냐니? 그게 무슨 말이지?"

하이타니가 목젖을 떨면서 공포로 흔들리는 눈을 한자와에게 향했다.

"미노베는 그 자금을 어디에 사용했지?"

그러자 하이타니는 흠칫 놀라면서 시선을 피했다. 한자와가 말을 이었다.

"이 자료에 따르면 7년 전에는 4억 엔이나 되는 자금이 흘러들어갔어. 진정당을 창당하고 첫 번째 선거를 맞이한 시기지."

"즉, 선거자금이란 건가요?"

다지마가 납득한 표정을 지었다.

그런 다지마에게 한자와가 넘겨준 것은 미노베 의원의 개인 사무실 정산보고서였다. 그것 말고도 정치자금 정산보고서와 선거비용 정산보고서도 있었다. 여기에는 미노베의 지갑 안을 알 수 있는 모든 자료와 명세서가 있는 것이다.

다지마가 펼친 명세서를 도미오카가 옆에서 들여다보자 하이타니의 시선이 불안하게 움직이기 시작했다.

"한자와, 이 명세서의 어디에도 마이하시스테이트라는 이름이 없어."

한자와는 도미오카의 질문에 대답하는 대신, 낭패스러운 얼굴로 어쩔 줄을 모르고 있는 하이타니에게 물었다.

"어떻게 된 일인지 확실히 설명해주겠나?"

하이타니에게는 이미 한자와의 추궁에 저항할 만큼의 기력은 남아 있지 않았다.

11

"나이토 부장이 왔습니다."

비서가 문 밖으로 사라지기를 기다렸다가 나이토는 가볍게 고개를 숙이고, 나카노와타리 은행장이 권하는 대로 은행장실 소파에 앉았다.

은행장은 하얀 와이셔츠에 넥타이를 매고 있었다. 하지만 넥타이의 매듭은 조금 느슨하고, 커프스를 뺀 소매는 팔꿈치까지 걷어 올렸다. 나카노와타리치고는 보기 드물게 흐트러진 모습이었다.

"내일 태스크포스를 방문하신다는 소문을 들었습니다."

나이토가 그렇게 말해도 은행장은 대답하지 않았다. 작은 미동도 없이 벽의 한곳을 물끄러미 바라볼 따름이었다.

"저희는 그런 말씀을 못 들었습니다. 무슨 일로 가십니까?"

"미안하네. 자네들에게 숨길 생각은 없었지만, 아직 내 생각이 정리되지 않아서……."

나이토는 말없이 은행장의 다음 말이 이어지기를 기다렸다.

"실은 노하라 변호사로부터 채권 포기를 다시 생각해달라는 요청이 있었네."

나이토는 조용히 은행장의 얼굴을 응시했다.

"그래서요?"

이윽고 잠시 침묵하던 은행장의 입술 사이로 고뇌에 가득 찬

말이 흘러나왔다.

"지금 자네에게 할 수 있는 말은 그것뿐이네."

"혼자서 결정하겠다, 그런 말씀입니까?"

은행장의 얼굴에서 평소의 강인함이 빠져나오고, 눈에 망설임이 스며드는 것을 나이토는 위화감을 가지고 바라보았다. 자신이 아는 은행장답지 않은 태도였기 때문이다.

"행장님, 그래도 후회 없으시겠습니까?"

나이토의 돌직구 같은 질문이 적막한 은행장실의 공기를 가로질렀다.

"태스크포스에서 요청한 채권 포기는 임원회의의 결정을 거친 뒤, 며칠 전에 정식으로 거절하기로 결정했습니다. 그것은 번복할 수 없는 결정입니다. 더구나 그 판단은 옳다고 생각합니다."

대답은 돌아오지 않았다. 그 모습을 보고 울분이 솟구친 것처럼 나이토의 말에 항의가 깃들었다.

"왜 저희와 의논하시지 않으십니까?"

입을 다문 은행장의 얼굴에 짙은 그늘이 드리우며 고뇌가 떠올랐다.

나이토가 항의의 목소리를 높였다.

"행장님! 저희는 무엇을 위해 지금까지……!"

은행장이 나이토의 말을 가로막았다.

"이건……, 이건 이미 여신 판단이 아니야. 즉, 자네들이 담당할 업무의 범위가 아니란 뜻이지. 내가 생각하고 내가 대처해야 할 문제라네."

잠시 은행장을 똑바로 쳐다본 채, 나이토는 그대로 돌이 된 것처럼 꼼짝도 하지 않았다. 지금 나이토의 온몸을 휘감고 있는 감정은 순수한 놀라움이었다.

나카노와타리 은행장의 이런 모습은 지금까지 한 번도 본 적이 없었다.

아무런 위엄도 숭고함도 없이, 한 사람의 뱅커로서 고뇌하는 나카노와타리의 모습…….

은행장으로 취임한 이후 줄곧 행내 화합에 부심해왔지만, 애초에 그곳에는 부정할 수 없는 모순이 있었다. 믿고 싶어도 믿을 수 없는 상대. 밖으로 드러나면 은행의 신용을 훼손하는 수많은 부정 대출. 이렇게까지 믿으려고 하는데 문제를 드러내고 진실을 보여주려고 하지 않는 화합의 상대에 대한 불신감.

실제로 존재하는 파벌 의식과 행내 화합이라는 이상론 사이에서 어려운 키를 잡고, 지금까지 온갖 마음고생을 하며 은행을 이끌어온 사람이 나카노와타리였다. 그의 괴로움은 모든 합병 은행이 가지고 있는 고뇌라고 할 수 있었다.

그런데 지금 그 모순이 고스란히 밖으로 드러났다. 이 사태를 타개할 수 있는 유일한 방법은 지금까지 소중히 지켜온 것을 잘라내는 수밖에 없다.

나이토는 바닥이 꺼질 만큼 깊은 숨을 토해내며 말했다.

"알겠습니다. 하지만 행장님께서 무엇 때문에 이토록 고뇌하시는지, 저도 짐작하고 있습니다."

은행장의 눈이 희미하게 떴지만 입은 벌어지지 않았다. 말없이 자신을 쳐다보는 은행장을 향해 나이토는 말을 이었다.

"그것은 분명히 행장님께서 직접 판단하셔야 할 문제일 수도 있습니다. 하지만 같이 생각하고 같이 싸우는 일은 저희도 할 수 있습니다. 그러기 위해 저희가 있는 것이고, 그러기 위해 저희는 최선을 다하고 있습니다. 이것은 한자와가 정리한 보고서입니다. 옛 T에서 미노베 의원에게 해준 부정 대출의 전모입니다. 참고하시기 바랍니다."

나이토는 보고서를 내밀고 일어서더니 깊숙이 고개를 숙이고 은행장실을 뒤로했다. 은행장의 대답을 기다리는 일도, 쓸데없이 자기 의견을 말하는 일도 없었다. 오직 투명한 자존심과 깊은 생각만이 생생한 기척을 남길 따름이었다.

에필로그

뱅커의 사명

1

처마 밑에서 굽고 있는 꼬치구이의 연기가 가게 안을 가득 메우고 있었다.

술 냄새와 담배 냄새, 직장인들의 시끌벅적 떠드는 소리가 소용돌이치는 가게 안의 한쪽 구석. 2인용 좌석에 혼자 앉아 조용히 술을 마시는 사람이 있었다. 감사부의 도미오카였다.

그때 "어서 오십시오!"라는 인사를 받으며 한 사내가 입구로 들어섰다. 사내는 가게 안을 둘러보고 도미오카의 모습을 발견하자 비어 있는 맞은편 자리에 앉았다.

종업원이 생맥주를 가져다주자 사내는 도미오카의 절반쯤 없어진 맥주잔과 부딪쳤다.

"내가 좀 늦었나?"

사내는 도미오카의 맥주잔을 보면서 물었다.

"조금이 아니라 꽤 늦으셨습니다. 실은 두 잔째거든요."

도미오카는 대답하고 묵묵히 상대의 말을 기다렸다.

"이번에는 정말 막막하더군."

"그거 아주 통쾌한 일이군요. 뭐, 저와 둘이 있을 때만이라도 편안히 계십시오."

도미오카는 심술궂게 말하고는 소리 내어 웃었다. 그리고 메뉴판을 보더니 종업원을 불러 술안주를 몇 가지 주문했다.

처음의 생맥주를 비우고 보리소주로 바꾼 사내는 맛있게 한 모금 마시고 나서 말했다.

"도미 씨, 최근에 생각했는데 말이야. 출세라든지 좋은 자리라든지, 그런 걸 바라지 않으면 은행보다 좋은 곳은 없지. 그런데 은행원은 꼭 욕심을 부리더군. 문제는 바로 그거야."

"그런가요? 너무 욕심이 없는 것도 생각해볼 문제지요."

도미오카는 젓가락으로 집은 새우완자를 입에 넣고 나서 덧붙였다.

"다만 욕심에도 분수라는 게 있습니다. 분수에 맞지 않는 욕심을 내기 때문에 문제가 생기는 거지요. 사람도 그렇고, 회사도 마찬가지고요. 왜 분수에 맞지 않는 욕심을 내려고 하는지 모르겠습니다. 그런 회사는 결국 누구도 행복하게 해줄 수 없지요. 사업도 잘되지 않고, 사원도 스트레스로 인해 쓰러지게 됩니다. 모든 회사에는 그 회사의 분수에 맞는 욕심이란 게 있다고 생각합니다."

상대가 침묵을 지키는 것을 보고 도미오카는 혼잣말로 중얼거렸다.

"이제 청주를 마실까……."

벽에 붙어 있는 술의 상표를 올려다보는 도미오카는 상대의 대답을 기대하는 것처럼 보이지 않았다. 그런 도미오카를 보면서 사내가 말했다.

"이거 왠지 찔리는군. 나는 지금 분수에 맞지 않는 걸 바라고 있나?"

"꼭 그렇다곤 할 수 없지만 물은 높은 곳에서 낮은 곳으로 흐르는 법이지요."

언뜻 들으면 단순히 세상 살아가는 이야기처럼 보인다.

도미오카는 술을 주문하고 나서 말을 이었다.

"다시 말해, 세상에는 자연의 흐름이라는 게 있습니다. 인과응보가 세상의 이치이지요. 그렇다면 그에 따르는 게 가장 편하지 않겠습니까? 욕심을 버리면 진실이 보이지요. 예를 들어 저처럼 욕심을 버리면 좋은 건 좋다, 나쁜 건 나쁘다고 말할 수 있습니다. 중요한 건 그것이죠."

"그렇게 단순하게 생각할 수 있다면 분명히 편하긴 하겠군."

갑자기 도미오카의 눈이 진지해졌다.

"제가 바보라서 그렇게 한다고 생각하십니까? 혼자만 어려운 문제를 껴안고 있는 게 아닙니다. 큰 은행이든 변두리에 있는 작은 가게든, 그런 건 아무 상관이 없습니다. 이 세상에는 법 이전에 지켜야 할 인간의 도리라는 게 있지요. 그건 남을 속이지 않고 정직하게 장사해야 한다는 겁니다. 그렇지 않으면 은행과 사채업자가 뭐가 다르지요? 당장이라도 은행의 간판을 내리는 편이

낫겠지요."

"여전히 가슴을 쿡 찌르는 소리를 거침없이 하는구먼."

사내는 화를 내지도 않고 시끌벅적한 가게 안을 둘러보았다.

"참 좋은 곳이군."

조금 떨어진 자리에서 젊은 직장인이 상사로 보이는 사람을 향해 자기 의견을 뜨겁게 말하는 소리가 들렸다. 아직 유치하면서도 열정적인 모습에 미소를 지으며 사내는 절실하게 말했다.

"하지만 자네 말이 맞네. 그걸 알았다면 마키노 부행장은 지금도 살아 있었을 텐데."

사내의 얼굴을 물끄러미 바라보면서 도미오카는 말했다.

"그 일은 가슴 아팠습니다. 하지만 그에게는 나름대로 죽을 만한 이유가 있었겠지요."

"까딱 잘못했으면 나도 똑같은 길을 선택했을지 모르지. 하지만 지금은 마음속에 끼어 있던 안개가 걷힌 기분이네. 나는 아직 제대로 된 뱅커인가?"

사내의 질문에 도미오카는 잠시 생각하면서 술을 한 모금 마셨다. 이윽고 도미오카의 입에서 대답이 흘러나왔다.

"지금까지는요. 하지만 계속 제대로 된 은행원으로 있는 것은 생각보다 어려운 일이지요. 그러기 위해서는 누구나 싸워야 할 때가 있습니다."

도미오카는 그렇게 말한 뒤, 가방에서 두터운 보고서를 꺼내 사내에게 주었다.

보고서를 읽는 사내의 눈이 놀라움으로 인해 크게 벌어지는 것을, 도미오카는 조용히 술을 마시면서 지켜보았다.

사내는 끝까지 읽은 보고서를 조용히 테이블에 내려놓고, 그대로 시선을 내리깔았다.

그렇게 얼마나 있었을까?

다시 도미오카에게 시선을 향한 사내의 얼굴에서 망설임이 사라지고, 눈은 먼 곳을 바라보는 것처럼 맑고 투명했다.

2

"여기 계셨습니까?"

한자와가 말을 걸자 야마히사는 쓰고 있던 헬멧의 끝을 올리며 쑥스러운 얼굴로 미소를 지었다.

"여기까지 웬일이십니까?"

"조금 전에 회사로 전화했더니 이쪽에 계신다고 해서요."

하네다공항 안에 있는 TK항공의 비행기를 정비하는 격납고다. 보통 행거(hangar)라고 하는데, 행거의 공간은 학교의 체육관만큼 크다. 이곳에서는 규정 비행시간이나 규정 일수를 넘긴 TK항공 소유의 항공기를 정비하고 있다.

지금 그곳의 3층 높이의 통로에서 야마히사는 작업하는 모습을 내려다보고 있었다.

"혼자 생각하고 싶을 때는 여기에 오곤 하지요."

"좋은 곳이군요."

한자와는 그렇게 말하고, 야마히사와 나란히 정비 중인 기체를 내려다보았다.

야마히사가 숙연한 목소리로 말하기 시작했다.

"실은 우리 본가가 이 근처에 있습니다. 어렸을 때 엔지니어였던 조부의 손을 잡고 종종 하네다까지 비행기를 보러 왔지요. 펜스에 매달려 YS-11이 오면 '저기 보렴, 왔어!'라고 조부가 자랑스럽게 가리켰습니다. 당신이 개발한 것도 아닌데, 단지 국산 비행기라는 점에 자긍심을 느껴서 그랬겠지요. 당시에는 이 격납고에서 일하는 게 꿈이었습니다. 여기는 비행기를 좋아하는 사람에겐 가슴이 먹먹해지는, 일종의 성지라고 할 수 있지요."

"저는 신발을 신고 들어와 그 성지를 더럽힌 사람이군요."

한자와가 자책하듯 말하자 뜻밖의 대답이 돌아왔다.

"아닙니다. 이 성지를 더럽힌 건 바로 우리들입니다. 집에서 공항까지 회삿돈으로 콜택시를 타고 다니는 걸 당연하게 생각한 우리들이요. TK항공에 다닌다고 하면 다들 부러워했는데, 그만큼 월급도 많이 받고 자부심도 강했지요. 우리가 받는 대우나 권리만 따지면서, 정해진 업무 이외에는 결코 하려고 하지 않았습니다. 그렇게 일하는 사이에 사회의 흐름에서 뒤처지고 회사는 엉망이 되었지요. 우리는 고객을 보지 않았습니다. 그토록 비행기를 좋아해서 이 회사에 들어와놓고, 비행기를 날리는 회사를 우리의 적이나 투쟁의 대상으로밖에 생각하지 않았지요. 이렇게 우스꽝스러운 이야기가 어디 있겠습니까? 그런 끝에 정치적 도구로 전락하고 안이한 경영 판단이 잇달아 드러나도 누구도 위기감을 가지지 않았습니다. 그래서 이렇게 된 겁니다."

"그건 그렇지요."

한자와가 그렇게 말하자 야마히사는 쓴웃음을 지었다.

"당신은 항상 말하기 힘든 부분을 확실하게 말하는군요."

하지만 한자와의 다음 말을 듣고 야마히사는 웃음을 거두었다.

"실은 얼마 전에 마이하시에 출장가면서 TK항공 비행기를 탔습니다."

"그래요? 미리 말해주셨으면 좋았을 텐데요."

한자와는 웃으면서 대꾸했다.

"하하하, 아닙니다. 그런데 탑승 게이트까지 객실 승무원이 승객을 맞이하러 나왔더군요. 그걸 보고 깜짝 놀랐습니다. 달라지고 있지 않습니까?"

지상과 기내. 예전의 TK항공에서는 이 두 직종 사이에 눈에 보이지 않는 벽이 있었다. 더구나 그것은 무너뜨리기 힘든 매우 단단한 벽이었다. 지금까지 TK항공에서 파일럿이나 객실 승무원이 탑승 게이트까지 나와 승객을 맞이하는 일이 한 번도 없었던 것이다.

"그랬습니까?"

야마히사는 눈을 반짝이며 함빡 미소를 짓더니, 이내 두 손으로 난간을 잡은 채 격납고의 높은 천장을 올려다보며 입술을 깨물었다.

"이제 겨우 달라지는 건가요? 하지만 조금 늦었을지도 모르겠군요."

후회와 한탄의 말처럼 들렸다.

한자와는 자신의 눈에 들어온 기체가 뭔지 알아차리고 누구에게랄 것도 없이 말했다.

"이건 보잉 747이군요."

일명 점보제트기라고 불리는 기종이다. 새하얀 기체는 지금 몇몇 엔지니어들이 엔진을 떼어내 한창 점검하는 중이었다.

과거에 TK항공의 꿈을 실은 이 대형 여객기는 TK항공의 상징적인 존재에서 이제는 비용 덩어리로 추락하고 말았다.

한번에 많은 사람을 태울 수 있지만 승객의 감소, 저가항공의 등장, 국내외 항공사와의 비용 경쟁에 시달리는 상황 속에서, 연료 효율이 나빠서 날면 날수록 적자가 되는 경영의 족쇄가 된 것이다. TK항공도 서둘러 중형이나 소형 비행기로 이행하기는 했지만, 애석하게도 때가 너무 늦었다.

난간에서 떨어져 야마히사가 한자와를 똑바로 쳐다보았다.

"오늘 은행장님께서 채권 포기를 밝히신다고 들었습니다. 여러모로 폐를 끼쳐서 죄송합니다."

깊숙이 고개를 숙인 야마히사의 어깨가 파르르 떨렸다.

"진심으로 죄송합니다."

다시 한 번 말하고 고개를 든 야마히사는 흐르는 눈물을 닦으려고 하지도 않았다. 얼굴은 안타까울 정도로 떨리고 있었다.

"이제야 겨우 모두 알아차렸는데. 이제야 겨우 의욕을 보이고 있는데……. 모두에게 폐를 끼치지 않고 우리 손으로 다시 한 번…… 다시 한 번 비행기를 날리고 싶었습니다. 그런데…… 죄송합니다."

야마히사의 목소리에는 듣는 사람의 가슴이 시릴 만큼 안타까움이 배어 있었다. 두 손을 무릎에 놓고 몸을 90도로 숙인 그의 눈물이 성지에 뚝뚝 떨어졌다.

그의 어깨에 손을 놓으며 한자와는 말했다.

"아직 끝나지 않았습니다. 비행기를 날리는 건 연료도 비용도 아니라 사람이니까요. 지금 그 마음만 있으면 TK항공은 반드시 다시 일어선다고 저는 그렇게 믿고 있습니다."

"감사합니다."

야마히사는 그렇게 말한 뒤, 새빨개진 눈으로 손목시계를 보고 시간을 확인했다.

"한자와 차장님, 태스크포스에 가지 않아도 됩니까? 이제 곧 은행장님께서 도착하실 시간입니다. 괜찮으시면 같이 가시겠습니까? 차를 가지고 왔거든요."

"그러면 부탁합니다."

한자와는 눈 아래에 있는 기체를 보면서 말을 이었다.

"태스크포스로 가기 전에 마지막으로 야마히사 부장님의 속마음을 듣고 싶었습니다. 그런데 지금 하신 말씀을 듣고 안심했습니다. 이제 망설일 필요는 없습니다. 부장님도, 저도 나아가야 할 길로 나아가면 됩니다. 그것뿐입니다."

3

"우리에게 압도되어 채권을 포기하겠다고 말하는 나카노와타리의 얼굴이 볼 만할 겁니다."

노하라가 장난스럽게 말하자 미노베도 덩달아 웃음을 터트렸다. TK항공 본사 빌딩의 25층 회의실이다.

"업계에선 그자를 대단한 것처럼 떠받들고 있는데, 아무리 신사인 척을 해봐야 어차피 악착같은 돈놀이꾼에 불과하지."

미노베는 목젖을 움직이며 말한 뒤, 옆자리의 시라이를 보며 덧붙였다.

"이로써 자네 문제도 해결되었군."

시라이는 눈을 반짝이며 환하게 웃었다.

"고맙습니다. 이제 태스크포스 재건안이 궤도에 오르겠네요. 진정당이 TK항공을 재건한다, 정말 멋있어요!"

노하라는 팔걸이의자에 편안하게 몸을 맡긴 채, 새 담배에 불을 붙이고 연기를 맛있게 빨아들였다.

"이건 전부 시라이 대신님 덕분입니다. 헌민당이 오랫동안 이

루지 못했던 TK항공의 재건을 시라이 대신님과 진정당은 눈 깜짝할 새에 해치웠으니까요. 이걸로 이번 정권의 평가도 눈에 띄게 좋아지겠지요. 진정당에게는 더할 나위가 없는 홍보 수단이 될 겁니다."

"그건 노하라 변호사도 마찬가지지."

미노베의 말을 듣고 노하라가 히쭉 웃었을 때, 문에서 노크하는 소리가 들렸다.

"이제 자리에 배석해주시겠습니까?"

그들은 일제히 일어나서, 직원의 뒤를 따라 기자회견용으로 바뀐 회의실로 향했다.

이날을 위해 특별히 마련된 공간에는 이미 20여 명의 기자가 들어서 있었다.

노하라가 기자들을 향해 웃으면서 인사를 했다.

"여어! 다들 수고가 많습니다."

눈부신 플래시 세례에 눈을 깜빡이며 노하라 일행이 자리에 앉자 TK항공 직원이 다가와서 귀엣말을 했다.

"지금 엘리베이터에서 내려서 이쪽으로 오신다고 합니다. 이제 곧 도착하실 겁니다."

"나카노와타리 은행장님이 오신 모양이군요. 여러분, 은행장님이 들어오시면 성대한 박수로 맞이해 주시기 바랍니다!"

노하라는 연극적으로 말하더니, 이윽고 문이 열리자마자 앞장서서 손뼉을 치기 시작했다. 그런데······.

그곳에 나타난 사람을 본 순간, 노하라는 손을 멈추고 얼굴을 찡그렸다.

한자와였다.

그 뒤에서 나카노와타리가 나타나리라고 생각한 기자석에서는 계속 박수가 이어졌지만, 나카노와타리의 모습은 보이지 않았다. 잠시 후, 야마히사가 들어오면서 문이 닫혔다.

당황한 얼굴로 자신을 노려보는 노하라를 향해 한자와는 성큼성큼 걸어갔다.

"늦어서 죄송합니다. 길이 좀 막혀서요."

그렇게 말하며 고개를 숙이자 기자들 사이에서 웅성거림이 일었다.

"어떻게 된 거죠? 나카노와타리 은행장이 오는 게 아닌가요?"

그렇게 물은 사람은 시라이였다.

"은행장님은 볼 일이 있어서 제가 대신 왔습니다. 며칠 전에 뵈었던 도쿄중앙은행 영업 2부의 한자와 차장입니다."

"은행장이 다른 사람을 대신 보냈다는 건가?"

이를 갈면서 억지로 목소리를 짜낸 노하라는 불타는 눈으로 한자와를 노려보았다.

"그렇습니다. 무슨 문제라도 있습니까?"

태연하게 묻는 한자와를 향해 노하라가 다시 안색을 바꾸며 말했다.

"무슨 일로 여기에 와야 하는지 은행장은 알고 있을 텐데."

기자석에서는 "나 참! 바쁜 사람을 오라고 하더니, 이게 뭐야?"라는 비난의 목소리가 들렸다.

"은행장님께서 노하라 변호사님께서 하신 이야기에 제대로 대답하라고 해서 제가 대신 왔습니다. 게다가 제삼자가 이렇게 많이 있다는 말은 사전에 못 들었습니다만."

한자와는 곁눈으로 기자석을 힐끔 쳐다보고 물었다.

"TK항공이라는 한 기업의 중요한 이야기를 당사자를 제외하고 다른 사람들 앞에서 한다는 건 문제가 있다고 생각합니다만, 그래도 괜찮겠습니까?"

노하라는 노골적으로 조바심을 드러내며 내뱉듯이 말했다.

"여기에 무슨 문제가 있다는 거지? TK항공은 시라이 태스크포스를 공식적으로 받아들였어. 즉, 우리 태스크포스는 실질적으로 TK항공의 대리인이라고!"

"예전부터 어떤 법을 근거로 한 것인지 여쭤봤는데, 아직 답을 듣지 못했습니다. 지금도 마찬가지입니까?"

허탕을 치고 웅성거리던 기자들이, 노하라와 한자와 사이에서 시작된 생각지도 못한 논쟁에 흥미를 느끼고 조용해졌다.

노하라가 큰 소리로 단호하게 말했다.

"당연하지! 정말 불쾌하기 짝이 없군. 시라이 대신님과 미노베 의원님 앞에서 그게 무슨 태도인가? 너무 무례하잖나!"

"제가 실례를 저질렀다면 사과드리겠습니다."

한자와는 말만 그렇게 말했을 뿐, 실제로 고개를 숙이거나 하지 않았다.

"그보다 며칠 전에 비공식 루트를 통해 노하라 변호사님께서 나카노와타리 은행장님께 검토를 요청하신 건에 관해 결론을 말씀드리고 싶습니다. 괜찮으시겠습니까?"

"괜찮고말고. 물론 긍정적인 대답이겠지?"

노하라의 얼굴에 일그러진 미소가 매달렸다.

그런 노하라를 향해 한자와는 모든 사람들이 들을 수 있도록 큰 소리로 선언하듯 말했다.

"며칠 전에 재검토를 요청하신 TK항공에 대한 채권 포기 요청은…… 거절하겠습니다."

노하라에게서는 대답이 돌아오지 않았다. 입을 떡하니 벌리고 한자와를 응시한 채 말을 잃어버렸기 때문이다.

노하라만이 아니었다. 찬물을 끼얹은 것처럼 기자석도 조용해지고, 시라이와 미노베도 망연한 얼굴로 꼼짝도 하지 않았다.

그렇게 몇 초가 흘렀을까, 웅성거림이 잔물결처럼 일렁이며 회의실을 휘감았다.

노하라는 활활 타오르는 숯불 같은 눈동자로 한자와를 노려보며, 나지막한 목소리로 말했다.

"도쿄중앙은행은 우리 요청을 거절할 자격이 없을 텐데?"

한자와가 조용하게 되받아쳤다.

"자격은 있습니다. 저희는 채권자이니까요. 자력 회생이 가능한 기업에 대해 특별한 이유도 없이 대출금을 포기할 수는 없습니다. 그러면 주주가 납득하지 않을 테니까요."

"이것 봐, 농담하지 말게!"

미노베가 호통을 치며 노하라에게 가세한 것은 그때였다.

"주주가 납득을 안 한다고? 은행의 주주가 몇 명이나 되지? 그런 몇몇 사람들 때문에 여론을 무시할 작정인가? TK항공이 이토록 신음하고 있는데, 은행은 자신의 돈벌이를 위해 차갑게 외면하고 있지. 그게 공공성 있는 기업이 할 짓인가?"

"외람된 말씀이지만, 자력 회생이 가능한 기업에 대해 채권을 포기할 은행은 어디에도 없습니다. 저희는 단지 친절해서 돈을 빌려주는 게 아닙니다. 사업으로써 대출해주고 있습니다. 갚을 힘이 있다면 빌린 돈은 갚는다, 그건 당연한 이야기가 아닙니까? 만약 제 말이 틀렸다면 왜 틀렸는지 논리적으로 설명해주시기 바랍니다."

미노베의 얼굴에 분노가 솟구쳤다.

"자네의 말은 은행의 주장일 뿐이야! 하지만 우리는 국익을 생각해서 말하는 걸세. 자기 은행의 사소한 이익밖에 안중에 없는 자들 때문에 사회 전체가 피해를 본다? 과연 그런 게 옳은 일이라고 생각하나?"

한자와는 미노베를 똑바로 응시하며 목소리를 높였다.

"미노베 의원님, 저희의 목적은 은행 업무의 발전을 통해 사회에 공헌하는 겁니다. 이 5백억 엔이 있으면 자금 때문에 신음하는 수많은 기업에 대출해줄 수 있습니다. 의원님께서는 지금 항공 행정이라는 한 면밖에 보지 않으시는 것 같은데, 이 나라를 지탱하고 있는 건 TK항공만이 아닙니다. 저희는 수많은 일반 기업에 자금을 공급해야 할 책임이 있습니다. 그것을 통해 사회에 공헌하는 것이 저희에게 주어진 사명이라고 생각합니다."

시라이가 야무진 목소리로 논쟁에 끼어들었다.

"지금 그런 말을 하는 게 아니에요! 은행은 여론을 무시하겠다는 건가요?"

"은행의 여신 판단은 여론에 좌우될 성질의 것이 아닙니다. 지난번에 말씀드린 것처럼 합리성을 바탕으로 하는 것이지요."

시라이가 움찔하며 말을 집어삼켰다. 한자와가 다시 말을 이었다.

"시라이 대신님께서는 지금 여론이라고 말씀하셨는데, 그것은 어떤 여론입니까? 여론은 한 가지가 아닙니다. 저희 은행의 처지를 이해하는 여론은 없습니까? 자력 회생이 가능한 대기업의 빚을 탕감해줄 바에야 우리를 도와달라고, 그렇게 한탄하고 분개하는 여론은 없습니까? 다수의 여론을 따르는 게 당연하다고 생각하는 건 애초에 약자를 도와줘야 한다는 진정당의 정당 이념과도 모순되지 않습니까? 그 점에 대해서 어떻게 생각하시는지 설명해주시기 바랍니다."

한자와의 말이 끝나자마자 기자석에서 박수가 일자 시라이가 얼굴을 찡그렸다. 생각지도 못한 반응이었기 때문이다.

"정말 말이 안 통하는 사람이군요."

오기로 똘똘 뭉친 시라이가 내뱉듯이 말한 뒤, 기자석을 향해 연설을 하기 시작했다.

"이렇게 말하면 저렇게 말하고, 저렇게 말하면 이렇게 변명하고…… 언뜻 보기엔 그럴듯한 말 같지만, 그럼 은행이 약자인 영세 중소기업을 도와주고 있나요? 영세 중소기업에겐 아예 대출을 해주지 않거나 조금만 어려우면 다짜고짜 대출금을 회수하잖아요! 세상에선 은행을 얼마나 비난하는지 몰라요! 당신이 말한 이상은 그림의 떡일 뿐이에요! 말로는 이상을 부르짖고 있지만 현실에선 단지 돈벌이에 집착할 뿐이잖아요! 명분론은 지긋지긋해요. 좀 더 진지하게 TK항공을 구제하고 싶다고 생각하시진 않으시나요?"

한자와는 시라이를 뚫어지게 바라보았다.

"시라이 대신님, 당신은 취임 기자회견 자리에서 가장 먼저 지난 정권이 만든 재건안을 부정하고, TK항공 회생 태스크포스의 설립을 발표하셨습니다. 그렇게 하셨을 정도니까 재건안의 내용은 검토하셨겠지요? 어떠신가요?"

갑작스러운 질문에 눈동자가 크게 흔들리며, 시라이는 당황한 얼굴로 대답했다.

"내용은…… 확인하지 않았어요."

"그러면 왜 부정하셨지요? 그것은 신뢰할 수 있는 훌륭한 재건안이었습니다. 채권은행단에서도 동의했지요. TK항공이 앞으로 어떻게 경영하면 자력으로 회생하고 부활할지, 그 과정이 구체적으로 들어 있었습니다. 그 재건안을 부정한 이유를 말씀해 주시겠습니까?"

시라이는 반박하려고 했지만 그 노력은 헛수고로 끝나고 말았다. 시라이가 제대로 설명할 수 없다는 것은 누구의 눈에라도 명백하게 보였다.

그때 옆에서 도움의 손길을 내민 사람이 있었다. 노하라였다.

"그건 내가 설명하지. 지난 정권 시절에 만든 재건안은 너무 안이했어. 그 정도로 회생할 수 있을지 의심스러울 정도였지."

한자와는 노하라의 말을 싹둑 잘라버렸다.

"근거가 있습니까? 그건 당신의 개인적인 의견에 불과합니다. 그리고 당신은 지금까지 본인이 판단한 근거를 하나도 제시하지 않았지요. 입으론 TK항공을 위해서라고 말하면서 당신들이 한 일은 그저 이름을 파는 행위나 다름이 없습니다. TK항공을 정치적 도구로 만들고, 그런 끝에 10억 엔이나 되는 태스크포스 비용까지 TK항공에 떠넘기다니. 이렇게 말도 안 되는 이야기가 어디 있습니까? TK항공의 재건을 진심으로 바라는 사람으로서 시라이 대신님, 당신에게는 조금 전의 말을 그대로 돌려드리겠습니다. TK항공의 구제를 좀 더 진지하게 생각하시는 게 어떻겠습니까?"

한자와의 말은 시라이를 향한 최대의 비아냥거림이었다.

"이상과 같은 이유로 도쿄중앙은행에서는 채권 포기를 단호하게 거절하겠습니다."

회의실에 있는 모든 사람들이 마른침을 삼킨 채, 숨을 죽이고 논쟁의 행방을 지켜보았다.

심장이 오그라드는 눈싸움이 이어진 끝에, 노하라의 눈에 정체를 알 수 없는 음침한 빛이 떠오른 것은 그때였다.

4

"마치 성인군자인 양 허울 좋은 말을 늘어놓는데, 도쿄중앙은행이 그런 말을 할 자격이 있나?"

노하라는 오금이 저릴 만큼 날카롭게 노려보더니, 기묘한 미소를 지으며 덧붙였다.

"자네가 아무리 번지르르하게 말한다고 해도, 도쿄중앙은행은 스캔들을 피할 수 없어. 사람들 앞에서 과거에 저지른 수많은 부정을 말해도 되나? 그래도 된다면 말해주지."

"노하라 변호사님, 그걸 여기서 말씀하실 생각입니까? 그렇다면 얼마든지 말씀하십시오."

놀랍게도 한자와는 노하라의 협박을 담담하게 받아들였다.

"이거 재미있군. 지금 우리와 정면으로 싸우겠다는 건가? 은행원에게 그런 배짱이 있어? 당신들이 가장 중요하게 여기는 은행의 신용에 흠집이 나면 곤란하잖아? 안 그래?"

노하라는 기름기가 번들거리는 거무칙칙한 얼굴을 흔들며 짧은 웃음을 토해냈다.

하지만 한자와의 다음 말을 듣고 노하라는 경계태세를 취했다.

"노하라 변호사님, 당신이야말로 근본적으로 착각하시는 게 아닙니까? 우리가 지키고 있는 신용은 눈앞의 부조리함을 은폐한다고 해서 지킬 수 있을 만큼 가벼운 것이 아닙니다."

"뭐야?"

노하라가 얼굴과 목에 핏대를 세우며 증오스러운 눈길로 쳐다보았다.

한자와가 나지막한 목소리로 말을 이었다.

"하고 싶은 말씀이 있다면 얼마든지 하십시오. 우리는 상관없으니까요."

하지만 노하라는 입을 꾹 다물고 말을 꺼내지 않았다. 다만 교활한 눈을 움직이더니, 창백한 얼굴로 이 논쟁을 지켜보는 미노베를 쳐다볼 따름이었다.

노하라가 가진 최후의 카드는 양날의 검이었다. 상대의 검을 되받아치다가 자칫 미노베에게 상처라도 나면 자신의 지위까지 위태로워지기 때문이다.

그때 한자와의 입에서 상상도 못 한 말이 튀어나왔다.

"변호사님께서 말씀을 안 하시겠다면 제가 설명하겠습니다."

다음 순간, 미노베가 흠칫 놀라며 몸을 앞으로 내밀었다. 무슨 말인가 하려고 했지만 심장이 내려앉아서 목소리가 나오지 않았다. 한자와는 아랑곳하지 않고 기자들이 잘 들을 수 있도록 큰 소리로 말했다.

"지금으로부터 15년 전, 옛 도쿄제일은행에서는 당시 헌민당의 실세였던 미노베 게이지 의원님으로부터 대출해달라는 요청을 받았습니다. 마이하시에 있는 미노베 의원님의 친척이 운영하는 기업, 일단 M사라고 하지요. 그 M사가 마이하시의 교외에 있는 땅을 20억 엔에 사기 위한 자금이었습니다. 몇 년 후, 그 땅은 마이하시공항의 건설 예정지가 되면서 가격이 폭등했고, 그때까지 빚에 허덕이던 M사는 엄청난 이익을 손에 거머쥐며 단숨에 회복되었지요. 말 그대로 의원이라는 지위를 이용한 연금술이 아닐 수 없습니다. 옛 도쿄제일은행은 그런 사실을 알면서도 겉으로는 아파트 건설자금으로 미노베 의원에게 20억 엔을 대출해주고 5년간이나 담보도 설정하지 않았습니다."

입을 여는 사람은 아무도 없었다. 한자와가 다시 말을 이었다.

"저희 은행에서는 앞으로 당시의 대출 상황에 대해 자세히 조사할 예정입니다. 이 대출은 은행의 도덕성에 문제가 있다는 비난을 받아도 어쩔 수 없는 행동이고, 이것에 관해서는 잘못을 인정하고 사죄한 후에 처분을 받을 생각입니다."

마침내 미노베가 벌떡 일어서더니 천둥 같은 고함을 질렀다.

"그게 무슨 소리야! 이거 도저히 가만히 있을 수 없군! 내가 그런 식으로 돈을 벌었다는 건가? 트집을 잡는 데에도 정도가 있어! 물론 당시 도쿄제일은행에서 대출을 받은 적이 있네. 하지만 그건 친척이 경영하는 회사를 도와주기 위해서였어. 그런데 내가 그 돈을 돈벌이에 이용한 것처럼 말하다니, 기가 막혀서 말이 안 나오는군. 당장 취소하게!"

"그러면 M사가 사들인 땅에 마이하시공항이 들어선 건 우연이란 건가요?"

미노베는 모든 것을 전면 부정하면서 싸울 태세를 보였다.

"이건 사실무근이야! 단순한 억지이자 트집이라고! 내가 그 회사에 자금을 빌려준 건 공항 찬성파와 반대파로 갈라진 시장 선거가 있기 전의 일이야. 앞으로 어떻게 될지 모르는 상황에서 그렇게 거액을 투자해 돈을 벌려고 생각할 리가 없잖나!"

입에 침을 튀기며 반론하는 미노베의 옆에서, 시라이는 분노로 창백해진 얼굴로 상황을 지켜보고 있었다.

한자와가 냉정하게 반론을 펼쳤다.

"제가 보기엔 천만의 말씀입니다. 당시 시장 선거는 공항 찬성파인 현 시장이 압도적으로 유리했습니다. 그리고 실제로 선거에서도 압승을 거두었지요. 공항 건설 예정지는 그 이전부터 검토했을 테니까, 지금 의원님께서 주장하시는 불확실한 요소가 있었다곤 할 수 없지 않을까요?"

미노베가 붉으락푸르락한 얼굴로 목이 터져라 소리를 질렀다.

"그 회사는 부동산회사야! 땅을 사는 건 당연하잖아! 지금 자네가 말한 것처럼 당시에 공항 찬성파가 우세했을지도 모르지. 그렇다면 회사로서는 공항이 들어설 만한 곳에 투자하는 게 당연하지 않겠나? 이건 세 살 먹은 어린애도 이해할 수 있는 일이야. 뭐가 연금술이란 거지?"

한자와가 예리하게 정곡을 찔렀다.

"공항이 생길지 말지 모르는 땅에 20억 엔이나 빌려서 투자한
다고요? 그러면 이자가 얼마쯤 되지요? 연리 1퍼센트라도 연간
2천만 엔입니다. 보통 그런 식으로 투자하나요, 미노베 의원님?"

"보통 어떻게 하는지는 내 알 바가 아니야! 아무튼 사실이니까
어쩔 수 없잖아!"

검은 돈 없는 깨끗한 정치

이것이 미노베 의원이 동료들과 같이 진정당을 창당했을 때
내건 슬로건이었다.

작년 선거에서 헌민당의 금권정치에 실망한 국민들의 표를 끌
어모아 압도적으로 승리한 진정당의 간판에서 도금이 벗겨지려
고 하는 순간을, 기자들은 마른침을 삼키며 지켜보고 있었다. 그
런 기자들을 향해 미노베가 변명을 늘어놓기 시작했다.

"나는 분명히 은행에서 20억 엔을 빌려 친척 회사에 운전자금
으로 빌려주었습니다. 그건 사실입니다. 하지만 원금 말고는 한
푼도 받지 않았습니다."

미노베는 손짓을 섞어 죽을힘을 다해 설득하더니, 한자와를
돌아보고 다시 고함을 질렀다.

"이건 당치도 않은 누명이야, 명예훼손이라고! 어서 이 자리에
서 발언을 취소하고 사과해!"

미노베는 한자와를 향해 손가락을 들이밀며 삿대질을 했다. 얼굴은 분노로 인해 삶은 문어처럼 시뻘게졌다.

한자와는 목소리를 낮추며 차분하게 대꾸했다.

"미노베 의원님, 제 말이 틀렸다면 사과하겠습니다. 하지만 그럴 필요가 없습니다."

미노베가 삿대질하던 팔을 위아래로 흔들면서 울부짖었다.

"그렇다면 증거를 내놓게, 증거를! 그렇게까지 말한다면 그에 합당한 증거가 있겠지? 어때? 증거가 있나? 있을 리가 없겠지!"

상황을 지켜보던 노하라의 입가가 느슨해지면서 입에서는 기나긴 한숨이 새어 나왔다. 이야기가 증거에 이르면 미노베가 우세하다고 본 것이다.

꼴좋다……

노하라는 그렇게 말하고 싶은 눈길로 한자와를 보았다. 그 옆의 시라이도 역시 분노가 가득한 눈길로 한자와를 노려보았다.

이 자리에서 증거를 내놓을 수 있을 리가 없다.

기자들을 포함해 모두 그렇게 생각한 순간, 한자와가 옆에 있는 가방에서 서류를 꺼냈다.

"그렇게까지 말씀하신다면 보십시오."

탁자 너머로 서류를 건네준 순간, "아!" 하는 소리조차 되지 않는 소리를 지르면서 미노베의 턱이 크게 밑으로 떨어졌다. 얼굴에서는 소리가 날 만큼 빠르게 핏기가 사라지고, 서류를 든 손은 덜덜 떨리기 시작했다.

한자와가 내민 서류는 기모토가 보관했던 상자에 있던 서류의 일부였다.

한자와는 조용하게 입을 열었다.

"M사의 송금 기록을 메모한 것입니다. 이자는 물론이고, 많을 때는 연간 4억 엔이나 받지 않았습니까?"

어떻게······.

눈도 깜빡이지 못하는 미노베의 얼굴이 경악으로 굳어졌다. 그것이 화학반응을 일으킨 것처럼 공포로 바뀌는 데는 오랜 시간이 걸리지 않았다.

"그 자료는 지난 10년간 M사에서 미노베 의원님께 보낸 송금 기록입니다. 총액은 10억 엔 이상. 일부는 선거자금인지, 선거 전후에 1억 엔에 가까운 금액이 입금되고, 의원님께서 그 돈을 전액 현금으로 인출했습니다. 그리고 중요한 건 지금부터입니다만······."

한자와는 천천히 최후의 일격을 가했다.

"저희가 조사한 바에 따르면 의원님은 이 자금을 선거비용 정산보고서에도, 정치자금 정산보고서에도 적지 않았더군요."

얼어붙었던 기자석이 소란스러워지기 시작했다.

"그, 그건 컨설팅 비용으로 받은 거라서······ 트, 특별히 수상한 돈은 아니야."

미노베는 젖 먹던 힘까지 짜내 변명했지만 열세를 뒤집을 만한 증거와 논리는 남아 있지 않았다.

"의원님, 그런 변명이 통하리라고 생각하십니까? 그게 바로 국민들을 우롱하는 겁니다."

미노베가 벌떡 일어나더니 뺨을 떨면서 고함을 쳤다.

"이건 연극이고 함정이야! 나를 모함하기 위한 함정일 뿐이라고! 난 지금까지 뒤가 켕기는 짓은 한 번도 한 적이 없어! 정말 불쾌하군!"

미노베는 그 말을 끝으로 자리를 박차고 회의실에서 나가려고 했다. 기자들이 일제히 미노베의 뒤를 따라가면서, 회의실은 눈 깜짝할 새에 혼란의 소용돌이에 휩싸였다.

"노하라 변호사님, 시라이 대신님. 아직 하고 싶은 말씀이 있습니까?"

노하라는 분노로 거무칙칙해진 얼굴을 한자와에게 향한 채 할 말을 잃고, 시라이는 분노와 굴욕으로 창백해진 얼굴로 입을 다무는 수밖에 없었다.

5

"이제 슬슬 시작하겠군……."

서류에서 얼굴을 든 기모토는 오후 5시를 가리키는 벽시계를 보고 중얼거렸다.

나카노와타리와 노하라의 면담이 시작될 무렵이다. 이 최고위

층 면담으로 채권 포기가 정해지고, 조만간 열릴 임원회의에서 정식으로 승인이 날 것이다.

채권 포기가 정해지면 미노베의 부정 대출을 어떻게 처리할지, 은행 내부에서 검토하게 되리라. 아직 서류가 나오지 않는 것이 마음에 걸리긴 하지만 하이타니에게 책임을 떠넘기면 어렵지 않게 빠져나갈 수 있을 것이다.

"어렵긴 하지만 극복할 수 있어……."

노크 소리와 함께 비서가 얼굴을 내민 것은 기모토가 그렇게 중얼거렸을 때였다.

"상무님, 행장님께서 부르십니다."

뜻밖의 말을 듣고 기모토는 흠칫 놀라며 멀뚱히 비서를 쳐다보았다.

"행장님이?"

다시 벽의 시계를 올려다보고, 다시 손목시계의 바늘을 확인한 기모토는 황당한 얼굴로 비서를 보았다.

"행장님이 지금 집무실에 계신다는 건가?"

비서가 의아한 얼굴로 그를 쳐다보았다.

어떻게 된 거지?

기모토의 내부에서 믿어 의심치 않았던 시나리오에 금이 가기 시작했다.

"TK항공에 가셨을 텐데."

기모토의 말에 비서는 더욱 곤혹스러워하며 말끝을 흐렸다.

"하지만…… 행장님께서 저에게 직접 전화를 하셔서……."

설마! 태스크포스에 가지 않았다는 말인가.

자신이 모르는 곳에서 상황이 달라졌을지도 모르겠다.

"지금 가겠네."

비서를 물러가게 한 기모토는 즉시 노하라의 휴대폰에 전화를 걸었지만 계속 신호만 갈 뿐이다.

계획에 차질이 있었던 것일까?

그는 불안한 예감에 사로잡힌 채 양복 윗도리를 들고 종종걸음으로 은행장의 집무실로 향했다. 그런 그의 모습을 보고 은행장 비서가 자리에서 일어났다.

집무실 안에서 은행장의 모습을 직접 확인한 기모토는 당황함을 감출 수 없었다.

"행장님, 태스크포스에 가지 않으셨습니까?"

"거기에는 한자와를 보냈네."

"한자와를요?"

생각지도 못한 대답을 듣고 기모토는 잠시 말문이 막혔다. 이 사태를 어떻게 받아들여야 할까?

"한자와라면 제대로 대응할 걸세. 일단 앉게나."

은행장이 권한 소파에는 먼저 온 손님이 한 명 있었다. 어디선가 본 것 같기도 하지만 누구인지까지는 기억나지 않았다.

"감사부의 도미오카 부장대리일세."

은행장이 남자를 소개해준 순간, 기모토는 숨을 멈추었다. 온몸에서는 경계경보가 발동했다. 도미오카라면 합동서고에서 없어진 서류를 가져간 게 아닐까 하고 하이타니가 의심했던 사람이 아닌가. 그 사람이 어떻게 여기에…….

기모토는 불안을 감추고 입을 열었다.

"한자와를 보냈다고 하셨습니다만, 그러면 채권 포기는 어떻게……."

그 자리에서 채권 포기를 받아들이겠다고 선언하는 것이 그가 생각하는 시나리오였다. 물론 노하라도 그것을 기대하고 있고, 그렇기 때문에 미노베와 시라이까지 초대해 '정치 쇼'를 위한 밥상을 차려놓았다.

하지만 지금 팔걸이의자에 조용히 앉아 있는 은행장은 기모토의 속마음을 파헤치려는 듯 칼날 같은 눈길을 보내고 있었다.

다음 순간, 은행장의 입에서 나온 예상 밖의 대답을 듣고 기모토는 소스라치게 놀랐다.

"채권 포기는 거절할 걸세. 기존의 결정대로 말이야."

기모토는 지금쯤 한자와가 노하라와 어떤 이야기를 하고 있는지 상상도 되지 않는다. 아니, 상상하고 싶지도 않았다.

"괜찮겠습니까? 기자들도 대거 몰려왔다고 들었습니다만. 만약 시라이 대신이 불쾌하게 생각하기라도 하면……."

은행장이 재빨리 기모토의 말을 가로막았다.

"TK항공의 담당자는 한자와일세. 그래서 이번 일은 그에게 맡겼네. 그걸로 충분해. 그나저나 지금 자네를 부른 건 앞으로 어떻게 할지 의논해야 할 것 같아서일세."

은행장은 천천히 말머리를 바꾸더니, 기모토 앞에 서류 한 통을 내밀었다.

무언의 재촉을 받고 서류를 확인한 기모토의 눈이 충격으로 크게 벌어진 것은 그 직후였다. 그 서류에 쓰여 있는 것은 기모토를 비롯한 옛 도쿄제일은행이 오랫동안 은폐해온 수많은 부정 대출이었기 때문이다.

말을 잃어버린 기모토를 앞에 두고 은행장이 천천히 입을 열었다.

"옛 도쿄제일은행과 옛 산업중앙은행이 합병하기로 정한 것은 지금으로부터 10년 전이네. 대등 합병의 조건으로 당시 은행장끼리 합의한 내용은 단 한 가지, 부실 채권의 처리였지. 옛 은행의 지저분한 그을음을 털고 깨끗한 상태에서 하나가 되기로 약속한 걸세. 실제로 그 약속에 근거하여 옛 산업중앙은행은 단숨에 1천억 엔 규모의 손실을 정리하고 행내의 고름을 짜내 은행 체질을 건전하게 만들었지. 또한 옛 도쿄제일은행도 거액의 부실 채권을 정리했는데, 이쪽은 유감스럽게도 2천억 엔에 이르는 적자로 바뀌었네. 그리고 도저히 일어설 수 없는 사태에 빠지는 바람에 합병 자체가 구제의 의미를 가지게 되었지."

"아뇨, 꼭 그렇다곤 할 수 없습니다. 저희에게도 나름대로 계획이 있었습니다. 거액의 부실 채권 처리만 해도, 몇 년에 걸쳐 처리하면 벗어날 수 있었습니다. 그것을 정확하게 이해해주시지 않으면……."

기모토는 마음속에서 소용돌이치는 불안과 싸우면서도 한 조각의 자존심은 버리지 않았다.

"그랬을 수도 있겠지. 옛 도쿄제일은행의 실적 예측에는 이런 저런 의견이 있으니까. 그로 인해 어디까지나 대등하다는 사람도 있고, 실질적으로 구제라는 사람도 있고 말이야. 어찌 됐든 그 사이에 있는 수많은 장벽을 극복하고 도쿄중앙은행이 탄생한 것에 나는 순수하게 긍지와 기쁨을 느꼈다네. 금융 시장이 글로벌화하는 가운데 치열한 국제 경쟁에서 승리할 수 있을 만한 메가뱅크가 탄생했으니까. 그런 의미에서는 옛 산업중앙은행 하나만으로는 도저히 이룰 수 없는 지위와 존재감을 얻었지. 당시 내 직책은 상무였는데, 지금도 합병 조인식 자리가 어제 일처럼 떠오른다네."

은행장은 그때의 상황을 떠올리듯 먼 곳을 바라보는 눈길로, 창문 너머에 있는 일본 금융경제의 중심지인 오테마치를 바라보았다.

"솔직히 말하면 이걸로 도쿄중앙은행은 확고부동한 국내 최고의 은행이 될 수 있으리라고 믿었다네. 그런데 은행 내부로 눈길을 돌리자 최고의 은행이라고 할 수 없는 예상치 못한 난관이 기다리고 있더군. 출신 은행별 파벌 의식과 불신감이었지. 그런 파벌 의식이 생긴 계기는 합병 은행이 출항한 지 얼마 되지 않아서 드러난 옛 도쿄제일은행 시절의 부정 대출이었다고 생각하네."

은행장의 입에서 그 말이 나온 순간, 기모토는 온몸을 경직시키며 입술을 굳게 다물었다. 옛 도쿄제일은행 쪽에서 보면 통한의 눈물을 흘리고 싶을 만큼 추악한 스캔들이었기 때문이다.

옛 도쿄제일은행 시절에 있었던 부정 대출로 인해, 당시 도쿄중앙은행의 은행장이었던 옛 산업중앙은행 출신의 기시모토 신지가 기자회견에서 고개를 숙여야 했다. 대등 합병을 내세운 도쿄중앙은행의 행내 균형이 무너지면서 옛 산업중앙은행 쪽으로 크게 기운 순간이었다.

나카노와타리 은행장은 다시 말을 이었다.

"그때 있었던 일은 자네도 기억할 걸세. 옛 도쿄제일은행 출신 임원들은 그 대출에 대해 몰랐다고 말했지. 자신들도 속았다고 거듭 강조하면서, 이것은 불행한 사고였다는 주장을 굽히지 않았네. 하지만 정말로 그랬을까? 정말로 믿었던 대출처에게 속았다면 왜 당시 마키노 부행장은 스스로 목숨을 끊어야 했을까? 옛 도쿄제일은행 은행장으로서 긍지와 책임감을 가지고 있었다면 그것 말고 해야 할 일이 있었을 텐데 말이야."

기모토가 변명을 입에 담았다.

"마키노 부행장은 순수한 사람이었습니다. 아마 그 일로 인해 새로 출범한 은행에 피해를 끼쳤다고 생각했겠지요."

"어쩌면 자네 말이 맞을 수도 있겠지. 하지만 솔직하게 말하면 나는 그렇게 생각하지 않네."

은행장은 기모토를 정면에서 응시하면서 말을 이었다.

"그때 우리 은행은 굉장한 혼란에 빠졌지. 그렇게 부정 대출이 있다면 왜 합병 전에 처리하지 않았냐는 당연한 비판이 솟구치고, 옛 도쿄제일은행은 부정 대출을 밖으로 드러내지 않고 은폐하고 있는 게 아니냐는 의혹이 불거지며 상호 불신의 온상이 되었다네. 그것을 확실하게 부정할 수 있는 사람은 옛 도쿄제일은행의 은행장이었던 마키노 부행장뿐이었을 걸세. 물론 당시 기시모토 은행장도, 임원의 한사람으로서 그 소용돌이 속에 있던 나도 그것을 기대하면서, 마키노 부행장이 그렇게 하리라고 믿어 의심치 않았네. 그런데 마키노 부행장은 그렇게 하지 않고, 부정도 긍정도 하지 않은 채 가족과 은행에 감사하다는 말을 남기고 스스로 목숨을 끊었지."

마키노의 마지막 순간에 생각이 미쳤는지, 은행장은 그곳에서 말을 끊고 고개를 숙였다. 잠시 세상을 떠난 마키노를 추도하듯 조용해진 은행장실에 도시의 소란스러움이 먼지처럼 슬며시 스며들었다.

은행장이 고개를 들고 다시 입을 열었다.

"나는 당시 그의 죽음을 어떻게 받아들여야 할지 몰랐네. 자네 말처럼 새 은행에 피해를 끼쳤다고 생각해 목숨을 끊었는지, 아니면 그렇게 할 수밖에 없는 다른 이유가 있었는지……. 하지만 죽음의 의미를 깊이 생각할 여유도 없이 우리는 추락한 사회적 신용을 회복하기 위해 정신없이 뛰어야 했고, 그와 동시에 둘로 갈라진 행원들을 어떻게 통합하느냐 하는 문제에 직면했지."

은행장의 입에서 나온 말은 도쿄중앙은행이 겪은 수난의 역사이기도 하다.

"나는 당시 사회적 신용을 회복하는 게 얼마나 어려운 일인지, 기회가 있을 때마다 행원들에게 설명했네. 신용은 하루아침에 쌓을 수 없고, 신용을 잃어버리는 건 눈 깜짝할 사이라고. 은행의 간판이 얼마나 중요한지도 역설했지. 또한 잃어버린 신용만 회복할 수 있으면, 지금은 넘어져서 상처를 입었지만 곧 훌훌 털고 일어나 우리 은행은 순조롭게 성장하리라고 믿어 의심치 않았네. 하지만 내 판단이 다소 안이했던 것 같군."

가슴 앞에서 손가락을 깍지 끼고 담담하게 말하던 은행장은 잠시 말을 멈추고 한숨을 내쉬었다. 마음의 밑바닥에 숨어 있던 생각까지 밖으로 흘러나올 듯한 깊은 한숨이었다.

"은행장 자리를 물려받은 지 7년. 내가 은행장으로서 가장 신경을 쓴 건 행내 화합이었지. 실적은 순조롭게 성장하고 세상의 신용도 회복되는 반면에, 행원들 사이에는 옛 파벌 의식이 뿌리 깊이 내려앉아 행내의 여기저기에서 의미 없는 충돌이 반복되었다네. 옛 T와 옛 S라는 말로 서로를 비웃고 비난하며, 옛 출신 은행의 세력을 키우려는 잘못된 행동에 쓸데없이 노력하는 사람이 얼마나 많았던가. 어떻게 하면 그런 알력과 상호 불신에서 행원들을 해방하고 흉금을 털어놓고 지내게 할 수 있을까. 그것에 대해 진지하게 고민하는 사이에 이제야 비로소 새 은행이 저지른 실수를 알아차렸다네. 그것은 마키노 부행장이 사망했을 때, 우리가 문제를 착각한 게 아닐까 하는 것이었지."

은행장의 지적을 듣고 기모토는 눈을 깜빡이는 것조차 잊고 숨을 집어삼켰다.

"그때 밖으로 드러난 부정 대출은 분명히 큰 사건이었네. 하지만 정말로 큰 문제는 옛 도쿄제일은행의 대출에 대해 근본적인 신뢰를 잃어버렸다는 것이었지. 그 결과 옛 S 사람들은 옛 T가 아직 부정 대출을 은폐하고 있는 게 아닐까 하는 의심의 눈초리를 거두지 않고, 옛 T 사람들은 옛 S의 대응에 신경을 곤두세우며 은행을 점령하려는 게 아닐까 하는 경계심을 떨쳐내지 않았지. 아닌가?"

특별히 기모토의 대답을 기대하고 한 질문은 아니었다. 물을 것까지도 없이 그것이 맞다는 것을 은행장은 확신하고 있을 테니까.

"그때 우리는 서로의 대출 내용에 대해 철저하게 검증하고 진상을 밝혀야 했네. 그런 다음에 마키노 부행장의 죽음에 관해 논해야 했지. 하지만 겉으로 드러난 사건의 표면적인 처리에 얽매어 중요한 부분까지 생각이 미치지 못했네. 나는 그 일을 반성하고, 그 교훈을 살리기 위해 새로 결심했지. 그 결심이란⋯⋯."

은행장은 기모토를 똑바로 바라보았다.

"나 나름대로 마키노 부행장이 왜 죽음을 선택했는지 확인하려는 거였네. 그분은 왜 죽음을 선택했을까? 왜 죽지 않으면 안 되었을까? 그분 죽음의 진실을 밝히고, 새 은행의 진정한 행내 화합을 실현하고자 했던 게 내 결심이었네."

은행장은 의연하게 말한 뒤, 기모토의 손에 있는 서류로 시선을 돌렸다.

"그러기 위해 옛 은행의 부정 대출을 재조사하기 시작했네. 이렇게 된 이상 공개하지 않고 은밀하게 작업해야 한다고 생각했지. 만약 아무 문제도 없으면 마키노 부행장은 자네 말처럼 청렴결백한 분으로, 너무도 고결하게 죽음을 선택한 것이 될 걸세. 하지만 그렇지 않다면 과연 그 죽음은 무엇이었을까?"

그렇게 해서 은행장이 손에 넣은 '진실'에 생각이 미친 기모토는 서류를 든 손에 힘을 주었다.

"이미 설명할 필요도 없겠지. 유감스럽게도 옛 도쿄제일은행에는 아직 수많은 부정 대출이 해결되지 않은 채 은폐되어 있었더군. 그것을 조사한 사람은 여기에 있는 감사부의 도미오카일세. 나는 그의 보고를 통해 그런 대출이 왜 일어나게 됐는지, 무엇이 문제였는지, 누가 책임자이고 현재 어떤 상황인지 알게 되었다네. 이게 밖으로 드러나면 얼마나 은행의 신용이 훼손되고, 얼마나 세상의 비판을 받을까? 아마 상상도 할 수 없을 걸세. 즉, 내 상황 인식은 이제야 겨우 자네의 생각을 따라간 걸세. 그로 인해 나는 지금 10년의 세월을 거쳐 당시 마키노 부행장이 직면했던 위기감을 공유하게 되었네. 그리고 비로소 마키노 오사무라는 사람이 왜 자살을 선택했는지, 그 진상에 도달하게 되었지."

은행장은 의자의 등받이에서 몸을 일으키고, 한 조각의 거짓도 없는 강직한 눈길로 기모토를 쳐다보았다.

"마키노 부행장은 진실을 은폐하기 위해 죽음을 선택했네."

은행장의 입에서 나온 무거운 한마디를 듣고, 기모토는 압도당한 것처럼 몸을 뒤로 젖힌 채 꼼짝도 할 수 없었다.

"자신의 명예를 지키기 위해서, 또한 자네를 비롯한 옛 도쿄제일은행 행원들의 미래를 위해서 그는 사실을 은폐하기로 마음먹었지. 확실하게 말하겠네. 마키노 부행장의 그 선택은 틀렸어. 그는 죽음을 선택하지 말고 살아서 진실을 확실하게 밝힌 뒤에 책임을 져야 했다고 생각하네."

말을 하는 동안, 은행장의 의식은 이곳을 떠나 과거를 방황하는 것 같았다.

"나는 합병하기 전부터 마키노 오사무라는 뱅커를 잘 알고 있었지. 머리도 좋고 국제 감각이 뛰어난 훌륭한 뱅커였다고 생각하네. 한 점의 얼룩도 없이 엘리트 코스를 밟아왔는데, 어쩌면 수많은 굴레에 발목이 잡혀 빠져나올 수 없게 된 자신을 용서할 수 없었을지도 모르지. 어쨌든 그가 마지막으로 내린 선택은 틀렸네. 죽음으로써 책임을 피하려는 행위는 얼마나 어리석고 얼마나 이기적인 일인가. 하지만 그렇게 말하면 죽은 자에게 채찍을 내리치는 행위가 되겠지. 다시는 그의 잘못을 입에 담을 생각은 없네. 지금 여기에서만, 그리고 자네에게만 내 진심을 말한 걸세."

눈도 깜빡이지 않고 은행장을 쳐다보던 기모토는 그때 처음으로 은행장의 눈에서 반짝이는 것을 보고 숨을 들이마셨다.

이윽고 엄숙했던 은행장의 표정이 느슨해지는가 싶더니 그리움에 젖은 말이 튀어나왔다.

"마키노 부행장은 참 좋은 사람이었다네. 정말 좋은 사람이었지. 살아서 나와 같이, 지금 은행이 직면한 문제를 의논할 수 있었으면 얼마나 좋았을까. 얼마나……."

말문이 막힌 은행장의 뺨에서 눈물이 흘러내렸다. 은행장은 입술을 굳게 다문 채, 눈물을 닦으려고도 하지 않았다.

"자네는 행내 화합 같은 건 꿈이나 헛소리라고 여길지도 모르지. 하지만 그렇지 않다네. 우리가 제대로 하면 행원들의 마음은 반드시 하나가 될 수 있어. 그러기 위해서는 결코 도망쳐서는 안 되네. 문제를 다른 사람에게 떠넘기지 않고 모든 걸 솔직하게 털어놓은 뒤, 그것에 책임을 져야 하네. 젊은 행원들의 미래를 위해, 이 은행의 미래를 위해. 그것이 우리 경영자들의 진정한 각오가 아니겠나? 이제 자네 의견을 듣고 싶군."

은행장이 말하는 동안, 기모토의 가슴을 가득 메운 것은 수많은 생각과 기억의 단편이었다.

옛 S에 대한 반감, 합병하기 전날 부정 대출을 어떻게 할지 은행 내부에서 주고받은 대화들, 마키노 부행장의 자살 소식을 들었을 때 받은 충격, 장례식장에 몰려든 매스컴…….

그런데 지금, 그 모든 것이 아득한 옛날이야기처럼 여겨지는 것은 왜일까? 새 은행이 탄생한 지 10년에 가까운 세월이 흘렀지만, 돌아보면 활시위를 떠난 화살처럼 한순간으로 보인다. 그런 세월을 옛 도쿄제일은행의 존엄에 바쳐온 자신의 인생은 과연 무엇이었을까. 지금 나카노와타리 은행장과 대치하면서, 그것이 은행원 인생을 걸면서까지 지켜야 할 것이었는지 물음표를 찍고 싶은 것은 왜일까.

삶의 고통에서 벗어나는 것이 죽음이라면, 지금 기모토 앞에 있는 현실은 그 죽음을 선택하고 싶을 만큼 고통스럽지 않을까?

은행장의 무거운 시선을 받고, 기모토는 깊게 숨을 들이마셨다.

지금 기모토의 눈에는 오렌지색으로 물들고 있는 저녁하늘도, 창밖에 펼쳐진 빌딩 숲도 무채색으로 보이고, 이 자리도 무기질적인 공간으로 변한 것처럼 여겨졌다.

이윽고 기모토의 입에서 갈라진 목소리가 흘러나왔다.

"제가 드릴 말씀은 아무것도 없습니다. 부정 대출의 대응에 대해서는 준법감시실과 이야기하고 싶습니다."

그 말을 듣고 은행장은 물끄러미 기모토를 바라보았다. 눈의 안쪽에서는 수많은 생각이 소용돌이쳤지만 그의 입에서 말이 나오는 일은 없었다.

도미오카가 수화기를 들고 내선 전화를 걸자 잠시 후에 키가 크고 등이 구부정한 남자가 은행장실로 들어왔다. 준법감시실 실장인 다카하시였다.

이미 이야기가 되어 있었던 게 틀림없다.

다카하시는 험악한 얼굴로 들어오더니, 마맛자국이 있는 창백한 얼굴로 기모토를 쳐다보았다.

'예전부터 생각했지만 이 녀석은 정말로 '죽음의 신' 같군.'

기모토는 그렇게 생각하고, 그 자리에 어울리지 않는 웃음을 입술 끝에 담았다.

6

"자네, 이건 그냥 넘어갈 수 없는 사태일세."

마토바 총리는 그렇게 말하고, 탁자 너머에 앉아 있는 시라이를 차가운 눈길로 바라보았다.

"미노베 의원이 그렇게 되면서, 우리 진정당의 깨끗한 이미지에 흠집이 나버렸어. 이번 일은 '검은 돈 없는 깨끗한 정치'를 슬로건으로 내세운 우리 정당에 엄청난 타격을 안겨줬네. 그것만이 아니야. 이제 여론은 국토교통성 대신으로서 자네 능력에 커다란 물음표를 찍었어. 모든 게 자네의 스탠드플레이가 초래한 결과라고 생각하고 무겁게 받아들이기 바라네."

시라이는 등을 쭉 펴고 분한 얼굴로 입술을 꽉 깨물었다. 그리고 지기 싫어하는 성격이 고개를 내밀며 반론을 제기했다.

"총리님, 외람된 말씀이지만 태스크포스의 설립 자체는 승인을 받았습니다."

그러자 정사각형에 가까운 마토바의 하얀 얼굴이 뒤틀리며 평행사변형이 되었다.

급한 성격으로 유명한 사람답게 마토바는 조바심을 적나라하게 드러냈다.

"그때는 인정할 수밖에 없었지. 사전에 의논도 하지 않고 개인 태스크포스를 만들다니. 누구의 잔머리로 나왔는지는 모르겠지만 기자회견을 통해 동네방네 떠들어낸 걸 부정하면 정부의 의사소통에 문제가 있다고 손가락질을 받지 않겠나? 하마터면 자네 때문에 조직이 굳건하다는 이미지에 찬물을 끼얹을 뻔했네. 그때는 미노베 의원이 그냥 넘어가자고 해서 추인한 것에 불과해."

마토바의 꾸지람을 듣고 시라이는 어쩔 수 없이 사과했다.

"그때는 죄송했습니다. 하지만 그대로 있으면 TK항공의 재건이 헌민당의 성과인 것처럼……."

"자네가 하고 싶은 말은 이해해. 어떻게든 헌민당의 업적을 부정하고 싶었겠지. 그건 좋아. 그렇다면 지금 자네의 성과는 어디에 있지?"

그렇게 빈정거린 마토바의 눈동자에서는 분노의 푸른 불꽃이 흔들렸다.

"그토록 대대적으로 태스크포스를 만들어 1백 명이나 되는 전문가를 투입하더니, 듣자하니 비용도 TK항공에 떠넘겼다더군. 사설 자문기관이라면 자네도 어느 정도는 냈겠지? 얼마를 냈나? 1천만 엔인가? 1억 엔인가?"

마토바의 비아냥거림에 시라이는 고개를 숙였다.

"설마 한 푼도 안 낸 건 아니겠지? 자네가 낸 건 입뿐인가?"

"총리님, 당시는 TK항공 구제 법안을 통과시킬 시간이 없었습니다. 저는 항공 행정을 지키기 위해 국교성 대신으로서 해야할 일을 한 것뿐입니다."

간신히 짜낸 시라이의 변명을 마토바는 일축했다.

"내 눈에는 공을 세우기 위해 안달복달한 것으로만 보이네. 법이 없어서 사설 태스크포스를 만들었다고 하기 전에, 정부의 일원으로서 내게 한마디 정도는 의논을 했어야지. 법이 없으면 만들면 되네. 시간이 문제가 아니라 그게 올바른 절차이니까. 그런데 어린애 속이기도 아니고, 그렇게 유치한 퍼포먼스로 TK항공이 일어설 거라고 생각했나? 그러면 내가 두 손 들고 기뻐하리라고 생각했냔 말이야!"

마토바의 핵심을 찌르는 지적을 듣고, 어떻게든 틈을 잡아 반론을 시도하려고 했던 시라이의 노력은 무참히 산산조각 났다.

"시라이 아키코라는 사람이 진정당 이미지에 큰 역할을 했다는 건 부정하지 않네. 나도 그 공을 인정하고 국민들의 인기를 배려해 자네를 국교성 대신으로 발탁한 걸세. 하지만 아무래도 자네에게는 너무 버거웠던 것 같군."

"총리님, 그렇지 않습니다."

등줄기를 펴고 자신 있게 대답하는 시라이의 모습을 보며 마토바는 코에 주름을 잡고 혐오감을 드러냈다.

"기자들을 한자리에 불러모은 그 한심한 퍼포먼스도 자네 생각인가? 정치는 쇼가 아니야. 그러다 결국 도쿄중앙은행에서는 채권 포기를 거절당하고, 미노베 의원의 정치자금 문제까지 드러났잖나! 이렇게 치욕적인 일이 어디 있겠나?"

시라이가 곤경에 처한 얼굴로 해명했다.

"실은 그 자리에 나카노와타리 은행장이 참석할 예정이었습니다. 그런데 은행장이 약속을 깨트리는 바람에……."

"지금 무슨 말을 하는 건가? 은행장 대신에 은행원이 왔지 않나? 은행장이 왔으면 자네 뜻대로 되었다고 하는 건가?"

마토바는 시라이의 황당한 변명에 실소를 금치 못하더니, 즉시 눈을 빛내며 시라이를 노려보았다.

"세상 사람들은 그 은행원이 훨씬 정상이라고 칭찬하더군. 미노베, 시라이, 그리고 노하라씩이나 되는 사람이, 수많은 기자들이 지켜보는 가운데 한 은행원에게 논리적으로 참패를 당했어. 이건 변명이 통할 이야기가 아니야. 자네는 찍소리도 못할 만큼 확실하게 패배했네. 더구나 자네의 주특기인 TV 카메라 앞에서."

마토바가 삿대질을 하면서 말하자 굴욕으로 인해 시라이의 얼굴이 새빨갛게 물들었다. 하지만 마토바의 말은 사실이기 때문에 반론할 여지가 없었다.

"내게는 임명의 책임이 있네. 만약 국교성 대신으로서 자네의 능력과 언행에 문제가 있다면 그때는 자네를 파면하고 능력 있는 인재를 등용할 책임 말이야. 하지만 그 전에 자네가 스스로 옷을 벗는다면 이야기는 다르지."

다음 순간, 시라이의 얼굴이 그대로 얼어붙었다. 시라이가 눈을 크게 뜨고 마토바를 쳐다보았다.

"지금 저더러 사임하라는 건가요?"

따지듯이 묻는 시라이에게 마토바는 차분하게 한 가지 사실을 전했다.

"조금 전에 미노베 의원이 탈당계를 제출했네."

시라이는 할 말을 잃고 숨을 들이켰다.

"언뜻 들었는데, 미노베 의원의 정치자금 중 일부가 자네에게도 흘러들어갔다는 소문이 있더군. 이 자리에서 진위를 묻지는 않겠네. 돈에 얽힌 스캔들인지 항공 행정을 혼란스럽게 만든 인책인지는 모르겠지만, 지금 자네가 해야 할 일은 정치인으로서 이 상황을 잘 마무리하는 게 아닌가?"

상황을 지켜보고 있었던 것처럼 노크 소리가 들리고, 다음 면담 상대인 내각관방장관이 얼굴을 내밀었다. 시라이의 모습을 발견하고 "아! 실례했습니다"라고 말하며 문을 닫으려고 하는 것을, 지금까지의 험상궂은 얼굴과 달리 가볍게 미소까지 지으며 마토바가 만류했다.

"들어오게. 시라이 씨와는 얘기가 끝났으니까."

마토바는 그런 말로 나가라고 요구하더니, 망연한 얼굴로 문을 나서는 시라이를 쳐다보지도 않았다.

7

"한자와, 수고했어. 우선 건배하자."

도마리는 찰랑찰랑한 맥주잔을 높이 치켜들고 상대의 맥주잔과 힘차게 부딪혔다.

"하지만 상처가 없지는 않았어."

입에 묻은 거품을 손등으로 닦으면서 그렇게 말한 사람은 곤도였다.

한자와가 태스크포스를 찾아가 노하라와 일전을 벌인 것은 보름쯤 전의 일이다. 그것을 계기로 미노베 의원의 '돈 문제'가 표면으로 드러나면서 아직도 매스컴을 떠들썩하게 만들고 있었다.

한편 도쿄중앙은행은 옛 도쿄제일은행 시절의 부정 대출을 금융청에 보고한 뒤 기자회견을 자처해, 전부 13건, 1500억 엔에 이르는 대출에 대해 '준법감시에 문제가 있었다'고 발표했다. 그것이 바로 어제 일이다. 그 자리에서 나카노와타리 은행장은 사죄하고, 재발 방지와 법령 준수, 나아가 앞으로는 철저하게 기업윤리를 지키겠다고 맹세했다.

"기모토 상무도 마지막에는 체념하고, 모든 부정 대출에 대한 행내 조사에 협조했다고 하더군."

도마리는 끝까지 저항하리라고 생각했는지, 너무도 의외라는 식으로 말했다.

기모토 헤이하치의 사임은 피할 수 없는 기정사실이 되었다.

법인부의 하이타니를 비롯해 부정 대출에 관여한 행원들은 조만간 인사 발령이 난다고 한다.

"그나저나 가장 큰 피해자는 TK항공일 수도 있겠군. 정치의 도구가 되어 이리저리 휘둘린 끝에 태스크포스가 공중분해되었으니까 말이야."

시라이 아키코가 국토교통성 대신 자리에서 전격적으로 물러난 것도 어제의 일이었다. 지지자들에게는 그야말로 청천벽력 같은 일로, 압승을 거둔 진정당 정권은 출범 초기부터 휘청거리게 되었다.

"자금은 인정사정 봐주지 않고 기다려주지도 않으니까. TK항공은 어떻게 될까?"

매사에 냉정한 도마리도 한자와에게 무거운 표정으로 물었다.

"기업회생지원기구를 통해 구제하는 방안이 물밑에서 진행되는 모양이야."

한자와의 말을 듣고 도마리가 화들짝 놀란 표정을 지었다.

"누구에게 들었어?"

한자와의 가슴속에서는 어제 금융청에서 열린 기자회견장의 한 장면이 떠올랐다.

150석이나 되는 기자회견장이 발 디딜 틈도 없이 가득 찬 것은 도쿄중앙은행의 부정 대출이 미노베 게이지 의원의 정치자금 문제와 밀접하게 이어져 있었기 때문이었다.

부정 대출의 전모와 나카노와타리를 비롯한 은행 간부들의 질의응답을 기자회견장의 맨 뒷줄에서 지켜보던 한자와는 문득 시선을 느끼고 뒤를 돌아보았다.

"어? 당신도 왔나요?"

속이 후련한 얼굴로 말을 걸어온 사람은 금융청 감사관인 구로사키였다.

"여러모로 번거롭게 해서 죄송합니다."

작은 목소리로 말하며 고개를 숙인 한자와를 향해, 구로사키는 평소처럼 독설로 대꾸했다.

"정말이지, 댁의 은행은 썩을 대로 썩었군요."

그런 구로사키에게 한자와가 물었다.

"한 가지 물어봐도 되나요? 당신은 마이하시스테이트와 미노베 게이지와의 관계를 이미 알고 있었던 게 아닙니까?"

구로사키는 얼굴 앞에서 손을 가볍게 내저었다.

"내가 그런 걸 어떻게 알겠어요? 애초에 왜 그런 걸 알아야 하지요?"

한자와는 구로사키의 표정을 관찰하면서 말했다.

"여러 은행을 감사하러 다니니까 겉으로 드러나지 않는 사실을 미리 알 수도 있지 않을까 해서요. 예를 들면 정치적인 스캔들이라든지요. 슬쩍 알아봤는데 당신은 파산한 마이하시은행을 감사하러 갔다고 하더군요."

구로사키는 대답하지 않았다. 한자와는 구로사키의 눈을 똑바로 응시하며 덧붙였다.

"금융청에게 국교성 대신이나 사설 태스크포스의 참견은 자신들의 영역을 침범하는 일이었겠지요. 정부 조직의 역학 관계에 비춰볼 때, 금융청을 무시한 국교성의 간섭에 당신이 돌멩이를 던졌다고 생각한다면 너무 엉뚱한 생각일까요?"

"당신은 의외로 상상력이 풍부하군요."

구로사키는 한자와의 말에 관심이 없는 것처럼 빈정거리는 미소를 짓더니, 진정당에 대한 적의를 슬쩍 내비쳤다.

"탈관료주의니 뭐니, 그렇게 잘난 척을 하니까 이렇게 되는 거예요."

"덕분에 TK항공의 재건은 공중에 떠버렸지요. 분류 판정을 받은 이상, 이제 지원도 쉽지 않습니다."

구로사키는 팔짱을 낀 채 무시하는 눈길로 말했다.

"자업자득이 아닌가요? TK항공도 그렇고, 그쪽 은행도 그렇고요. 하지만 한 가지만 가르쳐드리지요. 진정당 안에서 기업회생지원기구를 통해 TK항공을 구제하려는 움직임이 있는 것 같아요."

한자와는 눈을 동그랗게 뜨고 구로사키를 보았다.

"그곳이라면 펀드도 있으니까 TK항공을 구할 수 있을지도 모르죠. 하지만 구제 조건은 어떻게 될지 몰라요. 경우에 따라서는 당신들도 부실 채권을 떠안아야 할 수도 있겠지요. 아무튼 열심히 해보세요."

구로사키는 입술을 비틀며 말하더니, 재빨리 등 뒤의 문으로 모습을 감추었다.

도마리가 눈을 휘둥그레 떴다.

"진짜? 하지만 거기는 본래 중소기업의 회생을 위한 펀드잖아? 그걸 TK항공을 상대로 가동한다고?"

"마토바 총리가 내놓은 고육지책 같아."

"하지만 새로운 펀드를 통해 구제한다 해도, 당사자인 TK항공이 바뀌지 않으면 돈을 시궁창에 버리는 것과 마찬가지 아냐?"

도마리는 부정적으로 말했지만 한자와는 기도하는 눈길로 술잔을 바라보았다.

"그렇지 않아. 퇴직자의 기업연금 문제도 매듭이 지어질 것 같고. 사원이나 경영진의 의식도 달라지고 있어. TK항공은 바뀔 수 있을 거야."

"네가 보기에 자력 회생은 가능해?"

그 질문을 받고 한자와는 잠시 생각에 잠겼다.

"앞으로 어떻게 재건해 나갈지는 모르겠어. 하지만 어떤 형태로든 TK항공은 또다시 우리의 하늘을 날 거야. 시간은 걸려도 나라를 대표하는 항공사로 돌아오리라고 믿고 있어."

"그렇다면 좋겠는데."

도마리는 반신반의하는 표정을 짓더니, 메뉴를 들여다보며 다음 술을 고르기 시작했다.

8

한자와가 나카노와타리 은행장의 호출을 받은 것은 다시 한 달쯤 지나고, 일련의 사건들이 수습되어가던 어느 날 오후였다. TK항공 회생 태스크포스는 시라이의 사임에 따라 공중분해 되고, 그 이후 노하라와 미쿠니가 어떻게 되었는지는 알 수 없다.

구로사키가 말해준 대로 TK항공의 재건은 기업회생지원기구로 넘어가서, 지금 새로운 재건안이 나오기를 기다리고 있는 참이다.

한자와가 집무실로 들어갔을 때, 은행장은 등을 돌리고 창가에 서서 금융의 중심지인 오테마치 일대를 바라보고 있었다. 그리고 한자와를 돌아보더니, 그대로 선 채 감사의 말을 전했다.

"이번 건은 수고 많았네. 골치 아픈 일을 잘 처리해주었어. 고맙네. 내가 직접 인사를 하고 싶어서 오라고 했네."

한자와는 가볍게 고개를 숙였다가 "조만간 금융청에서 처분을 발표한다고 하더군. 아마 또 업무 개선 명령이 내려질 걸세"라는 은행장의 말을 듣고 재빨리 긴장한 얼굴을 들었다.

은행장이 다시 말을 이었다.

"우리 은행은 합병 은행이네. 옛 도쿄제일은행에서 있었던 불상사라곤 하지만 그것을 과거의 일이라고 하면서 그냥 넘어갈 순 없지. 누군가가 책임을 질 필요가 있네."

은행장은 잠시 말을 끊더니, 백전노장의 뱅커로서 수많은 아수라장을 헤쳐나온 예리한 눈길로 한자와를 쳐다보았다.

"최선을 다해 일해준 자네에게 이 사태에 대한 내 의견을 말해두어야 한다고 생각했네. 나는 은행장으로 취임한 이후 오랫동안 행내 화합을 강조하며, 출신 은행에 구애되지 않고 하나의 은행이 되는 것을 목표로 노력해왔네. 자네도 알다시피 기모토 상무는 이번 일에 책임을 져야 하지만 그것만으로 막을 내릴 생각은 없어. 이번 일을 통해 내 부덕을 깨닫고 나 자신도 책임을 져야 한다고 생각하네. 나는……."

은행장은 일단 말을 끊고 나서 강직한 시선으로 한자와를 바라보았다.

"……은행장 자리에서 물러날 생각이네."

한자와는 마음 안쪽에서 무엇인가가 무너지는 듯한 충격을 받았다. 당황해서 할 말을 잃은 채 은행장의 결단이 타당한지 생각하려고 했지만, 머릿속이 혼란스러워서 정리가 되지 않았다.

"그 결정이 옳은지 그른지는 그 순간에 정해지는 게 아닐세. 결과가 나오는 것은 항상 시간이 흐른 다음이지. 어쩌면 잘못된 결정일지도 모르네. 때문에 지금 내가 옳다고 믿는 것을 선택해야 한다고 생각하네. 나중에 후회하지 않기 위해서."

엄숙한 말과 함께 잠시 정적이 찾아왔다.

지금 나카노와타리라는 거대한 별이 본 무대에서 사라지려고 하고 있다.

한자와는 그 사실을 받아들이는 게 고작이었다.

시대가 움직이면 인간은 항상 급속한 시간의 흐름에 휘둘리기 마련이다. 그것이 이 세상을 살아가는 인간이나 회사에게 불가피한 일일지라도, 달라진 모습을 직면했을 때의 놀라움과 실망, 그리고 감정을 어떻게 피할 수 있으랴.

"이럴 때는 그동안 노고가 많으셨습니다, 라고 말씀드려야 하나요?"

겨우 말을 짜낸 한자와를 향해 은행장은 노련한 뱅커답게 가벼운 미소로 대꾸했다.

"그래, 분명히 노고가 많았지. 하지만 은행장이 아니더라도 나는 계속 뱅커일 걸세. 뱅커인 이상, 항상 무엇인가와 싸우지 않으면 안 되지. 우리에게 휴식 같은 건 없다네."

은행장의 말이 활시위를 떠난 화살처럼 곧장 날아와서 한자와의 가슴에 꽂혔다.

지금까지 7년에 걸쳐 도쿄중앙은행을 이끌어온 나카노와타리 겐은 옳은 것도 옳지 않은 것도 아울러 받아들이는 전략가이자 경영자이며, 무엇보다 초일류 뱅커였다.

부실 채권 처리와 금융 시스템 안정화를 위한 과감한 실행. 행내 화합에 대한 고뇌. 재임 기간 중에 놀라우리만큼 최선을 다하는 그의 모습은 한자와의 기억에 깊이 새겨져서, 결코 퇴색하지도 잊히지도 않을 것이다. 그는 스스로 행동을 통해 뱅커로서의 긍지와 이상, 그리고 싸우는 방법을 한자와에게 가르쳐주었다.

"그동안 감사했습니다."

한자와는 천천히 한 걸음 물러선 뒤, 깊숙이 고개를 숙여서 인사했다. 돌아온 것은 평소와 똑같은 한마디였다.

"수고했네."

은행장실 문을 닫을 때, 다시 창가에 서서 밖을 내다보는 나카노와타리의 등이 보였다. 그것이 도쿄중앙은행의 은행장실에서 본 나카노와타리 겐의 마지막 모습이었다.

9

"자네에게는 여러모로 신세를 졌어. 고마워."

코리도가에 있는 여느 때의 초밥집이다.

도미오카는 새삼 한자와를 향하더니, 두 손을 무릎 위에 놓고 고개를 숙였다. 한자와는 평소와 다른 갑작스러운 모습에 잠시 할 말을 잃었다.

"새삼스럽게 왜 이러십니까?"

그러자 생각지도 못한 대답이 돌아왔다.

"마침내 내게도 환영 인파가 몰려와서 말이야."

한자와가 깜짝 놀라며 물었다.

"혹시 파견 나가십니까? 어디로요?"

"도쿄중앙신용의 심사부장이야. 따분한 일이지. 더구나 사무실은 같은 건물 안에 있어서, 회사가 바뀐 보람도 없어."

한자와는 장난치고 싶은 기분이 들어서 과장스럽게 놀라는 척을 했다.

"오호! 그거 잘됐네요. 인사부에서 잊은 게 아니었군요."

"너란 녀석은 정말이지, 물에 빠지면 입만 동동 뜰 거야."

도미오카는 입을 꾹 다물고 불쾌한 표정을 지으며 덧붙였다.

"오늘은 자네가 한턱 쏴. 내 파견 축하 기념으로. 알았지?"

"네, 알아 모시겠습니다. 대선배님의 새로운 출발이라면, 한턱이 아니라 열 턱이라도 쏘지요."

한자와는 그렇게 말하고, 밤소주잔을 들더니 진지한 표정으로 덧붙였다.

"지금까지 오랫동안 신세 많이 졌습니다."

"정말로 신세를 졌다고 생각하나?"

도미오카는 얄밉게 말했지만 촉촉이 젖은 눈에서 반짝 빛이 뿜어 나왔다. 그리고 진지한 얼굴로 자세를 바로하고 말했다.

"나야말로 신세를 졌지. 마지막으로 같이 일할 수 있어서 정말 재미있었어, 한자와."

도미오카는 한자와의 어깨를 가볍게 두들기며 덧붙였다.

"은행원 인생, 참 재미있었어. 그동안 아주 유쾌하게 일했지."

"저도 언젠가 마지막 순간에 그렇게 말하고 싶습니다."

진심으로 말한 한자와를 향해 도미오카는 빙긋이 미소를 지을 따름이었다.

나카노와타리처럼 양지에서 화려하게 일한 것은 아니다. 하지만 도미오카 또한 정통파 일류 뱅커임은 틀림없다. 세상에 알려지지 않고 조용히 은행을 떠나더라도, 도미오카가 살아온 인생은 존엄하고 찬란하게 빛나고 있다. 한자와는 진심으로 그렇게 생각했다.

이렇게 해서 용사가 또 한 사람 사라지고, 그 후에는 전설이 남는다.

그것을 이어받는 것은 내 사명이다.

한자와는 마음속으로 그렇게 맹세했다.

옮긴이 **이선희**

부산대학교 일어일문학과를 졸업하고 한국외국어대학교 교육대학원 일본어교육과에서 수학했다.
KBS 아카데미에서 일본어 영상번역을 가르치면서, 외화 및 출판 번역작가로 활동하고 있다. 옮긴 책
으로는 기시 유스케의 《검은 집》《푸른 불꽃》《신세계에서》와 히가시노 게이고의 《비밀》《방황하는
칼날》《공허한 십자가》, 나쓰카와 소스케의 《책을 지키려는 고양이》, 사와무라 이치의 《보기왕이 온
다》 등이 있다.

한자와나오키4
이카로스 최후의 도약

초판 1쇄 2020년 3월 20일
초판 2쇄 2020년 7월 1일

지은이 | 이케이도 준
옮긴이 | 이선희

발행인 | 문태진
본부장 | 서금선
책임편집 | 박은영   편집4팀 | 박은영 허문선

기획편집팀 | 김혜연 이정아 김예원 오민정 정다이 송현경   저작권팀 | 박지영
마케팅팀 | 이주형 김혜민 김은지 정지연   디자인팀 | 김현철
경영지원팀 | 노강희 윤현성 조샘 김상연
강연팀 | 장진항 조은빛 강유정 신유리

펴낸곳 | ㈜인플루엔셜
출판신고 | 2012년 5월 18일 제300-2012-1043호
주소 | (06040) 서울특별시 강남구 도산대로 156 제이콘텐트리빌딩 7층
전화 | 02)720-1034(기획편집) 02)720-1024(마케팅) 02)720-1042(강연섭외)
팩스 | 02)720-1043 | 전자우편 books@influential.co.kr
홈페이지 | www.influential.co.kr

한국어판 출판권 ⓒ ㈜인플루엔셜, 2020

ISBN 979-11-89995-12-6 (04830)
ISBN 979-11-89995-08-9 (세트)